DIVERGENTE 2

L'édition originale de ce livre a été publiée
pour la première fois en anglais aux États-Unis aux éditions Katherine Tegen Books,
HarperCollins Publishers, sous le titre *Insurgent*.

Publié avec l'autorisation de HarperCollins Children's Books,
une division de HarperCollins Publishers.

25 avenue Pierre de Coubertin, 75013 Paris.

Couverture : photo de François Caillon

Loi n° 49-956 du 16 juillet 1949 sur les publications destinées à la jeunesse,
modifiée par la loi n° 2011-525 du 17 mai 2011.
ISBN : 978-2-09-253231-7

VERONICA ROTH

DIVERGENTE 2

Traduit de l'américain par
Anne Delcourt

Nathan

À Nelson, qui méritait qu'on prenne tous les risques

La vérité, comme les animaux sauvages,
est trop puissante pour rester enfermée dans une cage.
Extrait du Manifeste de la faction des Sincères

CHAPITRE UN

JE M'ÉVEILLE avec son nom à la bouche.

Will.

Les yeux fermés, je le revois qui s'affale sur le trottoir. Mort.

Et c'est moi qui l'ai tué.

Tobias s'accroupit devant moi, une main sur mon épaule gauche. Le wagon tressaute sur les rails. Marcus, Peter et Caleb sont debout devant la portière ouverte. Je gonfle mes poumons et je bloque ma respiration dans l'espoir de soulager un peu le poids qui m'oppresse.

Il y a encore une heure, rien de ce qui est arrivé ne me semblait réel. Maintenant, si.

J'expire, et le poids est toujours là.

— Allez, viens, Tris, me dit Tobias, ses yeux fouillant les miens. On doit sauter.

Il fait trop sombre pour voir où on est, mais si c'est le moment de descendre, on ne doit pas être loin de la Clôture. Tobias m'aide à me lever et me guide jusqu'à la portière.

Les autres sautent : d'abord Peter, puis Marcus et enfin

Caleb. Je prends la main de Tobias. Debout dans l'encadrement, je sens la pression du vent qui me repousse vers l'intérieur, vers la sécurité.

Pourtant, on se jette dans le noir et on atterrit lourdement sur la terre ferme. Le choc réveille la douleur de ma blessure à l'épaule. Je me mords la lèvre pour retenir un cri et cherche mon frère des yeux.

Il est là, assis dans l'herbe, en train de se frotter le genou.

— Ça va ?

Il me fait oui de la tête. Je l'entends renifler comme s'il ravalait des larmes et je détourne le regard.

On a sauté près de la Clôture, à quelques mètres du portail que franchissent les camions de ravitaillement des Fraternels sur le chemin de la ville et qui, fermé, nous bloque à l'intérieur. La Clôture se dresse au-dessus de nous, trop haute et pas assez rigide pour être escaladée, trop massive pour être abattue.

— Il y a des gardes Audacieux ici, normalement, dit Marcus. Où sont-ils passés ?

— Ils ont dû être soumis à la simulation, répond Tobias. Maintenant... qui sait où ils sont et ce qu'ils font.

On a arrêté la simulation – le poids du disque dur dans ma poche arrière est là pour en témoigner –, mais on ne s'est pas attardés pour découvrir les conséquences. Qu'est-il arrivé à nos amis, à nos camarades, à nos chefs, à nos factions ? Impossible de le savoir.

Tobias s'approche d'un petit boîtier métallique fixé à droite du portail et l'ouvre, révélant un pavé numérique.

— Espérons que les Érudits n'ont pas eu l'idée de changer la combinaison, dit-il en tapant une série de chiffres.

Il s'arrête au bout du huitième et la serrure s'ouvre.

— Comment connaissais-tu le code ? lui demande Caleb.

Sa voix est tellement chargée d'émotion que je me demande comment il ne s'étouffe pas.

— Mon travail consistait à surveiller le système de sécurité dans la salle de contrôle des Audacieux, explique Tobias. On ne change les codes que deux fois par an.

— Un vrai coup de chance, fait Caleb en lui glissant un regard soupçonneux.

— La chance n'a rien à voir là-dedans. J'ai choisi ce travail pour être sûr de pouvoir sortir.

Je frissonne. Il explique cela comme si on était prisonniers. Je n'avais jamais considéré les choses sous cet angle et, rétrospectivement, je me trouve naïve.

On marche en groupe compact. Peter presse son bras ensanglanté contre sa poitrine – le bras sur lequel j'ai tiré. Marcus le soutient d'une main sur l'épaule. Caleb n'arrête pas de s'essuyer les joues. Mais j'ai beau avoir deviné qu'il pleure, je ne sais pas comment le consoler, ni pourquoi je ne pleure pas moi-même.

Alors je prends la tête. Tobias marche à côté de moi et bien qu'il ne me touche pas, sa présence me calme.

+++

Les premiers signes du secteur des Fraternels nous apparaissent sous la forme de petits points de lumière qui se changent bientôt en carrés, puis en fenêtres illuminées. Un amas de bâtisses en bois et en verre se dresse devant nous.

Avant de les atteindre, on traverse un verger. Mes pieds s'enfoncent dans la terre et les branches s'entremêlent pour former comme une tonnelle au-dessus de ma tête. Des fruits sombres pendent dans le feuillage, prêts à tomber. L'odeur douceâtre des pommes blettes se mêle à celle de l'humus dans mes narines.

À l'approche des bâtiments, Marcus s'écarte de Peter pour passer devant.

— Je connais le chemin, explique-t-il.

Dépassant la première bâtisse, il se dirige vers la deuxième sur la gauche. À l'exception des serres, tout ici est construit dans le même bois sombre, brut et rugueux. Des rires fusent par une fenêtre ouverte. Le contraste entre cette légèreté et l'immobilité de pierre que je sens en moi me serre la gorge.

Marcus entre dans le deuxième bâtiment. L'absence totale de mesures de sécurité me choquerait si l'on ne se trouvait pas chez les Fraternels. Leur confiance confine souvent à la bêtise.

Le seul bruit audible dans le couloir est le crissement de nos chaussures. Caleb a cessé de renifler.

Marcus s'arrête devant un bureau dont la porte est ouverte. La représentante des Fraternels, Johanna Reyes, est assise dans la pièce, le visage tourné vers la fenêtre. Je ne l'ai vue qu'une fois auparavant, mais son visage est de ceux qu'on n'oublie pas. Une large cicatrice court depuis son arcade droite jusqu'à sa bouche. Johanna est borgne et parle avec un zézaiement. Elle serait belle sans cette balafre.

— Oh, Dieu merci ! s'exclame-t-elle en voyant Marcus.

Elle vient vers lui les bras tendus. Mais au lieu de le serrer contre elle à la manière des Fraternels, elle se contente de lui toucher les épaules, comme si elle avait assimilé la réticence des Altruistes à l'égard des contacts physiques.

— Les autres membres de ton groupe sont là depuis plusieurs

heures, dit-elle. Ils n'étaient pas sûrs que tu t'en sois sorti.

Elle parle des Altruistes avec qui Marcus et mon père s'étaient réfugiés dans une cache. Je n'avais même pas songé à m'inquiéter pour eux.

Par-dessus l'épaule de Marcus, les yeux de Johanna se posent sur Tobias et Caleb, puis sur moi, et enfin sur Peter.

— Seigneur, lâche-t-elle quand son regard tombe sur la manche ensanglantée de Peter. Je vais appeler un médecin. Je peux vous autoriser à rester cette nuit, mais demain, notre communauté devra prendre une décision collective.

Après un coup d'œil sur Tobias et moi, elle poursuit :

— La présence d'Audacieux dans notre enceinte risque de ne pas susciter l'enthousiasme. Bien sûr, vous êtes tenus de me remettre toute arme que vous pourriez avoir sur vous.

Je me demande tout à coup comment elle sait que je suis une Audacieuse. Je porte encore la chemise grise de mon père.

À cet instant, l'odeur de mon père, mélange de savon et de sueur, s'élève du tissu et m'emplit les narines. Je serre les poings si fort que mes ongles s'enfoncent dans mes paumes. *Pas ici. Tu ne vas pas craquer ici.*

Tobias lui donne son pistolet. Je glisse une main derrière mon dos pour prendre le mien, caché sous ma chemise, mais il l'intercepte avant d'entrelacer nos doigts pour masquer son geste.

Je sais qu'il est plus judicieux de garder l'une de nos armes. Mais ça m'aurait soulagée de m'en défaire.

Johanna nous tend la main, à moi puis à Tobias. À la manière des Audacieux. La façon qu'elle a de s'adapter aux coutumes des autres factions m'impressionne. J'oublie toujours à quel point les Fraternels sont soucieux des autres.

— Je suis Johanna Reyes, se présente-t-elle.

— Voici Tob… commence Marcus.

— Je m'appelle Quatre, l'interrompt Tobias. Et voici Tris, Caleb et Peter.

Il y a encore quelques jours, j'étais la seule parmi les Audacieux à connaître son vrai prénom ; un petit bout de lui dont il m'avait fait cadeau. Je sais pourquoi il préfère cacher ce nom au reste du monde ; il le relie à Marcus.

— Bienvenue dans l'enceinte des Fraternels, nous dit Johanna.

Ses yeux se posent sur moi et elle me sourit de son sourire tordu.

— Et si on vous prodiguait quelques soins ?

Une infirmière me donne une pommade pour mon épaule – conçue par les Érudits pour accélérer la cicatrisation –, avant d'escorter Peter à l'infirmerie pour s'occuper de son bras. Johanna nous emmène au réfectoire, où on retrouve quelques Altruistes qui s'étaient cachés avec Marcus, Caleb et mon père. Susan est là en compagnie de quelques-uns de nos anciens voisins, assis à des rangées de tables en bois aussi longues que la salle. Ils nous saluent – Marcus en particulier – avec des sourires tristes et des yeux humides.

Je m'accroche au bras de Tobias pour ne pas défaillir face aux membres de la faction de mes parents, soudain écrasée par le poids de leurs vies et de leurs larmes.

Un Altruiste pose devant moi un gobelet empli d'un liquide fumant en me disant :

— Tiens. Ça t'aidera à dormir, comme cela en a aidé quelques autres. Ça évite de faire des cauchemars.

Le liquide est rouge comme du jus de fraise. Je le bois d'un trait. Sur le coup, sa chaleur me donne une sensation physique de plénitude. Et après avoir avalé les dernières gouttes, je commence à me détendre. Quelqu'un me conduit dans un couloir, jusqu'à une chambre à un lit. Ensuite, plus rien.

CHAPITRE DEUX

TERRIFIÉE, J'OUVRE LES YEUX, les mains crispées sur les draps. Non, je ne suis pas en train de courir dans les rues ni dans les couloirs du siège des Audacieux. Je suis dans un lit au siège des Fraternels, et une odeur de sciure flotte dans la chambre.

Je bouge et quelque chose de dur s'enfonce dans mon dos, m'arrachant une grimace. Je glisse la main derrière moi et mes doigts se replient sur le pistolet.

L'espace d'une seconde, je revois Will en face de moi, et nos deux armes entre nous – *sa main, j'aurais pu viser sa main, pourquoi n'y ai-je pas pensé, pourquoi ?* –, et je suis sur le point de crier son nom.

Puis son image disparaît.

Je me lève. Le matelas calé sur un genou, j'enfouis le pistolet dessous avant de tout remettre en place. Quand je n'ai plus l'arme sous les yeux, que je ne sens plus son contact sur ma peau, mes idées s'éclaircissent.

Maintenant que la poussée d'adrénaline est retombée, que l'effet de la boisson soporifique s'est dissipé, mon chagrin et les élancements dans mon épaule reviennent à la charge. Je porte les mêmes vêtements qu'hier. Le coin du disque dur dépasse de sous mon oreiller, où je l'ai glissé juste avant de m'endormir. Il renferme les données de la simulation qui contrôlait les Audacieux et les images des crimes commis par les Érudits. J'ose à peine y toucher, tellement son contenu me paraît important. Mais comme je ne peux pas le laisser là, alors je me force à le prendre, pour le fourrer entre le mur et la commode. Dans un sens, le mieux serait de le détruire, mais il contient le seul enregistrement de la mort de mes parents, et je n'arrive pas à m'y résoudre.

On frappe à la porte. Je m'assieds au bord du lit en tâchant d'arranger mes cheveux.

— Entrez.

C'est Tobias. Il se penche à l'intérieur sans entrer tout à fait, la moitié du corps masqué par la porte.

Il a gardé son jean mais changé son tee-shirt noir pour un rouge foncé, sans doute emprunté à un Fraternel. Cette couleur paraît bizarre sur lui, trop vive, mais quand il appuie la tête contre le chambranle, je m'aperçois que ça fait ressortir le bleu de ses yeux.

— Les Fraternels se réunissent dans une demi-heure, m'annonce-t-il en fronçant exagérément les sourcils.

Et il précise d'un ton emphatique :

— « Pour décider de notre sort ».

— Je n'aurais jamais imaginé que mon sort se trouverait un jour entre les mains des Fraternels.

— Moi non plus. Tiens, je t'ai apporté ça.

Il débouche un flacon et me tend le bouchon, rempli d'un liquide clair.

— Un antidouleur. Prends l'équivalent d'un bouchon toutes les six heures.

— Merci.

Je fais couler le sirop au fond de ma gorge. Il a un goût de citron rance.

Tobias glisse un pouce dans sa ceinture.

— Comment tu te sens, Beatrice ?

— Tu viens de m'appeler Beatrice ?

Il sourit.

— Juste histoire de voir. Ça ne te plaît pas ?

— Disons OK pour les grandes occasions. Les journées d'initiation, les cérémonies du Choix...

Je m'interromps.

J'allais poursuivre mon énumération de jours fériés, mais je ne connais que ceux des Altruistes. Les Audacieux doivent avoir leurs propres fêtes, mais elles ne me sont pas familières. Et puis l'idée qu'on puisse fêter quoi que ce soit maintenant est si absurde que je m'en tiens là.

— Ça marche, me dit-il.

Son sourire s'efface.

— Comment ça va, Tris ?

La question n'a rien de déplacé compte tenu de ce qu'on vient de vivre, mais je me raidis à l'idée qu'il puisse deviner mes pensées. Je ne lui ai pas encore parlé de Will. Je veux le faire, mais je ne sais pas comment m'y prendre. Rien qu'à la perspective de prononcer les mots, je me sens si lourde que je pourrais m'enfoncer dans le plancher.

— Je...

Je secoue la tête plusieurs fois.

— ... Je ne sais pas, en fait. Je suis réveillée. Je...

Je renonce à poursuivre, incapable d'exprimer ce que j'éprouve.

Sa main glisse sur ma joue, un doigt ancré derrière mon oreille. Il se penche pour m'embrasser et tout mon corps est envahi par une sensation de manque douloureuse. Je referme les mains sur ses bras et je le retiens aussi longtemps que je le peux. Quand il me touche, la sensation de creux dans ma poitrine et dans mon ventre s'apaise un peu.

Je n'ai pas besoin de lui dire pour Will. Je pourrais simplement essayer d'oublier. Il pourrait m'aider à oublier.

— Je comprends, dit-il. Désolé. C'était une question idiote.

Sur le coup, une pensée m'assaille : *Comment pourrais-tu comprendre ?*

Mais quelque chose dans son expression me rappelle que lui aussi sait ce que c'est que de perdre quelqu'un. Sa mère est morte quand il avait huit ou neuf ans. Je ne me souviens pas des circonstances, juste qu'on a assisté aux obsèques.

Soudain, je le revois à cette époque, les mains agrippées aux rideaux de son salon, habillé tout en gris, les paupières baissées sur ses yeux bleu sombre. C'est une vision fugitive, dont je ne sais si elle provient de mon imagination ou de ma mémoire.

+++

La salle de bains des femmes se trouve deux portes plus loin dans le couloir. Elle est dallée de carrelage marron foncé, avec des cabines de douche aux parois de bois isolées par des rideaux en plastique. Sur le mur du fond, une pancarte précise : « Pour préserver les ressources, l'eau des douches ne coule que pendant cinq minutes. »

Le jet est si froid que je n'aurais pas dépassé le délai même si je l'avais pu. Je me frotte rapidement avec la main gauche, laissant la droite pendre le long de mon corps. L'analgésique que m'a donné Tobias a agi rapidement – la douleur dans mon épaule n'est plus qu'un élancement sourd.

De retour dans ma chambre, je trouve une pile de vêtements sur mon lit. Il y a du rouge et du jaune, les couleurs des Fraternels, et aussi du gris, celle des Altruistes ; des teintes que j'ai rarement vues associées. Selon toute probabilité, c'est une Altruiste qui a apporté ces vêtements. C'est typiquement le genre de chose qu'ils penseraient à faire.

J'enfile un jean rouge foncé – tellement long que je dois replier l'ourlet trois fois – et une chemise grise d'Altruiste, trop grande aussi. Je roule les manches, qui m'arrivent au bout des doigts. Ça me fait mal de bouger la main droite, et je me limite à des petits mouvements au ralenti.

On frappe à la porte.

— Beatrice ?

C'est la voix douce de Susan.

Je lui ouvre. Elle dépose un plateau de nourriture sur le lit. Je scrute son visage en y cherchant un signe de la perte qu'elle vient de subir : son père, un leader Altruiste, n'a pas survécu à l'attaque. Mais je n'y lis que la calme détermination si caractéristique de mon ancienne faction.

— Désolée pour les vêtements trop grands, me dit-elle. Je suis sûre qu'on pourra te trouver mieux si les Fraternels nous laissent rester.

— Ça ira très bien. Merci.

— Il paraît que tu as reçu une balle dans l'épaule. Tu as besoin d'aide pour te coiffer ? Ou pour lacer tes chaussures ?

Je suis sur le point de refuser, mais le fait est que j'ai besoin d'un coup de main.

— Oui, merci.

Je m'assieds sur un tabouret devant le miroir et elle se place derrière moi, le regard sagement fixé sur la tâche qui l'occupe plutôt que sur notre reflet. Elle ne relève pas une seule fois les yeux pendant qu'elle me passe un peigne dans les cheveux. Et elle ne me pose aucune question sur mon épaule, sur les circonstances de ma blessure ni sur ce qui est arrivé après que j'ai quitté la cache des Altruistes pour aller arrêter la simulation. J'ai le sentiment que même en la sondant jusqu'à la moelle, je ne trouverais pas chez elle un atome qui ne soit pas Altruiste.

— Tu as vu Robert ? lui demandé-je.

Son frère, qui a choisi les Fraternels le jour où j'ai choisi les Audacieux, doit se trouver quelque part dans cette enceinte. Je me demande si leurs retrouvailles ont ressemblé un tant soit peu aux nôtres, à Caleb et à moi.

— Rapidement hier soir, me dit-elle. Je l'ai laissé partager son chagrin avec sa faction, comme je le fais de mon côté. Mais ça m'a fait du bien de le revoir.

Sa voix a quelque chose de définitif qui me signale que le sujet est clos.

— C'est triste que tout ça se soit produit maintenant, reprend-elle. Nos leaders allaient accomplir quelque chose de magnifique.

— Ah bon ? Quoi ?

Elle rougit.

— Je ne sais pas. Je savais juste qu'ils préparaient quelque chose. Ce n'était pas de la curiosité ; je m'en suis rendu compte comme ça.

— Tu sais, ce n'est pas moi qui te reprocherais de faire preuve de curiosité.

Elle hoche la tête en continuant à me peigner. Je me demande ce que préparaient les leaders Altruistes – mon père inclus. Et je ne peux pas m'empêcher d'admirer la facilité avec laquelle Susan présume qu'il s'agissait de quelque chose de magnifique. J'aimerais tellement avoir encore cette confiance. Si je l'ai jamais eue.

— Les Audacieux ne s'attachent pas les cheveux, si? me demande-t-elle.

— Généralement, non. Tu sais faire des tresses?

Aussitôt, ses doigts agiles s'activent dans mes cheveux pour tresser une natte qui me chatouille le dos. Je fixe mon reflet dans le miroir jusqu'à ce qu'elle ait fini. Je la remercie, et elle sort avec un sourire modeste en refermant la porte derrière elle.

Mes yeux restent posés sur mon image sans la voir. Je sens toujours les doigts de Susan qui m'effleurent la nuque, comme ceux de ma mère le dernier matin que j'ai passé avec elle. Les larmes montent. Je commence à me bercer d'avant en arrière sur mon tabouret, en m'efforçant de chasser ce souvenir de mon esprit. Si je me mets à pleurer, j'ai peur de ne pas pouvoir m'arrêter avant de m'être desséchée comme un pruneau.

Il y a un nécessaire à couture sur la commode. Il contient du fil de deux couleurs, du rouge et du jaune, et une paire de ciseaux.

Calmement, je défais ma tresse et je me peigne. Je sépare mes cheveux par une raie au milieu et je les aplatis soigneusement. Je referme les ciseaux sur une mèche au niveau de mon menton.

Comment puis-je garder la même tête alors que ma mère n'est plus là et que tout a changé ? Impossible.

Je m'efforce de couper en ligne droite, en suivant ma mâchoire. Le plus dur est d'égaliser l'arrière, où je ne vois pas grand-chose. Je taille à l'aveuglette. Des mèches de cheveux blonds forment un demi-cercle par terre autour de moi.

+++

Quand Tobias et Caleb viennent me chercher un peu plus tard, ils me dévisagent comme si je n'étais pas celle qu'ils connaissaient.

— Tu t'es coupé les cheveux, constate Caleb en haussant les sourcils.

Cette manière de se raccrocher aux détails en plein cœur du chaos, c'est typique de son caractère Érudit. Il a des épis sur le côté de sa tête qui a reposé sur l'oreiller et ses yeux sont injectés de sang.

— Ouais... fais-je. Il fait trop chaud pour garder les cheveux longs.

— C'est un argument qui se tient.

On prend le couloir ensemble. Le parquet craque sous nos pieds. Je m'aperçois que ma vie chez les Audacieux me manque : l'écho de mes pas dans l'enceinte, l'air frais des souterrains. Mais ce qui me manque le plus, ce sont mes craintes des dernières semaines, bien insignifiantes comparées à celles d'aujourd'hui.

À l'extérieur, l'air m'oppresse, comme si un oreiller m'empêchait de respirer. Il a la même odeur de chlorophylle qu'une feuille qu'on coupe en deux.

— Tout le monde sait que tu es le fils de Marcus ? demande Caleb à Tobias. Chez les Altruistes, je veux dire.

— Pas à ma connaissance, répond Tobias en lui jetant un coup d'œil. Et je préférerais que tu n'en parles pas.

— Je n'ai pas besoin de le faire, observe mon frère. Il suffit d'avoir des yeux.

Il le regarde en fronçant les sourcils.

— Et tu ne trouves pas que tu es trop vieux pour sortir avec ma petite sœur ?

Tobias laisse échapper un petit rire.

— Elle n'a rien de « petit ».

— Arrêtez, tous les deux, dis-je.

Devant nous, des gens habillés en jaune se dirigent vers une serre circulaire, large et ramassée. Les reflets du soleil sur les parois vitrées m'éblouissent. Je continue à avancer avec la main en visière sur mon front.

Les portes de l'édifice sont grandes ouvertes. Tout le long des parois, des plantes et des arbres poussent dans des bacs d'eau ou des petites mares. Les ventilateurs répartis par dizaines dans la salle ne font que brasser l'air chaud et je suis déjà en nage. Mais je l'oublie quand la foule se sépare et que je découvre le reste de l'espace.

Au milieu se dresse un arbre énorme. Ses branches s'étendent sur presque toute la surface de la serre, et ses racines s'échappent du sol en bouillonnant, formant un dense réseau d'écorce. Je ne vois pas de terre entre les racines, rien que de l'eau et des tiges métalliques qui les soutiennent. Ça ne devrait pas me surprendre ; les Fraternels passent leur vie à accomplir ce genre d'exploits botaniques, avec l'aide de la technologie des Érudits.

Johanna Reyes se tient sur un entrelacs de racines, le côté balafré de son visage masqué par ses cheveux. J'ai appris en cours d'histoire des factions que les Fraternels ne reconnaissent pas de chef officiel. Toute décision est soumise au vote et le résultat est généralement proche de l'unanimité. Ils sont comme les éléments d'un esprit unique et Johanna est leur porte-parole.

Les Fraternels sont assis par terre, la plupart en tailleur, en petits groupes entremêlés qui me font un peu penser aux racines de l'arbre. Les Altruistes sont installés en rangs serrés à quelques mètres sur ma gauche. Un instant, je fouille des yeux ce côté de la serre avant de me rendre compte que je cherche mes parents.

J'avale ma salive et je tâche de penser à autre chose. Tobias, une main sur mes reins, me pousse doucement vers la bordure du rassemblement, derrière les Altruistes. Avant qu'on s'asseye, il me glisse à l'oreille :

— J'aime bien tes cheveux comme ça.

Je trouve un petit sourire à lui offrir et je m'assieds tout contre lui, mon bras collé au sien.

Johanna lève une main, la tête baissée. Les conversations cessent instantanément. Autour de moi, tous les Fraternels se sont tus. Certains ont les yeux fermés, d'autres articulent des mots en silence, d'autres encore ont le regard perdu dans le vide.

Chaque seconde paraît une éternité. Le temps que Johanna relève la tête, ma patience est usée jusqu'à la corde.

— Une question urgente se pose aujourd'hui à nous, commence-t-elle. La voici : en tant que défenseurs de la paix, comment allons-nous réagir en ces heures de conflit ?

Dans la pièce, chaque Fraternel se met à parler avec son voisin.

— Comment arrivent-ils à faire avancer les choses? demandé-je après plusieurs minutes de bavardage.

— Ils ne cherchent pas à être efficaces, me répond Tobias. Ce qui les intéresse, c'est de se mettre d'accord. Regarde.

À quelques mètres de nous, deux femmes vêtues de robes jaunes se lèvent pour aller rejoindre trois hommes. Un jeune se déplace de sorte que son petit cercle ne fait plus qu'un avec la cellule voisine. Partout dans la salle, les groupes grandissent et enflent, et les voix se raréfient jusqu'à ce qu'il n'en reste que trois ou quatre. Je ne distingue que des bribes de conversations : « Paix... Audacieux... Érudits... refuge... implication... »

— C'est super bizarre, murmuré-je à Tobias.

— Moi, je trouve ça beau.

Je lui glisse un coup d'œil.

— Quoi ? fait-il avec un petit rire. Ils ont tous le même poids dans les décisions de leur faction. Chacun se sent aussi responsable que les autres. Ça les pousse à se sentir concernés. À faire preuve de bienveillance. Moi, je trouve ça beau.

— Et moi, je trouve ça inapplicable, objecté-je. Ça marche tant que tout va bien. Mais qu'est-ce qui se passe quand tout le monde n'a pas envie de jouer du banjo ou de cultiver les champs ? Quand quelqu'un commet une atrocité et qu'il ne suffit plus de parler pour résoudre le problème ?

Tobias hausse les épaules.

— On ne devrait pas tarder à le savoir.

Enfin, un représentant de chaque groupe se lève et s'approche de Johanna en enjambant soigneusement les racines du grand arbre. Je m'attends à ce qu'ils prennent la parole chacun leur tour, mais ils forment un cercle avec Johanna et se mettent à parler à voix basse. Je commence à me dire qu'on ne saura jamais ce qu'ils se racontent.

— Ils ne vont pas nous laisser argumenter, hein ? chuchoté-je à Tobias.

— Ça m'étonnerait, en effet.

On est fichus.

Quand chaque représentant a dit ce qu'il avait à dire, ils retournent s'asseoir et Johanna reste seule au milieu. Elle se tourne vers nous et croise les mains devant elle. Où ira-t-on quand ils nous auront demandé de partir ? On retournera en ville, où on n'est en sécurité nulle part ?

— Aussi loin que remontent nos souvenirs, nous déclare Johanna, notre faction a entretenu d'étroites relations avec celle des Érudits. Elles ont besoin l'une de l'autre pour survivre et ont toujours coopéré. Mais nous avons aussi établi une relation forte avec les Altruistes, et nous ne trouverions pas juste de leur retirer la main de l'amitié alors qu'elle est restée tendue aussi longtemps.

Sa voix douce coule comme du miel, lente et posée.

J'essuie la sueur sur mon front du dos de la main.

— Nous estimons que la meilleure façon de préserver nos relations avec les deux factions est de demeurer impartiaux et neutres, poursuit-elle. Votre présence ici, aussi bienvenue soit-elle, complique les choses.

« Nous y voilà », pensé-je.

— Nous avons décidé de faire du siège de notre faction un refuge pour les membres de toutes les autres factions, sous un certain nombre de conditions. La première est qu'aucune arme d'aucune sorte n'est autorisée dans notre enceinte.

La deuxième est que si un conflit sérieux éclate, qu'il soit physique ou verbal, toutes les personnes impliquées devront partir. La troisième est que les problèmes actuels ne peuvent faire l'objet de discussions, même privées, au sein de cette enceinte. Et la quatrième est que tous ceux qui restent devront contribuer par leur travail au bien-être de la collectivité. Nous ferons part de cette décision le plus rapidement possible aux Érudits, aux Sincères et aux Audacieux.

Son regard dérive vers Tobias et moi, et reste posé sur nous.

— Vous êtes les bienvenus si et seulement si vous respectez nos règles, ajoute-t-elle. Voilà notre position.

Je pense au pistolet que j'ai caché sous le matelas, à la tension entre Peter et moi, entre Marcus et Tobias, et j'ai la bouche sèche. Esquiver les conflits n'est pas mon point fort.

— On ne pourra pas rester longtemps, glissé-je à Tobias.

Il y a encore quelques minutes, il arborait un léger sourire. Maintenant, les coins de sa bouche retombent.

— Non, c'est clair.

CHAPITRE TROIS

CE SOIR-LÀ, EN REGAGNANT MA CHAMBRE, je glisse la main sous le matelas pour vérifier que le pistolet est toujours là. Mes doigts effleurent la détente et ma gorge se serre comme sous l'effet d'une réaction allergique. Je retire ma main et je reste à genoux au bord du lit, en prenant de petites respirations courtes jusqu'à ce que la sensation s'apaise.

Je secoue la tête. *Qu'est-ce qui ne va pas chez moi ? Allez ! On se reprend !*

C'est tout à fait l'impression que j'éprouve : celle de ramasser des morceaux épars de moi et de les rassembler. Je manque d'air, mais au moins, je me sens plus forte.

Je distingue un mouvement en bordure de mon champ de vision et je regarde par la fenêtre qui donne sur le verger. Johanna Reyes et Marcus Eaton marchent côte à côte, s'attardant pour cueillir des feuilles de menthe dans le carré des simples. Avant même d'avoir pu me demander pourquoi j'ai décidé de les suivre, me voilà sortie de la chambre.

Je traverse le bâtiment au pas de course pour ne pas les

perdre. Une fois dehors, je dois me montrer plus prudente. Je longe la serre puis, voyant Johanna et Marcus disparaître derrière une rangée de pommiers, j'avance à pas de loup dans la rangée contiguë, en espérant que les branches me cacheront si l'un d'eux se retourne.

— ... pas compris ce qui a déterminé le moment de l'attaque, dit Johanna. Est-ce que Jeanine est passée à l'acte simplement parce qu'elle avait fini de tout mettre au point, ou s'est-il produit quelque chose qui a précipité les événements ?

Entre les branches d'un arbre, je vois Marcus serrer les lèvres.

— Je suppose qu'on ne le saura jamais, reprend Johanna.

Elle le regarde en haussant un sourcil.

— N'est-ce pas ?

— Non, probablement pas.

Elle se tourne vers lui en posant une main sur son bras. Je me raidis de peur qu'elle ne me repère, mais ses yeux ne quittent pas Marcus. Pliée en deux, je cours me cacher derrière le tronc suivant et je reste là, immobile, plaquée contre l'écorce rugueuse.

— Toi, tu le sais, observe-t-elle. Tu sais pourquoi Jeanine a choisi ce moment pour attaquer. J'ai beau ne plus être une Sincère, je suis encore capable de voir quand quelqu'un me cache la vérité.

— Johanna, la curiosité ne sert que notre intérêt personnel, la rabroue-t-il.

À la place de Johanna, je prendrais assez mal ce genre de remarque, mais elle se contente de lui répondre sans s'énerver :

— Ma faction compte sur mes conseils, et si tu détiens une information aussi essentielle, il est important que je la connaisse pour la partager avec ses membres. Je suis sûre que tu peux comprendre cela, Marcus.

— J'ai une bonne raison de ne pas te révéler tout ce que je sais, réplique-t-il. Il y a longtemps, les Altruistes se sont vu confier une information sensible. Jeanine nous a attaqués pour nous voler les fichiers. Si je ne fais pas attention, elle les détruira. Donc, je ne peux pas t'en dire plus.

— Mais il y a certainement..

— Non, la coupe Marcus. C'est une information capitale, bien plus que tu ne peux l'imaginer. Bon nombre des leaders de cette ville ont risqué leur vie pour protéger ces données contre Jeanine et ils en sont morts. Je ne vais pas tout mettre en danger pour le plaisir de satisfaire ta curiosité.

Johanna garde le silence. Il fait maintenant tellement sombre que je ne vois presque plus mes mains. L'air sent les pommes et l'humus. J'essaie de ne pas respirer trop fort.

— Si j'ai fait quelque chose qui te laisse penser que je ne suis pas digne de confiance, j'en suis désolée, dit enfin Johanna.

— La dernière fois que j'ai confié cette information au représentant d'une faction, tous mes amis ont été tués. Je ne me fie plus à personne.

Je ne peux pas m'en empêcher : je me penche pour voir. Johanna et Marcus sont trop préoccupés pour s'apercevoir du mouvement. Ils se tiennent tout près l'un de l'autre, mais sans se toucher. Je n'ai jamais vu Marcus aussi fatigué, ni Johanna aussi en colère. Mais son expression se radoucit. De nouveau, elle lui touche le bras, cette fois d'une caresse légère.

— La paix requiert la confiance, reprend-elle. J'espère que tu changeras d'avis. Rappelle-toi que j'ai toujours été ton amie, Marcus, même quand tu n'avais pas grand monde à qui parler.

Elle dépose un baiser sur sa joue avant de repartir vers le fond du verger. Marcus reste immobile un moment, apparemment sous l'effet de la surprise, puis revient vers les bâtiments.

Les révélations de la dernière demi-heure bourdonnent dans ma tête. Je croyais que Jeanine avait attaqué les Altruistes pour s'emparer du pouvoir. Or c'était pour leur voler une information ; une information qu'ils sont les seuls à détenir.

Le bourdonnement s'arrête quand je me rappelle une chose que Marcus a dite : « Bon nombre des leaders de cette ville ont risqué leur vie pour protéger cette information. » Est-ce que ça inclut mon père ?

J'ai besoin de savoir. Je dois découvrir quelle est cette chose assez importante pour que les Altruistes meurent pour elle – et que les Érudits tuent pour elle.

+++

Je m'arrête juste avant de frapper à la porte de Tobias et j'écoute ce qui se passe à l'intérieur.

— Non, pas comme ça, dit Tobias en riant.

— Comment, pas comme ça ? Je t'ai parfaitement imité !

La deuxième voix est celle de Caleb.

— Pas du tout.

— Bon, recommence, pour voir.

J'ouvre la porte à l'instant où Tobias, assis par terre, une jambe allongée et l'autre repliée, lance un couteau à beurre à travers la pièce. La lame se fiche jusqu'au manche dans un gros morceau de fromage posé sur la commode. Caleb, debout à côté de lui, fixe d'un air incrédule d'abord le fromage, puis moi.

— Dis-moi que ce gars est un prodige même chez les Audacieux, me lance-t-il. Toi aussi, tu sais faire ça ?

Mon frère a l'air d'aller mieux – il n'a plus les yeux rouges et quelques étincelles de sa vieille curiosité se sont ranimées dans son regard, comme s'il recommençait à s'intéresser au monde. Ses cheveux bruns sont ébouriffés, sa chemise boutonnée de travers. Il est beau, Caleb, dans le genre qui ne cherche pas à l'être, comme quelqu'un qui prend rarement la peine de s'intéresser à son apparence.

— Avec la main droite, peut-être, dis-je. Mais oui, Quatre est une espèce de prodige chez les Audacieux. On peut savoir pourquoi vous lancez des couteaux sur un fromage ?

Au mot de « Quatre », le regard de Tobias accroche le mien. Caleb ne peut pas savoir que le surnom même de Tobias affiche en permanence son excellence.

— Caleb passait pour discuter d'un truc, m'explique Tobias en s'adossant au mur. Le lancer de couteaux, c'est venu comme ça, dans la foulée.

— Comme souvent, commenté-je avec un petit sourire.

Il paraît si détendu ainsi, la tête rejetée en arrière contre le mur, le bras abandonné sur un genou. On se fixe quelques secondes de plus que ne l'admettent les bonnes manières. Caleb s'éclaircit la gorge.

— Bon, je ferais mieux de retourner dans ma chambre, déclare-t-il en nous regardant l'un après l'autre. Je lis un bouquin sur les systèmes de filtration d'eau. Le gars qui me l'a prêté m'a regardé comme si j'étais dingue de m'intéresser à ça. A priori, c'est censé être un manuel d'entretien, mais c'est fascinant.

Il s'interrompt.

— Désolé... Vous aussi, vous devez me prendre pour un dingue.

— Absolument pas, répond Tobias en ouvrant de grands yeux innocents. Tu devrais peut-être le lire aussi, Tris. C'est le genre de truc qui pourrait te plaire.

— Je te le prête, si tu veux, me propose Caleb.

— On verra plus tard, dis-je.

Je fusille Tobias du regard tandis que Caleb referme la porte.

— Je te remercie, dis-je. Maintenant, il va me casser les oreilles avec ses systèmes de filtration d'eau. Cela dit, il peut faire encore pire.

— À savoir ? fait Tobias en haussant les sourcils. L'aquaponie ?

— L'aquaquoi ?

— Un procédé d'agriculture qu'ils utilisent ici. Laisse tomber.

— T'as raison. Il venait te parler de quoi, au fait ?

— De toi, me répond-il. Le style discours du grand frère, tu vois. « Ne fais pas l'idiot avec ma sœur », tout ça.

— Qu'est-ce que tu lui as répondu ?

Il se lève pour s'approcher de moi.

— Je lui ai raconté comment on s'est retrouvés ensemble... C'est comme ça qu'on en est arrivés au lancer de couteaux. Et je l'ai assuré que je ne faisais pas l'idiot.

J'ai chaud partout. Il pose ses mains sur mes hanches et me pousse doucement contre la porte. Sa bouche trouve la mienne.

J'ai oublié ce que j'étais venue faire.

Et je m'en fiche.

Je glisse mon bras valide derrière son dos et je l'attire contre moi. Mes doigts cherchent la bordure de son tee-shirt, se glissent dessous, s'écartent en éventail au creux de ses reins. C'est fou la force qu'il dégage...

Il m'embrasse de nouveau, plus pressant. Ses mains se resserrent sur ma taille. Son souffle, mon souffle, son corps, mon corps, tout s'emmêle jusqu'à ce qu'il n'y ait plus de frontière.

Il s'écarte de quelques centimètres. Je ne le laisse pas aller plus loin.

— Ça n'est pas pour ça que tu es venue.

— Non.

— Pour quoi, alors ?

— On s'en fiche.

J'enfouis la main dans ses cheveux et j'attire sa bouche contre la mienne. Il se laisse faire. Mais au bout de quelques secondes, il marmonne contre ma joue :

— Tris.

— D'accord, d'accord.

Je ferme les yeux. C'est vrai, je suis venue pour une raison importante : lui parler de la conversation que j'ai épiée.

On s'assied côte à côte sur le lit et je lui raconte tout depuis le début : comment j'ai suivi Johanna et Marcus dans la pommeraie, la question de Johanna, la réponse de Marcus et la discussion qui a suivi. En même temps, je guette son expression. Il n'a l'air ni surpris ni curieux. En revanche, sa bouche se crispe peu à peu en un rictus amer, celui qu'il affiche chaque fois qu'il est question de Marcus.

— Alors, qu'est-ce que tu en penses ? demandé-je quand j'ai terminé.

— J'en pense, répond-il lentement, qu'il essaie de se donner plus d'importance qu'il n'en a.

Ce n'est pas la réponse que j'attendais.

— Alors... quoi ? Tu crois qu'il raconte n'importe quoi ?

— Les Altruistes devaient effectivement détenir des infos

que Jeanine voulait, mais à mon avis, il en exagère la valeur. Il essaie juste de nourrir son propre ego en laissant supposer à Johanna qu'il détient quelque chose d'intéressant auquel elle n'aura pas accès.

Je fronce les sourcils.

— Je pense que tu te trompes. Il n'avait pas l'air de mentir.

— Tu ne le connais pas comme moi. Il ment comme il respire.

Certes, Tobias connaît son père bien mieux que moi. Mais mon instinct me pousse à croire Marcus, et en général, il est plutôt fiable.

— Tu as peut-être raison, dis-je. On devrait quand même essayer de découvrir ce qui se passe, non ? Histoire d'être sûrs ?

— Notre priorité est plutôt de régler le problème auquel on est confrontés dans l'immédiat, répond Tobias. De retourner en ville. D'observer ce qui s'y passe. De trouver un moyen de neutraliser les Érudits. Ensuite, quand tout ça sera résolu, peut-être qu'on découvrira de quoi parlait Marcus. D'accord ?

Je fais oui de la tête. Ça me paraît un bon plan... un plan intelligent. Mais je ne partage pas son opinion... Découvrir la vérité me semble plus important que d'avancer.

Quand j'ai appris que j'étais une Divergente, ou que les Érudits allaient attaquer les Altruistes, ces révélations ont tout bouleversé. La vérité a l'art de changer les plans des gens.

Mais faire changer Tobias d'opinion n'est pas une mince affaire, encore moins avec mon intuition pour seul argument.

Alors j'acquiesce. Ça ne veut pas dire que j'ai changé d'avis.

CHAPITRE QUATRE

— LA BIOTECHNOLOGIE EXISTE depuis longtemps, mais elle n'a pas toujours été très efficace, m'explique Caleb.

Il attaque la croûte de son petit pain – il a commencé par manger toute la mie, comme autrefois, quand on était petits.

Il est assis en face de moi dans le réfectoire, près de la fenêtre. Au bord de la table, les lettres D et T sont gravées dans le bois, reliées par un cœur, si petites que j'ai failli ne pas les voir. Je passe mes doigts dessus en écoutant mon frère.

— Jusqu'à ce que les chercheurs Érudits créent une solution minérale très au point, poursuit-il, encore meilleure pour les plantes que la terre. C'est l'ancêtre de la pommade qu'ils t'ont donnée pour ton épaule. Elle accélère la croissance des nouvelles cellules.

Je vois briller dans ses yeux l'excitation de la nouveauté. Les Érudits ne sont pas forcément assoiffés de connaissances et dépourvus de conscience comme Jeanine Matthews. Certains sont comme Caleb : fascinés par tout, insatisfaits tant qu'ils n'ont pas compris le fonctionnement des choses.

Je cale mon menton dans ma main et je lui souris. Il a l'air en forme ce matin. Je me réjouis qu'il ait trouvé quelque chose qui le détourne de son chagrin.

— Les Érudits travaillent donc avec les Fraternels ? demandé-je.

— Plus étroitement qu'avec toute autre faction, me confirme-t-il. Tu ne te rappelles pas ce que disait notre livre d'histoire des factions ? Il les nommait « les factions essentielles ». Sans elles, nous ne pourrions pas survivre. Certains textes Érudits les ont appelées « les factions enrichissantes ». Et l'une des missions des Érudits, en tant que faction, était de devenir les deux : essentielle et enrichissante.

Cela ne me convient guère, que notre société dépende autant des Érudits pour fonctionner. Pourtant, je ne peux pas nier qu'ils soient essentiels ; sans eux, les méthodes d'agriculture seraient inefficaces, les traitements médicaux insuffisants, le progrès technologique inexistant.

Je mords dans ma pomme.

— Tu ne manges pas ta tartine ? me demande Caleb.

— Le pain a un drôle de goût, dis-je. Prends le mien, si tu veux.

Il ne se fait pas prier.

— Je suis sidéré par la façon dont ils vivent ici, reprend-il. Ils sont complètement autonomes. Ils ont leur propre source d'énergie, leurs propres ressources alimentaires... Ils sont indépendants.

— Indépendants, le coupé-je, et neutres. Ça doit être cool.

Et ça l'est, d'après ce que j'en vois. Les grandes fenêtres à côté de notre table laissent entrer tellement de lumière qu'on se croirait dehors. Je regarde les Fraternels assis par petits groupes autour de nous. La couleur de leurs vêtements est éclatante sur leur peau hâlée, alors que sur moi, le jaune paraît éteint.

— Donc, dit-il en souriant, je suppose que les Fraternels ne faisaient pas partie des factions pour lesquelles tu présentais des aptitudes ?

— Non.

Des éclats de rire s'élèvent dans le groupe le plus proche de nous. Ils n'ont pas jeté un seul coup d'œil dans notre direction depuis qu'on est là.

— Moins fort, Caleb s'il te plaît. Je ne tiens pas à ce que ça s'ébruite.

— Pardon, dit-il en se penchant vers moi pour parler plus bas. Lesquelles c'était, alors ?

Je me raidis.

— En quoi ça t'intéresse ?

— Tris, je suis ton frère. Tu peux tout me dire.

Ses yeux verts ne quittent pas les miens. Il a laissé tomber ses lunettes inutiles d'Érudit et repris la chemise grise et la coupe de cheveux courte qui sont les signes distinctifs des Altruistes. Il a exactement la même allure qu'il y a quelques mois, quand on habitait chez nos parents, avec nos chambres l'une en face de l'autre et qu'on envisageait tous les deux de changer de faction, sans trouver le courage d'en parler à l'autre. Ne pas lui faire assez confiance pour m'ouvrir à lui est une erreur que je ne veux plus commettre.

— Altruistes, Audacieux et Érudits, dis-je enfin.

— *Trois* factions ? fait-il en haussant les sourcils.

— Oui, pourquoi ?

— Ça paraît beaucoup. On a dû prendre un sujet de recherches pendant l'initiation, chez les Érudits, et j'ai choisi la simulation des tests d'aptitudes. J'en connais un rayon maintenant sur la façon dont elle est conçue. C'est super difficile de présenter des aptitudes pour deux factions – normalement, le programme ne le permet pas. Mais pour *trois*... Je ne vois même pas comment c'est possible.

— En fait, l'administratrice qui a suivi mon test a dû modifier le programme, expliqué-je. Elle l'a forcé à suivre le scénario du bus pour pouvoir éliminer les Érudits ; sauf que ça n'a pas marché.

— Une intervention sur le programme ? s'étonne Caleb en calant son menton sur son poing. Je me demande comment ton administratrice savait faire ça. Ce n'est pas un truc qu'on leur apprend.

Je fronce les sourcils. Tori travaillait dans un studio de tatouage et s'était portée volontaire pour faire passer les tests. Où avait-elle appris à modifier le programme du test d'aptitudes ? Même si elle était calée en informatique, ça ne pouvait être qu'un loisir, et je doute que ça suffise pour permettre à quelqu'un de bricoler une simulation mise au point par les Érudits.

Soudain, un détail de l'une de mes conversations avec elle remonte à la surface. « Mon frère et moi, on était dans la faction des Érudits. »

— C'était une Érudite, indiqué-je. Un transfert. Ça explique peut-être qu'elle ait su comment s'y prendre.

— Peut-être, admet Caleb, en pianotant des doigts sur sa joue. En tout cas, je me demande ce que ça implique sur la chimie ou l'anatomie de ton cerveau...

On en a presque oublié notre petit-déjeuner.

Je ris.

— Va savoir. Tout ce que je peux dire, c'est que je suis toujours restée consciente au cours des simulations, et que je peux parfois en sortir. Il arrive même qu'elles ne marchent pas sur moi. Comme la simulation de l'attaque.

— Et tu te réveilles comment ? Concrètement, tu fais quoi ?

— Je...

J'essaie de me souvenir. J'ai l'impression que la dernière simulation remonte à très longtemps, bien que ça ne fasse que quelques semaines.

— C'est difficile à dire, parce que les simulations des Audacieux sont censées s'arrêter quand on a réussi à se calmer. Mais dans l'une des miennes... celle où Tobias a compris ce que j'étais... j'ai juste fait un truc impossible. J'ai brisé du verre rien qu'en posant la main dessus.

Caleb prend une expression lointaine, comme s'il scrutait un point éloigné. Je sais que rien de ce que je viens de décrire ne lui est jamais arrivé dans une simulation. Il se demande peut-être quel effet ça fait, ou comment c'est possible. Je sens une chaleur envahir mes joues – il est en train d'analyser mon cerveau comme il le ferait d'une machine, d'un ordinateur.

— Hou hou, l'appelé-je. Je suis là.

— Excuse-moi, dit-il en reportant son attention sur moi. C'est juste...

— Fascinant, oui, je sais. Quand tu es fasciné, on a toujours l'impression que quelqu'un a aspiré toute la vie qu'il y avait en toi.

Ça le fait rire.

— Bon, on peut changer de sujet ? demandé-je. Il n'y a peut-être pas de traîtres Érudits ou Audacieux ici, mais ça me fait quand même bizarre de parler de ça en public.

— D'accord.

Un groupe d'Altruistes entre alors dans le réfectoire. Ils ont beau porter des vêtements de Fraternels, comme moi, on ne peut pas se tromper sur leur vraie faction, pas plus que sur la mienne. Ils sont silencieux sans être sombres ; ils sourient en inclinant la tête lorsqu'ils croisent des Fraternels, et quelques-uns s'arrêtent pour échanger des politesses.

Susan vient s'asseoir à côté de Caleb en souriant. Elle a son petit chignon habituel, mais ses cheveux blonds brillent comme de l'or. La distance entre eux deux est juste un peu plus étroite qu'entre des amis, sans pour autant qu'ils se touchent. Elle me salue d'un signe de la tête.

— Désolée, dit-elle. J'interromps quelque chose ?

— Non, répond Caleb. Comment te sens-tu ?

— Bien. Et toi ?

Je m'apprête à quitter la table pour échapper à une conversation polie et mesurée de type Altruiste quand Tobias entre, l'air tendu. Il a sûrement travaillé en cuisine ce matin, dans le cadre de notre accord avec les Fraternels. Je suis affectée à la buanderie demain.

— Qu'est-ce qu'il y a ? lui demandé-je quand il s'installe à côté de moi.

— Dans leur enthousiasme à régler les conflits, les Fraternels ont apparemment oublié qu'en se mêlant des problèmes des autres, on n'arrive qu'à en créer davantage. Si on reste ici, je vais finir par casser la figure à quelqu'un et ça ne va pas être joli.

Caleb et Susan le regardent tous les deux avec surprise. Quelques Fraternels à la table voisine se taisent pour le fixer.

— Vous avez bien entendu, leur confirme Tobias.

Ils détournent les yeux. Je mets une main devant ma bouche pour masquer un sourire.

— Donc, je répète : qu'est-ce qui s'est passé ?

— Je te raconterai plus tard.

Ça doit avoir un rapport avec Marcus. Susan est assise juste en face de Tobias, et je sais qu'il n'aime pas beaucoup les regards suspicieux dont le gratifient les Altruistes lorsqu'il évoque devant eux la cruauté de Marcus. Je croise mes mains bien fort entre mes genoux.

Les Altruistes viennent s'installer à notre table, mais à distance respectueuse – un espace de deux chaises vides. Cela dit, tous nous saluent. Ce sont de vieux amis de mes parents, des collègues, des voisins. Autrefois, leur présence m'aurait incitée à rester calme et discrète. Maintenant, elle me donne envie de parler plus fort, de m'éloigner le plus possible de cette ancienne identité et de la souffrance qui l'accompagne.

Tobias se fige comme une statue quand une main s'abat sur mon épaule droite, provoquant des élancements dans tout mon bras. Je serre les dents pour réprimer un gémissement.

Elle s'est pris une balle dans l'épaule, signale Tobias sans regarder celui qui se tient derrière moi.

— Mes excuses.

Marcus retire sa main et s'assied à ma gauche.

— Bonjour, me dit-il.

— Qu'est-ce que vous me voulez ? demandé-je.

— Beatrice, intervient Susan à mi-voix. Tu n'as pas besoin de...

— Susan, s'il te plaît, l'arrête Caleb sur le même ton.

Elle serre les lèvres et détourne les yeux.

Je regarde Marcus en fronçant les sourcils.

— Je vous ai posé une question.

— Il y a une chose dont j'aimerais parler avec toi.

Il a l'air calme, mais la tension dans sa voix trahit sa colère.

— J'ai discuté avec le groupe des Altruistes et on a décidé qu'il valait mieux partir. Étant donné le caractère inéluctable de la poursuite du conflit en ville, on pense qu'il serait égoïste de rester ici pendant que les autres membres de notre faction sont prisonniers de la Clôture. On voudrait vous demander de nous escorter.

Je ne m'attendais pas à ça. Pourquoi Marcus veut-il retourner en ville ? Est-ce réellement une décision d'Altruiste, ou a-t-il quelque chose à y faire – quelque chose en rapport avec cette information, quelle qu'elle soit, que sa faction est censée détenir ?

Je le fixe un instant avant de me tourner vers Tobias. Il s'est un peu détendu, mais garde les yeux rivés sur son assiette. Ça me glace qu'il réagisse toujours de cette manière en présence de son père. Personne, pas même Jeanine, ne fait trembler Tobias.

— Qu'est-ce que tu en dis ? lui demandé-je.

— On devrait partir après-demain.

— D'accord. Merci, lâche Marcus avant de se lever pour rejoindre les autres Altruistes au bout de la table.

Je me rapproche de Tobias, ne sachant trop comment le réconforter sans risquer d'aggraver les choses. Serrant ma pomme dans une main, je glisse l'autre sous la table pour prendre la sienne.

Mais je n'arrive pas à détacher les yeux de Marcus. Je veux en savoir plus sur ce qu'il a dit à Johanna. Et quelquefois, pour connaître la vérité, on est obligé de l'exiger.

CHAPITRE CINQ

APRÈS LE PETIT-DÉJEUNER, je prétexte une promenade pour suivre Marcus. Au lieu de se rendre comme je m'y attendais dans le dortoir des invités, il traverse le champ qui se trouve derrière le réfectoire et entre dans le bâtiment de filtration de l'eau. J'hésite sur la première marche. Suis-je vraiment sûre de ce que je fais ?

Le bâtiment ne comprend qu'une salle, équipée d'énormes machines. A priori, certaines d'entre elles recueillent l'eau sale, quelques-unes la purifient, d'autres la testent et les dernières renvoient une eau propre dans l'enceinte. Tous les réseaux de tuyauterie sont enfouis à part un, qui file au sol pour conduire l'eau jusqu'à la centrale électrique située près de la Clôture. La centrale alimente toute la ville en une combinaison d'énergies éolienne, hydraulique et solaire.

Marcus se tient près des machines de filtration. À ce niveau, les tuyaux sont transparents et je vois une eau brunâtre courir dans l'un d'eux, disparaître dans la machine et resurgir propre. Tous les deux, on observe le processus. Et je me demande si, comme moi, il songe que la vie serait plus simple si elle fonctionnait ainsi, si notre saleté était éliminée pour nous recracher tout propres dans le monde. Mais on ne peut jamais faire disparaître entièrement la noirceur des hommes.

Je fixe l'arrière du crâne de Marcus. Il faut que j'agisse. Maintenant.

— Je vous ai entendu, hier, lâché-je.

Marcus tourne vivement la tête.

— À quoi joues-tu, Beatrice ?

Je croise les bras.

— Je vous ai suivi. Je vous ai entendu parler avec Johanna de ce qui a motivé l'attaque de Jeanine contre les Altruistes.

— Ce sont les Audacieux qui vous apprennent à violer l'intimité des autres ou tu l'as appris toute seule ?

— Je suis curieuse de nature. Ne détournez pas le sujet.

Marcus a des plis sur le front, encore plus marqués entre les sourcils, et de profonds sillons autour de la bouche. Comme si son expression naturelle était une moue de colère. Il a dû être beau quand il était jeune – et l'est peut-être encore, aux yeux de femmes de son âge comme Johanna. Mais quand je le regarde, je ne vois que les yeux noirs de poix du paysage des peurs de Tobias.

— Si tu m'as entendu parler avec Johanna, tu sais que je ne lui ai rien révélé, même à elle. Qu'est-ce qui te fait croire que je vais partager cette information avec *toi* ?

Sur le coup, je n'ai pas de réponse. Puis j'en trouve une.

— Mon père, dis-je. Mon père est mort.

C'est la première fois que je le formule depuis que j'ai annoncé à Tobias, pendant le trajet en train, que mes parents s'étaient sacrifiés pour me sauver. Ce n'était qu'un constat, alors, déconnecté des émotions. Mais ici, au milieu des bruits de brassage et de bouillonnement, le mot « mort » me frappe soudain la poitrine comme un coup de marteau et la bête du chagrin se réveille, me griffe les yeux et la gorge.

Je me force à continuer.

— Même s'il n'est pas mort à cause de l'information dont vous parliez à Johanna, j'ai besoin de savoir s'il a risqué sa vie pour ça.

Marcus marque un temps d'hésitation.

— Oui.

D'un battement de paupières, je chasse les larmes qui m'emplissent les yeux.

— Bien, dis-je, la gorge nouée. Dans ce cas, qu'est-ce que c'était, bon sang ? Quelque chose que vous essayiez de protéger, de voler, ou quoi ?

— C'était... commence Marcus.

Il secoue la tête.

— Je ne te le dirai pas.

Je fais un pas en avant.

— Je pense que Jeanine s'est emparée des données et que vous voulez les récupérer.

Marcus sait mentir – ou en tout cas, garder des secrets. Il ne réagit pas. J'aimerais être capable de décoder les gens, comme le font Johanna et les Sincères, pour déchiffrer son expression. Il n'est peut-être pas loin de dire la vérité. En insistant un peu, je pourrais le faire craquer.

— Et si je vous aidais ? suggéré-je.

La lèvre supérieure de Marcus se retrousse dans une moue dédaigneuse.

— Tu n'as pas idée de l'absurdité de ta proposition, réplique-t-il en crachant les mots. Si tu as réussi à arrêter la simulation des Érudits, c'était par pure chance, cela n'avait rien à voir avec le talent. Si tu parvenais à te rendre encore utile ne serait-ce qu'une fois, je crois que j'en aurais une attaque.

Voilà le Marcus que Tobias connaît. Celui qui sait frapper là où ça fait le plus mal. Tout mon corps frémit de colère.

— Tobias a raison, grondé-je. Vous n'êtes qu'un tas d'immondices, arrogant et menteur.

Marcus hausse un sourcil.

— Ah oui, il a dit ça ?

— Non. Il ne parle pas de vous assez souvent pour en dire autant. Je m'en suis rendu compte toute seule. (Je serre les dents.) Vous ne représentez pratiquement rien pour lui. Et toujours un peu moins à mesure que le temps passe.

Sans répondre, il se retourne vers l'épurateur d'eau.

Je reste là un moment à savourer mon triomphe, dans le bruit mêlé de l'eau qui court et des battements de mon cœur, puis je sors du bâtiment. Mais à mi-chemin du champ, je me rends compte que je n'ai pas gagné. C'est Marcus le vainqueur.

Quelle que soit la vérité, je vais devoir m'adresser à quelqu'un d'autre pour l'obtenir, parce que je ne lui reposerai pas la question.

+++

La nuit suivante, je rêve que je me trouve dans un champ et que je tombe sur un groupe compact de corbeaux posés au sol. En m'accroupissant à quelques pas d'eux, je m'aperçois qu'ils sont perchés sur un corps et donnent des coups de bec sur ses vêtements, gris Altruiste. Ils s'envolent brusquement et je vois que ce corps est celui de Will.

C'est à ce moment-là que je me réveille.

J'enfonce mon visage dans mon oreiller pour laisser échapper, non pas le nom de Will, cette fois, mais un sanglot qui me plaque contre le matelas. Le chagrin est de retour, tordant comme une bête fauve l'espace occupé jusque-là par mon cœur et mon estomac.

J'essaie de respirer, les mains pressées sur ma poitrine. Les griffes du monstre m'enserrent la gorge, maintenant, m'empêchant de respirer. Je mets ma tête entre mes genoux et je respire lentement, profondément, jusqu'à ce que la sensation d'étouffement cesse.

Je frissonne malgré la chaleur. Je sors du lit et me glisse dans le couloir jusqu'à la chambre de Tobias. Mes jambes nues sont si blanches qu'elles luisent presque dans le noir. Le grincement de la porte quand je l'ouvre suffit à le réveiller. Il me fixe pendant une seconde.

— Allez, viens, me souffle-t-il, à moitié endormi.

Il se pousse dans le lit pour me faire de la place.

J'aurais dû réfléchir. Pour dormir, je porte un grand tee-shirt prêté par les Fraternels. Il m'arrive juste sous les fesses, et je n'ai pas pensé à mettre un short avant de venir. Les yeux de Tobias effleurent mes jambes nues et je sens le rouge me monter aux joues.

Je m'allonge sur le côté en lui faisant face.

— Un cauchemar ? me demande-t-il.

Je fais signe que oui.

— Il se passait quoi ?

Je secoue la tête. Je ne peux pas lui dire que je rêve de Will, pas sans lui expliquer pourquoi. Que penserait-il de moi s'il savait ce que j'ai fait ? Comment me regarderait-il ?

Il garde une main sur ma joue en faisant aller doucement son pouce sur ma pommette.

— Ça va bien, tu sais, nous deux, me dit-il. OK ?

J'acquiesce, un poids sur la poitrine.

— Rien d'autre ne va, reprend-il. Mais nous, ça va.

Son souffle me chatouille la joue.

— Tobias.

Mais quoi que j'aie été sur le point de lui dire, la suite se dissout dans ma tête et j'appuie ma bouche sur la sienne, parce que je sais que ça me fera oublier le monde extérieur.

Il m'embrasse en retour. Sa main glisse de ma joue, le long de mon torse, suit le creux de ma taille, de ma hanche, descend jusqu'à ma jambe nue. Avec un frisson, je me serre contre lui en enroulant une jambe autour des siennes. La tension me donne des bourdonnements dans les oreilles mais tout le reste chez moi semble savoir parfaitement quoi faire, parce que tout vibre au même rythme, tout réclame la même chose : s'échapper pour devenir une part de lui.

Sa bouche remue contre la mienne et sa main se faufile sous mon tee-shirt. Je le laisse faire, même si je sais que je ne devrais pas. Un léger soupir m'échappe et la gêne m'empourpre les joues. Mais soit il s'en moque, soit il n'a rien remarqué. Il presse sa main au creux de mes reins pour me serrer encore plus fort. Ses doigts se déplacent lentement le long de ma colonne vertébrale sous mon tee-shirt, qui remonte peu à peu. Je ne fais rien pour le baisser, même quand je sens la fraîcheur de l'air sur mon ventre.

Il m'embrasse dans le cou et je l'agrippe par la nuque en froissant son tee-shirt dans mon poing pour me calmer. Sa main arrive en haut de mon dos et se referme autour de ma nuque. Mon tee-shirt est ramassé autour de son avant-bras et nos baisers deviennent de plus en plus fiévreux. L'ardeur qui m'embrase fait trembler mes mains et je resserre ma prise sur son épaule pour qu'il ne s'en aperçoive pas.

Ses doigts effleurent mon bandage à l'épaule et un élancement me traverse. Ça n'a pas fait très mal, mais ça me ramène à la réalité. Je ne peux pas faire ça, pas si l'une de mes raisons est d'échapper à mon chagrin.

Je m'écarte en baissant soigneusement mon tee-shirt pour me couvrir. Pendant un instant, on reste allongés comme ça, le souffle haletant. Ce n'est pas le moment de pleurer ; il faut que je me retienne. Mais j'ai beau cligner sans arrêt des paupières, je ne parviens pas à chasser les larmes.

— Désolée, dis-je.

Il me répond, presque gravement, en essuyant les larmes qui coulent sur mes joues :

— Tu n'as pas à t'excuser.

Je sais que j'ai une charpente de moineau, petite et frêle, avec des hanches étroites de garçon. Mais quand il me touche comme s'il ne pouvait pas supporter l'idée de retirer sa main, je ne voudrais pas être faite autrement.

— Je ne voulais pas craquer comme ça, m'excusé-je d'une voix rauque. Mais je me sens...

Je secoue la tête, incapable de poursuivre.

— C'est injuste, dit-il. Tes parents ne sont plus là pour toi et c'est injuste, Tris, ça n'aurait jamais dû arriver. Ça n'aurait pas dû t'arriver. Si quiconque te dit le contraire, c'est un mensonge.

Un nouveau sanglot me secoue. Il me serre si fort dans ses bras que j'ai du mal à respirer, mais ça m'est égal. Mes pleurs contenus font place à un débordement qui n'a rien d'élégant.

La bouche ouverte, le visage contorsionné, je laisse une plainte d'animal agonisant s'échapper de ma gorge. Je vais me briser en mille morceaux si ça continue, et ça vaudrait peut-être mieux – exploser et ne plus rien sentir.

Il se tait jusqu'à ce que je me calme.

— Dors, me souffle-t-il enfin. Je me battrai contre tes cauchemars s'ils reviennent te chercher.

— Avec quoi ?

— À mains nues, évidemment.

Je glisse un bras autour de sa taille et j'inspire profondément dans son épaule. Il sent la sueur, l'air frais et la menthe, à cause de la pommade qu'il met quelquefois pour décontracter ses muscles. Il sent la quiétude aussi, comme les murs du verger chauffés par le soleil et les petits-déjeuners pris en silence dans le réfectoire. Pendant quelques instants, j'oublie presque notre ville déchirée par les combats et le conflit qui ne tardera pas à nous rattraper, si on ne le rattrape pas en premier.

Avant de sombrer dans le sommeil, je l'entends murmurer :

— Je t'aime, Tris.

Je lui répondrais bien, si je n'étais pas déjà trop loin.

CHAPITRE SIX

LE LENDEMAIN MATIN, je suis réveillée par le vrombissement léger d'un rasoir électrique. Tobias est devant le miroir, la tête penchée de manière à voir l'angle de sa mâchoire.

Je m'assieds pour le regarder, les bras autour de mes genoux.

— Salut, me dit-il. Bien dormi ?

— Ça va.

Je me lève, et avant qu'il ne reprenne son rasage, je glisse les bras autour de sa taille en posant le front sur son dos, là où le tatouage des Audacieux dépasse de son tee-shirt.

Il pose le rasoir et replie ses mains sur les miennes. On ne parle pas. J'écoute sa respiration et il caresse mes doigts machinalement, ayant oublié ce qu'il était en train de faire.

— Il faut que je m'habille, murmuré-je au bout d'un moment.

Je n'ai pas envie de partir. Mais je dois travailler à la buanderie et je ne voudrais pas que les Fraternels puissent me reprocher de ne pas remplir ma part du marché que nous avons passé.

— Je vais te trouver des vêtements, me dit Tobias.

Quelques minutes plus tard, je suis pieds nus dans le couloir, vêtue du tee-shirt dans lequel j'ai dormi et d'un short emprunté par Tobias aux Fraternels. Dans ma chambre, je tombe sur Peter, debout près de mon lit.

D'instinct, je me raidis en cherchant des yeux un objet contondant.

— Sors, ordonné-je le plus calmement possible.

Mais j'ai du mal à empêcher ma voix de trembler. Je ne peux pas oublier son regard tandis qu'il me maintenait suspendue par la gorge au-dessus du gouffre, ou quand il m'a projetée contre le mur dans l'enceinte des Audacieux.

Il se tourne vers moi. Ces derniers temps, quand il me regarde, c'est sans sa méchanceté habituelle. Il a juste l'air épuisé, le dos voûté avec son bras en écharpe. Mais je ne me laisserai pas avoir.

— Qu'est-ce que tu fais dans ma chambre ?

Il s'approche de moi.

— Qu'est-ce que tu trafiques à épier Marcus ? Je t'ai vue hier après le petit-déjeuner.

Je soutiens son regard.

— Ce ne sont pas tes affaires. Sors d'ici.

— Je suis là parce que je ne comprends pas pourquoi c'est à toi qu'on a confié ce disque dur. On ne peut pas dire que tu sois particulièrement stable en ce moment.

Je ricane.

— Moi, je suis instable ? C'est assez drôle, venant de toi.

Peter se mord les lèvres sans répondre. Je plisse les yeux.

— Qu'est-ce qui t'intéresse tellement dans ce disque dur ?

— Je ne suis pas idiot. Je sais qu'il contient autre chose que les données de la simulation.

— Bien sûr, tu n'es pas idiot. Tu t'es dit que si tu le livrais aux Érudits, ils te pardonneraient ta lâcheté et tu rentrerais dans leurs bonnes grâces.

— Je ne cherche pas à rentrer dans leurs bonnes grâces, répond-il en faisant un pas de plus vers moi. Si c'était le cas, je ne vous aurais pas aidés dans l'enceinte des Audacieux.

J'enfonce l'index dans sa poitrine.

— Tu nous as aidés parce que je t'avais tiré dessus et que tu ne voulais pas que je recommence.

— C'est vrai que moi, je ne suis pas un traître à la solde des Altruistes, réplique-t-il en saisissant mon doigt. Ça ne fait pas de moi un robot télécommandé par les Érudits.

Je retire vivement ma main toute moite, et l'essuie sur mon tee-shirt.

— Je ne te demande pas de comprendre, riposté-je en me rapprochant de la commode. Je ne doute pas que s'ils s'en étaient pris aux Sincères au lieu des Altruistes, tu aurais laissé ta famille se faire massacrer sans lever le petit doigt. Désolée de ne pas être comme ça.

— Fais gaffe quand tu parles de ma famille, Pète-sec.

Il s'est rapproché de la commode en même temps que moi, mais je me positionne de manière à m'interposer entre lui et les tiroirs. Je ne vais pas lui révéler la cachette du disque dur en le prenant devant lui, mais je ne veux pas non plus lui laisser la voie libre.

Ses yeux se posent sur la commode derrière moi, vers la gauche. Je le regarde en fronçant les sourcils, avant de remarquer un détail qui m'avait échappé : une bosse rectangulaire dans l'une de ses poches.

— Rends-le-moi, dis-je. Maintenant.

— Non.

— Rends-le-moi, ou je te jure que je te tue dans ton sommeil.

Il prend un air narquois.

— Si tu voyais comme tu es ridicule quand tu essaies de faire peur aux gens ! On croirait une petite fille qui menace de m'étrangler avec sa corde à sauter.

Je m'approche de lui et il recule en franchissant la porte de ma chambre.

— Ne m'appelle pas « petite fille ».

— Je t'appelle comme je veux.

En une fraction de seconde, je passe à l'action, visant du poing gauche l'endroit qui fera le plus mal : celui de sa blessure au bras. Il esquive, mais au lieu de répéter ma tentative, je lui agrippe le bras pour le tordre de toutes mes forces. Il pousse un cri de douleur et j'en profite pour le faire tomber d'un coup de pied dans le genou.

Des gens affluent dans le couloir, vêtus de gris, de noir, de jaune et de rouge. Peter se relève à demi, se jette sur moi et me frappe à l'estomac. La douleur me plie en deux, mais je me ressaisis aussitôt. En poussant un cri à mi-chemin entre la plainte et le hurlement, je charge, le coude gauche replié au niveau de ma bouche pour lui percuter le visage.

Un Fraternel aux cheveux gris m'attrape par les bras et m'éloigne de Peter en me soulevant de terre. Mon épaule me lance, mais je la sens à peine, poussée par l'adrénaline. Je me débats pour me libérer en essayant de ne pas voir les expressions stupéfaites des Fraternels et des Altruistes – et de Tobias – autour de moi. Une femme s'agenouille près de Peter et lui murmure des paroles de réconfort. J'essaie d'ignorer ses gémissements de douleur et le sentiment de culpabilité qui me poignarde le ventre. Je le hais. Je m'en fiche. Je le hais.

— Tris, calme-toi ! m'intime Tobias.

— Il a le disque dur ! crié-je. Il me l'a volé ! Il l'a pris !

Tobias se dirige vers Peter. Sans s'occuper de la femme à genoux à côté de lui, il l'immobilise d'un pied sur sa cage thoracique, plonge la main dans sa poche et en ressort le disque dur.

— On ne sera pas toujours dans un refuge, lui dit-il à voix sourde. Ce n'était pas très malin de ta part.

Il ajoute en se tournant vers moi :

— Et de la tienne non plus. Tu tiens vraiment à ce qu'on se fasse renvoyer d'ici ?

Je fulmine. Le Fraternel qui me tient par le bras commence à me tirer dans le couloir. J'essaie de m'arracher à sa prise.

— Qu'est-ce que vous faites ? Lâchez-moi !

— Tu as violé les termes de notre accord de paix, me dit-il doucement. Nous devons appliquer le protocole.

— Vas-y, me dit Tobias. Tu as besoin de te calmer.

Je scrute les visages de la foule qui s'est formée. Personne ne discute avec Tobias, et les regards évitent le mien. Alors, je laisse deux Fraternels m'escorter dans le couloir.

— Attention où tu marches, m'avertit l'un d'eux. Les planches sont disjointes ici.

Ma tête bourdonne, signe que je suis en train de me calmer. Le Fraternel aux cheveux gris ouvre une porte sur la gauche, sur laquelle je lis : « Salle des conflits ».

— Vous me mettez à l'isolement, c'est ça ? grogné-je.

Ce serait typique des Fraternels : m'isoler, avant de me montrer la technique des respirations purifiantes ou des pensées positives.

La pièce est si lumineuse que je dois plisser les yeux. Le mur d'en face est percé de larges fenêtres donnant sur le verger. Malgré cela, elle paraît confinée, sans doute parce que le plafond, comme le sol et les murs, est tapissé de lambris.

— Assieds-toi, s'il te plaît, m'enjoint l'homme aux cheveux gris en me désignant un tabouret au milieu de la pièce.

Comme tout le mobilier de l'enceinte, il est en bois brut, massif, et donne l'impression d'être enraciné dans le sol. Je reste debout.

— La bagarre est terminée, dis-je. Je ne le ferai plus. En tout cas, pas ici.

— Nous devons appliquer le protocole, insiste le plus jeune. Assieds-toi, s'il te plaît; on va discuter de ce qui s'est passé. Ensuite, on te laissera partir.

C'est fou comme ils parlent doucement. Pas avec des voix étouffées, comme les Altruistes qui chuchotent toujours comme s'ils étaient dans une église, de peur de gêner les autres. Leurs voix sont douces, graves, apaisantes... Je me demande tout à coup si ça fait partie de la formation de leurs novices. Si on leur apprend à parler, à bouger, à sourire de la manière la plus propice à favoriser la paix.

Je m'assieds à contrecœur, les fesses au bord du tabouret, pour pouvoir me relever rapidement si nécessaire. Le plus jeune reste debout devant moi. Le parquet craque dans mon dos et je regarde par-dessus mon épaule. Le plus âgé bricole quelque chose sur une tablette.

— Qu'est-ce que vous faites ?

— Je prépare du thé.

— Je ne pense pas qu'on règle le problème avec du thé.

— Alors, explique-nous, intervient le plus jeune en ramenant mon attention vers lui. Quelle est la solution, à ton avis ?

Il me sourit.

— Renvoyer Peter de cette enceinte.

— Il me semble, dit-il doucement, que c'est toi qui l'as attaqué. Et même, que c'est toi qui lui as tiré dans le bras.

— Vous n'imaginez pas ce qu'il a fait pour mériter ça.

Mes joues me brûlent et mon cœur s'emballe.

— Il a essayé de me tuer. Et... et il a poignardé quelqu'un dans l'œil... avec un couteau à *beurre*. Il est capable de tout. Je n'ai fait que me défendre en...

Je sens une piqûre aiguë dans mon cou. Des points noirs obscurcissent l'image de l'homme et me masquent son visage

— Je suis désolé, dit-il, nous ne faisons qu'appliquer le protocole.

Le plus âgé tient une seringue, contenant encore quelques gouttes du produit qu'il vient de m'injecter. Il est vert pré, couleur d'herbe. Je bats rapidement des paupières et les taches sombres disparaissent ; mais tout oscille devant moi, comme si je me balançais dans un rocking-chair.

— Comment te sens-tu ? s'enquiert le plus jeune.

— Je me sens...

J'allais dire « en colère ». En colère contre Peter, contre les Fraternels. Mais c'est faux, non ? Je souris.

— Je me sens bien. Un peu... un peu comme si je flottais. Ou comme si je tanguais. Et vous, vous vous sentez comment ?

— Le vertige est un effet secondaire du sérum, me répond-il. Tu auras peut-être besoin de te reposer cet après-midi. Et je me sens très bien, merci. Tu peux partir, maintenant, si tu veux.

— Vous pouvez m'indiquer où se trouve Tobias ? demandé-je.

Dès que j'imagine son visage, une vague d'affection monte en moi en bouillonnant et je n'ai qu'une envie : l'embrasser.

— Quatre, je veux dire. Il est beau, non ? En fait, je ne vois pas ce qu'il me trouve. Je ne suis pas très sympa, hein ?

— La plupart du temps, non, confirme l'homme. Mais je pense que tu pourrais l'être, si tu essayais.

— Merci. C'est gentil.

— Tu devrais le trouver dans le verger. Je l'ai vu sortir après la bagarre.

Je ris doucement.

— La bagarre, quelle absurdité...

Et ça me paraît vraiment complètement stupide de coller son poing dans la figure de quelqu'un. C'est comme une caresse, mais trop forte. Une caresse, c'est bien plus gentil. J'aurais peut-être mieux fait de laisser ma main glisser sur le bras de Peter. Ç'aurait été plus agréable pour nous deux. Et je n'aurais pas mal aux doigts.

Je me lève et titube vers la porte. Je dois m'appuyer au mur pour garder l'équilibre, mais comme il est solide, ça n'est pas un problème. J'avance d'un pas incertain dans le couloir, en gloussant de mon incapacité à me tenir droite. Je suis redevenue aussi godiche que quand j'étais petite. Ma mère me disait souvent en souriant : « Fais attention où tu poses les pieds, Beatrice. Je ne voudrais pas que tu te fasses mal. »

Je sors. Dehors, le vert des arbres me paraît plus intense, j'en sentirais presque le goût. D'ailleurs, je crois bien que je le sens ; il a le même goût que l'herbe. J'en ai mâché une fois quand j'étais petite, pour voir comment c'était. Je manque de tomber des marches à cause du tangage et j'éclate de rire lorsque les brins d'herbe chatouillent mes pieds nus.

— Quatre ! crié-je.

Qu'est-ce que j'ai à appeler un chiffre ? Ah oui, c'est son nom.

Je recommence :

— Quatre !

— Tris ? dit une voix depuis les arbres sur ma droite.

On dirait presque que c'est l'arbre qui a parlé. Je glousse, mais bien sûr, ce n'est que Tobias, qui se penche pour passer sous une branche.

Je cours vers lui et le sol penche brusquement sur le côté. Je vacille et sa main se pose sur ma taille, me redresse. Ce contact envoie une décharge dans tout mon corps, qui s'enflamme comme si ses doigts avaient allumé un feu à l'intérieur. Je m'approche, me blottis contre lui et lève la tête pour l'embrasser.

— Qu'est-ce qu'ils t'ont... commence-t-il.

Je le fais taire avec ma bouche. Il m'embrasse à son tour, mais à la hâte. Je soupire lourdement.

— Ça, c'était raté, dis-je. Bon, pas raté, mais...

Je me hisse sur la pointe des pieds pour l'embrasser de nouveau. Il m'arrête en posant ses doigts sur mes lèvres.

— Tris, qu'est-ce qu'ils t'ont fait ? Tu te comportes comme une dingue.

— C'est pas très gentil de dire ça, protesté-je. Ils m'ont mise de bonne humeur, c'est tout. Et maintenant, j'ai super envie de t'embrasser. Si tu pouvais te détendre un peu...

— Plus tard. D'abord, je veux comprendre ce qui se passe.

Je fais la moue comme une gamine, quand soudain toutes les pièces se mettent en place dans ma tête, et je lui souris jusqu'aux oreilles.

— C'est pour ça que tu m'aimes bien ! m'exclamé-je. Parce que toi non plus, tu n'es pas très sympa. Maintenant, je trouve ça bien plus clair.

— Viens, on va voir Johanna.

— Moi aussi, je t'aime bien.

— Tu m'en vois ravi, réplique-t-il d'un ton neutre. Allez, *viens* ! Oh, bon sang. Il va falloir que je te porte.

Il me soulève, un bras sous mes genoux et l'autre dans mon dos. Je passe les miens autour de son cou et je l'embrasse sur la joue. Puis je découvre que la sensation de l'air sur mes pieds est très agréable, alors je fais des petits battements, tandis qu'il me transporte vers le bâtiment où travaille Johanna.

Quand on arrive dans son bureau, elle est assise devant une pile de papiers, en train de mâchonner une gomme. Elle lève les yeux vers nous et entrouvre la bouche dans une expression de surprise. Une lourde mèche de cheveux bruns couvre la moitié de son visage.

— Vous avez tort de cacher votre cicatrice, lui dis-je. Vous êtes plus jolie avec le visage dégagé.

Tobias me pose par terre un peu lourdement et l'impact provoque un élancement dans mon épaule, mais j'aime bien le bruit qu'ont fait mes pieds en touchant le sol. Je ris, mais ni Johanna ni Tobias ne se joignent à moi. Bizarre.

— Qu'est-ce que vous lui avez fait ? demande Tobias d'un ton brusque. Bon Dieu, qu'est-ce que vous lui avez fait ?

Johanna fronce les sourcils.

— Je... Ils ont dû lui injecter une dose trop forte. Elle est très menue ; ils n'ont pas dû prendre en compte sa taille et son poids.

— Une dose trop forte de *quoi* ?

— Vous avez une jolie voix, coupé-je.

— Tris, dit-il, s'il te plaît, tais-toi.

— De sérum de paix, explique Johanna. À petites doses, il a une action légèrement apaisante qui améliore l'humeur. Les seuls effets secondaires sont de légers vertiges. On l'administre aux membres de la communauté qui ont du mal à rester sereins.

Tobias ricane.

— Ne me prenez pas pour un crétin. Tous les membres de votre communauté ont du mal à rester sereins pour la bonne raison qu'ils sont humains. J'imagine que vous devez en mettre dans l'eau.

Johanna ne répond pas tout de suite et croise les mains devant elle.

— Tu sais parfaitement que c'est faux, ou cette altercation n'aurait jamais eu lieu, réplique-t-elle enfin. Mais une fois que nous nous sommes mis d'accord sur l'attitude à adopter, nous avançons tous ensemble, unis au sein de notre faction. Et si je pouvais administrer ce sérum à tous les habitants de la ville, je n'hésiterais pas. Si je l'avais fait, vous n'en seriez certainement pas là où vous en êtes aujourd'hui.

— Oh, c'est sûr. Droguer toute une population est la meilleure solution à notre problème. Génial, comme projet.

— Ce n'est pas bien d'ironiser, Quatre, remarque-t-elle doucement. Cela dit, je suis désolée pour l'erreur de dosage dans l'injection de Tris. Sincèrement. Mais elle a enfreint les termes de notre accord, et je crains qu'en conséquence, vous ne puissiez pas rester ici très longtemps. L'altercation entre elle et ce garçon – Peter – n'est pas une chose sur laquelle nous pouvons passer l'éponge.

— Ne vous inquiétez pas, répond Tobias. Nous comptons partir dès que cela nous sera humainement possible.

— Bien, dit-elle avec l'ébauche d'un sourire. On ne peut maintenir la paix entre Fraternels et Audacieux qu'en gardant nos distances.

— Ça explique beaucoup de choses.

— Pardon ? Qu'est-ce que tu insinues ?

— Ça explique, reprend-il entre ses dents, pourquoi sous prétexte de neutralité – si une telle chose est possible ! – vous nous avez laissés mourir sous les balles des Érudits.

Johanna lâche un soupir en se tournant vers la fenêtre, qui donne sur une petite cour plantée de vigne vierge. Ses vrilles atteignent la vitre comme si elles essayaient d'entrer pour se joindre à la discussion.

— Les Fraternels ne feraient jamais ça, protesté-je. C'est trop *nul*.

— Si nous restons neutres, c'est pour préserver la paix, commence Johanna.

— La paix, crache Tobias. Oui, je ne doute pas qu'elle régnera quand tout le monde sera soit mort, soit sous contrôle mental, soit coincé dans une simulation permanente.

Une grimace déforme le visage de Johanna. Je l'imite, pour voir quel effet ça fait : pas très agréable. En plus, je ne vois pas bien pourquoi elle a fait ça.

— Ce choix n'est pas le mien, précise-t-elle lentement. Ou notre discussion d'aujourd'hui serait peut-être différente.

— Vous êtes en train de dire que vous ne l'approuvez pas ?

— Je dis que je ne suis pas en position d'exprimer publiquement un désaccord avec ma faction. Mais je pourrais le faire dans l'intimité de mon propre cœur.

— Tris et moi serons partis dans deux jours, observe Tobias. J'espère que votre faction ne reviendra pas sur sa décision de faire de cette enceinte un refuge.

— Nous ne revenons pas facilement sur nos décisions. Et pour Peter ?

— Vous devrez vous occuper de son cas séparément, dit-il. Il ne viendra pas avec nous.

Tobias me prend la main et le contact de sa peau sur la mienne est agréable, même si elle n'est ni douce ni lisse. J'adresse un sourire d'excuse à Johanna, mais son expression ne change pas.

— Quatre, soupire-t-elle. Si toi et tes amis préférez… ne pas être soumis aux effets de notre sérum, vous devriez peut-être éviter le pain.

Tobias la remercie par-dessus son épaule tandis qu'on s'engage dans le couloir, où je sautille un pas sur deux.

CHAPITRE SEPT

L'EFFET DU SÉRUM se dissipe au bout de cinq heures, vers le coucher du soleil. Tobias m'a enfermée dans ma chambre et vient me voir toutes les heures. Cette fois, quand il entre, je fixe le mur d'un regard noir, assise sur mon lit.

— Pas trop tôt ! commente-t-il en appuyant le front contre la porte. Je commençais à croire que ça ne passerait jamais et que j'allais devoir te laisser ici à... humer le parfum des fleurs, ou tous ces trucs dont tu parlais.

— Je vais les *tuer*, dis-je.

— Te fatigue pas. On va bientôt partir, me rappelle-t-il en refermant la porte.

Il sort le disque dur de sa poche.

— J'ai pensé qu'on pourrait cacher ça derrière ta commode.

— C'est là que je l'avais mis.

— Et c'est bien pour ça que Peter ne l'y cherchera plus.

D'une main, il écarte la commode du mur et, de l'autre, glisse le disque dur derrière.

— Je ne comprends pas pourquoi ce sérum a agi sur moi,

dis-je. Si j'ai le cerveau assez bizarre pour résister au sérum de simulation, pourquoi pas à celui-ci ?

Tobias s'assied sur mon lit en faisant rebondir le matelas.

— Je ne sais pas. Peut-être que pour résister, il faut d'abord le vouloir.

— Évidemment que je le voulais, grommelé-je avec irritation, mais sans conviction.

En fait, le voulais-je vraiment ? N'ai-je pas plutôt cédé à la tentation d'oublier la colère et la souffrance, de tout oublier pendant quelques heures ?

— Quelquefois, dit Tobias en passant un bras autour de mes épaules, on a juste envie d'être heureux, même si ce n'est qu'une illusion.

Il a raison. Si nous parvenons à maintenir la paix entre nous en ce moment même, c'est en évitant de soulever les problèmes — Will, mes parents, Marcus, ou le fait que j'ai failli lui tirer une balle dans la tête. Mais je n'ose pas briser cette paix en abordant la vérité ; je suis trop occupée à m'y raccrocher afin de me rassurer.

— Peut-être, murmuré-je.

— Tu l'*admets* ? s'exclame-t-il, bouche bée, avec une mimique faussement choquée. Ce sérum te réussit, finalement...

Je le pousse de toutes mes forces.

— Retire ça immédiatement.

— D'accord, d'accord ! fait-il en levant les mains. Enfin... tu sais, au fond, moi non plus, je ne suis pas très sympa. C'est pour ça que je t'aime b...

— Dehors ! crié-je en désignant la porte.

Riant tout seul, Tobias m'embrasse sur la joue et sort de ma chambre.

Ce soir-là, trop gênée par mon coup d'éclat pour me rendre au réfectoire, je passe l'heure du dîner dans un pommier au fond du verger, à cueillir les fruits. Je monte aussi haut que je l'ose et mes muscles me brûlent. J'ai découvert que le fait de rester inactif laisse de petits espaces qui permettent au chagrin de s'installer, alors je m'occupe.

Tandis que je m'essuie le front sur mon tee-shirt, debout sur une branche, j'entends un bruit. Un bruit ténu, qui se mêle au chant des cigales. Je m'immobilise, l'oreille aux aguets, et je finis par comprendre ce que c'est : des voitures.

Les Fraternels possèdent une douzaine de camionnettes dans lesquelles ils transportent leurs produits, mais ils ne s'en servent que le week-end. Mes cheveux se dressent sur ma nuque. Si ce ne sont pas les Fraternels, ce sont sans doute des Érudits. Je dois quand même m'en assurer.

J'agrippe à deux mains la branche qui se trouve au-dessus de ma tête et m'y hisse à la force du bras gauche, en m'étonnant d'en être encore capable. Je m'accroupis, des feuilles et des brindilles dans les cheveux. Sous mon poids, quelques fruits tombent par terre.

Les pommiers ne sont pas de grands arbres ; je n'arriverai peut-être pas à voir assez loin. Alors je continue à escalader en me retenant où je le peux avec les mains, naviguant d'un point d'appui à un autre comme dans une toile d'araignée géante.

Mes muscles tremblent et mes mains sont en feu. Ça me rappelle mon ascension de la grande roue, sur la jetée. J'ai beau être blessée, je suis plus forte aujourd'hui qu'alors et l'exercice me paraît plus facile.

À mesure que je grimpe, les branches deviennent plus fines, moins résistantes. J'évalue la suivante en passant la langue sur mes lèvres sèches. Il faut que je monte le plus haut possible, mais celle que je vise est courte et semble fragile. Je pose un pied dessus pour tester sa solidité. Elle plie, mais elle tient. Je me hisse, pose l'autre pied, et la branche cède.

Je glisse, le souffle coupé, et me rattrape au tronc à la dernière seconde. Je n'irai pas plus haut. Debout sur la pointe des pieds, je plisse les yeux dans la direction du bruit.

Je ne vois d'abord rien d'autre qu'un espace de terre cultivée et, plus loin, une zone en friche, la Clôture, puis les champs jusqu'aux premières constructions qui se dressent au-delà. Dans un deuxième temps, je distingue des points qui bougent en direction du portail et lancent des éclairs argentés quand la lumière les accroche. Des voitures aux toits noirs ; des panneaux solaires. Ce qui ne peut vouloir dire qu'une chose : ce sont bien les Érudits.

Je serre les dents. Sans me laisser le temps de penser, je descends, un pied puis l'autre, si vite que des pans d'écorce se détachent et tombent par terre. Je me mets à courir dès que je touche le sol.

Je compte les rangées d'arbres que je traverse. *Sept, huit.* Ma tête frôle les branches basses. *Neuf, dix.* J'accélère en maintenant mon bras droit contre ma poitrine, et chaque pas réveille la douleur dans mon épaule. *Onze, douze.*

Arrivée à la treizième rangée, je me jette sur la droite dans l'une des allées. Les arbres y sont plantés en rangs plus serrés. Leurs branches entremêlées forment un lacis de feuilles, de brindilles et de fruits au-dessus de ma tête.

Mes poumons me brûlent, mais je suis presque au bout du verger. Des gouttes de sueur coulent dans mes sourcils. J'atteins le réfectoire, je pousse la porte, je bouscule un groupe de Fraternels et Tobias est là, attablé avec Peter, Caleb et Susan. Je les vois flous à cause des points qui troublent ma vision. Tobias me touche l'épaule.

— Les Érudits…

C'est tout ce que j'arrive à dire.

— Ils viennent ici ?

Je hoche la tête.

— On a le temps de s'enfuir ?

Ça, je n'en sais trop rien.

Entre-temps, les Altruistes installés en bout de table ont remarqué qu'il se passait quelque chose et se rassemblent autour de nous.

— Pourquoi devrait-on s'enfuir ? demande Susan. Les Fraternels ont fait de cet endroit un refuge. Les conflits sont interdits.

— Ils auront du mal à imposer leurs règles, objecte Marcus. Comment veux-tu arrêter un conflit sans passer par le conflit ?

Susan acquiesce.

— Mais on ne peut pas partir, intervient Peter. On n'a pas le temps. Ils nous verraient.

— Tris a une arme, précise Tobias. On peut essayer de se battre pour sortir.

Il commence à se diriger vers les chambres.

— Attends, soufflé-je. J'ai une idée.

Je scrute la foule des Fraternels.

— Des déguisements. Les Érudits ne sont pas sûrs qu'on soit encore là. On peut se faire passer pour des Fraternels.

— Dans ce cas, ceux qui ne sont pas habillés en Fraternels doivent foncer se changer, dit Marcus. Les autres, détachez vos cheveux et essayez d'imiter leurs attitudes.

Tous les Altruistes habillés en gris quittent le réfectoire en masse pour exécuter la consigne. Je cours à ma chambre et je tâtonne sous le matelas à la recherche du pistolet, à quatre pattes à côté de mon lit.

Il me faut quelques secondes pour le trouver. Soudain, ma gorge se serre et j'ai du mal à déglutir. Je ne veux pas le toucher. Je ne veux plus le toucher.

Allez, Tris. Je glisse le pistolet dans la ceinture de mon pantalon rouge. Une chance qu'il soit large. Mes yeux tombent sur le tube de pommade cicatrisante et le flacon de pilules analgésiques sur la table de chevet. Je les fourre dans ma poche, au cas où on arriverait à s'enfuir.

Puis je récupère le disque dur derrière la commode.

Si les Érudits nous capturent – ce qui est probable –, ils nous fouilleront, et je ne veux pas qu'ils remettent la main sur le programme de la simulation d'attaque. Mais ce disque dur contient aussi les images de l'attaque. Le témoignage des exactions commises sur nos proches. De la mort de mes parents. Tout ce qu'il me reste d'eux. D'autant que les Altruistes ne prennent pas de photos.

Dans des années, quand mes souvenirs commenceront à s'estomper, que me restera-t-il pour me rappeler à quoi ils ressemblaient ? Leurs visages s'effaceront de ma mémoire. Je ne les verrai plus jamais.

Ne sois pas stupide. Ce n'est pas important.

Je serre le disque dur jusqu'à me faire mal.

— Ne sois pas stupide, me dis-je à voix haute.

Je serre les mâchoires. Je prends la lampe sur ma table de chevet, arrache le fil de la prise, jette l'abat-jour et me penche sur le disque dur. Et je le cabosse à coups de pied de lampe en clignant des paupières pour chasser mes larmes.

Je continue, encore et encore, jusqu'à ce que le disque vole en éclats. Je pousse les débris sous la commode, je repose la lampe et je quitte la chambre en m'essuyant les yeux.

Quelques instants plus tard, dans le couloir, je tombe sur un petit groupe d'hommes et de femmes vêtus de gris – parmi lesquels Peter –, en train de fouiller dans des piles de vêtements.

— Tris, me dit Caleb. Tu portes encore du gris.

Je pince la chemise de mon père entre mes doigts. Hésitante.

— C'est celle de papa.

Si je l'enlève, je devrai la laisser ici. Je me mords la lèvre pour que la douleur crée une distraction. Je dois m'en débarrasser. Ce n'est qu'une chemise. Rien d'autre.

— Je vais la mettre sous la mienne, me propose Caleb. Ça ne se verra pas.

J'acquiesce d'un hochement de tête et j'attrape un tee-shirt rouge dans la pile de vêtements qui diminue. Il est assez large pour cacher la bosse formée par le pistolet. Je vais me changer dans une pièce voisine et je tends la chemise grise à Caleb en ressortant. La porte qui donne sur l'extérieur est ouverte et je vois Tobias dehors, en train d'entasser des vêtements d'Altruistes dans une poubelle.

— Tu crois que les Fraternels accepteront de mentir pour nous protéger ? lui demandé-je en m'appuyant au chambranle.

— Si ça leur permet d'éviter les conflits ? Absolument.

Il porte une chemise à col rouge et un jean troué aux genoux. Il a l'air ridicule.

— Sympa, la chemise, commenté-je.

Il fronce le nez.

— C'est tout ce que j'ai trouvé pour cacher mon tatouage dans le cou, OK ?

Je souris nerveusement. J'avais oublié mes tatouages, mais mon tee-shirt les recouvre convenablement.

Les voitures des Érudits entrent dans l'enceinte. Il y en a cinq, toutes argentées avec un toit noir. Leurs moteurs ronronnent tandis que les roues tressautent sur les nids-de-poule. Je rentre à la hâte dans le bâtiment en laissant la porte ouverte derrière moi, pendant que Tobias s'active sur le système de fermeture de la poubelle.

Les voitures s'arrêtent et les portières s'ouvrent, révélant au moins cinq Érudits, hommes et femmes, vêtus de bleu.

Et une quinzaine d'Audacieux en noir.

À leur approche, je distingue des bandes de tissu bleu nouées autour de leurs bras, qui ne peuvent que signifier leur allégeance aux Érudits. À la faction qui a asservi leurs esprits.

Tobias me prend par la main et me conduit dans le dortoir.

— Je ne pensais pas que notre faction était aussi stupide, soupire-t-il. Tu as bien le pistolet ?

— Oui. Mais je ne suis pas sûre de pouvoir viser de la main gauche.

— Tu devrais t'entraîner, me conseille-t-il, en bon instructeur qu'il est.

— Je le ferai.

Et j'ajoute avec un frisson :

— Si on survit.

Il effleure mes bras nus.

— Essaie de sautiller un peu quand tu marches, me dit-il en déposant un baiser sur mon front. Fais comme si tu avais peur de leurs pistolets (Il me plante un baiser entre les sourcils.), comporte-toi comme la petite chose fragile que tu n'es pas... (Un baiser sur la joue.) et tout ira bien.

— OK.

Mes mains tremblent en agrippant le col de sa chemise. J'attire sa bouche vers la mienne.

Une cloche sonne, une fois, deux fois, trois fois. C'est le signal du rassemblement dans le réfectoire, où les Fraternels se retrouvent pour les occasions moins formelles que la réunion à laquelle on a déjà assisté. On se joint au groupe des Altruistes transformés en Fraternels.

Je retire les épingles des cheveux de Susan ; sa coiffure est trop austère pour une Fraternelle. Elle me gratifie d'un petit sourire reconnaissant tandis que ses cheveux tombent sur ses épaules. C'est la première fois que je la vois coiffée ainsi. Ça adoucit sa mâchoire anguleuse.

Je suis censée être plus courageuse que les Altruistes, or ils n'ont pas l'air aussi inquiets que moi. Ils s'échangent des sourires et marchent silencieusement – trop silencieusement. Je me faufile entre eux et je tape sur l'épaule d'une femme.

— Dites aux enfants de jouer à chat.

— À chat ? répète-t-elle, étonnée.

— Ils se comportent de manière trop respectueuse et... Pète-sec, expliqué-je, en me raidissant quand je prononce le surnom qu'on me donnait chez les Audacieux. Chez les Fraternels, les enfants chahutent. Faites ce que je dis !

La femme se penche vers un enfant Altruiste et murmure à son oreille. Quelques secondes plus tard, un petit groupe d'enfants s'élance dans le couloir en slalomant entre les jambes des Fraternels et en criant :

— Touché ! C'est toi le chat !

— Raté ! C'était ma manche !

Caleb prend le relais en enfonçant ses doigts dans les

côtes de Susan jusqu'à ce qu'elle pouffe de rire. J'essaie de me détendre ; j'adopte une démarche sautillante, comme me l'a conseillé Tobias, et je prends les tournants du couloir en balançant les bras. C'est fou comme ça change les choses de faire semblant d'appartenir à une autre faction – ça modifie même la façon de marcher. C'est peut-être ce qui rend aussi bizarre l'idée que je puisse facilement appartenir à trois d'entre elles.

Dans la cour qui mène au réfectoire, nous rattrapons les Fraternels qui nous précèdent et nous nous dispersons dans la masse. Ils nous laissent nous dissoudre parmi eux sans poser de questions. Je garde Tobias dans mon champ de vision pour ne pas trop m'éloigner de lui.

Deux traîtres Audacieux encadrent la porte du réfectoire, armes à la main. Je me raidis, soudain rattrapée par la conscience aiguë de faire partie d'un troupeau sans défense, parqué dans un bâtiment cerné par des Érudits et des Audacieux; si je suis découverte, je n'ai aucune issue. Ils m'abattront sur place.

Un instant, je songe à essayer de m'enfuir. Mais où pourrais-je aller sans qu'ils me rattrapent ? Je m'efforce de respirer normalement. J'ai presque dépassé les deux hommes armés – *ne les regarde pas, ne les regarde pas*. Plus que quelques pas – *détourne les yeux*.

Susan glisse son bras sous le mien.

— Je te raconte une blague et tu la trouves très drôle, me souffle-t-elle.

Je mets une main devant ma bouche et je me force à glousser, d'un rire aigu qui ne me ressemble pas du tout. À en juger par le sourire qu'elle me retourne, il était crédible. On se suspend l'une à l'autre comme le font les Fraternelles, on glisse des petits coups d'œil vers les Audacieux et on glousse de plus belle. Je ne me serais pas crue capable de faire ça, avec le poids de plomb qui m'oppresse.

— Merci, marmonné-je quand on est dans la pièce.

— Je t'en prie.

Tobias s'installe en face de moi à l'une des tables et Susan s'assied à ma gauche. Caleb et Peter sont quelques places plus loin, et les autres Altruistes s'éparpillent dans le réfectoire.

Mes doigts pianotent sur mes genoux tandis qu'on attend que quelque chose se passe. Le temps passe. Je fais semblant d'écouter une Fraternelle qui raconte une histoire à une autre. Mais à intervalles réguliers, j'échange avec Tobias des petits regards chargés de peur, comme dans un jeu de balle. Finalement, Johanna entre avec une Érudite, dont la chemise bleu vif paraît luire sur sa peau brune. Elle scrute la salle tout en parlant à Johanna. Je retiens mon souffle quand ses yeux glissent sur moi – et le relâche quand ils poursuivent leur inspection sans s'arrêter. Elle ne m'a pas démasquée.

Du moins pour l'instant.

Quelqu'un frappe sur une table et le silence se fait. Ça y est. C'est le moment où Johanna nous livre, ou pas.

— Nos amis Érudits et Audacieux cherchent certaines personnes, déclare-t-elle. Plusieurs Altruistes, trois Audacieux et un ex-novice Érudit. (Elle sourit.) Dans l'intérêt d'une collaboration pleine et entière, je leur ai dit que ces personnes sont effectivement venues ici, mais qu'elles sont reparties. Ils demandent l'autorisation de fouiller les lieux, ce qui veut dire qu'il nous faut voter. Quelqu'un a-t-il une objection ?

La tension perceptible dans sa voix suggère que si quelqu'un en a une, il ferait mieux de la garder pour lui. Je ne sais pas si les Fraternels sont sensibles à ces signaux, toujours est-il que personne ne bronche. Johanna adresse un signe d'acquiescement à l'Érudite.

— Trois d'entre vous restent ici, dit la femme aux gardes Audacieux massés à l'entrée. Les autres, fouillez les bâtiments et revenez au rapport si vous trouvez quoi que ce soit. Allez-y.

Ce ne sont pas les choses à trouver qui manquent. Les éclats du disque dur. Des vêtements que j'ai oublié de jeter. Une absence anormale de décoration personnelle dans nos chambres. Mon pouls s'accélère quand les trois soldats Audacieux qui sont restés commencent à arpenter le réfectoire.

Mes cheveux se hérissent sur ma nuque au moment où l'un d'eux passe derrière moi d'un pas lourd. Une fois de plus, je peux me réjouir d'être petite et insignifiante. Je n'attire pas le regard des autres.

Contrairement à Tobias. Toute son attitude affiche sa fierté, et la façon dont ses yeux se posent sur chaque chose trahit son assurance. Ce n'est pas une caractéristique Fraternelle. Elle ne peut être qu'Audacieuse.

L'Audacieuse qui arrive le repère aussitôt. Elle s'approche en plissant les yeux et s'arrête pile devant lui.

Si seulement le col de sa chemise était plus haut. S'il n'avait pas tous ces tatouages. Si...

— Tu as les cheveux courts pour un Fraternel.

S'il ne se coupait pas les cheveux comme un Altruiste...

— Il fait chaud, réplique-t-il.

L'excuse pourrait passer, mais son ton est cassant.

Tendant la main, elle écarte son col de chemise et dénude son tatouage.

Il passe à l'action.

Il la saisit par le poignet et la tire en avant pour la déséquilibrer. Elle se cogne la tête contre l'arête de la table et tombe. Un coup de feu éclate à l'autre bout de la salle. Quelqu'un crie. Tout le monde plonge sous les tables ou se tapit contre les bancs.

Tout le monde sauf moi. Je reste assise sans bouger, les deux mains agrippées au bord de la table. Tout en restant consciente de l'endroit où je me trouve, je ne vois plus le réfectoire. Je vois la ruelle dans laquelle je cours, après la mort de ma mère. Je fixe l'arme que je tiens à la main, et la peau lisse qui sépare les sourcils de Will.

Un petit gargouillis monte dans ma gorge. Ce serait un cri si je ne serrais pas autant les dents. La vision disparaît, mais je suis toujours incapable de bouger.

Tobias, qui s'est emparé du pistolet de l'Audacieuse, l'attrape par le cou pour la forcer à se relever. Se servant d'elle comme d'un bouclier, il tire par-dessus l'épaule de la femme sur le soldat Audacieux qui se trouve de l'autre côté de la salle.

— Tris ! me crie-t-il. J'ai besoin d'un coup de main !

Je soulève ma chemise juste assez pour dégager la crosse de mon pistolet et mes doigts touchent le métal. Le contact est si froid qu'il me fait mal. Ce n'est sûrement qu'une impression, il fait tellement chaud ici... Au bout de l'allée qui sépare les tables, un Audacieux me vise de son arme. Le trou noir du canon me semble de plus en plus gros, et je n'entends plus rien d'autre que les battements de mon cœur.

Caleb se jette sur moi pour me prendre le pistolet, vise à deux mains et tire dans le genou de l'Audacieux, qui n'est qu'à quelques mètres de lui.

L'homme s'effondre avec un cri de douleur, les mains autour

de sa jambe. Avant qu'il n'ait pu se reprendre, Tobias lui tire une balle dans la tête.

Je suis prise d'un tremblement incontrôlable. Tobias tient toujours l'Audacieuse par la gorge. Cette fois, c'est elle qu'il vise.

— Dites un mot et je tire, la prévient-il.

Elle a la bouche ouverte, mais garde le silence.

— Tous ceux qui sont avec nous, fuyez ! lance Tobias à travers la salle.

Aussitôt, les Altruistes quittent leurs abris sous les tables et les bancs pour affluer vers la sortie. Caleb m'oblige à me lever et je me mets en marche.

Soudain, je distingue comme un tressaillement, un mouvement ténu et rapide. L'Érudite brandit un petit pistolet et le pointe sur le dos d'un garçon en chemise jaune qui avance devant moi. C'est l'instinct, et non la présence d'esprit, qui me fait plonger au sol. Mes mains heurtent le garçon et la balle s'enfonce dans le mur au lieu de le tuer, ou de me tuer, moi.

— Lâchez cette arme, ordonne Tobias à la femme en braquant son pistolet sur elle. Je vise *très* bien, et je suis prêt à parier que ce n'est pas votre cas.

Je cligne des paupières à plusieurs reprises pour chasser le flou qui me brouille les yeux. Peter me regarde fixement. Je viens de lui sauver la vie. Il ne me remercie pas, et je l'ignore.

L'Érudite laisse tomber son pistolet. Peter et moi nous remettons en marche vers la porte et Tobias nous suit à reculons, sans cesser de la braquer. À la dernière seconde, avant de franchir le seuil, il claque la porte.

Et tout le monde court.

On fonce, haletants, dans l'allée centrale du verger. L'air nocturne est lourd comme une couverture, chargé d'une odeur de pluie. Des cris nous poursuivent. Des portières de voitures claquent. Je cours plus vite que je n'en ai jamais été capable, comme si je respirais de l'adrénaline à la place d'oxygène. Le ronronnement des moteurs se rapproche sous les arbres. La main de Tobias se referme sur la mienne.

On traverse un champ de maïs en file indienne. Entre-temps, les voitures nous ont rattrapés. La lumière de leurs phares se faufile entre les hautes tiges, éclairant une feuille ici, un épi ailleurs.

— Dispersez-vous ! crie quelqu'un dans le groupe – peut-être Marcus.

On s'éparpille en éventail à travers le champ. J'attrape Caleb par le bras. Le souffle haché de Susan dans mon dos m'indique qu'elle nous suit toujours.

On écrase les tiges de maïs, dont les feuilles coupantes m'entaillent les bras et les jambes. Je cours les yeux fixés entre les omoplates de Tobias. J'entends un bruit sourd suivi d'un cri. Des cris partout, sur ma gauche, sur ma droite. Des coups de feu. Les Altruistes ont recommencé à mourir, comme pendant la simulation. Et je continue à courir.

On atteint enfin la Clôture. Sans ralentir, Tobias la longe en poussant dessus jusqu'à ce qu'il trouve un trou. Il maintient les maillons du grillage écartés pendant qu'on se faufile de l'autre côté, Caleb, Susan et moi. Avant de reprendre ma course, je me retourne vers le champ de maïs. Je distingue des phares qui luisent au loin. Mais je n'entends plus rien.

— Où sont les autres ? murmure Susan.

— C'est fini.

Elle laisse échapper un sanglot. Tobias m'attire rudement vers lui et se met en marche. Mon visage me brûle à cause des dizaines de petites coupures infligées par les feuilles de maïs, mais mes yeux restent secs. La mort de ces Altruistes n'est qu'un poids de plus que je dois porter.

Restant à distance du chemin de terre par lequel les Érudits et les Audacieux sont arrivés chez les Fraternels, on suit la voie ferrée en direction de la ville. Il n'y a nulle part où se cacher ici, ni arbres ni bâtiments pour s'abriter, mais ce n'est pas grave. De toute façon, les voitures des Érudits ne peuvent pas franchir la Clôture, et ils vont mettre un moment à atteindre le portail.

— J'ai besoin de... faire une pause, dit Susan dans le noir, quelque part derrière moi.

On s'arrête. Elle s'effondre par terre en pleurant et Caleb s'agenouille à côté d'elle. Tobias et moi, on observe la ville, toujours illuminée puisqu'il n'est pas encore minuit. Je voudrais ressentir quelque chose. De la peur, de la colère, du chagrin. Mais je ne sens rien. Juste le besoin de continuer à avancer.

Tobias se tourne vers moi.

— Tu m'expliques, Tris ?

— Quoi? demandé-je d'une voix faible dont je ne suis pas fière.

Je ne sais pas s'il me parle de Peter, de ce qui s'est passé juste avant ou encore d'autre chose.

— Tu étais pétrifiée ! Tu étais sur le point de te faire tuer et tu es restée là sans bouger !

Il me crie dessus, maintenant.

— Je pensais pouvoir compter sur toi au moins pour défendre ta propre vie !

— Hé ! intervient Caleb. Laisse-la tranquille, d'accord ?

— Non, riposte Tobias en me fixant. Elle a surtout besoin d'être secouée !

Sa voix s'adoucit.

— Qu'est-ce qui s'est passé ?

Il s'imagine encore que je suis forte, assez forte pour pouvoir me passer de sa compassion. Avant, je lui donnais raison, mais je n'en suis plus si sûre. Je m'éclaircis la gorge.

— J'ai paniqué, avoué-je. Ça ne se reproduira pas.

Il hausse un sourcil.

— Ça n'arrivera plus, répété-je, plus fort.

— OK.

Il n'a pas l'air convaincu.

— On doit se mettre à l'abri, reprend-il. Ils vont se regrouper et reprendre les recherches.

— Tu crois qu'on les intéresse à ce point ? demandé-je.

— Nous deux, oui. On est sans doute les seuls qu'ils poursuivaient vraiment, à part Marcus, qui est sûrement mort.

Il a dit ça d'un ton factuel. J'ignore à quoi je m'attendais de sa part ; à du soulagement, peut-être, d'être enfin libéré de la menace que son père a toujours représentée pour lui. Ou encore à de la douleur, à de la tristesse, parce que le chagrin ne répond pas toujours à un fonctionnement logique. Mais il a parlé comme s'il donnait l'heure ou la direction à prendre.

— Tobias... commencé-je, avant de m'apercevoir que je ne sais pas quoi dire.

— Il faut repartir, annonce-t-il par-dessus son épaule.

Caleb persuade Susan de se relever. Elle n'arrive à avancer que grâce à mon frère dont le bras la pousse en avant.

Pour la première fois, je me rends compte que l'initiation des Audacieux m'a enseigné une leçon essentielle : continuer à avancer.

CHAPITRE HUIT

ON DÉCIDE DE SUIVRE LA VOIE FERRÉE jusqu'à la ville, parce qu'aucun de nous n'est bon en orientation. Je marche sur les traverses et Tobias avance en équilibre sur le rail, ne vacillant qu'occasionnellement. Caleb et Susan se traînent derrière. Chaque bruit non identifié me fait sursauter. Je ne me détends qu'en comprenant que c'est le vent, ou les baskets de Tobias qui crissent sur le rail. J'aurais voulu qu'on puisse continuer à courir, mais c'est déjà un exploit que mes jambes acceptent encore de me porter.

Soudain, j'entends une plainte basse sourdre des rails.

Je m'accroupis et pose les paumes dessus, les yeux fermés pour me concentrer sur la sensation du métal. Les vibrations traversent mon corps comme un soupir. Je scrute la voie au loin, entre les genoux de Susan ; pas de lumière de train, mais ça ne veut rien dire. Il peut aussi rouler sans signal sonore ni phare pour annoncer son arrivée.

Puis je vois doucement luire une petite locomotive. Elle est encore loin, mais elle approche à bonne allure.

— Le train arrive, dis-je. Je pense qu'on devrait monter dedans.

Je dois faire un effort pour me relever, moi qui ne rêve que de m'asseoir. J'essuie mes paumes sur mes cuisses.

— Même si les trains sont sous le contrôle des Érudits ? demande Caleb.

— Si c'était le cas, ils n'auraient pas eu besoin d'aller nous chercher chez les Fraternels en voiture, remarque Tobias. Je pense que ça vaut la peine de courir le risque. Ça nous permettra de nous cacher en ville. Ici, on ne ferait qu'attendre qu'ils nous retrouvent.

On s'écarte tous les quatre de la voie. Caleb expose point par point à Susan la manière de monter dans un train en marche, comme seul un Érudit peut le faire. Je regarde arriver la locomotive, j'écoute ses soubresauts rythmés sur les traverses, le murmure du métal des roues sur celui des rails.

Au passage de la locomotive, je me mets à courir en tâchant d'ignorer la brûlure dans mes cuisses. Caleb aide Susan à monter dans un wagon du milieu et saute après elle. Je prends une rapide inspiration, je me projette sur la droite et je retombe violemment sur le plancher du wagon, les jambes toujours dehors. Caleb me tire par le bras à l'intérieur. Tobias s'arrime à la poignée pour se lancer à ma suite dans le wagon.

Je relève la tête et j'arrête de respirer.

Des yeux luisent dans le noir. Des silhouettes sombres sont assises dans le wagon, plus nombreuses que nous.

Les sans-faction.

+++

Le vent traverse le wagon en sifflant. Tout le monde est debout, arme à la main – sauf Susan et moi, qui n'en avons pas. Un sans-faction à l'œil couvert d'un bandeau vise Tobias avec un pistolet. Je me demande où il l'a déniché.

À côté de lui, une femme plus âgée tient un couteau, de ceux dont on se sert pour couper le pain. Derrière eux, un autre brandit une planche de bois dont dépasse la pointe d'un clou.

— C'est la première fois que je vois des Fraternels armés, déclare la femme au couteau.

Le sans-faction au pistolet me rappelle quelqu'un. Il porte des vêtements en lambeaux de différentes couleurs : une veste d'Altruiste déchirée, un tee-shirt noir, un jean rapiécé au fil rouge et des bottes marron. Les cinq factions sont représentées dans les tenues du groupe qui se tient devant nous : des pantalons de Sincères associés à des chemises grises d'Altruistes, des sweat-shirts bleus sur des robes jaunes. Dans l'ensemble, ces habits sont en piteux état, à part quelques-uns, récemment volés, je suppose.

— C'est pas des Fraternels, dit l'homme au pistolet. C'est des Audacieux.

Maintenant, je le reconnais : c'est Edward, le novice qui a quitté les Audacieux après que Peter l'a attaqué avec un couteau à beurre. C'est pour cela qu'il porte un bandeau sur l'œil. Je me rappelle lui avoir maintenu la tête alors qu'il hurlait, allongé par terre, et avoir nettoyé son sang.

— Salut, Edward, dis-je.

Il me répond d'un petit signe de tête, sans abaisser son arme.

— Qui que vous soyez, reprend la femme, vous allez descendre de ce train si vous voulez rester en vie.

— Je vous en prie, intervient Susan d'une voix tremblante. On est en fuite… et les autres sont morts, et je ne…

Elle se remet à pleurer.

— Je ne crois pas que je pourrais continuer, achève-t-elle. Je…

J'éprouve une curieuse envie de me cogner la tête contre la paroi. Les sanglots des autres me mettent mal à l'aise. C'est peut-être égoïste de ma part.

— On essaie d'échapper aux Érudits, explique Caleb. Si on descend du train, ils nous trouveront plus facilement. On vous serait reconnaissants de nous laisser continuer jusqu'en ville avec vous.

— Ah ouais ? lance Edward en penchant la tête sur le côté. Cite-moi une seule chose que vous ayez faite pour nous.

— Je t'ai aidé alors que personne d'autre n'était prêt à le faire, dis-je. Tu l'as oublié ?

— Toi, peut-être, admet Edward. Mais les autres ?

Tobias avance d'un pas, de sorte que le canon lui touche presque la gorge.

— Je m'appelle Tobias Eaton, déclare-t-il. Je doute que vous ayez intérêt à me jeter de ce train.

L'effet de son nom sur les sans-faction est instantané et stupéfiant : ils baissent leurs armes en échangeant des regards entendus.

— Eaton ? Vraiment ? dit Edward en haussant les sourcils. Je dois reconnaître que je ne m'attendais pas à celle-là.

Il s'éclaircit la gorge.

— Très bien, vous pouvez venir. Mais une fois en ville, vous devrez nous suivre.

Et il ajoute avec un petit sourire :

— On connaît quelqu'un qui sera ravi de te voir, Tobias Eaton.

+++

Je suis assise avec Tobias dans l'encadrement de la portière, les jambes ballant à l'extérieur.

— Tu sais de qui il parlait ? demandé-je.

Il me fait signe que oui.

— Et c'est qui ?

— C'est difficile à expliquer. J'ai pas mal de choses à te dire.

Je m'appuie contre lui.

— Oui, dis-je. Moi aussi.

+++

Je ne mesure pas le temps qui s'écoule avant que les sans-faction nous indiquent de descendre. Mais quand ils donnent le signal, on est arrivés dans le secteur de la ville où ils vivent, à environ mille cinq cents mètres de là où j'ai grandi. Je reconnais tous les bâtiments : je passais devant en rentrant de l'école quand j'avais manqué le bus. Celui aux briques cassées. Celui sur lequel s'appuie un lampadaire arraché.

On se tient tous les quatre devant la porte du wagon, les uns derrière les autres. Susan gémit.

— Et si on se blesse ?

Je lui prends la main.

— On va sauter ensemble, toutes les deux. J'ai fait ça des dizaines de fois et je ne me suis jamais fait mal.

Elle accepte d'un hochement de tête et me serre les doigts à me les broyer.

— À trois, dis-je. Un, deux, *trois* !

Je l'entraîne avec moi. Mes pieds frappent le sol et continuent leur course sur quelques pas. Susan tombe sur le trottoir et roule sur le côté. À part un genou écorché, apparemment, elle n'a rien. Les autres se réceptionnent sans mal, même Caleb, pour qui ce n'est que la deuxième fois, à ma connaissance.

Je ne vois pas trop qui peut connaître Tobias parmi les sans-faction. À part Drew ou Molly, qui ont échoué à l'initiation des Audacieux ; mais ils ignoraient son vrai nom. Sans compter qu'Edward les a peut-être déjà tués, si j'en juge par ses dispositions à vouloir nous faire peur. Il doit s'agir de quelqu'un qui vient des Altruistes, ou de son lycée.

Susan semble s'être calmée. Elle marche toute seule à côté de Caleb et a séché ses larmes.

Tobias, à mes côtés, m'effleure l'épaule.

— Ça fait un moment que je n'ai pas regardé cette épaule, me dit-il. Comment ça va ?

— Plutôt bien. J'ai eu la bonne idée d'emporter le médicament antidouleur.

Ça me fait du bien de parler de quelque chose de léger, pour autant qu'une blessure puisse entrer dans cette catégorie.

— En revanche, il faudrait que je fasse plus attention si je veux qu'elle guérisse. Je n'arrête pas de me servir de mon bras ou d'atterrir dessus.

— On aura tout le temps de s'en occuper quand tout sera fini.

— Ouais.

« Ou ça n'aura plus d'importance puisque je serai morte », ajouté-je en mon for intérieur.

— Tiens, dit-il en sortant un canif de sa poche arrière. Au cas où.

Je glisse le couteau dans ma poche, en me sentant encore plus nerveuse qu'avant.

Les sans-faction nous font tourner à gauche dans une ruelle crasseuse qui sent les détritus. Des rats s'enfuient devant nous avec des petits cris effrayés et je vois leurs queues disparaître entre les monceaux d'ordures, les poubelles vides et les cartons détrempés. Je respire par la bouche pour ne pas vomir.

Edward s'arrête à côté d'un des bâtiments en briques délabrés et ouvre une porte en métal qui résiste. Je grimace, avec l'impression que l'édifice pourrait s'écrouler s'il tire trop fort. Les fenêtres sont recouvertes d'une couche de crasse si épaisse qu'elle bloque presque toute la lumière. On entre derrière Edward dans une pièce froide et humide. À la lumière vacillante d'une lanterne, je distingue... des gens.

Des gens assis par terre à côté de couvertures roulées. Des gens qui ouvrent des boîtes de conserve. Des gens qui boivent de l'eau au goulot dans des bouteilles. Et des enfants qui courent entre les groupes d'adultes, vêtus d'habits mêlant les couleurs des cinq factions. Des enfants sans-faction.

On est dans un entrepôt d'approvisionnement pour les sans-faction. Et tous ces gens qui sont censés vivre dispersés, isolés, exclus d'une communauté... sont rassemblés à l'intérieur. Ensemble, comme une faction.

Je ne sais pas à quoi je m'attendais, mais je suis surprise par leur apparente normalité. Ils ne se battent pas, ne s'évitent pas. Certains racontent des blagues, d'autres se parlent à mi-voix. Mais peu à peu, tous ont l'air de comprendre qu'on n'est pas censés être là.

— Venez, nous dit Edward en nous faisant signe de le suivre. Elle est là-bas.

On s'enfonce derrière lui dans le bâtiment soi-disant abandonné, sous les regards fixes et les silences des sans-faction. Je n'arrive plus à refréner mes questions.

— Qu'est-ce qui se passe, ici ? Pourquoi êtes-vous tous rassemblés comme ça ?

— Tu pensais qu'ils... qu'on était tous éparpillés ? demande Edward par-dessus son épaule. Avant, ils l'étaient. Trop affamés pour faire autre chose que chercher à manger. Mais les Pète-sec ont commencé à leur donner des vivres, des vêtements, des outils. Alors ils ont repris des forces et ils ont attendu. Ils vivaient comme ça quand je les ai trouvés, et ils m'ont accueilli.

On avance dans un couloir sombre. Je me sens dans mon élément, dans la pénombre et le silence, qui rappellent ceux des tunnels de la Fosse. En revanche, Tobias fait tourner autour de son index un fil qui dépasse de sa chemise, le déroule, le réenroule, encore et encore. Je n'ai toujours pas la moindre idée de la personne qu'on va rencontrer, mais lui le sait. Comment se fait-il que j'en sache aussi peu sur un garçon qui dit m'aimer – un garçon dont le vrai nom a un impact assez puissant pour acheter notre sécurité dans un wagon empli de gens hostiles ?

Edward s'arrête devant une porte métallique et cogne du poing dessus.

— Tu disais qu'ils ont attendu, intervient Caleb. Mais attendu quoi, exactement ?

— Que le monde s'écroule, lui répond Edward. Et c'est arrivé.

La porte s'ouvre et une femme d'aspect austère avec un œil qui louche se dresse dans l'embrasure. Son autre œil nous scrute.

— Des jeunes paumés ? demande-t-elle.

— Pas exactement, Therese.

Edward désigne Tobias d'un coup de pouce par-dessus son épaule.

— Celui-là est Tobias Eaton.

Therese fixe Tobias quelques secondes puis hoche la tête.

— Ça ne fait pas de doute. Attendez une minute.

Elle referme la porte. Tobias déglutit; je vois tressauter sa pomme d'Adam.

— Tu sais qui elle est partie chercher, pas vrai ? lui demande mon frère.

— Caleb, la ferme, s'il te plaît, rétorque Tobias.

Contre toute attente, mon Érudit de frère refrène sa curiosité.

La porte se rouvre et Therese s'efface pour nous laisser passer. On entre dans une vieille chaufferie dont les machines surgissent de l'ombre si subitement que je m'y cogne les coudes et les genoux. Therese nous conduit à travers un dédale métallique jusqu'au fond de la salle, où plusieurs ampoules pendent du plafond au-dessus d'une table.

Une femme d'une quarantaine d'années se tient debout derrière la table. Elle a le teint olivâtre et des cheveux noirs bouclés. Ses traits sont austères, trop anguleux, sans pour autant que son visage en perde sa séduction.

Tobias s'agrippe à ma main. À cette seconde, je me rends compte que cette femme a le même nez que lui – busqué, bien proportionné sur lui mais un peu trop grand chez elle. Ils ont aussi en commun leur mâchoire puissante, leur menton marqué, une lèvre supérieure fine et des oreilles décollées. Elle est musclée et élancée comme lui. Seuls leurs yeux sont différents ; ceux de la femme sont si sombres qu'ils semblent noirs.

— Evelyn, dit-il d'une voix un peu tremblante.

Evelyn était le prénom de l'épouse de Marcus, la mère

de Tobias. Ma main relâche sa pression sur la sienne. Il y a quelques jours à peine, je pensais à son *enterrement*. Et la voilà debout en face de moi, avec un regard plus froid que je n'en ai jamais vu dans les yeux d'une Altruiste.

— Bonjour.

Elle contourne la table en examinant Tobias.

— Tu parais plus vieux, commente-t-elle.

— Oui. Tu sais, le temps qui passe, ça a cet effet-là.

Il savait qu'elle était vivante. Quand l'a-t-il découvert ?

Elle lui sourit :

— Ainsi, tu as fini par venir...

— Ce n'est pas ce que tu crois, la coupe-t-il. On essayait d'échapper aux Érudits, et notre seule chance de nous en sortir était de donner mon nom à tes valets armés de bric et de broc.

Il semble avoir une raison de lui en vouloir. Mais une pensée me vient malgré moi : si, après l'avoir crue morte pendant des années, j'apprenais que ma mère était vivante, je ne lui parlerais jamais comme il s'adresse à elle, quoi qu'elle ait pu faire.

À la pensée de ma mère, ma gorge se noue. J'essaie de me concentrer sur ce qui se trouve devant moi. Sur la table, derrière Evelyn, il y a une grande carte couverte de signes tracés au feutre. Visiblement un plan de la ville, mais je n'arrive pas à comprendre les annotations. Sur le mur du fond, un graphique est affiché sur un tableau noir. Impossible de déchiffrer les informations qui s'y trouvent, écrites dans une sorte de code que je ne connais pas.

Evelyn garde son sourire, mais il n'y a plus trace de gaieté sur son visage.

— Je vois, dit-elle. Eh bien, présente-moi à tes camarades réfugiés.

Ses yeux se posent sur nos doigts enlacés. Tobias me lâche vivement et me désigne d'un geste.

— Voici Tris Prior. Son frère Caleb. Et leur amie Susan Black.

— Prior, répète-t-elle. Je connais plusieurs Prior, mais aucune qui s'appelle Tris. Beatrice, en revanche...

— Et moi, coupé-je, je connais plusieurs Eaton, mais aucune qui s'appelle Evelyn.

— Je préfère Evelyn Johnson. En particulier quand je me trouve entourée par une bande d'Altruistes.

— Et je préfère Tris, répliqué-je. Par ailleurs, on n'est pas des Altruistes. En tout cas, pas tous.

Evelyn jette un coup d'œil à Tobias.

— Tu t'es fait des amis intéressants.

— C'est un recensement ? demande soudain Caleb en s'approchant du tableau, la bouche ouverte. Et... attendez... des refuges de sans-faction ? (Il désigne la première ligne, qui indique « 7.................. Mais. bche ».) Je parle des endroits signalés sur la carte. Il s'agit bien de refuges, comme celui-ci ?

— Ça fait beaucoup de questions, remarque Evelyn en haussant un sourcil.

Elle a la même expression que Tobias – et la même méfiance quand on l'interroge.

— Pour des raisons de sécurité, je n'y répondrai pas, poursuit-elle. En plus, c'est l'heure du dîner.

Elle nous montre la porte. Susan et Caleb se dirigent vers la sortie, suivis par moi, et enfin par Tobias et sa mère. De nouveau, on se fraye un chemin entre les machines de la chaufferie.

— Je ne suis pas idiote, dit Evelyn à Tobias à mi-voix. Je sais que tu ne veux pas avoir affaire à moi – bien que je n'aie toujours pas compris pourquoi.

Tobias ricane.

— Mais je te réitère mon invitation, reprend-elle. Tu nous serais utile ici, et je sais que tu as la même opinion que moi sur le système des factions...

— Evelyn, l'interrompt-il. J'ai choisi les Audacieux.

— Les choix ne sont pas irréversibles.

— Qu'est-ce qui te fait croire que j'aie la moindre envie de me rapprocher de toi ? demande-t-il sèchement.

Le bruit de ses pas s'est arrêté et je ralentis pour entendre la réponse d'Evelyn.

— Le fait que je sois ta mère, dit-elle, et sa voix se brise sur le dernier mot, vulnérable, tout à coup. Et que tu sois mon fils.

— Tu n'as vraiment rien compris. Tu ne te rends pas compte une seconde de ce que tu m'as fait.

Il a le souffle court.

— Je ne veux pas rejoindre ta petite bande de sans-faction. Je veux partir d'ici le plus vite possible.

— Ma *petite* bande de sans-faction compte deux fois plus de personnes que celle des Audacieux, réplique-t-elle. Tu ferais bien de la prendre au sérieux. Ses actions pourraient déterminer l'avenir de la ville.

Là-dessus, elle passe devant lui, et devant moi. Ses paroles résonnent dans ma tête. *Compte deux fois plus de personnes que celle des Audacieux*. Comment sont-ils devenus aussi nombreux ?

Tobias me regarde d'un air sombre.

— Tu le savais depuis quand ? demandé-je.

— Environ un an.

Il se laisse aller contre le mur et ferme les yeux.

— Elle m'a envoyé un message codé chez les Audacieux,

pour me donner rendez-vous au dépôt du train. J'y suis allé par curiosité ; et elle était là. Vivante. Comme tu peux t'en douter, les retrouvailles n'ont pas été joyeuses.

— Pourquoi a-t-elle quitté les Altruistes ?

Il secoue la tête.

— Elle a eu une aventure. Pas étonnant, avec mon père qui... Bref, disons qu'il n'était pas plus sympa avec elle qu'avec moi.

— C'est... pour ça que tu lui en veux ? Parce qu'elle l'a trompé ?

Tobias rouvre les yeux.

— Non, dit-il d'un ton sinistre. Ça n'a rien à voir.

Je m'approche de lui comme je le ferais d'un animal sauvage, prudemment, pas à pas.

— Alors pourquoi ?

— Elle a été obligée de quitter mon père ; ça, je le comprends. Mais tu crois qu'elle aurait pensé à m'emmener avec elle ?

Je serre les lèvres.

— Oh, c'est parce qu'elle t'a laissé avec *lui*.

Elle l'a laissé seul avec son pire cauchemar. Pas étonnant qu'il la déteste.

Il lance un coup de pied dans le vide.

— Oui. Voilà.

Ma main cherche la sienne à tâtons et il cale mes doigts entre les siens. J'ai posé assez de questions pour cette fois, et je laisse le silence s'attarder entre nous jusqu'à ce qu'il se décide à le briser.

— J'ai l'impression qu'il vaut mieux avoir les sans-faction comme amis que comme ennemis, déclare-t-il.

— Possible. Mais quel serait le coût de cette amitié ?

— Je ne sais pas. Pas sûr qu'on ait le choix.

CHAPITRE NEUF

UN SANS-FACTION A ALLUMÉ un feu dans une grande coupe en métal pour faire chauffer la nourriture. Ceux qui veulent manger s'asseyent autour en cercle. Une fois qu'on a réchauffé les conserves, on se passe les couverts puis les boîtes, pour que tout le monde puisse manger un peu de tout.

Je plonge ma cuiller dans de la soupe, en évitant de penser au nombre de maladies qu'on peut se transmettre de cette manière.

Edward s'affale par terre à côté de moi et me prend la conserve des mains.

— Comme ça, vous avez tous grandi chez les Altruistes.

Il enfourne quelques cuillérées dans sa bouche et passe la boîte à Therese, assise à sa gauche.

— Oui, confirmé-je. Mais Tobias et moi, on est des transferts, comme tu sais, et...

Je me rends soudain compte que je ne devrais pas mentionner le transfert de Caleb chez les Érudits.

— ... Caleb et Susan sont restés chez les Altruistes.

— Caleb, c'est ton frère, dit Edward. Tu as laissé tomber ta famille pour devenir une Audacieuse ?

— Tu parles comme un Sincère, rétorqué-je, énervée. Merci de garder tes jugements pour toi.

Therese se penche vers moi :

— Edward vient de chez les Érudits, en fait. Pas de chez les Sincères.

— Ouais, je sais, dis-je. Je...

Elle ne me laisse pas continuer :

— Comme moi. J'ai été obligée de partir.

— Qu'est-ce qui s'est passé ?

Elle hausse les épaules, prend une boîte de haricots des mains d'Edward et plonge sa cuiller dedans.

— Je n'étais pas assez intelligente. Je n'ai pas obtenu une note suffisante à mon test de QI à l'initiation. Alors ils m'ont dit : « Soit tu passes toute ta vie à faire le ménage dans les labos de recherche, soit tu t'en vas. » J'ai préféré partir.

Elle baisse les yeux et lèche sa cuiller. Je lui prends les haricots pour les passer à Tobias, qui a le regard perdu dans les flammes.

— Vous êtes nombreux à venir de chez les Érudits ? demandé-je.

— Non, me répond Therese en secouant la tête. La plupart viennent de chez les Audacieux.

Elle donne un coup de menton vers Edward, qui lui jette un regard noir.

— Ensuite, il y a les Érudits, puis les Sincères, et une poignée de Fraternels. Personne n'échoue à l'initiation des Altruistes, c'est pour ça qu'on en a si peu, à part ceux qui ont survécu à l'attaque sous simulation et qui sont venus se réfugier ici.

— Je suppose que ça ne devrait pas m'étonner, pour les Audacieux.

— C'est sûr. Vous avez une des pires initiations, sans compter le problème des vieux.

— Le problème des vieux ?

Je glisse un coup d'œil à Tobias. Il s'est mis à nous écouter et a presque retrouvé son air normal, son habituel regard sombre et pensif.

— Quand les Audacieux arrivent à un certain degré de dégradation physique, m'explique-t-il, on leur demande de partir. D'une manière ou d'une autre.

— C'est-à-dire ?

Mon cœur bat plus fort, comme s'il connaissait déjà la réponse que mon esprit refuse d'admettre.

— Disons que certains préfèrent la mort à une vie sans faction.

— Des crétins, commente Edward. Je préfère encore être sans-faction qu'Audacieux.

— Dans ce cas, tu as eu de la chance, observe froidement Tobias.

— Ah ouais ? ricane Edward. Tu parles d'une chance, de se retrouver borgne.

— Certaines rumeurs prétendent que tu aurais provoqué l'attaque, rétorque Tobias.

— Qu'est-ce que c'est que cette histoire ? m'exclamé-je. Il était en tête du classement, c'est tout. Comme Peter était jaloux, il a...

Je me tais devant le petit air satisfait d'Edward. Je ne suis peut-être pas au courant de tout ce qui s'est passé pendant l'initiation.

— Il y avait bien eu un incident, dont Peter n'était pas sorti victorieux, confirme-t-il. De là à justifier un coup de couteau dans l'œil...

— Je ne dis pas le contraire, reconnaît Tobias. Et si ça peut te faire plaisir, il a reçu une balle dans le bras presque à bout portant pendant l'attaque sous simulation.

En effet, ça semble réjouir Edward, dont le petit sourire s'épanouit.

— C'est toi qui as tiré ?

Tobias secoue la tête.

— C'est Tris.

— Bien joué, m'applaudit Edward.

Je réponds d'un signe, mais je me sens un peu mal d'être félicitée pour une chose pareille. Oui, bon, pas si mal que ça. Après tout, c'était Peter.

Je regarde les flammes s'enrouler autour des morceaux de bois qui les alimentent. Elles ondulent et vacillent du même mouvement changeant que mes pensées. Je me souviens du moment où je me suis aperçue que je n'avais jamais vu d'Audacieux âgé. Et de celui où je me suis rendu compte que mon père était trop vieux pour gravir les chemins de la Fosse. Maintenant, j'en comprends plus que je ne le voudrais.

— Vous avez des informations sur ce qui se passe actuellement ? demande Tobias à Edward. Les Audacieux ont-ils tous rejoint les Érudits ? Les Sincères ont-ils réagi ?

— Les Audacieux sont divisés en deux camps, explique Edward, la bouche pleine. La moitié au siège des Érudits, l'autre à celui des Sincères. Les Altruistes qui restent sont avec nous. Pour l'instant, il ne s'est pas passé grand-chose. À part ce qui a pu vous arriver à vous, je suppose.

Tobias hoche la tête. Ça me soulage d'apprendre qu'au moins la moitié des Audacieux ne sont pas des traîtres.

Je mange cuillérée après cuillérée, jusqu'à être calée. Puis

Tobias nous déniche des paillasses et des couvertures, et je nous trouve un coin libre où nous installer pour la nuit. Quand il se penche pour dénouer ses lacets, je vois le symbole des Fraternels au creux de ses reins, dont les branches remontent en sinuant le long de sa colonne vertébrale. Lorsqu'il se redresse, j'enjambe les couvertures pour le prendre dans mes bras, et j'effleure son tatouage du bout des doigts.

Il ferme les yeux. Je compte sur le feu mourant pour nous cacher dans l'ombre tandis que ma main remonte le long de son dos, effleurant chaque tatouage. J'imagine l'œil grand ouvert des Érudits, la balance de justice des Sincères, les mains en coupe des Altruistes et les flammes des Audacieux. De l'autre main, je touche la flamme tatouée sur ses côtes. Je sens son souffle lourd contre ma joue.

— Dommage qu'on ne soit pas seuls, me murmure-t-il.

— Je me dis ça presque tout le temps.

+++

Je dérive dans le sommeil, bercée par le murmure des conversations. En ce moment, je dors mieux quand il y a du bruit autour de moi. En me concentrant dessus, j'arrive à tenir à distance les pensées qui profiteraient du silence pour se faufiler dans ma tête. Le bruit et l'activité sont le refuge des affligés et des coupables.

Quand je me réveille, le feu est réduit à des braises et seuls quelques sans-faction sont encore debout. Je mets plusieurs secondes à comprendre ce qui m'a tirée du sommeil : les voix de Tobias et d'Evelyn à deux mètres de moi. Je reste immobile, en espérant qu'ils ne s'apercevront pas que je suis éveillée.

— Si tu veux que je t'aide, tu vas devoir m'expliquer ce qui se passe, dit Tobias. Même si je ne vois pas en quoi je peux t'être utile.

Je distingue l'ombre d'Evelyn sur le mur, qui tremblote à la lueur vacillante des braises. Elle entortille ses cheveux autour de ses doigts quand elle parle.

— Que voudrais-tu savoir ? lui demande-t-elle.

— Parle-moi de la liste. Et du plan.

— Ton ami avait raison, ils indiquent nos refuges. Mais il se trompait sur les recensements... enfin, plus ou moins. Les nombres ne répertorient pas tous les sans-faction – seulement certains d'entre eux. Je suis sûre que tu peux deviner lesquels.

— Je ne suis pas d'humeur à jouer aux devinettes.

Elle soupire.

— Les Divergents. On répertorie les Divergents.

— Comment faites-vous pour les identifier ?

— Avant l'attaque sous simulation, l'une des actions menées par les Altruistes auprès des sans-faction consistait à les tester à la recherche de certaines anomalies génétiques. Parfois, il s'agissait juste de faire repasser le test d'aptitudes. D'autres fois, c'était plus compliqué. Les Altruistes pensaient qu'on présentait le plus fort taux de Divergents de la ville.

— Je ne comprends pas. Pourquoi...

— Pourquoi les sans-faction comptent-ils autant de Divergents ? complète-t-elle d'un ton un peu narquois. En toute logique, ceux qui ne peuvent pas se cantonner à un mode de pensée unique sont les plus susceptibles d'échouer à l'initiation ou de quitter leur faction, non ?

— Ce n'est pas ce que j'allais te demander, réplique Tobias. Je voulais savoir pourquoi vous, vous vous intéressez au nombre de Divergents.

— Les Érudits ont besoin d'exécutants. Ils en ont trouvé temporairement chez les Audacieux. Mais il va leur en falloir davantage et nous formons une cible évidente, sauf s'ils découvrent que nous comptons plus de Divergents que tout autre groupe. Au cas où ils ne s'en apercevraient pas, je veux savoir combien de personnes chez nous sont résistantes aux simulations.

— Ça se tient, admet Tobias. Mais pourquoi les Altruistes se préoccupaient-ils tant d'identifier les Divergents ? Ce n'était quand même pas pour aider Jeanine ?

— Bien sûr que non. Malheureusement, je l'ignore. Les Altruistes n'aiment pas fournir des informations dans le seul but de satisfaire la curiosité. Ils nous ont juste dit ce qu'ils estimaient nous être utile.

— Bizarre, marmonne Tobias.

— Tu pourrais peut-être questionner ton père, lui suggère Evelyn. C'est lui qui m'a informée, pour toi.

— Pour moi ? À quel propos ?

— Il soupçonnait que tu étais Divergent. Il t'observait de très près. Notait ton comportement. Il était très attentif vis-à-vis de toi. C'est pour ça que... que je pensais que tu serais en sécurité avec lui. Davantage qu'avec moi.

Tobias ne répond pas.

— Mais je vois maintenant que je me suis trompée.

Toujours pas de réponse.

— Si seulement... commence-t-elle.

— Je t'interdis de t'excuser, la coupe-t-il d'une voix tremblante. Ce n'est pas avec trois mots gentils et un câlin que tu vas réparer les dégâts.

— D'accord, tempère-t-elle. Je n'ai rien dit.

— Dans quel but les sans-faction se sont-ils rassemblés ? Qu'est-ce que vous comptez faire ?

— Renverser les Érudits. Une fois débarrassés d'eux, on aura surmonté le principal obstacle qui nous empêche de contrôler le gouvernement.

— Et c'est pour faire ça que tu comptes sur mon aide ? Renverser un gouvernement corrompu pour mettre en place un genre de tyrannie des sans-faction ? Tu rêves.

— Qui parle de tyrannie ? Nous voulons établir une société nouvelle. Une société sans factions.

J'ai la bouche sèche. Sans factions ? Un monde dans lequel personne ne saurait qui il est ni où est sa place ? Je n'arrive même pas à le concevoir. Je n'imagine que le chaos et l'isolement.

Tobias lâche un rire.

— Ben voyons. Et comment comptez-vous renverser les Érudits ?

— On ne fait pas d'omelette sans casser d'œufs, répond laconiquement Evelyn, dont l'ombre sur le mur hausse une épaule. Je suppose que ça n'ira pas sans un degré élevé de destruction.

Je frémis à ce mot. Quelque part dans les sombres recoins de mon esprit, j'ai soif de destruction, tant qu'il s'agit de celle des Érudits. Mais le terme a pris un nouveau sens pour moi, maintenant que j'ai vu quel aspect il peut prendre : des corps vêtus de gris gisant aux carrefours ou sur les trottoirs, des leaders Altruistes abattus dans leurs jardins, devant leur boîte aux lettres. J'appuie le front sur ma paillasse jusqu'à ce que ça me fasse mal pour extirper ces images de ma tête.

— Quant à ce que tu pourrais faire pour nous, poursuit Evelyn, pour atteindre notre objectif, on a besoin de l'appui des Audacieux. Ils ont les armes et l'expérience du combat. Tu pourrais établir une passerelle entre eux et nous.

— Tu t'imagines que j'ai de l'influence chez les Audacieux ? Parce que ce n'est pas le cas. Je suis juste quelqu'un qui n'a pas peur de grand-chose.

— Ce que je te suggère, c'est d'acquérir de l'influence.

Elle se lève et son ombre s'étire du sol au plafond.

— Je suis sûre que tu peux trouver un moyen pour peu que tu le veuilles. Penses-y

Elle tire ses cheveux bouclés en arrière et les attache en chignon.

— La porte t'est toujours ouverte.

Quelques minutes plus tard, il a repris sa place à côté de moi. Je n'ai aucune envie d'avouer que j'ai écouté leur conversation. Mais je ne fais confiance ni à Evelyn, ni aux sans-faction, ni à personne qui soit capable de planifier avec un tel détachement la destruction d'une faction entière. Et ça, je veux qu'il le sache.

Avant que j'aie trouvé le courage de lui parler, son souffle ralentit et il s'est endormi.

CHAPITRE DIX

JE PASSE UNE MAIN dans mon cou pour soulever les cheveux qui collent à ma nuque. J'ai des courbatures partout, surtout aux jambes. Et je ne sens pas très bon. J'ai besoin de prendre une douche.

En explorant les lieux au petit bonheur, je finis par trouver la salle de bains. D'autres ont eu la même idée avant moi ; il y a déjà un groupe de femmes devant les lavabos, dont une moitié sont nues, et les autres complètement indifférentes à cette nudité. Je découvre un lavabo libre dans un coin et je me fourre la tête sous le robinet, en laissant l'eau froide couler sur mes oreilles.

— Salut.

C'est la voix de Susan. Je tourne la tête sur le côté et l'eau dégouline le long de ma joue et dans mon nez. Elle porte deux serviettes, une blanche et une grise, toutes deux effilochées.

— Salut.

— J'ai une idée, annonce-t-elle.

Elle me tourne le dos et déplie une serviette, m'isolant du

reste de la salle de bains. Je pousse un soupir de soulagement. De l'intimité. Autant qu'il est possible d'en avoir.

Je me dépêche de me déshabiller et j'attrape le savon posé sur le lavabo.

— Comment tu te sens ? me demande-t-elle.

— Ça va.

Je sais qu'elle ne me pose la question que parce que les règles de sa faction l'exigent. Je préférerais qu'elle me parle librement.

— Et toi, Susan, comment ça va ?

— Mieux, me dit-elle tandis que je fais mousser du savon dans mes cheveux. Therese m'a signalé qu'il y avait un grand groupe d'Altruistes dans l'un des refuges de sans-faction.

— Ah bon ? Tu vas y aller ?

Je remets la tête sous le robinet et me rince les cheveux en me massant le crâne de la main gauche.

— Oui, me répond-elle. Sauf si tu as besoin de mon aide ici.

— C'est gentil, mais je crois que ta faction a plus besoin de toi que moi.

Je ramasse l'autre serviette par terre et je me dépêche de me sécher. Je n'ai pas envie de m'habiller. Il fait trop chaud pour porter un jean. J'enfile la chemise rouge d'hier. Elle est sale, mais je n'ai rien d'autre.

— J'ai l'impression que certaines sans-faction ont des vêtements de rechange, observe Susan.

— Oui, il y a des chances. Allez, à ton tour.

Je tiens la serviette dépliée pendant qu'elle se lave. Au bout d'un moment, ça tire dans les bras, mais elle a ignoré la douleur pour moi et j'en ferai autant pour elle. De l'eau m'éclabousse les pieds quand elle se lave les cheveux.

— Je n'avais jamais imaginé qu'on se retrouverait ensemble dans cette situation, dis-je au bout d'un moment. En train de se laver au lavabo dans un bâtiment abandonné, recherchées par les Érudits.

— Moi, j'ai toujours pensé qu'on vivrait dans le même quartier. Qu'on se retrouverait aux mêmes fêtes. Que nos enfants feraient le chemin ensemble jusqu'au bus scolaire.

Je me mords la lèvre. C'est ma faute, bien sûr, si ça n'a pas été possible, puisque j'ai choisi une autre faction.

— Excuse-moi, je n'avais pas prévu de parler de ça, ajoute-t-elle. C'est juste que je m'en veux de ne pas avoir été plus attentive. J'aurais dû me rendre compte de ce que tu traversais. Je me suis comportée en égoïste.

Je ris doucement.

— Susan, tu n'as absolument rien à te reprocher.

— J'ai fini. Tu peux me passer la serviette ?

Je me retourne en fermant les yeux pour la lui tendre. Quand Therese entre dans la salle de bains en se tressant les cheveux, Susan lui demande des vêtements de rechange.

Le temps qu'on quitte la salle de bains, je porte un jean et une chemise noire à l'encolure tellement large qu'elle me glisse sur l'épaule. Susan a mis un jean ample et une chemise de Sincère qu'elle boutonne jusqu'en haut. Les Altruistes sont toujours prêts à sacrifier le confort à la pudeur.

Quand je regagne la grande salle, des sans-faction sont en train de sortir avec des seaux et des brosses. Je les observe jusqu'à ce que la porte se referme derrière eux.

— Ils vont écrire un message pour les autres refuges sur l'un des panneaux d'affichage de la ville, m'explique Evelyn dans mon dos. Avec des codes constitués d'informations personnelles – la couleur préférée d'untel, l'animal de compagnie qu'un autre avait quand il était petit.

Je me demande ce qui la pousse à me faire cette confidence, jusqu'à ce que je me retourne. Je discerne alors dans ses yeux une étincelle que je connais pour l'avoir vue luire dans ceux de Jeanine, tandis qu'elle expliquait à Tobias qu'elle avait créé un sérum en mesure de le contrôler. C'est l'étincelle de la fierté.

— Malin, commenté-je. C'est votre idée ?

— En fait, oui.

Elle hausse les épaules, mais je ne suis pas dupe. Elle est tout sauf détachée.

— J'étais Érudite avant de devenir Altruiste.

— Oh. Et vous n'étiez pas dans votre élément chez les intellos ?

Elle ne mord pas à l'hameçon :

— Quelque chose comme ça.

Puis, après une pause :

— J'imagine que ton père est parti pour les mêmes raisons.

Je suis sur le point de lui tourner le dos pour mettre fin à la conversation, mais ses paroles créent une sorte de pression dans ma tête, comme si elle serrait mon cerveau entre ses mains ; je la regarde fixement.

— Tu l'ignorais ? poursuit-elle en fronçant les sourcils. Désolée. J'oubliais que les membres d'une faction parlent rarement de celle qu'ils ont quittée.

— Quoi ? dis-je d'une voix fêlée.

— Ton père était natif des Érudits. Ses parents étaient amis avec ceux de Jeanine Matthews. Ton père et Jeanine jouaient ensemble quand ils étaient petits. Je les voyais se prêter des livres à l'école.

J'imagine mon père, adulte, assis à côté d'une Jeanine adulte à une table de cafétéria, un livre entre eux. L'idée me semble tellement ridicule que j'émets un rire entre le gloussement et le ricanement. Ça n'est pas possible.

Sauf que.

Sauf qu'il n'a jamais parlé de sa famille ni de son enfance.

Sauf qu'il n'avait pas le caractère paisible de quelqu'un qui a grandi chez les Altruistes.

Sauf que sa haine des Érudits était si véhémente qu'elle devait avoir des motifs personnels.

— Je suis désolée, Beatrice, ajoute Evelyn. Je ne voulais pas rouvrir des blessures qui commencent à peine à se refermer.

Je plisse le front.

— Bien sûr que si.

— Qu'est-ce que tu veux dire ?

— Écoutez-moi bien, répliqué-je en baissant la voix.

Je m'assure que Tobias n'est pas dans les parages. Je ne vois que Caleb et Susan assis par terre dans un coin, se passant et se repassant un pot de beurre de cacahuète. Pas de Tobias.

— Je ne suis pas stupide. Je vois bien que vous essayez de l'utiliser. Et je le lui dirai, au cas où il ne l'aurait pas déjà compris.

— Ma chère petite, me rétorque-t-elle, je suis de sa famille. Je suis un élément permanent de sa vie. Tu n'es que temporaire.

— Ouais. Sa mère l'a abandonné et son père le battait. Avec une famille pareille, comment pourrait-il renier les liens du sang ?

Là-dessus, je m'éloigne, les mains tremblantes, pour aller m'asseoir par terre à côté de Caleb. Susan est partie à l'autre bout de la pièce aider un sans-faction à faire le ménage. Mon frère me passe le pot de beurre de cacahuète. Je revois les rangées d'arachides qui poussent dans les serres des Fraternels.

Ils les cultivent pour leur taux élevé de protéines et de corps gras, ce qui est particulièrement important pour les sans-faction. Je plonge un doigt dans le pot et je mange.

Dois-je lui répéter ce qu'Evelyn vient de m'apprendre ? Je ne veux pas qu'il pense qu'il a la faction Érudite dans le sang. Je ne veux pas lui fournir la moindre raison d'aller les retrouver.

Je décide de garder l'information pour moi pour l'instant.

— Je voulais te parler d'un truc, me dit-il.

Je hoche la tête en raclant avec ma langue le beurre de cacahuète collé sur mon palais.

— Susan veut rejoindre les Altruistes, poursuit-il. Et moi aussi. Et puis, je préfère être là pour veiller sur elle. Mais je ne veux pas non plus te laisser, toi.

— C'est bon.

— Si tu venais avec nous ? propose-t-il. Je suis sûr que les Altruistes t'accueilleraient à bras ouverts.

Je n'en doute pas ; les Altruistes ne sont pas rancuniers. Mais le chagrin menace de me submerger, et si je retournais dans la faction de mes parents, je m'y noierais.

Je fais non de la tête.

— Je dois aller au siège des Sincères pour découvrir ce qui se passe, expliqué-je. Ça me rend dingue de ne pas savoir.

Je me force à sourire avant de reprendre :

— Mais tu as raison de partir. Susan a besoin de toi. Elle a l'air d'aller mieux, mais elle a besoin de toi.

— OK, dit Caleb. J'essaie de te contacter rapidement. Mais sois prudente.

— Comme toujours, non ?

— C'est drôle, j'aurais plutôt employé le qualificatif de « téméraire » te concernant.

Il me presse légèrement l'épaule gauche. Je replonge le doigt dans le pot de beurre de cacahuète.

Tobias émerge de la salle de bains quelques minutes plus tard, ayant troqué sa chemise rouge de Fraternel contre un tee-shirt noir, ses cheveux courts luisants d'eau. Nos yeux se croisent à travers la pièce, et je sais qu'il est temps de partir.

+++

Le siège des Sincères est assez vaste pour contenir tout un univers. Ou c'est l'effet que ça me fait.

C'est un énorme cube en ciment qui donne sur ce qui fut jadis un fleuve. Le panneau annonce « ME - - - - - - DIS - A - T » – initialement Merchandise Mart, l'ancien marché aux marchandises, mais les gens ont pris l'habitude de l'appeler le Marché des Médisants, parce que les Sincères, dans leur franchise, ne font pas de cadeaux. Ils semblent avoir adopté le surnom.

N'y étant jamais entrée, je ne sais pas à quoi m'attendre. Tobias et moi, on s'arrête devant les portes et on se regarde.

— C'est parti, dit-il.

Je ne vois que mon reflet dans les portes vitrées. J'ai l'air sale et fatiguée. Il me vient pour la première fois à l'esprit que rien ne nous oblige à faire quoi que ce soit. On pourrait rester terrés avec les sans-faction et laisser les autres se dépatouiller dans ce désastre. On pourrait vivre en anonymes, tranquilles, ensemble.

Tobias ne m'a toujours pas parlé de la discussion qu'il a eue hier soir avec sa mère, et je doute qu'il le fasse. Il paraît si déterminé à entrer dans le bâtiment que je me demande s'il ne mijote pas quelque chose sans moi.

Je ne sais pas pourquoi je franchis les portes. Parce que, quitte à avoir fait le chemin, autant aller jusqu'au bout ? Ou plutôt, comme je le crois, parce que je fais la distinction entre réalité et illusions ? Je suis une Divergente ; je ne suis pas une anonyme. La « tranquillité » est un leurre, et j'ai d'autres priorités que celle de jouer à la dînette avec Tobias. Et apparemment, lui aussi.

L'entrée est large et bien éclairée, carrelée de dalles de marbre noir qui courent jusqu'aux ascenseurs. Sur le sol, au centre de la salle, un cercle de carreaux en marbre blanc représente le symbole des Sincères : une balance de justice qui penche d'un côté, censée symboliser les poids respectifs de la vérité et du mensonge. Le gros de ma faction qui ne s'est pas rallié aux Érudits s'est réfugié ici, et assure la protection des Sincères. L'endroit grouille d'Audacieux armés.

Une fille soldat avec un bras en écharpe s'approche de nous, pistolet au poing, le canon dirigé sur Tobias.

— Identifiez-vous, dit-elle.

Elle est encore jeune, mais pas assez pour le connaître.

Les autres Audacieux se regroupent derrière elle. Quelques-uns nous dévisagent d'un œil méfiant, les autres avec curiosité, mais le plus étrange est la lueur que je discerne dans le regard de certains. Une lueur de reconnaissance. Or, s'ils ont peut-être déjà eu affaire à Tobias, comment me connaîtraient-ils, moi ?

— Quatre, répond-il.

Puis, en me désignant :

— Et elle, c'est Tris. On est des Audacieux.

La fille écarquille les yeux, sans pour autant abaisser son pistolet.

— Quelqu'un peut m'aider ? demande-t-elle.

Trois de ses compagnons s'avancent, prudemment, comme s'il y avait du danger.

— Il y a un problème ? demande Tobias.

— Vous êtes armés ?

— Qu'est-ce que vous croyez ? Je suis un Audacieux !

— Les mains derrière la tête ! lance la fille, d'un ton qui laisse penser qu'elle redoute un refus.

Je jette un coup d'œil à Tobias. Pourquoi se comportent-ils comme si on représentait une menace ?

— On est entrés par la porte, dis-je lentement. Vous pensez vraiment qu'on aurait fait ça si on était venus avec l'intention de vous attaquer ?

Sans me retourner mon regard, Tobias a joint les mains derrière la tête. Au bout d'un moment, je l'imite. Les soldats Audacieux se pressent autour de nous. L'un d'eux tâte les jambes de Tobias pendant qu'un autre prend le pistolet coincé dans sa ceinture. Un troisième, un garçon au visage lunaire et aux joues roses, me regarde d'un air penaud.

— J'ai un canif dans ma poche arrière, précisé-je. Mais vous allez le regretter si vous posez les mains sur moi.

Il marmonne une vague excuse et saisit le canif entre ses doigts en prenant soin de ne pas me toucher.

— Qu'est-ce qui se passe ? insiste Tobias.

La fille échange des regards avec quelques autres.

— Je suis désolée, finit-elle par répondre. Mais on a reçu l'ordre de vous arrêter à votre arrivée.

CHAPITRE ONZE

ILS NOUS ENCERCLENT mais sans nous menotter, et nous conduisent aux ascenseurs. J'ai beau leur demander plusieurs fois la raison de notre arrestation, personne ne m'adresse la parole ni ne m'accorde un regard. Je finis par laisser tomber et par garder le silence, comme Tobias.

On monte au deuxième étage, où ils nous conduisent dans une petite pièce dallée de marbre blanc, cette fois, et non plus noir. Le seul meuble est un banc adossé contre le mur du fond. Toutes les factions sont censées disposer de cellules de détention pour les éléments perturbateurs, mais c'est la première fois que j'en vois une.

La porte se referme à clé sur nous et on reste seuls.

Tobias s'assied sur le banc, le front soucieux. Je fais les cent pas devant lui. S'il savait pourquoi on est là, il me le dirait ; inutile de le questionner. Je fais cinq pas dans un sens, cinq pas dans l'autre et je recommence, sur le même rythme, dans l'espoir que ça finira par m'aider à comprendre ce qui se passe.

Si les Érudits n'ont pas pris le pouvoir sur les Sincères – et

Edward m'a assuré que non –, pourquoi nous arrêteraient-ils ? Qu'est-ce qu'on a pu leur faire ?

S'il se confirme que les Sincères ont gardé leur indépendance, le seul vrai crime à leurs yeux serait d'être à la botte des Érudits. Ai-je fait quoi que ce soit qui puisse être interprété dans ce sens ? Je me mords la lèvre si fort que j'en grimace de douleur. Oui. J'ai tué Will. J'ai tué plusieurs autres Audacieux. Ils étaient sous l'effet de la simulation, mais les Sincères l'ignorent, ou bien ils estiment que ce n'est pas une excuse suffisante.

— Tu peux arrêter de t'agiter ? me demande Tobias. Tu me rends nerveux.

— Moi, ça me calme.

Il se penche en avant, les coudes sur les genoux, et fixe le sol entre ses baskets.

— Ta lèvre déchiquetée n'est pas de cet avis.

Je m'assieds à côté de lui en repliant mes genoux sur ma poitrine, laissant mon bras droit pendre sur le côté. Le temps passe sans qu'il rouvre la bouche ; je serre mon bras de plus en plus fort autour de mes genoux. Avec l'impression que plus je me ferai petite, moins je serai exposée.

— Parfois, déclare-t-il enfin, j'ai le sentiment que tu ne me fais pas confiance.

— Mais bien sûr que si ! Quelle idée ! Qu'est-ce qui te fait penser ça ?

Il secoue la tête.

— J'ai l'impression que tu me caches quelque chose. Moi, je t'ai confié des secrets que je n'avouerais à personne d'autre. Toi, il y a un truc qui te travaille et tu ne m'en as toujours pas parlé.

— Il n'y a que ça, des trucs qui me travaillent. Et puis d'ailleurs, je pourrais en dire autant de toi.

Il me touche la joue, écarte mes cheveux, éludant ma remarque comme j'ai éludé la sienne.

— Si tu me dis que c'est juste à cause de tes parents et rien d'autre, murmure-t-il doucement, je te croirai.

Son regard devrait être lourd d'inquiétude, étant donné notre situation, mais ses yeux restent sombres et tranquilles. Ils me transportent dans un endroit familier. Un endroit où il serait facile d'avouer que j'ai tué l'un de mes meilleurs amis, où je n'aurais pas peur de la façon dont il va me regarder quand il saura ce que j'ai fait.

Je pose ma main sur la sienne.

— Il n'y a rien d'autre à dire, dis-je faiblement.

— D'accord.

Sa bouche effleure la mienne. La culpabilité me serre les tripes.

À cet instant, la porte s'ouvre. Plusieurs personnes entrent : deux Sincères armés de pistolets, un troisième, plus âgé, à la peau mate, une Audacieuse que je ne connais pas et enfin Jack Kang, le représentant des Sincères.

Selon les standards des factions, c'est un jeune leader ; seulement trente-neuf ans. Mais pour les Audacieux, ça n'a rien d'exceptionnel. Eric est devenu leader à dix-sept ans. C'est sans doute l'une des raisons pour lesquelles les autres factions ne prennent pas nos positions très au sérieux.

Jack est un bel homme, avec des cheveux noirs coupés court, des yeux en amande comme Tori et des pommettes saillantes. Pourtant, les gens ne le perçoivent pas comme quelqu'un de charmant ; sans doute parce que c'est un Sincère et que sa faction considère cet attribut comme trompeur. Et je lui fais confiance pour nous expliquer ce qui se passe sans s'égarer en politesses d'usage. C'est déjà ça.

— On m'a dit que vous ne compreniez pas la raison de votre arrestation, déclare-t-il.

Sa voix est grave mais curieusement plate, comme dépourvue d'écho.

— J'en conclus que vous êtes soit accusés à tort, soit très bons comédiens, poursuit-il. Le seul...

— De quoi nous accuse-t-on ? le coupé-je.

— Lui, de crimes contre l'humanité. Et toi, de complicité.

— Quoi ? s'indigne Tobias.

Il a fini par se mettre en colère et jette à Jack un regard méprisant.

— On a vu des images vidéo de l'attaque. C'est toi qui menais la simulation.

— Comment avez-vous pu voir des images ? demande Tobias. On a emporté toutes les données.

— Vous avez emporté une *copie*, corrige Jack. Les images de l'enceinte des Audacieux enregistrées au cours de l'attaque ont été envoyées à d'autres ordinateurs partout en ville. Et ce qu'on y voit, c'est toi en train de mener la simulation, et elle presque battue à mort avant de renoncer. Ensuite, vous arrêtez, il y a une scène assez abrupte de réconciliation amoureuse et vous volez le disque dur ensemble. Une des explications possibles est que la simulation était achevée et que vous ne vouliez pas qu'on mette la main dessus.

J'en rirais presque. Ma grande action héroïque, la seule chose importante que j'aie jamais accomplie, ils croient que je l'ai faite pour le compte des Érudits.

— La simulation n'était pas terminée, rectifié-je. On l'a *arrêtée*. Vous...

Jack lève une main.

— Pour l'instant, ce que vous avez à dire ne m'intéresse pas. Les faits s'éclairciront quand vous serez tous les deux interrogés sous sérum de vérité.

Christina m'a déjà parlé de ce sérum, en me précisant que l'aspect le plus difficile de l'initiation des Sincères était de devoir répondre sous l'effet du produit à des questions personnelles devant l'ensemble de la faction. Je n'ai pas besoin de réfléchir longtemps pour savoir que cette injection est la dernière chose dont j'ai envie.

— Le sérum de vérité ? dis-je. Hors de question.

— Tu as quelque chose à cacher ? me demande Jack en levant les sourcils.

Je lui répliquerais bien que toute personne pourvue d'une once de dignité est censée garder certaines choses pour elle, mais je ne tiens pas à le rendre méfiant. Je fais non de la tête.

— Eh bien, parfait, conclut-il.

Il consulte sa montre.

— Il est midi. L'interrogatoire aura lieu à dix-neuf heures. Inutile d'essayer de vous y préparer. On ne peut pas dissimuler des informations quand on se trouve sous l'effet du sérum.

Il tourne les talons et quitte la pièce.

— Très sympathique, commente Tobias.

+++

En début d'après-midi, un groupe d'Audacieux en armes m'escorte à la salle de bains. Je prends mon temps. Je laisse l'eau chaude couler sur mes mains jusqu'à ce qu'elles rougissent, les yeux fixés sur mon reflet au-dessus du lavabo. Chez les Altruistes, où je n'avais le droit de me regarder dans un miroir qu'une fois tous les trois mois, je m'étonnais de pouvoir changer autant en si peu de temps. Cette fois, il aura suffi de trois jours.

Je parais plus âgée. C'est peut-être à cause des cheveux courts, ou simplement parce que tout ce qui s'est passé s'affiche sur mon visage.

Moi qui ai toujours pensé que je me réjouirais le jour où je n'aurais plus l'air d'une petite fille, je ne sens qu'une boule dans ma gorge. Je ne suis plus la fille que mes parents ont connue. Ils ne me connaîtront jamais telle que je suis devenue.

Je me détourne du miroir et je pousse la porte du couloir.

Quand les Audacieux me ramènent dans la cellule de détention, je m'attarde près de la porte. Tobias a la même allure que le jour de notre première rencontre : tee-shirt noir, cheveux courts, expression grave. Avant, le simple fait de le voir m'emplissait d'une excitation fébrile. Je me rappelle le moment où je lui ai pris la main devant la salle d'entraînement, et celui où on s'est assis ensemble sur les rochers près du gouffre. Et je donnerais cher pour retrouver ces instants-là.

— Tu as faim ? me lance-t-il.

Il prend un sandwich dans une assiette posée à côté de lui et me le tend.

Je m'assieds avec mon sandwich et j'appuie ma tête sur son épaule. Il ne nous reste plus qu'à attendre. On finit le contenu de l'assiette. Quand la position assise devient inconfortable, on s'allonge par terre, épaule contre épaule, fixant le même coin de plafond blanc.

— Qu'est-ce que tu as peur de dire ? me demande-t-il soudain.

— Tout. N'importe quoi. Je ne veux rien revivre de tout ça.

D'un hochement de tête, il me signifie qu'il comprend.

Je ferme les yeux et je fais semblant de dormir. Il n'y a pas d'horloge dans la pièce, et je pourrais croire que le temps n'existe pas, sans cette sensation de pression qui m'écrase contre le carrelage, de plus en plus forte à mesure qu'on se rapproche de dix-neuf heures.

Je ne me sentirais peut-être pas aussi oppressée s'il n'y avait pas ce sentiment de culpabilité – celle d'avoir enfoui la vérité quelque part où personne ne peut la voir, pas même Tobias. Peut-être que je ne devrais pas avoir si peur de parler, peut-être que la sincérité va me rendre plus légère.

J'ai dû finir par m'endormir, parce que le bruit de la porte qui s'ouvre me réveille en sursaut. Pendant qu'on se lève, des Audacieux entrent dans la pièce et quelqu'un prononce mon nom. Christina bouscule les autres pour passer et vient me serrer dans ses bras. Je lâche un cri quand ses doigts s'enfoncent dans mon épaule.

— Blessure par balle, expliqué-je. Aoutch !

— Oh, mince ! s'exclame-t-elle en me lâchant. Désolée, Tris.

Elle n'a plus la tête de la Christina que je connais. Ses cheveux sont plus courts, avec une coupe masculine, et sa peau a viré du brun chaud au grisâtre. Elle me sourit, mais son sourire ne monte pas jusqu'à ses yeux et son regard reste las. J'essaie de faire bonne figure, mais je suis trop nerveuse. Christina va assister à l'interrogatoire. Elle va entendre ce que j'ai fait à Will. Elle ne me le pardonnera jamais.

À moins que je lutte contre le sérum, que je ravale la vérité… si j'en suis capable.

Mais qu'est-ce que je veux vraiment ? Laisser la vérité me ronger les entrailles indéfiniment ?

— Ça va ? me demande-t-elle tandis qu'on quitte la pièce.

Quand j'ai appris que vous étiez là, j'ai demandé à vous escorter. Je sais que vous n'êtes pas coupables. Vous n'êtes pas des traîtres.

— Ça va. Et je te remercie. Et toi ?

— Oh, moi...

Sa voix s'éteint et elle se mord la lèvre.

— Est-ce qu'on t'a dit... Enfin, ce n'est peut-être pas le moment, mais...

— Quoi ? Qu'est-ce qu'il y a ?

— Heu... Will est mort dans l'attaque.

Elle me regarde d'un air inquiet, chargé d'attente. Elle attend quoi ?

Oh. Je ne suis pas censée être au courant de la mort de Will. Je pourrais faire semblant d'être sous le choc, mais je risque de ne pas être convaincante. Mieux vaut admettre que je le savais déjà. Mais je ne vois pas comment le lui dire sans avoir à tout avouer.

J'ai la nausée tout à coup. Suis-je vraiment en train de chercher le meilleur moyen de mentir à mon amie ?

— Je sais, dis-je. Je l'ai vu sur les écrans dans la salle de contrôle. Je suis désolée, Christina.

— Oh, fait-elle avec un hochement de tête. Eh bien... tant mieux. Je n'avais pas envie de t'apprendre ça dans un couloir.

Un petit rire. L'éclair d'un sourire. L'un et l'autre ne sont plus que l'ombre de ce qu'ils ont été.

L'un après l'autre, on entre dans l'ascenseur. Je sens sur moi le poids du regard de Tobias. Il n'était pas au courant de la mort de Will et sait que je ne l'ai pas vu sur les écrans. Je garde les yeux droit devant moi en tâchant d'ignorer que les siens me mettent en feu.

— Ne t'en fais pas pour le sérum de vérité, me glisse Christina. C'est facile. Pendant, on ne se rend même pas compte de ce qui se passe. Ce n'est qu'en remontant à la surface qu'on prend conscience de ce qu'on a dit. J'y suis passée quand j'étais gamine. C'est assez banal pour les Sincères.

Les Audacieux présents dans l'ascenseur s'échangent des regards. En temps normal, il se trouverait sans doute quelqu'un pour lui reprocher de parler de son ancienne faction ; mais les circonstances n'ont rien de normal. C'est la première fois de sa vie que Christina escorte sa meilleure amie soupçonnée de trahison à un interrogatoire public.

— Et les autres, ils s'en sont tirés ? demandé-je. Uriah, Lynn, Marlene ?

— Ils sont tous ici. À part Zeke, qui a rejoint les autres Audacieux vendus aux Érudits.

— Quoi ?

Zeke, le frère d'Uriah qui a attaché mes courroies de sécurité sur la tyrolienne, un traître ?

On est au rez-de-chaussée. Les portes de l'ascenseur s'ouvrent.

— Je sais, me dit-elle, personne ne l'avait vu venir.

Elle me prend par le bras pour me guider, le long d'un couloir en marbre noir. On doit se perdre facilement ici, tout se ressemble. On suit un autre couloir et on franchit des portes battantes.

De l'extérieur, le Marché des Médisants est un gros bloc compact surélevé en son centre. De l'intérieur, on découvre que la partie surélevée est une pièce cathédrale sur trois niveaux, aux fenêtres sans vitres. Je vois le ciel au-dessus de moi, sans étoiles.

Le dallage est en marbre blanc orné d'un symbole Sincère

noir au milieu et les murs sont éclairés par des rangées d'ampoules jaunes à la lumière tamisée, de sorte que toute la pièce semble luire. Les voix résonnent.

La plupart des Sincères et ce qui reste des Audacieux y sont déjà rassemblés. Quelques-uns sont assis sur les bancs en gradins disposés le long des murs, mais il n'y a pas assez de place pour tout le monde et les retardataires s'entassent autour du symbole. Sur ce dernier, au milieu de la balance de justice, il y a deux chaises vides.

Tobias me tend la main et je noue mes doigts avec les siens.

Nos gardes Audacieux nous conduisent au centre de la salle, où nous sommes salués, au mieux par des murmures, au pire par des huées. Je repère Jack Kang assis au premier rang.

Un vieil homme à la peau sombre s'avance en portant une boîte noire.

— Je m'appelle Niles, nous dit-il. Je serai votre interrogateur. C'est toi (il désigne Tobias) qui passeras le premier. Si tu veux bien venir t'asseoir...

Tobias presse ma main avant de la lâcher et je reste debout avec Christina en bordure du symbole des Sincères. Il fait tiède dans la salle – un air humide de fin de journée d'été –, mais j'ai froid.

Niles ouvre la boîte noire, qui contient deux aiguilles, une pour Tobias et l'autre pour moi. Il sort une lingette antiseptique de sa poche et la tend à Tobias. On ne prenait pas autant de précautions chez les Audacieux.

— L'injection se fait dans le cou, précise-t-il.

Tout ce que j'entends, tandis que Tobias applique l'antiseptique sur sa peau, c'est le bruit du vent. Niles s'avance, lui enfonce l'aiguille dans le cou et pousse dans ses veines le liquide bleu pâle. La dernière fois que j'ai vu quelqu'un faire une injection à Tobias, c'était Jeanine, pour le plonger dans une nouvelle simulation. À ce moment-là, j'ai cru que je l'avais perdu pour toujours.

Je frémis.

CHAPITRE DOUZE

— JE VAIS TE POSER une série de questions simples pour te laisser le temps de t'habituer au sérum jusqu'à ce qu'il fasse pleinement effet, explique Niles, assis en face de Tobias. Comment t'appelles-tu ?

Tobias se tient voûté, la tête en avant, comme si son corps était devenu trop lourd pour lui.

L'air renfrogné, il s'agite sur sa chaise et répond entre ses dents :

— Quatre.

Si l'on ne peut pas mentir sous l'effet du sérum, on peut peut-être choisir la version de la vérité qu'on raconte : Quatre est son nom, mais pas le vrai.

— C'est un surnom, réplique Niles. Quel est ton vrai nom ?

— Tobias.

Christina me donne un coup de coude :

— Tu le savais ?

Je fais oui de la tête.

— Comment s'appellent tes parents, Tobias ?

Il ouvre la bouche pour répondre, puis crispe les mâchoires comme pour empêcher les mots de sortir.

— Quel rapport avec le sujet ? demande-t-il.

Autour de moi, les Sincères marmonnent entre eux, certains avec réprobation. Je regarde Christina en haussant un sourcil interrogateur.

— Il est très difficile de ne pas répondre tout de suite à une question sous l'effet du sérum, m'explique-t-elle. Ça montre qu'il a une volonté très forte. Et qu'il a quelque chose à cacher.

— Ça n'avait peut-être aucun rapport, répond Niles à Tobias, mais ça en a un maintenant que tu as refusé de répondre. Les noms de tes parents, s'il te plaît.

Tobias ferme les yeux.

— Evelyn et Marcus Eaton.

Les noms de famille ne sont qu'un moyen supplémentaire d'identification, et servent juste à éviter des confusions dans les registres officiels. Quand on se marie, l'un des époux adopte le nom de l'autre, ou tous les deux en prennent un nouveau. On peut donc garder son nom de famille en changeant de faction, mais on le mentionne rarement.

Le brouhaha qui s'élève dans la salle indique clairement que tout le monde connaît le nom d'Eaton. Marcus est le membre le plus influent du gouvernement, et certains ont dû lire l'article dans lequel Jeanine l'accusait de cruauté envers son fils. C'est l'une des rares fois où elle ait dit la vérité. Personne n'ignore plus désormais que ce fils est Tobias.

Tobias Eaton est un nom puissant.

Niles attend que le silence revienne pour poursuivre :

— Tu es donc un transfert ?

— Oui.

— Tu as quitté les Altruistes pour les Audacieux ?

— Oui, aboie Tobias. C'est clair, non ?

Je me mords la lèvre. Il devrait se calmer ; plus il se montrera réticent, plus Niles insistera pour obtenir des réponses.

— L'un des buts de cet interrogatoire est de déterminer ceux à qui va ton allégeance, poursuit Niles. Je dois donc te poser la question : pourquoi as-tu changé de faction ?

Tobias le fusille du regard et garde la bouche close. Les secondes s'écoulent, dans un silence total. Plus il essaie de résister au sérum, plus cela semble lui demander des efforts : ses joues se colorent et sa respiration se fait plus hachée. J'ai mal pour lui. Il ne devrait pas avoir à exposer l'histoire de son enfance s'il ne l'a pas décidé. Les Sincères sont cruels de la lui arracher, de lui voler sa liberté.

— C'est horrible, dis-je à Christina d'un ton indigné. Ils n'ont pas le droit.

— Pourquoi ? me demande-t-elle, étonnée. C'est une question toute simple.

Je secoue la tête.

— Tu ne comprends pas.

— Tu tiens vraiment à lui, fait-elle remarquer avec un petit sourire.

Je suis trop occupée à observer Tobias pour lui répondre.

— Je repose ma question, répète Niles. Il est important pour nous de mesurer la solidité de ton allégeance à la faction que tu as choisie. Pourquoi avoir quitté les Altruistes pour les Audacieux, Tobias ?

— Pour me protéger. J'ai changé de faction pour me protéger.

— Te protéger de quoi ?

— De mon père.

Les conversations s'interrompent, remplacées par un silence plus lourd que les grognements réprobateurs.

À ma grande surprise, Niles n'insiste pas.

— Merci de ta franchise, dit-il.

Les Sincères répètent sa phrase à mi-voix. Autour de moi, les mots « Merci de ta franchise » sont déclinés sur tous les tons, et ma colère s'apaise. Ce murmure semble accueillir Tobias, accueillir puis jeter dans l'oubli son secret le plus sombre.

Peut-être n'est-ce pas la cruauté qui les motive, mais simplement le désir de comprendre. Ce qui ne diminue en rien ma peur d'être soumise au sérum de vérité.

— Es-tu loyal à ta nouvelle faction, Tobias ? reprend Niles.

— Je suis loyal à tous ceux qui ne soutiennent pas l'attaque menée contre les Altruistes.

— À ce propos, je pense que nous devrions nous concentrer sur ce qui s'est passé ce jour-là. Quels sont tes souvenirs du moment où tu étais sous l'effet de la simulation ?

— Je ne l'étais pas, au début, dit Tobias. Ça n'a pas marché.

Niles a un petit rire :

— Comment cela, ça n'a pas *marché* ?

— L'une des caractéristiques des Divergents est leur capacité à résister à la simulation, explique Tobias. Et je suis un Divergent. Donc, non, ça n'a pas marché.

Nouveaux chuchotements dans la salle. Christina me donne un coup de coude.

— Tu en es une aussi ? me glisse-t-elle à l'oreille. C'est pour ça que tu es restée éveillée ?

J'ai passé les derniers mois à craindre le mot « Divergent », terrifiée à l'idée que quiconque découvre que je l'étais. Mais je ne vais pas pouvoir continuer à le cacher.

Je confirme d'un hochement de tête.

Elle a les yeux si écarquillés qu'ils semblent sur le point de lui sortir de la tête. J'ai du mal à interpréter son expression. Est-ce de la surprise ? De la peur ?

De l'admiration ?

— Tu sais ce que ça veut dire ? demandé-je.

— J'en ai entendu parler quand j'étais petite, me répond-elle dans un murmure chargé de respect.

C'est de l'admiration. Clairement.

— C'était un peu comme une histoire fantastique, poursuit-elle. Genre, il y a des gens avec des superpouvoirs parmi nous !

— Sauf que c'est réel et qu'il n'y a pas non plus de quoi en faire un plat. C'est comme dans le paysage des peurs. On reste conscient du début jusqu'à la fin et on peut manipuler la simulation. Eh bien pour moi, ça se passe de la même façon dans toutes les simulations.

— Mais, Tris, me dit-elle en posant une main sur mon bras. Ça ne se *peut* pas.

Au milieu de la salle, Niles, les mains levées, s'évertue à faire taire la foule, mais les chuchotements sont trop nombreux – certains hostiles, d'autres terrifiés, d'autres encore impressionnés, comme l'a été Christina. Niles finit par se lever pour crier :

— Si vous ne vous taisez pas, je vais devoir vous demander de sortir !

Enfin, le silence se rétablit et Niles se rassied.

— Bien, dit-il. Quand tu parles de résistance à la simulation, qu'entends-tu par là ?

— En général, ça se traduit par le fait de rester conscient pendant les simulations, répond Tobias.

Il semble plus à l'aise maintenant que les questions sont d'ordre factuel et non plus personnel. Il ne donne même plus l'impression d'être sous l'effet du sérum, seuls sa posture avachie et son regard errant prouvent le contraire.

— Mais la simulation d'attaque était différente, poursuit-il. Ils ont utilisé un autre type de sérum, doté de transmetteurs longue distance. Il faut croire que ces transmetteurs ne fonctionnent pas sur les Divergents, puisque je me suis réveillé dans mon état normal ce matin-là.

— Tu dis qu'au *début*, tu n'étais pas sous l'influence du sérum. Peux-tu nous éclairer sur ce point ?

— En fait, j'ai été découvert et conduit devant Jeanine, qui m'a injecté une version du sérum spécialement conçue pour les Divergents. Je suis resté conscient aussi pendant cette simulation-là, mais ça ne m'a pas été d'un grand secours.

— Les images vidéo du siège des Audacieux te montrent en train de mener la simulation, déclare Niles d'un air sombre. Comment expliques-tu cela, précisément ?

— Au cours d'une simulation, nos yeux continuent à voir le monde réel et à traiter les informations. Notre cerveau ne les comprend plus, mais à un certain niveau, il reste conscient de ce que nous voyons et de l'endroit où nous nous trouvons. La nature de cette nouvelle simulation consistait à enregistrer mes réactions émotionnelles aux stimuli externes. (Tobias ferme les yeux quelques secondes.) À partir de ces données, elle a modifié l'apparence des stimuli. La simulation a changé mes ennemis en amis, et inversement. Je croyais arrêter la simulation, alors que je recevais des instructions sur la manière de la poursuivre.

Christina l'écoute en hochant la tête. Je constate avec

soulagement que la plupart des auditeurs en font autant. C'est l'avantage du sérum de vérité, songé-je. Il rend le témoignage de Tobias irréfutable.

— Nous avons vu des images de ce qui t'est arrivé à la fin dans la salle de contrôle, dit Niles. Mais c'est très confus. Peux-tu nous l'expliquer ?

— Quelqu'un est entré dans la pièce et j'ai cru que c'était une Audacieuse qui venait m'empêcher de détruire la simulation. Je me suis battu contre elle et… (Tobias s'agite.) et puis elle s'est arrêtée. Je n'y comprenais plus rien. Elle n'avait aucune raison de se rendre ! Il lui suffisait de me tuer !

Ses yeux fouillent la salle jusqu'à ce qu'ils se posent sur moi. Je sens mon pouls remonter dans ma gorge, battre dans mes joues.

— Et je n'ai toujours pas compris, dit-il doucement.

Les pulsations gagnent le bout de mes doigts.

— Je crois que mes émotions contradictoires ont perturbé la simulation, reprend-il. Ensuite, j'ai entendu sa voix. Et ça m'a permis de prendre le dessus sur la simulation.

Mes yeux me brûlent. J'ai essayé de ne pas repenser à ce moment où j'ai cru que je l'avais perdu et que j'allais bientôt mourir, ce moment où je voulais juste sentir les battements de son cœur. Une fois de plus, je me force à chasser ce souvenir. Je m'essuie les yeux.

— Finalement, je l'ai reconnue, conclut-il. On est allés dans la salle de contrôle et on a arrêté la simulation.

— Comment s'appelle cette personne ?

— Tris. Je veux dire, Beatrice Prior.

— Tu la connaissais déjà ?

— Oui.

— Comment la connaissais-tu ?

— J'étais son instructeur. Maintenant, on est ensemble.

— J'ai une dernière question, dit Niles. Chez les Sincères, avant que quelqu'un soit accepté dans notre communauté, il doit s'exposer complètement. Compte tenu de la gravité de la situation, nous te demandons de t'y plier. Alors, Tobias Eaton, quel est ton plus grand regret ?

Je l'observe, en m'arrêtant sur tous les détails qui me touchent chez lui, de ses baskets élimées jusqu'à ses longs doigts en passant par la barre rectiligne de ses sourcils.

— Je regrette...

Il incline la tête, soupire.

— Je regrette mon choix.

— Quel choix ?

— Celui des Audacieux. Je suis né pour être un Altruiste. J'avais décidé de quitter les Audacieux pour rejoindre les sans-faction. Et puis, je l'ai rencontrée, elle, et... je me suis dit que je devais peut-être approfondir ma réflexion.

« Elle ».

L'espace d'un instant, j'ai l'impression de voir un inconnu dans la peau de Tobias, quelqu'un dont la vie n'est pas aussi simple que je le croyais. Il voulait quitter les Audacieux et il est resté à cause de moi. Il ne me l'a jamais dit.

— Choisir les Audacieux pour fuir mon père, c'était de la lâcheté. Je regrette cette lâcheté. Elle montre que je ne suis pas digne de ma faction. Je la regretterai toujours.

Je m'attends à des cris indignés de la part des Audacieux, voire à ce qu'ils se jettent sur lui pour lui cogner dessus. Ils sont capables de réactions encore plus impulsives que ça. Mais ils ne bronchent pas. Ils restent assis dans un silence glacé, le visage de marbre, à fixer un garçon qui ne les a pas trahis, mais qui ne s'est jamais senti vraiment à sa place parmi eux.

Pendant un moment, personne ne réagit. Je ne sais pas d'où viennent les premiers murmures ; on dirait qu'ils surgissent de nulle part.

Mais quelqu'un dit : « Merci pour ta franchise », et toute la salle répète la phrase.

Je ne me joins pas à eux.

Je suis la seule raison qui ait empêché Tobias de quitter sa faction. Je ne suis pas digne de ce choix.

Peut-être qu'il a le droit de le savoir.

+++

Niles se tient au milieu de la salle avec une seringue, dont l'aiguille brille sous l'éclairage. Autour de moi, les Sincères et les Audacieux attendent que je m'avance pour déverser toute ma vie devant eux.

Je me repose la même question que tout à l'heure : *je devrais peut-être combattre l'effet du sérum.* Mais je ne suis pas certaine que ce soit une bonne idée. Dans l'intérêt de ceux que j'aime, il vaudrait peut-être mieux que je déballe tout.

Je me dirige d'un pas raide vers le centre de la salle tandis que Tobias s'en éloigne. Au moment où on se croise, il me prend la main et presse mes doigts. Puis il n'y a plus que moi, Niles et l'aiguille. Je nettoie mon cou avec l'antiseptique et j'ai un mouvement de recul en voyant Niles s'approcher avec la seringue.

— Je préférerais le faire moi-même, dis-je en tendant la main.

Je ne laisserai plus jamais personne me faire une injection, pas après celle qu'Eric m'a administrée pour l'attaque sous simulation. M'en charger moi-même ne modifiera pas le contenu de la seringue, mais au moins, je resterai l'instrument de ma propre destruction.

— Tu sais comment t'y prendre ? me demande Niles, surpris.

— Oui.

Il me tend la seringue. Je la positionne au-dessus de la veine de mon cou, j'enfonce l'aiguille et j'appuie sur le piston. Je suis tellement chargée d'adrénaline que je ressens à peine un picotement.

Quelqu'un s'avance avec une corbeille et j'y jette la seringue. L'effet du sérum est immédiat. J'ai l'impression que le sang dans mes veines a été remplacé par du plomb. Je manque m'effondrer en me dirigeant vers la chaise ; Niles doit me rattraper par le bras et me guider.

Quelques secondes plus tard, mon cerveau se tait. À quoi est-ce que j'étais en train de penser ? Ça ne semble plus avoir d'importance. Plus rien ne compte en dehors de la chaise sur laquelle je suis assise et de l'homme qui me fait face.

— Comment t'appelles-tu ? me demande-t-il.

À peine a-t-il posé la question que la réponse jaillit de ma bouche.

— Beatrice Prior.

— Et tu portes le surnom de Tris ?

— Oui.

— Comment s'appellent tes parents, Tris ?

— Andrew et Natalie Prior.

— Et toi aussi, tu as changé de faction ?

— Oui.

Mais une nouvelle interrogation s'éveille dans un coin de

ma tête : « *toi aussi ?* » Ça implique quelqu'un d'autre, et dans le cas présent, ce quelqu'un est Tobias. Je fronce les sourcils en m'efforçant de le visualiser. Je parviens à fixer son image dans mon esprit, avec difficulté. Je le vois, lui, puis un flash qui me le montre assis sur la chaise, comme je le suis maintenant.

— Tu venais de chez les Altruistes ? Et tu as choisi les Audacieux ?

— Oui, répété-je.

Mais cette fois, le mot paraît sec, je ne sais pas pourquoi exactement.

— Pourquoi as-tu changé de faction ?

Cette question-ci est plus compliquée, mais j'ai aussi la réponse. Je m'apprête à dire : « Je n'étais pas assez bien pour les Altruistes », mais une autre phrase se présente à mon esprit : « Je voulais être libre ». Les deux sont vraies. Je veux les dire toutes les deux. Je crispe les mains sur les accoudoirs en tentant de me rappeler où je suis, ce que je fais là. Il y a une foule autour de moi, mais je ne sais pas pourquoi elle est là.

J'essaie de me concentrer, comme au lycée, quand je tenais presque la réponse à une question pendant un contrôle, mais qu'elle se dérobait. Alors, je fermais les yeux et je visualisais la page du livre de cours où se trouvait la réponse. Je me débats quelques secondes, mais je n'y arrive pas. Je ne me rappelle pas.

— Je n'étais pas assez bien pour les Altruistes. Et je voulais être libre. Alors j'ai choisi les Audacieux.

— Pourquoi n'étais-tu pas assez bien ?

— Parce que j'étais égoïste.

— Tu *étais* égoïste ? Tu ne l'es plus ?

— Bien sûr que si. Ma mère disait que tout le monde l'est.

Mais je suis devenue moins égoïste chez les Audacieux. J'ai découvert qu'il y avait des gens pour lesquels j'étais prête à me battre. Prête à mourir, même.

Ma réponse m'étonne moi-même... mais pourquoi ? Je pince les lèvres. Parce que c'est vrai. Si je le dis ici, ça doit être vrai.

Cette idée me fournit le maillon manquant dans la chaîne de pensées que j'essaie de former. Je suis ici pour un test au détecteur de mensonge. Tout ce que je dis est vrai. Une goutte de sueur coule sur ma nuque.

Un test au détecteur de mensonge. Le sérum de vérité. Il faut que je m'en souvienne. On a trop vite fait de se perdre dans la vérité.

— Tris, peux-tu nous expliquer ce qui s'est passé le jour de l'attaque ?

— Je me suis éveillée, et tout le monde était sous l'influence de la simulation. Alors j'ai fait semblant de l'être aussi le temps de retrouver Tobias.

— Que s'est-il passé après que vous avez été séparés ?

— Jeanine a essayé de me faire tuer, mais ma mère est venue me sauver. C'était une Audacieuse, à l'origine, et elle savait se servir d'un pistolet.

Mon corps me paraît encore plus lourd que tout à l'heure, mais je n'ai plus froid. Je sens quelque chose remuer dans ma poitrine, une chose pire que la tristesse, pire que le regret.

Je sais ce qui vient après. Ma mère est morte et puis j'ai tué Will ; je lui ai tiré dessus ; je l'ai tué.

— Elle a détourné l'attention des soldats Audacieux pour me permettre de m'enfuir, et ils l'ont tuée, dis-je.

Quelques-uns se sont lancés à ma poursuite, alors je les ai tués.

Mais il y a des Audacieux dans la salle autour de moi, des Audacieux, j'ai tué des Audacieux, je ne devrais pas parler de ça ici.

— J'ai couru. Et...

Et Will m'a poursuivie. Et je l'ai tué.

Non, non. J'ai le front en sueur.

— Et j'ai retrouvé mon père et mon frère, continué-je d'une voix tendue. On a mis au point un plan pour arrêter la simulation.

Les angles des accoudoirs s'enfoncent dans mes paumes. Je cache une partie de la vérité. Ça compte sûrement comme un mensonge.

J'ai combattu le sérum. Et pendant ce bref instant, j'ai gagné. Je devrais éprouver un sentiment de triomphe. Mais tout ce que je sens, c'est le poids de mes actes qui m'écrase de nouveau.

— On a infiltré l'enceinte des Audacieux et mon père et moi sommes allés jusqu'à la salle de contrôle. Il s'est battu contre des soldats Audacieux, et il en est mort. J'ai finalement réussi à entrer dans la salle de contrôle et je suis tombée sur Tobias.

— Tobias a dit que tu l'avais attaqué, puis que tu t'étais arrêtée. Pourquoi ?

— Parce que je me suis rendu compte que l'un de nous deux allait devoir tuer l'autre, et je ne voulais pas le tuer.

— Tu as renoncé ?

— Non ! lancé-je en secouant la tête. Non, pas exactement. Je me suis souvenue de quelque chose que j'avais fait dans mon paysage des peurs pendant l'initiation... Dans une simulation, une femme m'avait demandé de tuer ma famille, et j'ai préféré la laisser me tirer dessus. J'ai pensé...

Je me pince la racine du nez. Je commence à avoir la migraine, je ne maîtrise plus rien et mes pensées se muent toutes seules en mots.

— J'étais désespérée. Tout ce que je savais, c'est que j'avais une chance de briser la logique, qu'il y avait un espoir là-dedans. Et comme je ne pouvais pas le tuer, il fallait que j'essaye.

Je cligne des paupières pour chasser les larmes de mes yeux.

— Donc, tu n'as jamais été sous l'influence de la simulation ?

— Non.

Je presse les paumes sur mes yeux pour écraser mes larmes avant que tout le monde ne les voie rouler.

— Non. Non, répété-je, je suis une Divergente.

— Juste pour que les choses soient claires, insiste Niles, es-tu en train de me dire qu'après avoir failli être assassinée par les Érudits... tu t'es battue pour entrer dans l'enceinte... et tu as détruit la simulation ?

— Oui.

— Je crois que je peux déclarer au nom de tous que tu as mérité le titre d'Audacieuse.

Des cris s'élèvent à gauche de la salle, et je distingue dans un brouillard une forêt de poings qui martèlent le ciel. Ma faction, qui m'acclame.

Mais non, ils se trompent. Ce n'est pas du courage. J'ai tué Will, et je ne suis même pas capable de l'admettre.

— Beatrice Prior, reprend Niles, quels sont tes plus grands regrets ?

Qu'est-ce que je regrette ? Je ne regrette pas d'avoir choisi les Audacieux ni d'avoir quitté les Altruistes. Je ne regrette même pas d'avoir tiré sur les gardes devant la salle de contrôle, parce qu'il était vital que j'y entre.

— Je regrette...

Mon regard se détache de Niles pour dériver dans la salle et s'arrête sur Tobias. Son visage est sans expression, les lèvres serrées, le regard vide. Il a les bras croisés sur la poitrine, les mains tellement crispées que ses jointures sont blanches. Ma poitrine se serre et je ne peux plus respirer.

Je dois leur dire. Je dois leur dire la vérité.

— Will, laché-je.

C'est sorti comme un cri étranglé, que j'aurais arraché de mon ventre. Je ne peux plus revenir en arrière.

— J'ai tiré sur Will alors qu'il était sous l'influence de la simulation. Je l'ai tué. Il allait me tuer, mais c'est moi qui l'ai fait. J'ai tiré sur mon ami.

Will avec son petit pli entre les sourcils, ses yeux vert clair couleur de céleri et sa capacité à réciter de tête le manifeste des Audacieux. Une douleur me vrille l'estomac, si intense que je dois me retenir de gémir. Ça fait mal de me souvenir de lui. Ça fait mal partout.

Et il y a autre chose, autre chose de pire, dont je n'avais pas conscience jusqu'ici. J'étais prête à mourir plutôt que de tuer Tobias, mais ça ne m'a pas effleuré l'esprit pour Will. J'ai fait le choix de le tuer en une fraction de seconde.

Je me sens nue. Tant que je gardais mes secrets, je ne savais pas que je les portais telle une armure. Maintenant, tout le monde me voit telle que je suis.

— Merci pour ta franchise, me disent-ils.

Seuls Christina et Tobias se taisent.

CHAPITRE TREIZE

JE ME LÈVE de ma chaise. Mon vertige est passé ; l'effet du sérum est en train de se dissiper. L'image de la foule vacille un peu et je cherche une porte. Ce n'est pas dans mes habitudes, mais je ne pense qu'à fuir.

Tous se mettent à quitter la salle en rangs, sauf Christina. Elle reste sur place, rouvrant lentement ses poings serrés. Son regard croise le mien sans me voir. Des larmes brillent dans ses yeux mais elle ne semble pas s'en rendre compte.

— Christina, articulé-je.

Les seules paroles auxquelles je pense, « Je suis désolée », résonnent plus comme une insulte que comme une demande de pardon. On est désolé quand on a bousculé quelqu'un d'un coup de coude, ou qu'on l'a interrompu. Je suis tellement plus que cela.

— Il me visait avec une arme. Il allait tirer. Il était sous l'influence de la simulation.

— Tu l'as tué.

Ses mots paraissent plus grands que des mots ordinaires,

ils semblent s'être dilatés avant de sortir de sa bouche. Elle me dévisage quelques secondes comme si j'étais une étrangère avant de se détourner.

Une fille plus jeune, de la même couleur de peau et du même gabarit que Christina, la prend par la main : sa petite sœur. Je l'ai rencontrée le jour des Visites, il y a mille ans. Le sérum de vérité fait danser leur image devant moi, à moins que ce ne soit les larmes qui embuent mes yeux.

Uriah sort de la foule et vient poser une main sur mon épaule.

— Ça va, Tris ?

Je ne l'ai pas revu depuis la veille de l'attaque sous simulation, mais je n'ai pas le courage de le saluer.

— Ouais.

— Écoute, tu as fait ce que tu avais à faire, d'accord ? dit-il en accentuant la pression de sa main. C'est grâce à toi qu'on n'est pas devenus esclaves des Érudits. Elle finira par le comprendre. Quand le chagrin s'apaisera.

Je ne trouve même pas le courage de hocher la tête pour acquiescer. Il me sourit et s'éloigne. Quelques Audacieux me frôlent en murmurant sur leur passage des formules qui ressemblent à des remerciements, ou à des félicitations, ou à du réconfort. D'autres gardent leurs distances en me regardant avec des yeux plissés de méfiance.

Les silhouettes vêtues de noir se confondent en une masse indistincte. Je me sens vide. J'ai déversé tout ce qu'il y avait en moi.

Tobias est debout à côté de moi. Je me prépare à encaisser sa réaction.

— J'ai récupéré nos armes, me dit-il en me tendant mon couteau.

Je le fourre dans ma poche arrière sans le regarder en face.

— On pourra parler de tout ça demain, ajoute-t-il à mi-voix, calmement.

Le calme est toujours dangereux chez Tobias.

— OK.

Il glisse un bras autour de mes épaules. Ma main trouve sa hanche et je l'attire vers moi.

Je reste serrée contre lui tandis qu'on se dirige vers les ascenseurs.

+++

Il nous trouve deux lits de camp quelque part au fond d'une salle. On se couche, nos têtes à quelques centimètres l'une de l'autre, en silence.

Une fois sûre qu'il dort, je me faufile hors des couvertures, je traverse la salle en passant devant une douzaine d'Audacieux endormis et je cherche la porte de l'escalier.

À mesure que je gravis marche après marche, mes muscles commencent à me brûler et mes poumons à manquer d'air ; et pour la première fois depuis des jours, j'éprouve une sensation de soulagement.

Si je ne m'en sors pas trop mal sur terrain plat, en montée, c'est une autre histoire. Au onzième étage, je cherche mon souffle et je me masse la cuisse pour faire passer une crampe. J'ai la poitrine et les jambes en feu et ça me fait sourire. Exploiter la douleur pour soulager la douleur. Ça paraît absurde.

Le temps d'atteindre le dix-septième étage, j'ai l'impression que mes jambes se sont liquéfiées. Je me traîne jusqu'à la salle où on a été interrogés. Elle est vide mais les bancs en amphithéâtre sont toujours en place, de même que la chaise sur laquelle j'étais assise. La lune luit derrière un léger écran de nuages.

Je pose les mains sur le dossier de la chaise. C'est une chaise en bois toute simple, qui grince un peu. C'est tellement étrange qu'un objet aussi banal ait été associé à ma décision de détruire l'une des relations qui comptent le plus pour moi, et d'en abîmer une autre.

Comme si ça ne suffisait pas de savoir que j'ai tué Will, que je n'ai pas eu la présence d'esprit d'envisager une autre solution, il va maintenant me falloir vivre avec le jugement des autres, et le fait que plus rien ne sera comme avant – pas même moi.

Les Sincères louent les vertus de la vérité, mais ils ne parlent jamais de son prix.

L'arête du dossier s'enfonce dans mes paumes. Je serrais plus fort que je ne croyais. Je fixe la chaise un instant, avant de la hisser les pieds en l'air, en équilibre sur mon épaule gauche.

J'inspecte les murs de la salle à la recherche d'une échelle ou d'un escalier. Je ne trouve que les bancs, dont les gradins montent haut au-dessus du sol.

Je grimpe sur le banc le plus élevé et je brandis la chaise au-dessus de ma tête. Elle atteint tout juste le bas des fenêtres sans vitres. Je la projette sur le rebord. Je me suis fait mal à l'épaule – je ne devrais pas me servir de mon bras droit –, mais j'ai d'autres soucis en tête.

D'un bond, j'agrippe le rebord en sautant puis je me soulève à la force des bras, les biceps tétanisés. Je balance une jambe sur l'appui de fenêtre, avant de hisser le reste de mon corps. Une fois sur la plateforme, je fais une pause, inspirant et expirant à grandes goulées.

Je me mets debout dans l'encadrement en arche de ce qui fut jadis une fenêtre vitrée, pour observer la ville. Le lit du fleuve mort s'enroule autour du bâtiment avant de disparaître, enjambé par un pont rouge à la peinture écaillée qui ne surplombe que de la boue. En face se dressent de grandes bâtisses pour la plupart abandonnées. C'est difficile d'imaginer que la ville a un jour compté assez d'habitants pour les remplir toutes.

Pendant une seconde, je m'autorise à faire défiler le souvenir de l'interrogatoire. L'absence d'expression de Tobias ; sa colère ensuite, réprimée pour me ménager. Le regard absent de Christina. Les murmures, « Merci pour ta franchise ». Facile à dire quand ce que j'ai commis ne les affecte pas.

Je saisis la chaise et la jette dehors le plus loin possible, en laissant échapper un gémissement qui devient un cri, puis un hurlement. Je hurle debout sur un rebord de fenêtre en haut du Marché des Médisants, pendant que la chaise se précipite vers le sol, je hurle jusqu'à ce que ma gorge me brûle.

Au bout de sa chute de dix-sept étages, la chaise s'écrase sur le bitume en se brisant comme un squelette desséché. Je m'assieds, le dos contre l'encadrement, et je ferme les yeux.

Et je repense à Al.

Je me demande combien de temps il s'est tenu au bord du gouffre avant de se jeter dans le vide dans la Fosse des Audacieux.

Il a dû rester là longtemps, à dresser la liste des choses horribles qu'il avait commises – comme essayer de me tuer –, puis celle des actions héroïques, courageuses qu'il n'avait pas accomplies, avant de décider qu'il était fatigué. Pas seulement de vivre, mais d'exister. Fatigué d'être Al.

J'ouvre les yeux pour fixer les débris de la chaise, à peine visibles tout en bas sur le trottoir. Pour la première fois, il me semble que je comprends Al. Je suis fatiguée d'être Tris. J'ai commis des choses horribles. Je ne peux pas les effacer et elles font désormais partie de moi. La plupart du temps, j'ai l'impression de me résumer à ça.

Je me penche en avant en me retenant d'une main au cadre de la fenêtre. Encore quelques centimètres et mon poids me tirerait vers le bas. Je ne pourrais plus l'arrêter.

Je ne peux pas. Mes parents ont donné leur vie par amour pour moi. Quoi que j'aie pu faire, perdre la mienne sans raison valable serait réduire leur sacrifice à néant.

« À toi d'utiliser ton sentiment de culpabilité pour apprendre comment réagir la prochaine fois », m'aurait dit mon père.

« Je t'aime. Quoi qu'il arrive », m'aurait dit ma mère.

Quelque part, je voudrais pouvoir les effacer de mon esprit pour ne plus avoir à les pleurer. Mais une autre partie de moi a peur de celle que je deviendrais sans ce qu'ils m'ont appris.

Les larmes me brouillent la vue. Je m'accroupis et me laisse glisser à l'intérieur de la salle d'interrogatoire.

+++

En regagnant mon lit de camp aux petites heures du matin, je trouve Tobias déjà debout. Il me tourne le dos pour se diriger vers les ascenseurs et je le suis, parce que je sais que c'est ce qu'il attend. Mes oreilles bourdonnent tandis qu'on se tient côte à côte dans l'ascenseur.

La cabine plonge jusqu'au premier étage et je me mets à trembler. Le tremblement s'empare de mes mains, gagne mes bras et ma poitrine, jusqu'à ce que tout mon corps soit pris de frissons incontrôlables. Une fois sur le palier, Tobias reste devant la porte, pile au-dessus du symbole Sincère de la balance de justice qui est aussi tatoué au milieu de son dos.

Les bras croisés, la tête baissée, il ne m'a toujours pas regardée. Les secondes s'écoulent, jusqu'à ce que je n'y tienne plus, jusqu'à ce que j'aie envie de hurler. Je devrais dire quelque chose, mais je ne sais pas quoi. Je ne peux pas m'excuser, parce que je n'ai fait qu'avouer la vérité et que je ne peux pas la changer. Je n'ai rien à dire pour me justifier.

— Pourquoi tu ne m'en as jamais parlé ? me demande-t-il enfin.

— Parce que je ne... (Je secoue la tête.) Je ne savais pas comment m'y prendre.

— C'est trop facile, ça, Tris, me rembarre-t-il d'un air sombre.

— Mais bien sûr, fais-je en hochant la tête. Tellement facile. Je n'avais qu'à me pointer et t'annoncer : « Au fait, j'ai descendu Will, et je me sens déchirée par la culpabilité, mais qu'est-ce qu'on mange au petit-déjeuner ? » C'est ça ? C'est *ça* ?

Ça déborde tout à coup ; il y a trop de choses à contenir. Mes yeux s'emplissent de larmes et je crie :

— Tu n'as qu'à tuer un de tes meilleurs amis pour voir !

J'enfouis le visage dans mes mains. Je ne veux plus qu'il me voie pleurer. Il me touche l'épaule.

— Tris, reprend-il, avec douceur, cette fois. Je suis désolé. Je sais que je ne peux pas comprendre ce que tu ressens. Je voulais juste dire que...

Il cherche ses mots.

— Je voudrais juste que tu aies suffisamment confiance en moi pour me parler de ce genre de choses.

« J'ai confiance en toi », ai-je envie de lui répondre. Mais ce n'est pas vrai. Je ne l'ai pas cru capable de continuer à m'aimer s'il apprenait les choses terribles que j'avais commises. Je doute que quiconque en soit capable. Pas plus lui qu'un autre. Mais ce n'est pas son problème ; c'est le mien.

— Sans Caleb, je n'aurais jamais su que tu avais failli te noyer dans un réservoir, reprend-il. Tu ne trouves pas ça bizarre ?

Juste au moment où j'allais m'excuser.

Je m'essuie les joues brutalement du bout des doigts et je le fixe.

— Il y a d'autres trucs que je trouve encore plus bizarres, rétorqué-je en m'efforçant de prendre un ton léger. Comme me retrouver face à ta mère soi-disant morte depuis dix ans. Ou t'entendre parler à d'autres de ton projet de rejoindre les sans-faction alors qu'il n'en avait jamais été question. Voilà ce que je trouve bizarre.

Il ôte sa main de mon épaule.

— Ne me mets pas tout sur le dos, conclus-je. S'il y a un problème de confiance entre nous, il vient autant de toi que de moi.

— Je pensais qu'on aborderait ces sujets en temps voulu. Je suis obligé de tout te raconter tout de suite ?

La colère me monte aux joues et m'empêche de lui répondre immédiatement.

— Enfin, Quatre ! aboyé-je. Tu veux rester libre de me parler quand ça te convient, mais moi, je devrais tout te déballer tout de suite ? Tu ne vois pas à quel point c'est stupide ?

— Pour commencer, ne me jette pas mon surnom à la figure comme si c'était une arme contre moi, réplique-t-il en pointant l'index sur ma poitrine. Ensuite, je ne projette pas de rejoindre les sans-faction. C'était juste une option. Si j'avais pris une décision, je t'en aurais fait part. Troisièmement, ce serait différent si tu avais envisagé de me parler de Will à un moment ou à un autre ; mais ce n'est clairement pas le cas.

— Je t'en ai parlé ! Ce n'était pas le sérum de vérité ; c'était moi. J'ai choisi de le faire.

— Qu'est-ce que tu racontes ?

— J'étais consciente. Pendant l'interrogatoire. J'aurais pu mentir ; j'aurais pu te le cacher ! Je ne l'ai pas fait parce que j'ai estimé que tu méritais de connaître la vérité.

— Tu parles d'une manière de me l'annoncer ! s'exclame-t-il. Devant des centaines de personnes ! Bonjour l'intimité !

— Oh, alors ça ne te suffit pas que je t'en parle ! répliqué-je en haussant les sourcils. Il faut aussi que les conditions te conviennent. La prochaine fois, tu veux du thé et des lumières douces ?

Tobias lâche un grognement de frustration et s'éloigne de quelques pas. Quand il se retourne, ses joues sont marbrées de taches rouges. Je ne me souviens pas de l'avoir jamais vu changer de couleur aussi brusquement.

— Ça n'est pas toujours facile d'être avec toi, Tris, murmure-t-il en évitant mon regard.

J'ai envie de répondre que je le sais, et que je ne serais jamais sortie de cette dernière semaine sans lui. Mais je me contente de le fixer, en sentant mon cœur battre à mes tempes.

Je ne peux pas lui dire que j'ai besoin de lui. Je ne peux pas avoir besoin de lui, point final. Ou plus précisément, on ne peut pas avoir besoin l'un de l'autre, parce qu'on ne peut pas savoir combien de temps on va tenir l'un comme l'autre dans cette guerre.

— Je suis désolée, déclaré-je, toute colère envolée. J'aurais dû être honnête avec toi.

Il fronce les sourcils.

— Et voilà ? C'est tout ce que tu as à dire ?

— Que veux-tu que je te dise d'autre ?

— Rien, Tris, fait-il en secouant la tête. Rien.

Je le regarde s'en aller, avec la sensation qu'une fissure vient de s'ouvrir en moi, et qu'elle s'étend si rapidement qu'elle va me briser en deux.

CHAPITRE QUATORZE

— TU PEUX M'EXPLIQUER CE QUE TU FICHES ICI ? m'interpelle une voix.

Je suis affalée sur un matelas dans l'une des salles. Je suis venue dans un but précis qui m'est sorti de la tête en arrivant, et je me suis simplement assise là. Je lève les yeux. Lynn, debout devant moi, me dévisage d'un air interrogateur. Ses cheveux, qu'elle avait tondus, sont en train de repousser.

— Je suis assise. Pourquoi ?

— Tu es carrément ridicule, dit-elle avant de soupirer. Secoue-toi. Tu es une Audacieuse, il serait temps que tu agisses comme telle. Tu donnes une sale image de nous aux Sincères.

— Ah oui ? Et je fais ça comment ?

— En te comportant comme si tu ne nous connaissais pas.

— C'est pour Christina que je le fais.

Lynn ricane.

— Christina n'est qu'une gamine qui rêve au prince charmant. Les gens meurent, dans une guerre. Elle le comprendra un jour ou l'autre.

— Ouais, les gens meurent, mais pas toujours en se faisant tuer par leur meilleure amie.

— Laisse tomber, soupire Lynn. Allez, viens.

Faute d'avoir une bonne raison de refuser, je me lève et me laisse entraîner dans une série de couloirs. Lynn marche d'un pas vif que j'ai du mal à suivre.

— Où est passé ton petit ami flippant ? me demande-t-elle.

Je grimace comme si j'avais goûté quelque chose d'amer.

— Il n'est pas flippant.

— Mais bien sûr, ricane-t-elle.

— Je ne sais pas où il est.

Elle hausse les épaules.

— Tu peux toujours lui garder une couchette. On tâche d'oublier ces saletés d'hybrides Audacieux-Érudits et de se remettre sur pied.

Je ris.

— « Ces saletés d'hybrides Audacieux-Érudits » ?

Elle ouvre la porte d'une grande salle qui ressemble à l'entrée du bâtiment. Sans surprise, le sol est noir avec un énorme symbole blanc au milieu, et presque toute la pièce est occupée par des lits superposés. Il y a des hommes, des femmes et des enfants Audacieux partout, et pas un Sincère en vue.

Lynn me guide vers la gauche, entre les rangées de lits. Elle s'arrête devant un garçon d'environ treize ans assis sur une couchette inférieure, qui s'évertue à défaire un nœud à ses lacets.

— Hec, lui lance-t-elle, tu vas devoir te trouver un autre coin.

— Quoi ? Tu rigoles, réplique-t-il sans lever les yeux. Je ne vais pas *encore* changer de place juste pour que tu puisses passer la nuit à papoter avec une de tes copines débiles.

— Ce n'est pas ma copine, riposte Lynn.

Je me retiens de rire. C'est exact : la première chose qu'elle ait faite le jour de notre rencontre, dans un ascenseur de la tour Hancock, a été de m'écraser consciencieusement les orteils.

— Hec, je te présente Tris. Tris, mon petit frère, Hector.

À la mention de mon nom, il relève brusquement la tête et me fixe bouche bée.

— Enchantée, dis-je.

— Tu es une *Divergente*, déclare-t-il. Ma mère ne veut pas qu'on t'approche parce que tu es peut-être dangereuse.

— C'est ça, une horrible Divergente qui va te faire exploser la tête rien que par la force de son pouvoir mental, réplique Lynn en lui enfonçant plusieurs fois l'index entre les sourcils. Tu ne vas pas croire à ces contes pour enfants sur les Divergents ?

Il vire au cramoisi et ramasse en vitesse quelques affaires entassées au pied du lit. Je m'en veux de l'obliger à déménager, jusqu'à ce que je le voie balancer son chargement quelques couchettes plus loin. Il n'a pas eu à faire beaucoup de chemin.

— J'aurais pu dormir là-bas, signalé-je.

— Ouais, je sais, me répond Lynn avec un grand sourire. Mais ça lui apprendra. Il a traité Zeke de traître sous le nez d'Uriah. Même si c'est vrai, ce n'est pas une raison pour se comporter comme un connard. J'ai l'impression qu'il est en train de se faire contaminer par les Sincères. Il s'imagine qu'il peut dire tout ce qui lui passe par la tête. Hé, Mar !

Marlene passe la tête à l'angle d'une des couchettes et m'adresse un sourire étincelant.

— Salut, Tris, me lance-t-elle. Bienvenue ! Ouais, Lynn ?

— Tu peux demander aux filles de petit gabarit de filer quelques vêtements chacune ? Pas que des tee-shirts, hein ! Aussi des jeans, des sous-vêtements, une paire de chaussures ?

— Pas de problème.

Je pose mon canif par terre à côté de la couchette inférieure.

— C'est quoi, les contes pour enfants dont tu parlais ? demandé-je.

— Les Divergents, des gens dotés de pouvoirs mentaux ? fait-elle en haussant les épaules. Je sais que tu y crois, mais moi, non.

— Comment expliques-tu que j'aie pu rester éveillée pendant les simulations ? Ou que je sois capable d'y résister ?

— Je pense que les leaders ont pris des gens au hasard et qu'ils ont modifié les simulations pour eux.

— Dans quel but ?

Elle agite une main devant mon visage.

— Créer une diversion. Pendant qu'on a les yeux braqués sur les Divergents – tout comme ma mère –, les leaders ont le champ libre pour poursuivre leurs trafics. C'est juste une autre forme de manipulation.

Ses yeux croisent les miens et elle souligne sa démonstration en battant la mesure du bout du pied sur le carrelage. Je me demande si elle se rappelle la dernière fois qu'on a manipulé son esprit : pour la simulation d'attaque.

Je me suis tellement concentrée sur le sort des Altruistes que j'en ai presque oublié ce qui est arrivé aux Audacieux. Des centaines d'entre eux ont découvert en se réveillant qu'ils étaient marqués du sceau noir du meurtre sans même l'avoir choisi.

Je renonce à discuter avec elle. Si elle veut croire à une conspiration gouvernementale, j'aurai du mal à la dissuader. Il faudrait qu'elle soit elle-même témoin des capacités des Divergents.

— J'apporte des vêtements, nous lance Marlene en se plantant devant le lit.

Elle disparaît presque derrière une pile d'habits noirs qu'elle me tend fièrement.

— Lynn, j'ai même mis ta sœur en mode coupable pour la décider à me filer une robe. Elle en avait trois.

— Tu as une sœur ? demandé-je à Lynn.

— Ouais. Elle a dix-huit ans. Elle était dans le même groupe de novices que Quatre.

— Elle s'appelle comment ?

— Shauna.

Lynn se tourne vers Marlene :

— Je lui ai déjà dit que c'était idiot d'emporter des robes, vu qu'on n'était pas près d'en remettre. Mais elle a refusé de m'écouter, comme d'habitude.

Je me souviens de Shauna. Elle faisait partie de ceux qui m'avaient rattrapée après la descente sur le câble.

— Moi, je trouve ça plus facile de se battre en robe, déclare Marlene. Ça laisse plus de liberté de mouvement au niveau des jambes. Et on s'en fiche que les gens voient ta petite culotte, tant que tu leur colles une bonne dérouillée.

Lynn se tait, comme si elle percevait la pertinence de cette remarque sans se résoudre à l'admettre.

— On parle de petites culottes ? Ça m'intéresse.

C'est Uriah, dont la tête surgit derrière une couchette.

Marlene lui pince le bras.

— On va à quelques-uns à la tour Hancock ce soir, reprend Uriah. Vous devriez venir toutes les trois. Rendez-vous à dix heures.

— Tyrolienne ? demande Lynn.

— Non. Surveillance. Il paraît que les Érudits laissent leurs lumières allumées la nuit, ce qui permettra d'observer plus facilement ce qui se passe derrière leurs fenêtres. Histoire de voir ce qu'ils fabriquent.

— J'en suis, dis-je.

— Moi aussi, ajoute Lynn.

— Quoi ? Oh, OK, moi aussi, dit Marlene avec un sourire à Uriah. Je vais chercher à bouffer Tu viens avec moi ?

— Ça marche, répond Uriah.

Elle nous fait un signe de la main en s'éloignant avec lui. Avant, elle marchait avec un petit rebond, comme si elle sautillait. Maintenant, ses pas sont plus mesurés, plus élégants peut-être, mais ils ont perdu la joie enfantine qui la caractérisait. Je me demande ce qu'elle a pu faire sous l'influence de la simulation.

Lynn pince les lèvres.

— Quoi ? dis-je.

— Rien, réplique-t-elle sèchement. C'est juste qu'ils sont toujours fourrés ensemble ces derniers temps.

— Il doit avoir besoin d'être entouré, avec l'histoire de Zeke.

— Ouais. Quel cauchemar ! Un jour il était avec nous, et le lendemain... Quoi qu'on fasse pour apprendre à quelqu'un à être courageux, on ne sait jamais s'il l'est vraiment tant qu'il n'est pas confronté aux événements.

Ses yeux se fixent sur les miens. Je n'avais jamais remarqué comme ils étaient étranges, brun doré. Et maintenant que ses cheveux ont un peu repoussé et que son crâne chauve n'est plus ce qu'on remarque en premier, je découvre son nez délicat, ses lèvres pleines – elle est jolie sans chercher à l'être. D'abord, je l'envie, avant de me faire la réflexion qu'elle doit détester ça, et que c'est sûrement pour ça qu'elle s'est rasé le crâne.

— Toi, tu es courageuse, reprend-elle. Tu n'as pas besoin que je te le dise pour le savoir, mais je veux que tu saches que je le sais aussi.

C'est un compliment, mais elle a quand même réussi à m'asséner ça comme une gifle.

Puis elle ajoute :

— Tâche de ne pas tout bousiller.

+++

Quelques heures plus tard, après avoir déjeuné et fait une sieste, je m'assieds sur mon lit pour changer mon bandage à l'épaule. J'ôte mon tee-shirt en laissant mon débardeur – il y a pas mal d'Audacieux qui traînent, assemblés par petits groupes, à s'échanger des blagues en rigolant. Un rire aigu éclate alors que je finis d'appliquer de la pommade cicatrisante. Uriah fonce dans l'allée entre les lits, Marlene jetée en travers de son épaule. Elle me fait signe en passant, le visage écarlate.

Assise sur la couchette d'à côté, Lynn ricane.

— Ça me scie qu'il arrive encore à draguer au milieu de tout ça, commente-t-elle.

— Tu préférerais qu'il traîne toute la journée avec un air renfrogné ? demandé-je en appuyant le pansement sur ma plaie. Tu pourrais peut-être prendre exemple sur lui.

— Tu peux parler, riposte-t-elle. Tu fais toujours la gueule. On devrait t'appeler Lady Beatrice Macbeth.

Je me lève pour lui donner une tape sur le bras, pas assez pour lui faire mal, un peu fort pour une taquinerie.

— La ferme.

Elle me repousse sur mon lit sans me regarder.

— Je ne reçois pas d'ordre des Pète-sec.

Le coin de sa bouche remonte légèrement et, à mon tour, je réprime un sourire.

— Prête ? me lance-t-elle.

— Vous allez où ? nous demande Tobias en se faufilant entre sa couchette et la mienne pour nous rejoindre.

J'ai la gorge sèche. On ne s'est pas parlé de la journée et je ne sais pas trop où on en est. Est-ce qu'il y a un froid entre nous, ou est-on censés reprendre le cours de notre relation comme si de rien n'était ?

— En haut de la tour Hancock, pour espionner les Érudits, répond Lynn. Tu veux venir ?

Tobias me jette un coup d'œil.

— Non, j'ai quelques trucs à faire ici. Mais soyez prudentes.

J'acquiesce d'un hochement de tête. Je sais ce qui l'empêche de nous accompagner : le vertige. Il évite les hauteurs autant que possible. Il me retient un instant en posant une main sur mon bras. Je me raidis – il ne m'a pas touchée depuis notre dispute – et il ôte sa main.

— À plus tard, me glisse-t-il. Ne fais pas de bêtises.

— Merci pour la confiance, répliqué-je, sourcils froncés.

— Ce n'est pas ce que je voulais dire. Plutôt : « Empêche les autres de faire des bêtises. » Ils t'écouteront.

Il fait mine de m'embrasser, mais se ravise et se redresse en se mordant la lèvre. Ce n'est qu'un geste infime, mais il suffit à me donner un sentiment de rejet. J'évite son regard et je rattrape Lynn en courant.

On suit le couloir vers les ascenseurs. Des Audacieux ont commencé à marquer les murs de carrés de couleur. Pour eux, l'enceinte des Sincères est un labyrinthe, et ils essaient de s'y repérer. J'arrive juste à trouver les endroits clés : la zone de couchage, la cafétéria, l'entrée principale et la salle d'interrogatoire.

— Pourquoi avez-vous abandonné l'enceinte des Audacieux ? Les traîtres n'y sont pas restés, pourtant ?

— Non, ils se sont installés chez les Érudits. On est partis parce que le siège des Audacieux compte la plus forte concentration de caméras de surveillance de la ville. On se doutait que les Érudits avaient accès aux images et on savait qu'on mettrait un temps fou à localiser toutes les caméras. On a préféré lever le camp.

— Pas bête.

— Ça nous arrive d'avoir des éclairs de lucidité.

Dans l'ascenseur, Lynn enfonce le bouton du rez-de-chaussée. Elle me dépasse de cinq ou six centimètres et, même avec un pantalon et un tee-shirt amples, on devine que son corps a des courbes là où il faut.

— Quoi ? me fait-elle d'un air soupçonneux.

— Pourquoi tu t'es rasé la tête ?

— À cause de l'initiation. J'adore les Audacieux, mais les mecs ne considèrent pas les filles comme une menace. Ça m'énervait. Du coup, je me suis dit que si j'avais moins l'air d'une fille, ils changeraient de regard.

— Tu aurais aussi pu tirer avantage du fait qu'on te sous-estime.

Elle lève les yeux au ciel.

— Ah ouais ? Tu veux dire faire celle qui tombe dans les pommes chaque fois qu'il se passe un truc flippant ? Et ma dignité, tu en fais quoi ?

— Les Audacieux ont tort de refuser de recourir à la ruse. Il y a d'autres moyens de montrer sa force que de coller des baffes.

— Si tu as décidé de raisonner comme une Érudite, me rétorque Lynn, tu n'as plus qu'à t'habiller en bleu. En plus, le crâne rasé mis à part, tu réagis exactement comme moi.

Je sors de l'ascenseur avant de lui lancer une remarque que je risquerais de regretter. Lynn est aussi prompte à s'enflammer qu'à pardonner, comme beaucoup d'Audacieux. Comme moi, sauf pour la partie « prompte à pardonner ».

Comme d'habitude, quelques Audacieux armés de gros pistolets font les cent pas devant les portes, à l'affût d'intrus. Juste devant eux attend une petite bande d'Audacieux plus jeunes, incluant Uriah, Marlene, Shauna et enfin Lauren, qui était l'instructrice des novices natifs des Audacieux tandis que Quatre était celui des transferts. Ses oreilles, criblées de piercings de haut en bas, scintillent lorsqu'elle tourne la tête.

Lynn s'arrête brusquement et je lui marche sur les talons. Elle lâche un juron.

— Quelle élégance, lui glisse Shauna avec un sourire.

Elles ne se ressemblent pas beaucoup, à part leur couleur de cheveux, qui est châtain ; mais Shauna les porte mi-longs, comme moi.

— Oui, c'est mon but dans la vie, réplique Lynn. Être élégante.

Shauna glisse un bras autour de ses épaules. Ça me fait drôle de voir Lynn avec une sœur – ou même avec un quelconque lien affectif. Shauna me jette un coup d'œil et son sourire s'efface. Elle a l'air méfiante.

— Salut, dis-je, faute de trouver autre chose à dire.

— Salut.

— Ah, je vois, intervient Lynn. Maman y est allée de son petit discours avec toi, c'est ça ? (Elle se passe une main sur la figure d'un air désespéré.) Franchement, Shauna...

— Lynn, ferme-la, pour une fois, rétorque Shauna sans me quitter des yeux.

Elle paraît tendue, comme si elle avait peur que je l'agresse d'une seconde à l'autre. Avec mes superpouvoirs mentaux.

— Tris ! s'exclame Uriah en volant à ma rescousse. Tu connais Lauren ?

— Ouais, répond l'intéressée avant moi. Peut-être même mieux qu'elle ne le devrait : elle est passée dans mon paysage des peurs pendant l'entraînement à l'initiation.

Elle a un ton un peu mordant, comme si elle le rabrouait, mais ça semble être sa façon de parler habituelle.

— Ah bon ? s'étonne Uriah. Je croyais que les transferts passaient dans celui de Quatre.

— Pas de risque qu'il laisse qui que ce soit faire ça, réplique-t-elle.

Je sens comme une boule tiède se former dans mon ventre. *Moi*, il m'a laissée traverser son paysage des peurs.

Je distingue un éclair bleu derrière Lauren et je me penche pour mieux voir.

Et les coups de feu éclatent.

Les portes en verre explosent en mille morceaux. Des soldats Audacieux portant des brassards bleus se tiennent dehors sur le trottoir, armés de pistolets d'un modèle que je ne connais pas et qui déversent des flots de lumière bleue depuis un trou au-dessus de leurs canons.

— Des traîtres ! crie quelqu'un.

Les Audacieux loyaux sortent leurs armes presque comme un seul homme. Comme je n'en ai pas, je plonge derrière l'écran qu'ils forment en faisant crisser des débris de verre sous mes semelles, et je sors mon canif de ma poche arrière.

Partout autour de moi dans l'entrée, des gens s'effondrent. Camarades membres de ma faction, amis proches, ils s'affalent – sans doute morts ou mourants – dans le fracas des détonations.

Soudain, je me pétrifie. Un rayon de lumière bleue est fixé sur ma poitrine. Je roule sur le côté pour sortir de la ligne de tir, mais je ne vais pas assez vite.

Le coup part. Je tombe.

CHAPITRE QUINZE

LA DOULEUR S'APAISE jusqu'à être réduite à un élancement sourd. Je glisse la main sous ma veste pour tâter ma blessure.

Je ne saigne pas. Mais en tombant sous la violence du choc, j'ai dû percuter quelque chose. Je glisse les doigts sur mon épaule et je sens une bosse dure là où je devrais trouver de la peau lisse.

Un craquement retentit tout près de moi et un cylindre métallique de la grosseur de ma main roule par terre jusqu'à ma tête. Avant que j'aie eu le temps de le repousser, il se met à cracher de la fumée blanche par ses deux extrémités. En toussant, je le repousse du pied vers le fond de l'entrée. Mais il y en a d'autres, il y en a partout, emplissant l'air d'une fumée qui n'est ni piquante ni brûlante. En fait, elle ne fait que me masquer les choses quelques secondes avant de s'évaporer entièrement.

Quel était le but ?

Tout autour de moi, des soldats Audacieux gisent par terre, les yeux fermés. J'examine Uriah, de plus en plus perplexe. Il respire normalement. Il n'a pas l'air de saigner. Je ne distingue pas de blessure près des organes vitaux. Dans ce cas, par quoi a-t-il été neutralisé ? Je regarde par-dessus mon épaule vers l'endroit où Lynn est tombée dans une position étrange, presque fœtale. Elle est inconsciente, elle aussi.

Les traîtres pénètrent dans l'entrée, l'arme au poing. Je décide de faire ce que je fais toujours quand je ne comprends pas ce qui se passe : j'imite les autres. Je laisse retomber ma tête en fermant les yeux. Les pas des Audacieux s'approchent en crissant, toujours plus près, et les battements de mon cœur s'accélèrent. Je me mords la lèvre pour réprimer un cri de douleur quand l'un d'eux me marche sur la main.

— Je ne vois pas pourquoi on ne leur colle pas une balle à chacun, dit l'un d'eux. S'il n'y a plus d'armée, on a gagné.

— Enfin, Bob, on ne peut pas tuer tout le monde, répond une voix froide.

Mes cheveux se hérissent sur ma nuque. Je reconnaîtrais cette voix n'importe où. C'est celle d'Eric, un des leaders des Audacieux.

— Si on élimine la population, il ne restera personne pour créer les conditions de la prospérité, poursuit-il. Et tu n'es pas là pour poser des questions.

Puis, en haussant la voix pour s'adresser à tout son groupe :

— Une moitié prend les ascenseurs, l'autre se partage les deux escaliers ! On y va !

Il y a un pistolet par terre à quelques pas de moi. Je pourrais m'en emparer et lui tirer dessus avant qu'il comprenne quoi que ce soit. Mais rien ne garantit que j'arriverais à toucher l'arme sans paniquer comme la dernière fois.

Quand les bruits de pas ont disparu derrière une porte d'ascenseur et dans les escaliers, je rouvre les yeux. Tous les autres semblent inconscients. Quel que soit le gaz qu'ils nous ont fait respirer, il doit être inducteur de simulation, ou je ne serais pas la seule à rester éveillée. Je n'y comprends rien – le processus ne suit pas les règles de simulation que je connais –, mais je n'ai pas le temps d'y réfléchir.

Couteau en main, je me lève en tâchant de faire abstraction de ma douleur à l'épaule. Je fonce vers une femme gisant dans le groupe de traîtres tombés morts près de la porte. Elle avait la quarantaine passée ; ses cheveux sombres commençaient à grisonner. Je détourne les yeux de sa blessure à la tête, mais l'éclairage luit sur ce qui ressemble à de l'os et j'ai un haut-le-cœur.

Contrôle-toi. Peu importe qui elle était, comment elle s'appelait ou quel âge elle avait. Tout ce qui m'intéresse, c'est son brassard bleu. Je dois me concentrer là-dessus. J'essaie de le détacher en glissant un doigt dessous et en tirant, mais il ne bouge pas. Il doit être fixé à sa veste noire. Je vais devoir la prendre aussi.

J'enlève ma veste et je la jette sur le visage de la femme pour ne plus avoir à la regarder. Puis je lui ôte la sienne, d'abord le bras gauche, ensuite le droit, et je la tire de sous son corps en serrant les dents.

— Tris ! dit une voix.

Je fais volte-face, la veste dans une main, mon couteau dans l'autre, avant de le cacher ; les envahisseurs n'en avaient pas et je ne tiens pas à me faire remarquer.

Uriah est debout derrière moi. On n'a pas le temps pour la surprise.

— Divergent ? demandé-je.

— Ouais.

— Prends une veste.

Il s'accroupit à côté d'un traître, un jeune qui n'était même pas en âge d'être un membre. Je tressaille à la vue de sa pâleur. Quelqu'un d'aussi jeune ne devrait pas mourir ; n'aurait même pas dû être ici.

Les joues brûlantes de colère, j'ajuste la veste sur moi d'un coup d'épaule.

Uriah fait de même, les lèvres serrées.

— *Tous* les morts sont dans leur camp, me dit-il à mi-voix. Ça te paraît logique ?

— Ils devaient savoir qu'on leur tirerait dessus et ça ne les a pas empêchés de venir. On se posera des questions plus tard. Il faut qu'on monte.

— Pour quoi faire ? On ferait mieux de filer d'ici.

Je lui jette un regard noir.

— Tu veux t'enfuir sans chercher à savoir ce qui se passe ? Avant que les Audacieux qui se trouvent là-haut comprennent ce qui leur tombe dessus ?

— Et si quelqu'un nous reconnaît ?

Je hausse les épaules.

— On n'a plus qu'à prier pour que ça n'arrive pas.

Je me rue vers la cage d'escalier et il me suit. Dès que mon pied se pose sur la première marche, je me demande ce que j'espère accomplir. Il y a forcément d'autres Divergents ici, mais vont-ils comprendre qu'ils le sont ? Vont-ils avoir le réflexe de se cacher ? Et qu'est-ce que je compte obtenir en plongeant au milieu d'une armée de traîtres Audacieux ?

Au fond de moi, je connais la réponse : c'est de la témérité. Le plus probable est que je n'obtiendrai rien. Le plus probable est que je mourrai.

Et, plus dérangeant encore : je m'en moque.

— Ils vont s'occuper des étages un à un, dis-je, le souffle court. Tu devrais… aller au deuxième. Leur dire… d'évacuer. Discrètement.

— Et toi ?

— Premier étage.

Je pousse la porte du palier d'un coup d'épaule. Je sais quoi faire au premier étage : chercher les Divergents.

+++

Dans le couloir, en enjambant des gens inconscients habillés en noir et blanc, je me rappelle une comptine que chantaient les petits Sincères quand ils pensaient qu'on ne les entendait pas :

Les Audacieux sont les plus enragés…

Ils se déchirent tous entre eux…

Cela ne m'avait jamais paru aussi vrai qu'aujourd'hui, en voyant les traîtres Audacieux provoquer une simulation de sommeil pas si différente de celle qui les a poussés à tuer des Altruistes il y a moins d'un mois.

Notre faction est la seule susceptible de se diviser ainsi. Les Fraternels ne toléreraient pas un schisme ; aucun Altruiste ne serait assez égoïste pour cela ; les Sincères discuteraient jusqu'à se mettre d'accord ; et même les Érudits ne feraient jamais quelque chose d'aussi irrationnel. C'est vrai, on est la faction la plus cruelle.

J'enjambe une femme à la bouche grande ouverte, puis un bras, en fredonnant tout bas les vers suivants de la chanson :

Les Érudits sont les plus froids…

La connaissance a un prix…

Je me demande quand Jeanine a mesuré à quel point

l'association Audacieux-Érudits pouvait être redoutable. Visiblement, en combinant un caractère implacable à une logique froide, on peut accomplir à peu près tout ce qu'on veut, y compris endormir une faction entière et la moitié d'une autre.

Je scrute les corps et les visages sur mon passage, à l'affût d'une respiration irrégulière, d'un mouvement infime, n'importe quoi qui indiquerait qu'une des personnes allongées par terre fait juste semblant d'être inconsciente. Jusqu'ici, rien que des souffles calmes et des paupières immobiles. Il n'y a peut-être pas de Divergents chez les Sincères.

— Eric !

Le cri vient du bout du couloir, devant moi. Je retiens mon souffle en entendant Eric arriver dans mon dos. J'essaie de rester immobile. Si je bouge, il va me regarder et me reconnaître. Je le sais. Je baisse les yeux, tendue au point que j'en tremble. *Ne me regarde pas ne me regarde pas ne me regarde pas...*

Il passe devant moi et s'éloigne vers la gauche, en direction du cri. Je devrais me dépêcher de reprendre mes recherches, mais la curiosité l'emporte et me pousse vers celui qui a appelé. Le cri semblait pressant.

En relevant les yeux, je vois un soldat Audacieux qui se dresse devant une femme à genoux. Les mains derrière la tête, elle porte un chemisier blanc et une jupe noire. Même de profil, le sourire d'Eric a quelque chose de carnassier.

— Une Divergente, dit-il. Bien joué. Conduis-la aux ascenseurs. On triera plus tard ceux qu'on tue et ceux qu'on emmène.

Le soldat saisit la femme par sa queue-de-cheval et commence à la traîner derrière lui. Elle crie et réussit à se relever, pliée en deux. J'essaie d'avaler ma salive, mais c'est comme si j'avais une grosse boule coincée dans la gorge.

Eric s'éloigne dans le couloir. Je me force à ne pas regarder la femme quand elle passe en trébuchant devant moi, les cheveux toujours pris dans le poing du soldat Audacieux.

Depuis le temps, je connais le fonctionnement de la terreur : je la laisse me submerger quelques secondes, avant de passer à l'action.

Un... deux... trois...

Je me remets en marche d'un pas décidé. Ça me prend trop de temps d'examiner chaque personne pour voir si elle est éveillée. À la suivante que je croise, je marche sur son petit doigt ; pas de réaction, pas même un tressaillement. Je fais pareil pour celle d'après. Toujours rien.

Un cri me parvient d'un lointain couloir :

— J'en ai un !

Prise d'un accès de fébrilité, je me mets à sauter d'un corps à l'autre, hommes, femmes, enfants, adolescents, vieillards, marchant sur des doigts, des ventres, des chevilles, en quête d'un signe de douleur. Je joue à cache-cache avec les Divergents, sauf que je ne suis pas la seule qui soit lancée à leur recherche.

Soudain, en écrasant le petit doigt d'une fille Sincère, je la vois grimacer. À peine – elle parvient remarquablement à masquer sa douleur ; mais assez pour attirer mon attention.

Je vérifie qu'il n'y a pas de soldats dans les parages ; ils se sont tous éloignés du couloir central. Je cherche des yeux l'escalier le plus proche ; il y en a un à trois mètres, dans un dégagement sur ma droite. Je m'accroupis à côté de la fille.

— Hé, dis-je le plus bas possible, n'aie pas peur. Je ne suis pas avec eux.

Elle entrouvre légèrement les yeux.

— Il y a un escalier à trois mètres. Je te préviens quand personne ne regarde et tu te mets à courir. Compris ?

Elle fait oui de la tête.

Je me relève et je tourne lentement sur moi-même. À ma gauche, une Audacieuse tapote du bout du pied l'un de ses acolytes, inconscient. Deux autres se marrent derrière moi. L'un d'eux amorce un détour dans ma direction, mais il relève la tête et s'éloigne.

— Maintenant, soufflé-je.

La fille se lève et fonce vers la cage d'escalier. Je la suis des yeux jusqu'à ce que la porte se referme et mon regard tombe sur mon reflet dans une vitre. Contrairement à ce que je croyais, je ne suis pas seule dans ce couloir plein de gens endormis. Eric est debout juste derrière moi.

+++

Je fixe son reflet et il me retourne mon regard. Je pourrais tenter de m'enfuir. Si je suis assez rapide, il n'aura peut-être pas la présence d'esprit de me retenir. Mais à la seconde où j'envisage cette option, je sais qu'il me rattraperait. Et je ne pourrais pas lui tirer dessus puisque je n'ai pas pris de pistolet.

Je fais volte-face en relevant le coude, que je lui balance en pleine figure. Je le frappe au menton, mais pas assez fort pour faire des dégâts. Il me saisit par le bras gauche et appuie le canon d'un pistolet sur mon front en souriant.

— Je ne comprends pas, me dit-il, comment tu as pu être assez bête pour monter ici sans arme.

— Eh bien... je suis assez intelligente pour faire ceci, répliqué-je.

Je lui écrase le pied, celui dans lequel j'ai tiré il y a moins d'un mois. Il hurle, le visage contorsionné par la douleur, et me frappe la mâchoire avec la crosse de son pistolet. Je serre les dents pour étouffer un gémissement. Du sang coule dans mon cou.

Pendant tout ce temps, il n'a pas desserré sa prise sur mon bras. Le fait qu'il ne m'ait pas mis une balle dans la tête me fournit une information : il n'a pas le droit de me tuer pour l'instant.

— J'ai été étonné d'apprendre que tu n'étais pas morte, déclare-t-il. Sachant que c'est moi qui ai donné à Jeanine les instructions pour fabriquer ce réservoir à ton intention.

Je cherche par quel moyen je pourrais lui faire assez mal pour l'obliger à me lâcher. Alors que je viens d'opter pour un bon coup de pied au bas-ventre, il se glisse derrière moi et m'attrape par les deux bras, en se collant à moi de sorte que je ne peux pratiquement plus bouger les pieds. Ses ongles s'enfoncent dans ma peau. Je serre les dents, autant à cause de la sensation nauséeuse du contact de sa poitrine dans mon dos qu'à cause de la douleur.

— Elle a pensé que ce serait passionnant d'étudier les réactions d'une Divergente dans la reproduction en réel d'une simulation, reprend-il en me poussant en avant pour me faire avancer.

Son souffle me chatouille les cheveux.

— Et j'ai accepté. Il faut savoir que l'ingéniosité – l'une des qualités les plus valorisées par les Érudits – exige de la créativité.

Il tourne les mains et les cals de ses doigts m'éraflent les bras. Je marche en me déportant légèrement vers la gauche pour tenter de décaler mes pieds par rapport aux siens. Avec un plaisir mauvais, je remarque qu'il boite.

— Malgré son apparence futile et illogique, la créativité est un outil précieux quand elle est mise au service d'un but supérieur. Dans le cas présent, l'accumulation du savoir.

Je m'arrête, le temps de plier la jambe et de lui décocher un coup de talon entre les jambes. Un cri aigu reste coincé dans sa gorge, et ses mains se relâchent l'espace d'une seconde. J'en profite pour me tordre de toutes mes forces et me libérer. Je ne sais pas où je vais, mais je dois courir. Je dois...

Il me rattrape par le coude, me tire violemment en arrière et enfonce le pouce dans ma blessure à l'épaule, jusqu'à ce que ma vision s'obscurcisse. Je hurle à pleins poumons.

— Il me semblait bien, d'après les images que j'ai vues de toi dans ce réservoir, que tu avais reçu une balle dans l'épaule. Apparemment, je ne m'étais pas trompé.

Mes genoux se dérobent. Il me saisit par le col d'un geste presque nonchalant et me traîne vers les ascenseurs. Le tissu de ma chemise me scie la gorge et m'étrangle, et je le suis en trébuchant. La douleur continue à diffuser des élancements dans tout mon corps.

Devant les ascenseurs, il me force à m'agenouiller à côté de la femme Sincère que j'ai vue tout à l'heure. Ils sont cinq entre les deux rangées d'ascenseurs, immobilisés sous les armes des Audacieux.

— Je veux un pistolet braqué sur elle en permanence, déclare Eric. Pas à distance ; *collé* sur elle.

Une Audacieuse appuie contre ma nuque le cercle froid du canon de son arme. Je lève la tête vers Eric. Il est écarlate et ses yeux larmoient.

— Alors, Eric, on a peur d'une gamine ? demandé-je en prenant l'air surpris.

— Je ne suis pas stupide, me répond-il en passant une main dans ses cheveux. Le numéro de la « gamine », ça a peut-être marché sur moi au début, mais c'est fini. Tu es leur meilleur chien d'attaque. (Il se penche vers moi.) En conséquence, je suis sûr qu'on ne va pas tarder à t'abattre.

La porte d'un ascenseur s'ouvre sur un soldat Audacieux qui pousse Uriah – dont la bouche est maculée de sang – vers la petite rangée de Divergents. Uriah me regarde à la dérobée. Je n'arrive pas à déchiffrer son expression, mais puisqu'il est là, c'est sans doute qu'il a échoué. Maintenant, ils vont découvrir tous les Divergents présents dans l'immeuble et la plupart d'entre nous vont mourir.

Je devrais avoir peur. Au lieu de ça, un rire hystérique monte en moi, parce que je viens de me rappeler une chose.

Certes, je ne peux pas tenir un pistolet. Mais j'ai un couteau dans ma poche arrière.

CHAPITRE SEIZE

JE DÉPLACE UNE MAIN derrière mon dos, centimètre après centimètre, pour ne pas me faire remarquer du soldat qui me tient en joue.

Les portes des ascenseurs continuent à s'ouvrir sur d'autres Divergents capturés par des soldats Audacieux. La femme Sincère à genoux à ma droite se met à gémir. Des mèches de cheveux grisonnants restent collées à sa bouche, humide de salive ou de larmes.

Ma main atteint la bordure de ma poche. Je stabilise mes doigts, tremblants d'anticipation. Je dois attendre le bon moment, celui où Eric sera près de moi.

Je me concentre sur ma respiration ; je visualise l'air et j'inspire en emplissant mes poumons jusqu'aux derniers recoins, puis j'expire en me rappelant comment tout mon sang, le sang oxygéné et le sang non oxygéné, circule depuis et jusqu'à mon cœur.

Il est plus facile de penser à ça qu'à la rangée de Divergents assis entre les ascenseurs. Mon voisin de gauche est un jeune

Sincère qui ne doit pas avoir plus de onze ans. Il se montre plus courageux que ma voisine de droite ; il fixe stoïquement le soldat Audacieux qui se dresse devant lui, sans sourciller.

J'inspire, j'expire. Le sang parcourt tout mon corps jusqu'à mes extrémités ; le cœur est un muscle puissant, le plus puissant de tous en termes de longévité.

D'autres Audacieux arrivent, signalant des rafles couronnées de succès aux différents étages du Marché des Médisants. Des centaines de gens gisent inconscients dans les couloirs, frappés par autre chose que des balles, et je ne sais toujours pas pourquoi.

Je repense à un cœur. Plus au mien mais à celui d'Eric, au son creux que fera sa poitrine quand son cœur aura cessé d'y battre. Malgré toute la haine qu'il m'inspire, je ne souhaite pas réellement le tuer, du moins pas avec un couteau, en combat rapproché, où je peux voir la vie le quitter. Pourtant, si je veux frapper les Érudits là où ça fait mal, je dois les priver d'un de leurs leaders.

Je prends conscience que personne n'a ramené la fille Sincère que j'ai aidé à fuir par l'escalier, ce qui doit vouloir dire qu'elle leur a échappé. Bien.

Eric se met à faire les cent pas devant la rangée de Divergents, les mains croisées derrière le dos.

— J'ai ordre de ne ramener que deux d'entre vous au siège pour y subir des tests, nous annonce-t-il. Les autres doivent être exécutés. Il y a plusieurs moyens de déterminer ceux d'entre vous qui nous seront les moins utiles.

Il ralentit en arrivant devant moi. Mes doigts se raidissent, prêts à saisir le couteau, mais il est encore trop loin. Il s'arrête devant mon voisin de gauche.

— Le cerveau n'est complètement formé qu'à l'âge de vingt-cinq ans, poursuit Eric. Ta Divergence n'a donc pas achevé de se développer.

Il lève son arme et tire.

Je lâche un cri étranglé tandis que le petit garçon s'effondre, et je ferme les yeux en serrant les paupières. Chaque muscle de mon corps me pousse à me jeter sur Eric, mais je me force à ne pas bouger. *Attends, attends, attends.* Je ne dois pas penser au garçon. *Attends.* Je m'oblige à rouvrir les yeux et je cligne des paupières pour chasser mes larmes.

Mon cri a au moins produit un effet : Eric s'est campé devant moi en souriant. J'ai attiré son attention.

— Toi non plus, tu n'es pas très âgée. Tu es loin d'avoir atteint la maturité.

Il s'avance. Mes doigts s'approchent du manche du couteau.

— À l'issue de leur test, la plupart des Divergents présentent des aptitudes pour deux factions, certains pour une seule. Pour trois, cela ne s'est jamais produit. Non pas pour des questions d'aptitudes en soi, mais parce que cela impliquerait de refuser tous les choix proposés au cours du test.

Il s'est encore rapproché et j'incline la tête pour le regarder, lui et tout ce métal qui luit sur son visage, dans ses yeux vides.

— Mes supérieurs soupçonnent que tu n'en as eu que deux, Tris, poursuit-il. Ils ne pensent pas que tu sois aussi complexe qu'on le croit. Juste un mélange équilibré d'Altruiste et d'Audacieuse, désintéressée jusqu'à la bêtise. À moins que ce ne soit « courageuse » jusqu'à la bêtise.

Je referme la main sur le manche du couteau.

Il se penche encore plus près.

— Juste entre nous... moi, je pense que tu as pu en obtenir

trois, parce que tu es pile le genre de personne assez butée pour refuser de faire un choix, pour la seule raison qu'on t'a demandé de le faire. Tu as un avis personnel sur la question… ?

Je me jette en avant en sortant la main de ma poche. Je pousse la lame vers le haut, vers lui, en fermant les yeux. Je ne veux pas voir son sang.

Je sens le couteau entrer et ressortir. Les battements de mon cœur se répercutent dans tout mon corps. Ma nuque est moite de sueur. En ouvrant les yeux, je vois Eric s'effondrer – puis c'est le chaos.

Avant que les autres traîtres n'aient eu le temps de réagir, Uriah fonce sur l'un d'eux et l'assomme d'un coup de poing à la mâchoire. Les yeux de l'Audacieux s'éteignent tandis qu'il tombe, inconscient. Uriah lui prend son pistolet et commence à tirer sur les Audacieux les plus proches.

Je m'empare de l'arme d'Eric, dans une panique telle que je n'y vois plus grand-chose. Quand je relève les yeux, je pourrais jurer que le nombre d'Audacieux a doublé. Les coups de feu m'emplissent les oreilles et je tombe tandis que tout le monde se met à courir. Mes doigts effleurent le canon du pistolet et je frémis. Je n'ai pas la force de le soulever.

Un bras énergique me pousse vers le mur. Mon épaule droite me brûle. Je vois le symbole des Audacieux tatoué sur une nuque. Tobias se tourne de profil devant moi, se recroqueville sur moi pour me protéger des coups de feu, et se met à tirer.

— Préviens-moi si j'ai quelqu'un dans le dos ! me dit-il.

Je regarde par-dessus son épaule, les mains agrippées à sa chemise.

J'avais raison, le nombre d'Audacieux dans l'entrée a augmenté : ils ne portent pas de brassard bleu – des Audacieux loyaux. Ma faction. Ma faction est venue nous sauver. Comment se fait-il qu'ils soient conscients ?

Les traîtres s'éloignent en courant. Ils n'étaient pas préparés à une contre-attaque sur plusieurs fronts. Certains ripostent, mais la plupart se précipitent vers les escaliers. Tobias tire sans s'arrêter, jusqu'à ce que le cliquetis de la détente indique qu'il est à court de balles. J'ai la vision trop brouillée par les larmes et trop peu de contrôle sur mes mains pour me servir d'une arme à feu. Un cri de frustration s'échappe entre mes dents serrées. Je ne peux pas aider. Je ne vaux rien.

Par terre, Eric gémit. Toujours vivant, pour l'instant.

Les tirs cessent peu à peu. Ma main est humide et un coup d'œil rapide me montre que c'est du sang ; celui d'Eric. Je la passe sur mon jean avant de m'essuyer les yeux. Mes oreilles bourdonnent.

— Tris, me dit Tobias. Tu peux poser ton couteau, maintenant.

CHAPITRE DIX-SEPT

VOICI L'HISTOIRE QUE m'a racontée Tobias :

Des Érudits accompagnaient les soldats Audacieux qui donnèrent l'assaut.

Quand ils atteignirent la cage d'escalier, une Érudite, au lieu de gagner le premier étage, monta directement tout en haut du bâtiment. Elle y fit évacuer un groupe de réfugiés Audacieux loyaux – dont Tobias – par un escalier de secours que les assaillants avaient négligé de bloquer. Ces Audacieux se rassemblèrent dans l'entrée et se divisèrent en quatre groupes. Ils prirent d'assaut les escaliers simultanément et cernèrent les envahisseurs, qui s'étaient rassemblés autour des ascenseurs.

Croyant que seuls les Divergents étaient restés conscients, les attaquants n'avaient pas anticipé une telle résistance et furent mis en déroute.

L'Érudite était Cara. La grande sœur de Will.

+++

Avec un soupir, je fais glisser la veste de mon épaule pour l'examiner. Dans ma peau est fiché un disque de métal de la taille d'un ongle entouré d'un réseau de filaments bleus, comme si on m'avait injecté de la teinture dans les veinules qui courent juste sous la surface. Perplexe, j'essaie de retirer la rondelle, ce qui provoque aussitôt une douleur aiguë.

Je glisse la lame de mon couteau dessous, à plat, et je tire. Une décharge me traverse le corps, ma vision s'obscurcit et je crie en serrant les dents.

Mais je tire toujours, de toutes mes forces, jusqu'à soulever suffisamment le disque pour pouvoir le saisir entre mes doigts. Une aiguille est fixée dessous.

Le cœur au bord des lèvres, la main crispée sur la rondelle, je tire une dernière fois, et l'aiguille sort enfin. Elle est longue comme mon petit doigt. Sans me préoccuper du sang qui coule le long de mon bras, je tiens le dispositif à la lumière, au-dessus du lavabo.

L'aiguille et le réseau de veinules bleues laissent supposer qu'ils nous ont injecté quelque chose. Mais quoi ? Du poison ? Un explosif ?

Je rejette ces hypothèses en secouant la tête. S'ils avaient voulu nous tuer, il leur aurait suffi de nous abattre pendant que la plupart d'entre nous gisaient au sol. Ils nous ont injecté ce produit dans un autre but. Et je ne pense pas que ce soit juste pour nous endormir.

Quelqu'un frappe à la porte – ce qui est un peu curieux dans une salle de bains collective.

— Tris, t'es là ? me parvient la voix étouffée d'Uriah.

— Ouais !

Il ouvre la porte. Il a l'air plus en forme qu'il y a une heure.

Il n'a plus de sang sur la bouche et son visage a retrouvé un peu de couleurs. Je suis tout à coup frappée par sa beauté – ses traits sont équilibrés, ses yeux sombres et pleins de vie, sa peau d'un ton de bronze. Et il a toujours dû être beau. Seuls les garçons qui ont le privilège de la beauté depuis leur plus jeune âge ont cette arrogance dans le sourire.

Pas comme Tobias, qui a l'air presque timide lorsqu'il sourit, comme s'il s'étonnait qu'on prenne même la peine de le regarder.

Ma gorge se serre. Je pose le disque et l'aiguille sur le bord du lavabo.

Le regard d'Uriah va de l'aiguille au filet de sang qui coule de mon épaule à mon poignet.

— Dégueu, commente-t-il. Qu'est-ce que c'est que cette saleté qu'ils nous ont injectée ?

— Bonne question, dis-je en prenant une serviette en papier pour m'essuyer le bras. Comment ça va, les autres ?

— Marlene raconte des blagues, comme d'hab.

Le sourire d'Uriah s'élargit, creusant une fossette sur sa joue.

— Et Lynn râle, poursuit-il. Attends, tu t'es arraché ce truc toi-même ? T'as pas de terminaisons nerveuses ou quoi ?

Les sourcils froncés, je presse une nouvelle serviette sur mon épaule pour arrêter le saignement.

— Je crois qu'il me faut un pansement.

— Tu « crois » ? répète-t-il en secouant la tête. Tu devrais aussi te trouver de la glace pour ton visage. Donc, je disais que tout le monde est en train de se réveiller. Un vrai asile de fous.

Je touche ma mâchoire, douloureuse à l'endroit où Eric m'a frappée avec la crosse de son pistolet. Je vais devoir mettre de la pommade pour éviter de virer au violet.

— Eric est mort ? demandé-je, sans trop savoir quelle réponse j'espère entendre.

— Non, grogne Uriah d'un air bougon. Les Sincères ont décrété qu'il avait droit à des soins. Une question d'humanité dans le traitement des prisonniers. Kang est en train de l'interroger en privé. Il a dit qu'il ne voulait pas qu'on vienne mettre le bazar, enfin, tu vois.

Je ricane.

— En tout cas, personne ne pige ce qui se passe, reprend-il en se perchant sur le lavabo d'à côté. Quel intérêt de débouler ici juste pour nous mettre dans les vaps ? Ils auraient pu nous tuer, tout simplement.

— Jeanine ne cherche pas à tuer tout le monde, dis-je. Seulement les Divergents. Eric a admis que c'était dans ce but qu'ils voulaient les capturer. Mais s'ils n'étaient venus que pour ça, il leur aurait suffi d'endormir les autres au gaz. Les injections ont forcément une autre utilité.

Je regarde mon reflet dans le miroir. J'ai la mâchoire enflée et des traces de griffures sur les bras. Super moche.

— C'est le *pouvoir* qui intéresse Jeanine. Elle doit être en train de préparer une nouvelle simulation, ajouté-je. Comme la première, mais cette fois, après avoir éliminé tous ceux qu'elle ne peut pas contrôler.

— Sauf que les simulations ne fonctionnent que sur une durée limitée, objecte Uriah. S'il s'agit du même type d'injection que les autres, elle est à usage unique.

Je soupire.

— C'est vrai. Je ne sais pas. Ça n'a aucun sens.

— En attendant, on a sur les bras un immeuble géant plein de gens paniqués. Allons chercher de quoi faire un pansement.

Après une pause, il reprend :

— Je peux te demander un service ?

— Quoi ?

Il se mord la lèvre.

— Ne dis pas aux autres que je suis Divergent. Shauna est mon amie. Je n'ai pas envie qu'elle se mette brusquement à avoir peur de moi.

— Pas de problème, l'assuré-je en me forçant à sourire. Je le garderai pour moi.

+++

Je passe la nuit debout, à retirer des aiguilles des bras des gens. Au bout de quelques heures, je ne me préoccupe plus d'y aller doucement. Je les arrache en tirant de toutes mes forces.

J'apprends que le petit Sincère qu'Eric a tué d'une balle dans la tête s'appelait Bobby, qu'Eric est dans un état stationnaire et que, sur les centaines de personnes hébergées dans le Marché des Médisants, seules quatre-vingts n'ont pas été piquées, dont soixante-dix Audacieux, parmi lesquels Christina. Toute la nuit, je me creuse la cervelle à propos d'injections et de simulations, en tâchant de raisonner comme mes ennemis.

Au matin, étant venue à bout de toutes les aiguilles, je me rends à la cafétéria en me frottant les yeux. Jack Kang a annoncé une réunion à midi, j'aurai peut-être le temps de dormir un peu après avoir mangé.

À l'instant où j'entre dans la cafétéria, je vois Caleb.

Il se précipite vers moi et me prend délicatement dans ses bras. Je lâche un soupir de soulagement. Moi qui croyais m'être assez détachée de mon frère pour pouvoir me passer de lui, je prends conscience qu'il n'en est rien. Je me laisse aller contre lui quelques secondes, et mes yeux rencontrent ceux de Tobias par-dessus son épaule.

— Ça va ? me demande Caleb en s'écartant. Ta mâchoire...

— Ce n'est rien, le rassuré-je. Juste une contusion.

— On m'a raconté qu'ils avaient capturé un groupe de Divergents et qu'ils avaient commencé à les abattre. Quel soulagement qu'ils ne t'aient pas trouvée !

— En fait, si, j'étais dans ce groupe, rectifié-je. Mais ils n'en ont tué qu'un.

Je pince l'arête de mon nez pour alléger la tension qui m'oppresse la tête.

— Et je vais bien, ajouté-je. Tu es là depuis quand ?

— Une dizaine de minutes. Je suis venu avec Marcus. En tant que responsable politique de notre faction, il a estimé de son devoir d'être ici. On a appris l'attaque il y a seulement une heure. Un sans-faction a vu les Audacieux envahir l'immeuble. Les nouvelles mettent du temps à circuler, chez eux.

— Marcus est *vivant* ? m'exclamé-je.

Le fait est qu'on ne l'a pas vu se faire tuer quand on s'est évadés de l'enceinte des Fraternels ; j'avais simplement déduit de son absence qu'il était mort... Et je ne sais pas ce que je ressens. De la déception, parce que je le hais pour la façon dont il a traité Tobias ? Du soulagement, parce que les Altruistes ont encore un leader ? Ces deux sentiments sont-ils compatibles ?

— Il a réussi à s'échapper avec Peter et ils ont regagné la ville à pied, me précise Caleb.

Ce n'est clairement pas du soulagement que j'éprouve en apprenant que Peter a survécu.

— Et où est Peter ? m'informé-je.

— Là où on peut s'y attendre, répond Caleb avec une moue de mépris.

— Chez les Érudits, dis-je en secouant la tête. Quel...

Je n'arrive même pas à trouver un mot assez fort pour le décrire. Il faut croire que je manque de vocabulaire.

Caleb hoche la tête et pose une main sur mon épaule.

— Tu as faim ? me propose-t-il. Tu veux que j'aille te chercher quelque chose ?

— Oui, s'il te plaît. Je sors un instant ; je dois parler à Tobias.

— OK.

Après une petite tape fraternelle, Caleb s'éloigne, sans doute pour se joindre à la queue interminable qui part du buffet. Je me dirige vers Tobias et m'arrête à quelques mètres de lui. On reste plusieurs secondes sans bouger.

Puis il s'approche lentement.

— Ça va ? me demande-t-il.

— Je crois que je vais vomir si on me pose encore une fois la question. Je n'ai pas de balle dans la tête, si ? Donc, ça va.

— Ta mâchoire est tellement gonflée qu'on dirait un hamster et tu viens de donner un coup de couteau à Eric, me rappelle-t-il, les sourcils froncés. Je n'ai pas le droit de te demander comment tu te sens ?

Je soupire. Je devrais lui annoncer la nouvelle à propos de Marcus, mais le lieu me paraît mal choisi, avec tout ce monde.

— Si. Ça va.

Ses bras tressaillent, comme s'il avait failli me toucher. Après réflexion, il glisse un bras autour de mes épaules et m'attire à lui.

Je songe tout à coup qu'à l'avenir, je pourrais laisser les risques à d'autres et adopter un comportement égoïste, pour rester auprès de Tobias sans lui faire de mal. Je n'ai qu'une envie : enfouir mon visage au creux de son cou et tout oublier.

— Désolé d'avoir mis aussi longtemps à te sortir de là, murmure-t-il dans mes cheveux.

Avec un soupir, j'effleure son dos du bout des doigts. Je pourrais rester ainsi jusqu'à m'évanouir d'épuisement. Mais il ne faut pas ; je ne peux pas me laisser aller. Alors je m'écarte en disant :

— Je dois te parler. On peut trouver un endroit tranquille ?

Il hoche la tête. En quittant la cafétéria, on croise un Audacieux qui se met à brailler :

— Hé, regardez ! C'est *Tobias Eaton* !

J'avais presque oublié l'interrogatoire, et le fait qu'il a révélé son nom à tous les Audacieux.

— J'ai vu ton papa tout à l'heure, Eaton ! Tu vas courir te cacher ? beugle un autre.

Tobias se raidit, comme si on avait appuyé le canon d'un pistolet sur sa poitrine.

— Ouais, tu vas te planquer, le dégonflé ?

Des rires fusent. Je saisis Tobias par le bras pour l'entraîner jusqu'aux ascenseurs sans lui laisser le temps de réagir. Il avait la tête de quelqu'un qui s'apprête à cogner. Ou pire.

— J'allais te l'annoncer, glissé-je. Il est venu avec Caleb. Peter et lui ont pu s'échapper...

— Et tu attendais quoi pour me prévenir ?

Il a parlé sans dureté. Sa voix paraît détachée, comme si elle flottait entre nous.

— Ce n'est pas le genre de nouvelle qu'on balance dans une cafétéria, dis-je.

— C'est vrai.

On se tait en attendant l'ascenseur. Tobias se mordille les lèvres, le regard absent. Il continue pendant toute l'ascension jusqu'au dix-septième étage, qui est désert. Le silence m'enveloppe et m'apaise, comme l'a fait l'étreinte de Caleb. Je m'assieds sur un banc dans un coin de la salle d'interrogatoire et Tobias déplace la chaise de Niles pour la poser en face de moi.

— Il n'y avait pas deux chaises, avant ? remarque-t-il en fronçant les sourcils.

— Si. Je, heu... elle est tombée par la fenêtre.

— Bizarre, fait-il en s'asseyant. Alors, qu'est-ce que tu voulais me dire ? C'était à propos de Marcus ?

— Non. Mais... toi, ça va ? demandé-je prudemment.

— Je ne me suis pas pris une balle dans la tête, si ? répond-il en fixant ses mains. Donc, ça va. J'aimerais bien qu'on parle d'autre chose.

— Je voudrais te parler des simulations, dis-je. Et d'un autre truc avant : ta mère pensait qu'après les Altruistes, Jeanine allait s'en prendre aux sans-faction. De toute évidence, elle s'est trompée. Et moi non plus, je ne comprends pas. Les Sincères n'étaient pas franchement en train de prendre les armes.

— Réfléchis. Remets tout à plat, à la manière des Érudits.

Je lui jette un regard noir.

— Quoi ? Tris, si toi, tu n'y arrives pas, nous, on n'a aucune chance d'y arriver.

— OK. Alors... Les Audacieux et les Sincères sont sans doute les cibles les plus logiques. Parce que... parce que les sans-faction sont éparpillés alors qu'on est tous regroupés au même endroit.

— D'accord, acquiesce Tobias. Par ailleurs, quand Jeanine a attaqué les Altruistes, elle s'est emparée de leurs données. Ma mère m'a dit qu'ils avaient rassemblé des informations sur les sans-faction Divergents. On peut en déduire qu'après l'attaque, Jeanine a découvert que les sans-faction comptaient un pourcentage élevé de Divergents, ce qui ne fait pas d'eux une cible logique pour une simulation.

— Ça se tient. Mais revenons au sérum. Il a plusieurs composantes, c'est bien ça ?

— Deux, confirme-t-il. Le transmetteur et le liquide qui déclenche la simulation. Le transmetteur communique des informations de l'ordinateur jusqu'au cerveau et réciproquement. Le liquide modifie le cerveau pour le mettre sous l'influence de la simulation.

D'un signe de tête, je montre que j'ai compris.

— Et le transmetteur n'agit que pour une seule simulation, non ? Qu'est-ce qu'il devient ensuite ?

— Il se dissout. À ma connaissance, les Érudits n'ont pas réussi à créer un transmetteur qui reste efficace au-delà de la durée d'une simulation, bien que l'attaque sous simulation se soit prolongée bien plus longtemps que toutes celles que j'ai pu voir avant.

J'achoppe sur les mots « à ma connaissance ». Depuis qu'elle est adulte, Jeanine n'a cessé de développer des sérums. Si elle traque toujours les Divergents, c'est sans doute parce qu'elle n'a pas renoncé à créer des versions plus avancées de sa technologie.

— Pourquoi tu me demandes tout ça, Tris ? s'interroge Tobias.

— Tu as regardé ce truc ?

Je lui désigne le pansement plaqué sur mon épaule.

— Pas de près, me répond-il. J'ai passé la matinée à traîner des blessés Érudits jusqu'au troisième étage avec Uriah.

Je décolle un coin du pansement pour révéler les marques

de la piqûre – ça ne saigne plus, c'est déjà ça – et le réseau de teinture bleue sous la peau, qui ne semble pas s'atténuer. Puis je sors de ma poche l'aiguille qui était plantée dans mon bras.

— Ils n'ont pas attaqué pour nous tuer, dis-je. Ils nous ont tiré dessus avec ça.

Sa main touche la peau bleuie qui entoure la plaie. Je ne l'avais pas remarqué avant, parce que je n'avais pas de recul, mais Tobias a changé. Il n'est pas rasé, et je ne l'ai jamais vu avec les cheveux aussi longs – ils paraissent plus bruns que noirs, maintenant.

Il me prend l'aiguille des mains et tapote le disque de métal auquel elle est fixée.

— Ça sonne creux, dit-il. Ça devait contenir la substance bleue qui s'est diffusée dans ton bras. Qu'est-ce qui s'est passé après qu'ils vous ont tiré dessus ?

— Ils ont balancé les cylindres émetteurs de gaz dans la pièce et tout le monde s'est endormi. À part Uriah, moi et les autres Divergents, bien sûr.

Tobias n'a pas l'air étonné. Je plisse les yeux d'un air soupçonneux.

— Tu savais qu'Uriah était Divergent ?

Il hausse les épaules.

— C'est moi qui lui ai fait passer ses simulations.

— Et tu ne me l'as jamais dit.

— Information confidentielle, réplique-t-il. Et dangereuse.

Une poussée de colère m'envahit – combien de choses me cache-t-il ainsi ? – que je réprime aussitôt. Il ne pouvait pas me révéler qu'Uriah était Divergent. Il n'a fait que protéger sa vie privée. C'est normal.

Je m'éclaircis la gorge.

— Tu nous as sauvé la vie, tu sais, dis-je. Eric voulait nous mettre la main dessus.

— Je crois qu'on a dépassé le stade où l'on fait le compte de qui a sauvé qui.

Il me regarde pendant de longues secondes.

— Enfin, dis-je pour rompre le silence. Quand on a compris que tous les autres étaient inconscients, Uriah a filé prévenir les gens dans les étages et je suis montée au premier pour essayer de découvrir ce qui se passait. Eric avait rassemblé les Divergents devant les ascenseurs et il essayait de décider qui ramener avec lui. Il a précisé qu'il ne pouvait prendre que deux d'entre nous. J'ignore dans quel but.

— Bizarre, commente Tobias.

— Des pistes ?

— Je dirais que l'aiguille vous a injecté un transmetteur, et que le gaz était une version aérosol du liquide qui modifie les perceptions du cerveau. Mais la raison...

Un pli se forme entre ses sourcils.

— Oh, reprend-il. Elle a endormi tous les occupants du bâtiment pour repérer les Divergents.

— Tu penses que c'est uniquement à ça que servent les transmetteurs ?

Tobias fait non de la tête et son regard capture le mien. Ses yeux sont d'un bleu si profond, si familier qu'il me semble que je pourrais y plonger tout entière. L'espace d'un instant, je rêve de le faire, pour échapper à cet endroit et à ces événements.

— Je crois que tu as déjà compris, Tris. Et tu voudrais que je te détrompe. Mais je ne le ferai pas.

— Ils ont créé un transmetteur longue durée.

Il acquiesce d'un signe de tête.

— Et on est tous appareillés pour des simulations multiples, continué-je. Peut-être même en nombre illimité.

Nouveau signe d'acquiescement.

Mon souffle sort dans une saccade.

— C'est super grave, Tobias

+++

En sortant de la salle d'interrogatoire, Tobias s'arrête dans le couloir et s'appuie contre le mur.

— Alors comme ça, tu as attaqué Eric, dit-il. C'était pendant l'invasion ? Ou quand vous étiez devant les ascenseurs ?

— Devant les ascenseurs.

— Il y a une chose qui m'échappe : vous étiez au rez-de-chaussée. Tu aurais pu t'enfuir. Mais tu as préféré te précipiter seule au milieu d'une foule d'Audacieux armés. Et je suis prêt à parier que tu n'avais pas de pistolet.

Je serre les lèvres.

— Je me trompe ? insiste-t-il.

— Qu'est-ce qui te fait croire ça ? grommelé-je.

— Tu es incapable de toucher un pistolet depuis l'attaque. Et ça se comprend, après l'épisode « Will ». Mais...

— Ça n'a aucun rapport.

— Ah bon ?

— J'ai fait ce que j'avais à faire.

— Oui, et maintenant, c'est fait, dit-il en s'écartant du mur pour me faire face.

Les couloirs sont larges chez les Sincères, assez pour me donner l'espace que je préfère maintenir entre nous.

— Cela aurait été mieux si tu avais pu rester chez les Fraternels, poursuit-il. Tu aurais dû te tenir à l'écart de tout ça.

— Je ne suis pas d'accord. Tu prétends savoir ce qui est le mieux pour moi ? Qu'est-ce que tu en sais ? Je devenais dingue chez les Fraternels. Ici, je me sens enfin... saine d'esprit.

— Ce qui est curieux, dans la mesure où tu te comportes comme une psychopathe, commente-t-il. Ce n'est pas du courage de choisir la position dans laquelle tu t'es mise hier. C'est pire qu'idiot – c'est suicidaire. Tu n'as donc aucune considération pour ta propre vie ?

— Bien sûr que si ! m'exclamé-je. J'essayais de me rendre utile !

Pendant quelques instants, il se contente de me fixer.

— Tu vaux mieux que les Audacieux, reprend-il un ton plus bas. Mais si tu veux te contenter de les imiter en te jetant gratuitement dans des situations absurdes et en appliquant la loi du talion sans te poser de questions, vas-y. Je te croyais au-dessus de ça, mais j'ai pu me tromper !

Je serre les poings.

— Ne dis pas de mal des Audacieux, répliqué-je. Ils t'ont accueilli quand tu n'avais nulle part où aller. Ils t'ont confié un bon poste. C'est chez eux que tu as trouvé tous tes amis.

Je m'adosse au mur, les yeux au sol. Le carrelage du Marché des Médisants est soit noir, soit blanc ; dans ce couloir-ci, il est en damier. Si je le regarde sans le voir, j'obtiens précisément ce à quoi les Sincères ne croient pas : du gris. Peut-être que Tobias et moi n'y croyons pas non plus. Pas vraiment.

Je me sens lourde, tout à coup, trop lourde pour me soutenir moi-même, si lourde que je pourrais m'enfoncer dans le sol.

— Tris.

Je ne bouge pas.

— *Tris.*

Je me décide à le regarder.

— C'est juste que je ne veux pas te perdre.

On reste là quelques minutes. Je n'avoue pas ma pensée, qui est qu'il a sans doute raison. Une partie de moi a envie de se perdre, de rejoindre mes parents et Will pour faire cesser la douleur du manque. Alors que l'autre partie voudrait être là pour voir ce qui va se passer.

+++

— C'est vrai, t'es son frère ? s'exclame Lynn. Pas la peine de se demander lequel de vous deux a reçu les bons gènes.

Je me marre devant la tête de Caleb, ses lèvres un peu pincées et ses yeux écarquillés.

— Quand est-ce que tu dois repartir ? lui demandé-je en le gratifiant d'un petit coup de coude dans les côtes.

Je mords dans le sandwich qu'il m'a pris au comptoir de la cafétéria. Sa présence me rend nerveuse, ajoutant aux tristes restes de ma vie d'Audacieuse ceux, non moins tristes, de ma vie de famille. Que va-t-il penser de mes amis, de ma faction ? Et ma faction, que va-t-elle penser de lui ?

— Bientôt, me répond-il. Je ne voudrais pas qu'ils s'inquiètent !

Je hausse un sourcil.

— Je ne savais pas que Susan avait changé son nom en « ils ».

— Ha, ha, réplique-t-il avec une grimace.

Les petites moqueries entre frères et sœurs sont censées être quelque chose de banal, mais ne le sont pas pour nous.

Les Altruistes voient d'un mauvais œil tout ce qui peut mettre une personne mal à l'aise, taquineries incluses.

Je prends conscience de la circonspection qu'on a toujours mise dans nos rapports, maintenant qu'on en construit de nouveaux, modifiés par nos nouvelles factions et par la mort de nos parents. Chaque fois que je le regarde, je me dis qu'il est la seule famille qui me reste et je prie pour pouvoir le garder auprès de moi, réduire la distance qui nous sépare.

— Qui est Susan ? Une autre transfuge des Érudits ? demande Lynn en plantant sa fourchette dans un haricot vert.

Uriah et Tobias font encore la queue, derrière une douzaine de Sincères trop occupés à se prendre le bec pour se servir.

— Non, dis-je, c'était notre voisine quand on était petits. C'est une Altruiste.

— Et il y a un truc entre vous ? lance-t-elle à Caleb. Tu ne trouves pas ça un peu absurde, sachant que, quand tout sera fini, vous allez vous retrouver séparés, à vivre dans des factions différentes...

— Lynn, intervient Marlene en lui touchant l'épaule. Tu ne peux pas la fermer ?

À l'autre bout de la pièce, une tache bleue attire mon attention. Cara vient d'entrer. Mon appétit s'est envolé. Je pose mon sandwich et je baisse la tête pour éviter son regard, sans toutefois la lâcher des yeux. Elle se dirige vers le fond de la cafétéria, où sont assis quelques réfugiés Érudits. La plupart ont remplacé leurs vêtements bleus par des tenues en noir et blanc, tout en gardant leurs lunettes. J'essaie de me concentrer sur Caleb, mais lui aussi regarde les Érudits.

— Je n'ai pas plus de chances qu'eux de retourner chez les Érudits, dit-il. Quand tout sera fini, je n'aurai plus de faction.

C'est la première fois que je suis frappée par sa tristesse en le voyant parler des Érudits. Je n'avais pas mesuré à quel point la décision de les quitter avait dû être difficile pour lui.

— Tu pourrais aller t'asseoir avec eux, suggéré-je en désignant le groupe de réfugiés.

Il hausse les épaules.

— Je ne les connais pas. Je n'ai passé qu'un mois chez eux, je te rappelle.

Uriah nous rejoint en posant brutalement son plateau sur la table d'un air maussade.

— J'ai entendu quelqu'un parler de l'interrogatoire d'Eric dans la queue du self. Apparemment, il ne savait quasiment rien des plans de Jeanine.

— Quoi ? s'exclame Lynn en jetant sa fourchette sur la table. Comment c'est possible ?

Uriah s'assied avec une moue d'ignorance.

— Moi, ça ne m'étonne pas, intervient Caleb.

Toutes les têtes se tournent vers lui. Il pique un fard.

— Quoi ? Il faut être idiot pour confier la totalité de ses plans à une seule personne. C'est bien plus malin d'en fournir des bribes à chacun de ceux qui travaillent avec toi. Comme ça, si quelqu'un te trahit, tu ne perds pas grand-chose.

— Oh, fait Uriah.

Lynn reprend sa fourchette et replonge dans son assiette.

— Il paraît que les Sincères ont fait de la glace maison, annonce Marlene en se tordant le cou pour évaluer la queue. Un peu genre « ça craint qu'on se soit fait attaquer, mais au moins, il y a du dessert ».

— Je me sens tout de suite mieux, commente sèchement Lynn.

— Ça ne doit pas valoir les gâteaux des Audacieux, se lamente Marlene.

Elle soupire et une mèche de cheveux châtain terne lui tombe devant les yeux.

— On avait des bons gâteaux, informé-je Caleb.

— On avait des sodas, me dit-il.

— Mais est-ce que vous aviez une saillie rocheuse juste au-dessus d'une rivière souterraine ? lui demande Marlene en tortillant des sourcils. Et une pièce dans laquelle tu affrontais tous tes cauchemars en même temps ?

— Non, admet Caleb, et j'avoue que ça ne m'a pas manqué.

— Cho-chooootte, chantonne Marlene.

— Tous tes cauchemars ? reprend Caleb avec une soudaine étincelle dans les yeux. Comment ça marche ? Je veux dire, c'est l'ordinateur qui les produit ou c'est ton cerveau ?

— J'y crois pas, fait Lynn en se tapant le front. Et ça recommence !

Marlene se lance dans une description des simulations, et je finis mon sandwich en laissant son échange avec Caleb glisser sur moi. Puis, dans le cliquetis des couverts et le vacarme de centaines de conversations, je pose la tête sur la table et je m'endors.

CHAPITRE DIX-HUIT

— MOINS DE BRUIT, s'il vous plaît !

Jack Kang lève une main et la salle se tait. Ça, c'est du pur talent.

Je suis debout dans le groupe d'Audacieux arrivés en retard ; tous les sièges sont déjà pris. Une lumière vive me frappe l'œil : un éclair. Ce n'est pas le meilleur moment pour se rassembler dans une salle aux fenêtres sans vitres ; mais c'est la plus grande qu'ils aient.

— Je sais que vous êtes nombreux à vous poser des questions, et que tout le monde est secoué par ce qui s'est passé hier, commence Jack. J'ai entendu beaucoup de rapports de provenances très diverses, et je commence à faire le tri entre ce qui est avéré et ce qui demande encore des éclaircissements.

Je rabats mes cheveux mouillés derrière mes oreilles. Je me suis réveillée dix minutes avant l'heure de la réunion et j'ai filé sous la douche. Sans avoir récupéré, je me sens plus alerte.

— Le point qui me semble réclamer de nouvelles investigations, poursuit Jack, est celui des Divergents.

Il paraît fatigué ; il a les yeux cernés et ses cheveux courts partent en épis dans tous les sens, comme s'il avait passé la nuit à tirer dessus. Malgré la chaleur étouffante qui règne dans la pièce, il porte une chemise à manches longues boutonnée aux poignets ; il devait avoir l'esprit ailleurs quand il a choisi ses vêtements ce matin.

— Ceux qui font partie des Divergents, merci de vous avancer pour qu'on puisse vous donner la parole.

Je glisse un coup d'œil vers Uriah. Je ne trouve pas ça prudent. Ma Divergence est un aspect que je suis censée dissimuler, sous peine de risquer la mort. Mais ça ne rime plus à rien de le cacher ; ils sont déjà au courant pour moi.

Tobias est le premier à se manifester. Il traverse la foule, d'abord de biais pour se frayer un passage, puis, quand les autres s'écartent, il marche droit sur Jack Kang, les épaules rejetées en arrière.

Alors, je me mets en mouvement en marmonnant des excuses à ceux qui se trouvent devant moi. Ils reculent comme si j'avais menacé de les asperger de poison. Quelques autres s'avancent, dans la tenue noire et blanche des Sincères, mais pas beaucoup. Parmi eux, la fille que j'ai aidée.

Malgré la notoriété que Tobias a acquise chez les Audacieux et mon nouveau titre de « Fille qui a poignardé Eric », ce n'est pas nous qui sommes au centre de l'attention ; mais Marcus.

— Toi ? lui dit Jack quand Marcus, arrivé au milieu de la salle, s'arrête au niveau du plateau inférieur du motif de la balance.

— Oui, répond Marcus. Je comprends que tu sois inquiet ; que vous le soyez tous. Vous n'aviez jamais entendu parler des Divergents il y a une semaine, et tout ce que vous en savez maintenant, c'est qu'ils sont résistants à des psychotropes qui vous, vous affectent, ce qui est par nature effrayant. Mais je peux vous assurer qu'il n'y a rien à craindre de notre part.

Tandis qu'il parle, il dodeline de la tête en haussant les sourcils d'un air d'empathie, et je comprends tout à coup pourquoi certains l'aiment bien. Il donne le sentiment qu'on pourrait placer tous nos espoirs entre ses mains et qu'il en prendrait soin.

— Il me semble clair, intervient Jack, que si les Érudits ont attaqué, c'était pour trouver les Divergents. Sais-tu pourquoi ?

— Pas du tout, répond Marcus. Peut-être voulaient-ils juste nous identifier. Ça peut être une information utile pour eux, s'ils comptent avoir recours à de nouvelles simulations.

— Ce n'est pas ce qu'ils voulaient.

Les mots ont franchi mes lèvres sans que j'aie décidé de parler. Ma voix me paraît ridiculement faible et aiguë comparée à celles de Marcus et de Jack, mais il est trop tard pour faire marche arrière.

— Ils voulaient nous tuer. Ils nous tuaient déjà bien avant que tout ça commence.

Jack fronce les sourcils. J'entends des centaines de bruits minuscules, des gouttes de pluie qui frappent le toit. La salle s'assombrit, comme sous l'effet de ce que je viens de dire.

— Voilà qui ressemble à une théorie de la conspiration, commente Jack. Quelle raison les Érudits auraient-ils de vous tuer ?

Ma mère m'a dit que les gens craignaient les Divergents parce qu'ils étaient incontrôlables. C'est peut-être vrai, mais la peur de l'incontrôlable n'est pas une raison assez concrète à fournir à Jack Kang. Mon cœur s'emballe : je suis incapable de répondre.

— Je... commencé-je.

— En fait, on n'en sait rien, m'interrompt Tobias. Mais on enregistre plus de dix décès non expliqués chez les Audacieux au cours des six dernières années, et il y a une corrélation entre ces personnes décédées et des anomalies dans les résultats des tests d'aptitudes ou des simulations d'initiation.

Un éclair zèbre le ciel, illuminant la salle. Jack secoue la tête.

— Bien que cela soulève des questions, la corrélation ne constitue pas une preuve.

— Un leader Audacieux vient de tuer un enfant d'une balle dans la tête, riposté-je. On vous a fait un rapport là-dessus ? Ça vous a semblé « digne d'investigation » ?

— À vrai dire, oui, on m'en a fait un, me réplique Jack, et tuer un enfant de sang-froid est un crime terrible qui ne peut rester impuni. Heureusement, le coupable est sous notre garde et nous allons pouvoir le juger. *Cependant*, nous devons garder à l'esprit que les soldats Audacieux n'ont manifesté aucune intention de s'en prendre à la majorité d'entre nous, alors qu'ils auraient pu nous tuer pendant que nous étions inconscients.

Des murmures irrités s'élèvent autour de moi.

— Leur invasion pacifique suggère qu'un traité de paix avec les Érudits et les autres Audacieux reste envisageable, poursuit-il. Je vais donc organiser un rendez-vous avec Jeanine Matthews dans les plus brefs délais pour discuter de cette possibilité.

— Cette invasion n'avait rien de pacifique, objecté-je.

D'où je me tiens, je vois la bouche de Tobias ébaucher un sourire. Je prends une grande inspiration et je reprends :

— Le fait qu'ils ne vous aient pas mis à tous une balle dans la tête ne rend pas pour autant leurs intentions honorables. Pourquoi croyez-vous qu'ils soient venus ici ? Juste pour le plaisir de courir dans vos couloirs, de vous endormir et de repartir ?

— Je suppose qu'ils sont venus ici à cause de gens comme vous, rétorque Jack. Et bien que je me préoccupe de votre sécurité, il ne me semble pas justifié de les attaquer simplement parce qu'ils ont tué une fraction de notre population.

— Ils peuvent faire pire que vous tuer, répliqué-je. Ils peuvent vous contrôler.

Les lèvres de Jack se retroussent dans un sourire amusé. Amusé !

— Tiens donc. Et comment feraient-ils cela ?

— Très simplement, répond Tobias. Ils vous ont implanté des aiguilles remplies de transmetteurs de simulation. Et ces simulations vous contrôlent.

— On sait comment fonctionnent les simulations, contre-attaque Jack. Le transmetteur n'est pas un implant permanent. S'ils comptaient nous contrôler, ils l'auraient fait tout de suite.

— Mais... commencé-je.

Il m'interrompt :

— Je sais que tu as subi beaucoup de stress, me dit-il doucement, et que tu as rendu un grand service à ta faction et aux Altruistes. Mais je pense que ton expérience traumatique a pu compromettre ta capacité à être totalement objective. Je ne peux pas lancer une attaque sur la foi des spéculations d'une petite fille.

Je reste pétrifiée, stupéfiée par autant de bêtise. J'ai les joues en feu. À ses yeux, je ne suis donc qu'une gamine. Une gamine poussée par le stress dans la paranoïa. C'est comme ça que les Sincères vont me considérer désormais.

— Ce n'est pas à vous de décider pour nous, Kang, lance Tobias.

Tout autour de moi, les Audacieux crient leur approbation.

— Vous n'êtes pas le leader de notre faction ! jette quelqu'un.

Jack attend que les cris s'apaisent pour répondre :

— C'est exact. Si vous le désirez, vous avez toute liberté de prendre d'assaut l'enceinte des Érudits. Mais vous le ferez sans notre soutien, et je me permets de vous rappeler que vous n'avez ni la préparation ni les effectifs suffisants.

Il a raison. On ne peut pas attaquer les Érudits et les traîtres Audacieux sans l'appui des Sincères. Ce serait un bain de sang. Jack Kang détient le pouvoir. Voilà qui est maintenant clair pour tout le monde.

— Je vois que nous sommes d'accord, reprend-il d'un ton satisfait devant notre silence. Parfait. Je vais donc contacter Jeanine Matthews et voir si nous pouvons négocier la paix. Des objections ?

« On ne peut pas attaquer sans les Sincères, pensé-je, sauf si on se rallie les sans-faction. »

CHAPITRE DIX-NEUF

L'APRÈS-MIDI, JE ME JOINS à un groupe de Sincères et d'Audacieux qui nettoient les éclats de verre des fenêtres dans l'entrée. Je me concentre sur le trajet de mon balai, les yeux rivés sur la poussière parsemée de fragments de verre. Mes muscles sont les premiers à se rappeler les gestes ; et au lieu du marbre noir, par terre, je vois du carrelage blanc et le bas d'un mur gris ; je vois les mèches de cheveux blonds que vient de couper ma mère, et le miroir bien rangé derrière son panneau coulissant.

Prise d'une faiblesse, je m'appuie sur le manche du balai.

Une main me touche l'épaule et je la rejette avec brusquerie. Mais ce n'est qu'une jeune Sincère, une enfant, qui me regarde avec de grands yeux.

— Ça va ? me demande-t-elle d'une petite voix.

— Très bien, répliqué-je, trop sèchement. C'est juste la fatigue. Merci.

Je remarque qu'elle porte un pansement qui dépasse de sa manche, sans doute pour couvrir la marque de la piqûre.

L'idée que cette petite fille puisse se retrouver sous simulation me donne la nausée. Je me détourne, incapable de la regarder plus longtemps.

C'est là que je les vois : dehors, un traître Audacieux soutenant une femme à la jambe en sang. J'enregistre les mèches grises dans les cheveux de la femme, le nez busqué de l'homme et le brassard bleu fixé à leurs bras, juste sous l'épaule. Et je les reconnais. Tori et Zeke.

Tori essaie de marcher mais l'une de ses jambes traîne derrière elle, inerte. Une tache sombre et humide lui couvre presque toute la cuisse.

Les Sincères s'arrêtent de balayer pour les fixer. Les gardes Audacïeux qui se tiennent près des ascenseurs se précipitent vers l'entrée en brandissant leurs pistolets. Mes compagnons de nettoyage s'écartent sur leur passage, mais je ne bouge pas. Envahie par une vague de chaleur, je reste là, à regarder approcher Zeke et Tori.

— Est-ce qu'ils sont seulement armés ? demande quelqu'un.

Tori et Zeke atteignent ce qui fut l'entrée. Zeke lève une main en l'air en voyant la rangée d'Audacieux en armes, et garde l'autre autour de la taille de Tori.

— Il lui faut des soins médicaux, déclare-t-il. Ça urge.

— Et pourquoi on fournirait des soins médicaux à des traîtres ? rétorque un Audacieux par-dessus son pistolet.

Il a de fins cheveux blonds, un double piercing à la lèvre, et le bras marqué d'un réseau de petites veines bleues.

Tori gémit et je me faufile entre deux Audacieux pour la rejoindre. Elle met une main gluante de sang dans la mienne. Zeke la laisse glisser à terre avec un grognement d'effort.

— Tris, prononce-t-elle d'une voix cotonneuse.

— Toi, la petite, tu devrais reculer, me conseille le blond.

— Non, dis-je. Baisse ton arme.

— Quand je te disais que les Divergents étaient marteaux, grommelle un autre Audacieux à sa voisine.

— Menottez-la à son lit pour l'empêcher de descendre tout le monde, si ça vous amuse, intervient Zeke. Mais ne la laissez pas se vider de son sang dans l'entrée !

Finalement, quelques Audacieux s'approchent pour soulever Tori.

— Où est-ce qu'on l'emmène ? demande l'un d'eux.

— Trouvez Helena, répond Zeke. Une infirmière Audacieuse.

Les hommes hochent la tête et portent Tori vers l'ascenseur. Mon regard croise celui de Zeke.

— Qu'est-ce qui s'est passé ? lui demandé-je.

— Les traîtres ont découvert qu'on amassait des infos sur eux. Tori a essayé de s'enfuir, mais elle s'est fait tirer dessus. Je l'ai aidée à venir jusqu'ici.

— Jolie, ton histoire, commente le blond. Tu es prêt à la répéter sous sérum de vérité ?

Zeke hausse les épaules.

— Pas de problème.

Il tend ses poignets d'un geste théâtral.

— Embarque-moi, puisque tu y tiens tant.

Soudain, ses yeux se posent sur quelque chose derrière moi et il se met à marcher. En me retournant, je vois Uriah qui s'élance de l'ascenseur, un grand sourire sur la figure.

— Paraît que t'es un sale traître, mon frère, lui lance-t-il.

— Ouais, c'est ça, fait Zeke.

Ils se percutent dans une étreinte presque brutale, et rient en s'assénant de grands coups de poing dans le dos.

+++

— C'est quand même dingue que vous ne nous ayez rien dit, observe Lynn en secouant la tête.

Elle est attablée en face de moi, les bras croisés, un pied sur le bord de sa chaise.

— Pas la peine d'en faire un plat, rétorque Zeke. Je n'étais même pas censé le dire à Shauna et à Uriah. Difficile de jouer à l'espion une fois que tu l'as crié sur les toits.

On s'est installés dans une pièce du siège des Sincères baptisée le Point de rencontre, nom que les Audacieux répètent désormais à tout bout de champ d'un ton moqueur. C'est une grande salle claire, aux murs habillés de draperies noires et blanches, dont le centre est occupé par une estrade circulaire entourée de tables rondes. Lynn m'a expliqué qu'ils y tenaient des débats mensuels, juste pour le plaisir, et aussi un service religieux hebdomadaire. Mais même lorsqu'il ne s'y passe rien, la salle est le plus souvent pleine.

Zeke a été disculpé par les Sincères il y a une heure, au cours d'un bref interrogatoire au dix-septième étage. L'ambiance n'était pas aussi lourde que pour le mien et celui de Tobias, du fait qu'il n'existe pas d'images vidéo suspectes mettant en cause Zeke, et aussi parce qu'il est drôle, y compris sous l'effet du sérum de vérité. Peut-être même encore plus. Quoi qu'il en soit, on s'est retrouvés au Point de rencontre pour célébrer le fait qu'il ne soit pas un sale traître, comme il dit.

— N'empêche qu'on te maudit depuis l'attaque sous simulation, remarque Lynn. Maintenant, on a l'air de parfaits abrutis.

Zeke glisse un bras autour des épaules de Shauna.

— C'est ce que t'es, Lynn, réplique-t-il. Ça fait partie de ton charme.

Elle lui lance un gobelet en plastique, qu'il intercepte. De l'eau rejaillit sur la table jusque dans son œil.

— Bref, comme je disais, reprend-il en s'essuyant, ma mission principale était de faire sortir sains et saufs les Érudits opposés à la politique de Jeanine Matthews. C'est pour ça qu'ils forment un grand groupe ici. Et il y en a un autre plus petit chez les Fraternels. Mais Tori... je n'ai pas la moindre idée de ce qu'elle faisait. Elle disparaissait en douce pendant des heures, et quand elle était là, elle semblait toujours sur le point d'exploser. Du coup, forcément, ça nous a trahis.

— Comment ça se fait que les Audacieux loyaux t'aient confié une mission pareille ? s'étonne Lynn. T'as jamais rien fait d'extraordinaire.

— C'est surtout parce qu'à la fin de l'attaque sous simulation, je me suis retrouvé en plein milieu d'un groupe de traîtres. Alors j'ai suivi le mouvement. Pour Tori, je ne peux pas vous dire.

— Elle a grandi chez les Érudits, l'informé-je.

J'omets de préciser une chose, qu'elle n'apprécierait peut-être pas de voir révéler : si elle était sur le point d'exploser au siège des Érudits, c'est parce qu'ils ont assassiné son frère à cause de sa Divergence.

Elle m'a confié un jour qu'elle attendait l'occasion pour le venger.

— Oh, dit Zeke. Comment tu le sais ?

— Bah, tous les transferts forment une sorte de club secret, répliqué-je en m'adossant à ma chaise. On se retrouve le troisième jeudi du mois.

Il ricane.

— Où est Quatre ? demande soudain Uriah en consultant sa montre. Vous pensez qu'on devrait commencer sans lui ?

— Impossible, répond Zeke. C'est lui qui détient l'info.

Uriah acquiesce d'un hochement de tête, avant de demander :

— Quelle info, déjà ?

— Suis un peu, le rabroue son frère. Celle sur la petite rencontre entre Kang et Jeanine.

À l'autre bout de la salle, je repère Christina assise à une table avec sa sœur. Elles sont toutes les deux en train de lire.

Puis je me raidis : Cara traverse la salle en se dirigeant vers elles. Je baisse la tête.

— Quoi ? s'étonne Uriah en regardant par-dessus son épaule.

Je lui balancerais bien mon poing dans la figure.

— Retourne-toi ! soufflé-je. Merci pour la discrétion ! (Je me penche en avant en croisant les bras sur la table.) Il y a la sœur aînée de Will là-bas.

— Ouais, c'est moi qui lui ai proposé de quitter les Érudits quand j'y étais, dit Zeke. Elle m'a raconté qu'elle a vu une Altruiste se faire tuer, un jour où elle était en mission pour Jeanine, et qu'elle ne pouvait plus le supporter.

— T'es sûr qu'elle ne nous espionne pas pour leur compte ? dcmande Lynn.

— Hé, elle a sauvé la moitié de notre faction de ce truc-là, intervient Marlene en montrant le pansement de la piqûre sur son bras. Enfin, la moitié de la moitié de notre faction.

— Dans certains cercles, on appelle ça un quart, Mar, observe Lynn.

— De toute façon, qu'est-ce que ça changerait si c'était une espionne ? demande Zeke. On n'a aucun plan qu'elle pourrait leur révéler. Et si on préparait quelque chose, on n'irait pas la mettre au courant.

— Elle peut apprendre des tas de trucs ici, objecte Lynn. Combien on est, par exemple, ou quel pourcentage d'entre nous n'a pas reçu d'implant pour les simulations.

— Tu ne l'as pas vue en train de raconter pourquoi elle voulait partir, dit Zeke. Moi, je la crois.

Cara et Christina se sont levées et se dirigent vers la sortie.

— Je vais aux toilettes, glissé-je. Je reviens tout de suite.

Une fois que Cara et Christina ont franchi la porte, je traverse la salle d'un pas vif et je pousse le battant sans faire de bruit. J'avance dans un couloir un peu sombre qui sent les détritus ; le vide-ordures des Sincères ne doit pas être loin.

En entendant deux voix féminines à l'angle du couloir, je m'approche pour suivre la conversation.

— ... je ne supporte pas sa présence, dit la voix de Christina en hoquetant. Je n'arrête pas de visualiser la scène ; ce qu'elle a fait... Je ne comprends pas comment elle a pu faire ça !

Ses sanglots me déchirent.

Cara prend son temps avant de répondre :

— Eh bien, moi, je comprends très bien.

— Quoi ? bredouille Christina.

— Tu sais, chez les Érudits, on est formés depuis tout petits à voir les choses le plus logiquement possible, explique Cara. Ne va pas croire que je sois insensible. Mais cette fille devait être morte de trouille, et certainement incapable d'évaluer intelligemment la situation, en admettant qu'elle y arrive le reste du temps.

J'écarquille les yeux. *Quelle*... Je déroule mentalement une courte liste d'injures.

— Et à cause de la simulation, elle n'avait aucun moyen de le raisonner. Donc, quand il l'a menacée de mort, elle a réagi comme les Audacieux lui ont appris à le faire : en tirant pour tuer.

— Qu'est-ce que tu veux dire, au juste ? lui demande Christina d'un ton amer. Que tout ça se défend et qu'on devrait juste oublier ce qui s'est passé ?

— Bien sûr que non, proteste Cara.

Sa voix tremble un peu mais elle ajoute, d'un ton plus posé :

— Absolument pas.

Elle s'éclaircit la gorge.

— Seulement, tu es bien obligée de passer du temps en sa présence et je voudrais juste que ce soit moins pénible pour toi. Rien ne t'oblige à lui pardonner. À vrai dire, j'ai du mal à voir ce qui pouvait vous rapprocher ; elle m'a toujours semblé un peu instable.

Je me raidis dans l'attente que Christina confirme ; à mon soulagement, elle n'en fait rien.

Cara reprend :

— Quoi qu'il en soit, tu n'as pas à lui pardonner ; simplement, tu devrais essayer de comprendre qu'elle n'a pas agi par volonté de nuire mais sous l'effet de la panique. Ça t'aiderait à la regarder sans avoir envie de lui casser le nez, qu'elle a pourtant d'une longueur exceptionnelle.

Mécaniquement, je porte ma main à mon nez. Christina réagit par un petit rire, qui me fait l'effet d'un coup de poing dans le ventre.

Je rebrousse chemin et je repasse la porte du Point de rencontre.

Même si Cara a été insultante – et ce commentaire sur mon

nez était vraiment un coup bas –, je lui suis reconnaissante pour ce qu'elle a dit.

+++

Tobias émerge d'une porte masquée par un rideau blanc. Il repousse le pan de tissu d'un geste irrité avant de nous rejoindre à notre table, et s'assied à côté de moi.

— Kang a rendez-vous avec un représentant de Jeanine à sept heures demain matin, nous annonce-t-il.

— Un représentant ? s'étonne Zeke. Elle ne vient pas en personne ?

— Pour s'exposer à découvert là où un paquet de gens armés et en colère peuvent la prendre pour cible ? lance Uriah avec un petit sourire. J'aimerais bien la voir essayer. Franchement, ça m'éclaterait.

— Kang le Génie prend une escorte d'Audacieux, au moins ? demande Lynn.

— Oui, dit Tobias. Quelques membres plus âgés se sont portés volontaires. Bud a promis d'ouvrir les oreilles et de nous faire un rapport.

Je le regarde en fronçant les sourcils. Comment sait-il tout cela ? Et pourquoi, après avoir tout fait pendant deux ans pour ne pas devenir un leader Audacieux, se met-il subitement à agir comme tel ?

— Donc, déclare Zeke en croisant les mains sur la table, je suppose que la vraie question est : « Si vous étiez un Érudit, que diriez-vous, vous, lors de cette rencontre ? »

Tout le monde se tourne vers moi. Avec un air d'attente.

— Quoi ? fais-je.

— Tu es une Divergente, m'explique Zeke.

— Tobias aussi.

— Ouais, mais il n'a pas d'aptitude pour les Érudits.

— Qu'est-ce qui vous fait croire que j'en ai ?

Zeke hausse une épaule.

— Ça paraît probable. Je me trompe ?

Uriah et Lynn acquiescent d'un hochement de tête. La bouche de Tobias tressaille comme pour ébaucher un sourire, mais s'arrête là. J'ai l'impression qu'une pierre tombe dans mon estomac.

— Aux dernières nouvelles, vous aviez tous un cerveau en parfait état de marche, répliqué-je. Vous aussi, vous pouvez penser comme des Érudits.

— Mais on n'a pas des cerveaux de Divergents ! rappelle Marlene.

Elle pose les doigts sur mon crâne et appuie doucement.

— Allez, vas-y ! Exerce ta magie !

— La Divergence n'a rien de magique, Mar, objecte Lynn.

— Et même si c'était le cas, on ne devrait pas y avoir recours, assène Shauna.

C'est la première fois qu'elle prend la parole depuis le début de la discussion, et elle se contente de rabrouer sa petite sœur sans daigner me jeter un coup d'œil.

— Shauna... commence Zeke.

— Oh, toi, ça va, riposte-t-elle en reportant son regard noir sur lui. Tu ne penses pas que quelqu'un qui montre des aptitudes pour plusieurs factions puisse avoir un problème d'allégeance ? Si elle a des aptitudes pour les Érudits, qu'est-ce qui nous garantit qu'elle ne *travaille* pas pour eux ?

— Ne dis pas n'importe quoi, gronde Tobias à voix basse.

— Ce n'est pas n'importe quoi ! réplique-t-elle en abattant

une main sur la table. Je sais que je suis une Audacieuse dans l'âme parce que tout ce que j'ai fait pendant le test d'aptitudes me l'a affirmé. C'est justement pour ça que je suis loyale à ma faction : parce que je n'ai nulle part ailleurs où aller. Mais elle ? Et toi ? Je ne sais pas à qui va votre loyauté. Et je refuse de faire semblant de trouver ça normal.

Elle se lève en repoussant la main que lui tend Zeke et se dirige vers la porte d'un pas décidé. Je la suis des yeux jusqu'à ce que le battant se referme derrière elle et que le rideau noir qui le recouvre ait cessé de bouger.

Je me sens tellement remontée que je voudrais crier, mais avec le départ de Shauna, je n'ai plus personne sur qui le faire.

— Ça n'a rien à voir avec de la magie ! m'emporté-je. Il suffit de se demander quelle est la réaction la plus logique dans un contexte donné.

Ma remarque est accueillie par des regards absents.

— Sérieusement, insisté-je. Dans le cas présent, face à Jack Kang et à un groupe de gardes Audacieux, je n'emploierais sans doute pas la violence. D'accord ?

— Mouais, sauf si tu avais tes propres gardes, nuance Zeke. Auquel cas, un tir de pistolet bien placé et *bang*, plus de Jack Kang. Ça simplifierait d'autant la vie des Érudits.

— Quel que soit celui que les Érudits enverront négocier, ce sera quelqu'un d'important, pas un petit jeune choisi au hasard, dis-je. Ce serait stupide de risquer la vie du représentant de Jeanine en tirant sur Jack Kang.

— Tu vois ? triomphe Zeke. C'est pour ça qu'on a besoin de toi pour analyser la situation. Personnellement, je le tuerais. Pour moi, ça vaudrait la peine de courir le risque.

— OK...

Je me pince l'arête du nez. J'ai déjà mal au crâne.

Je m'efforce de me mettre à la place de Jeanine. Je sais déjà qu'elle ne négociera pas avec Jack Kang. Pourquoi le ferait-elle ? Il n'a rien à lui offrir. Elle va exploiter sa position à son avantage.

— À mon avis, déclaré-je, Jeanine Matthews va le manipuler. Et il fera tout ce qu'il faut pour protéger sa faction, y compris sacrifier les Divergents.

Je m'interromps, repensant à la manière dont il a fait peser sur nos têtes l'influence de sa faction au cours de la réunion.

— Ou sacrifier les Audacieux, continué-je. Il *faut* qu'on sache ce qui se dit lors de cette rencontre.

Uriah et Zeke échangent un petit regard. Lynn sourit, mais pas de son sourire habituel. Il ne monte pas jusqu'à ses yeux, qui paraissent plus dorés que jamais, d'un éclat métallique.

— Bon, on n'a plus qu'à s'arranger pour les écouter ! dit-elle.

CHAPITRE VINGT

IL EST SEPT HEURES DU SOIR. Encore douze heures exactement avant de découvrir ce que Jeanine a à dire à Jack Kang. C'est la dixième fois en une heure que je consulte ma montre, comme si ça pouvait accélérer le temps. Il me tarde de faire quelque chose – n'importe quoi, plutôt que de rester assise dans la cafétéria avec Lynn, Tobias et Lauren, à picorer dans mon assiette en jetant des coups d'œil vers Christina, installée à une autre table avec sa famille Sincère.

— Je me demande si on pourra reprendre le fonctionnement d'avant quand tout ça sera fini, s'interroge Lauren.

Ça fait déjà cinq bonnes minutes qu'elle discute avec Tobias des méthodes d'entraînement des novices Audacieux. C'est sans doute le seul intérêt qu'ils aient en commun.

— S'il reste une faction quand tout sera fini, précise Lynn en façonnant sa purée en forme de saucisse.

— Ne me dis pas que tu vas te faire un sandwich à la purée, fais-je.

— Et pourquoi pas ?

Un groupe d'Audacieux passe à côté de notre table. Ils sont un peu plus vieux que Tobias, mais pas de beaucoup. L'une des filles a des mèches de cheveux de cinq couleurs différentes et ses bras sont tellement recouverts de tatouages que je ne vois pas un centimètre carré de peau. L'un des garçons se penche en passant derrière Tobias pour lui murmurer :

— Dégonflé.

D'autres l'imitent en lui sifflant « dégonflé » à l'oreille avant de poursuivre leur chemin. Tobias s'immobilise, le couteau suspendu au-dessus d'une tartine sur laquelle il s'apprêtait à étaler une noix de beurre.

Crispée, j'attends l'explosion.

— Bande de crétins, commente Lauren. Et les Sincères ne valent pas mieux, de t'avoir obligé à déverser l'histoire de ta vie devant tout le monde.

Tobias ne répond pas. Il pose son couteau et sa tartine et s'écarte de la table. Ses yeux se posent sur quelque chose à l'autre bout de la pièce.

— Il faut que ça cesse, dit-il d'un ton lointain.

Et il se met en marche vers ce qu'il était en train de regarder, avant que j'aie pu repérer de quoi il s'agissait. C'est mauvais signe.

Il se faufile entre les tables et les gens comme s'il était plus proche de l'état liquide que solide et je le suis en trébuchant, marmonnant des excuses à ceux que je bouscule.

Puis j'identifie la personne vers laquelle Tobias se dirige : Marcus, assis à une table avec un petit groupe de Sincères de son âge.

Tobias le saisit par la nuque et le force à se lever de sa chaise ; Marcus commet l'erreur d'ouvrir la bouche pour parler et Tobias lui donne un violent coup de poing dans les dents. Quelqu'un crie, mais personne ne fait mine de s'interposer. Il est vrai qu'on est dans une salle remplie d'Audacieux.

Tobias pousse Marcus vers le milieu de la salle, où un espace vide est ménagé entre les tables autour du symbole des Sincères. Marcus titube sur l'un des plateaux de la balance, les mains sur le visage, ce qui m'empêche de voir les dégâts causés par Tobias.

Tobias le pousse par terre et presse son talon sur la gorge de son père. Du sang coule de la bouche de Marcus. Il frappe son fils à la jambe, mais même au mieux de sa forme, il ne sera jamais aussi fort que lui. Tobias défait la boucle de sa ceinture et la tire des passants de son jean.

Il ôte son pied de la gorge de Marcus et lève sa ceinture.

— C'est pour ton bien, lui dit-il.

Cette petite phrase résonne dans ma tête : ce sont les mots exacts que Marcus et ses diverses manifestations emploient dans le paysage des peurs de Tobias.

La ceinture fouette l'air et frappe Marcus au bras. Le visage rouge brique, ce dernier se protège la tête en voyant arriver le coup suivant, qui l'atteint au dos. Autour de moi, des rires s'élèvent des tables des Audacieux. Je serais bien incapable de rire de cela.

Enfin, je reprends mes esprits, je me précipite vers Tobias et je lui saisis l'épaule.

— Arrête ! Tobias, arrête tout de suite !

Je m'attends à voir un éclair de folie dans ses yeux, mais quand il se tourne vers moi, son regard me détrompe. Sa respiration est régulière et il n'y a pas trace de colère sur son visage. Ce n'était pas un acte commandé par la passion.

C'était calculé.

Il lâche sa ceinture et met la main dans sa poche, dont il ressort un anneau en métal terni pendu à une chaîne en argent : un anneau de mariage Altruiste. Marcus reste allongé sur le côté, pantelant. Tobias laisse tomber l'anneau près du visage de son père.

— Tu as le bonjour de ma mère, lui dit-il.

Puis il s'en va.

Je mets quelques secondes à recouvrer mon souffle avant de le poursuivre en courant, laissant Marcus recroquevillé par terre. Je ne rattrape Tobias que dans l'entrée.

— Tu m'expliques ?

Sans me regarder, il appuie sur le bouton de l'ascenseur.

— C'était nécessaire.

— Nécessaire à quoi ?

— Parce que tu le plains, maintenant ? me lance-t-il sèchement en se tournant vers moi. Tu sais combien de fois il me l'a fait, à moi ? Comment crois-tu que j'ai appris les gestes ?

Je me sens fragile, friable comme si j'allais me désintégrer. C'est vrai que son acte avait l'air prémédité, comme s'il en avait révisé les étapes dans sa tête, récité les mots devant un miroir. Il les connaît par cœur ; cette fois, il n'a eu qu'à inverser les rôles.

— Non, dis-je doucement. Je ne le plains pas du tout.

— Alors quoi, Tris ? Ça fait huit jours que tu te fiches de ce que je dis et de ce que je fais ; qu'est-ce qui a changé, tout à coup ?

Sa voix est brutale, et pourrait bien être ce qui va me casser. Il me fait presque peur. Je n'ai jamais su comment réagir à cette facette imprévisible de son caractère, et elle est là, qui bouillonne sous la surface de ses actes, tout comme ma facette cruelle sous-tend les miens. On porte tous les deux la guerre en nous. Parfois, c'est ce qui nous maintient en vie. Parfois, c'est ce qui menace de nous détruire.

— Rien, murmuré-je.

La sonnerie de l'ascenseur annonce son arrivée. Tobias y prend place et appuie sur la commande des portes, qui se referment entre nous.

Je fixe le métal brossé en essayant de me repasser mentalement les quinze dernières minutes.

Il a dit : « Il faut que ça cesse. » Il faisait référence au fait d'être ridiculisé, après avoir admis à l'interrogatoire qu'il avait intégré la faction des Audacieux pour échapper à son père. Il a ensuite battu Marcus – en public, devant tous les Audacieux.

Pourquoi ? Pour défendre sa fierté ? Ça ne tient pas. C'était bien trop délibéré pour ça.

+++

En retournant à la cafétéria, je vois un Sincère conduire Marcus à la salle de bains. Il marche lentement mais se tient droit, ce qui me laisse supposer que Tobias ne lui a pas fait sérieusement mal. Je regarde la porte se refermer derrière eux.

J'avais presque oublié ce que j'ai entendu chez les Fraternels, au sujet de l'information pour laquelle mon père a risqué sa vie. *À ce qu'on dit*, rectifié-je. Il n'est peut-être pas prudent de croire Marcus. Et je me suis promis de ne plus le questionner à ce propos.

Je traîne devant la salle de bains jusqu'à ce que le Sincère en ressorte, et j'y entre avant que la porte se soit refermée. Marcus est assis par terre près du lavabo, une serviette en papier pliée tamponnée sur la bouche. Il n'a pas l'air ravi de me voir.

— On vient se réjouir du spectacle ? Dehors.

— Non.

Qu'est-ce que je viens faire ici, au juste ?

Il me regarde d'un air interrogateur.

— Eh bien ?

— J'ai pensé que je devais vous rafraîchir la mémoire. Quoi que vous espériez prendre à Jeanine, vous n'y arriverez pas seul, ni même avec l'aide des Altruistes.

— Il me semblait qu'on en avait déjà parlé, répond-il d'une voix étouffée par la serviette en papier. L'idée que toi, tu pourrais contribuer à...

— Je ne sais pas d'où vous vient cette conviction que je ne suis bonne à rien, le coupé-je, et ça ne m'intéresse pas. J'ai juste une chose à vous dire : quand vous vous déciderez à revoir vos préjugés, et quand vous commencerez à désespérer parce que vous êtes trop bête pour vous débrouiller tout seul, vous saurez à qui vous adresser.

Je quitte la salle de bains au moment où le Sincère revient avec une poche de glace.

CHAPITRE VINGT ET UN

JE ME TIENS DEVANT le lavabo de la salle de bains des femmes, à l'étage qui vient d'être accaparé par les Audacieux, un pistolet posé à plat sur ma paume. Lynn l'a mis là il y a quelques minutes ; elle a eu l'air surprise de ne pas me voir refermer les doigts dessus pour le ranger dans un étui ou la ceinture de mon pantalon. Je me suis contentée de le laisser comme il était et de venir me réfugier dans la salle de bains avant de paniquer.

Ne sois pas ridicule. Je ne peux pas faire ce que je compte accomplir sans être armée. Ce serait de la folie. Donc, il me reste cinq minutes pour résoudre mon problème.

J'enroule mon petit doigt autour de la crosse, puis l'annulaire, puis toute la main. Le poids est familier. Mon index se replie sur la détente. J'expulse l'air de mes poumons.

Je le lève lentement et je le stabilise en refermant la main gauche autour de mon poing droit. Je tends les bras comme Quatre m'a appris à le faire, du temps où je ne le connaissais que sous ce nom-là. Je me suis servie d'un pistolet comme celui-là pour défendre mon père et mon frère contre des Audacieux sous l'effet de la simulation. Et pour empêcher Eric de tirer une balle dans la tête de Tobias. Ce pistolet n'est pas malfaisant par nature. C'est juste un instrument.

Un mouvement dans le miroir arrête mon œil et, sans réfléchir, je pose le regard sur mon reflet. *Voilà comment il m'a vue. Voilà à quoi je ressemblais quand je l'ai tué.*

Laissant le pistolet m'échapper des mains, je replie les bras sur mon ventre en gémissant comme un animal blessé. Je sais que ça me ferait du bien de pleurer, mais je n'arrive pas à faire sortir les larmes. Je me recroqueville par terre dans la salle de bains, les yeux fixés sur le carrelage blanc. Je ne peux pas. Je ne peux pas prendre le pistolet avec moi.

Je ne devrais même pas y aller ; mais j'irai quand même.

— Tris ?

On frappe à la porte. Je me relève tandis qu'elle s'entrouvre en grinçant. Tobias entre.

— Zeke et Uriah m'ont raconté que vous alliez épier l'entrevue de Jack, me dit-il.

— Oh.

— C'est vrai ?

— Pourquoi je devrais te répondre ? Est-ce que tu me tiens au courant de tes plans, toi ?

Il fronce les sourcils.

— De quoi tu parles ?

— Du fait que tu as frappé Marcus comme une brute devant tous les Audacieux sans raison apparente.

J'avance d'un pas avant de reprendre :

— Et il y en a une, pourtant, non ? Parce que ça n'avait rien à voir avec un pétage de plomb et qu'il n'avait rien fait pour te provoquer.

— Je devais prouver aux Audacieux que je n'étais pas un lâche. C'est tout. Il n'y avait rien de plus.

— Mais quel besoin avais-tu de...

Quel besoin aurait-il de faire ses preuves devant les Audacieux ? Je ne vois qu'une raison possible : gagner leur admiration. Pour devenir un leader Audacieux. J'entends la voix d'Evelyn qui parle dans l'ombre, dans le refuge des sans-faction : « Ce que je te suggère, c'est d'acquérir de l'influence. »

Il veut que les Audacieux s'allient aux sans-faction ; or la seule chance que ça se produise est qu'il s'en occupe lui-même, et il le sait.

Pourquoi n'a-t-il pas jugé utile de me faire part de ce projet ? Voilà encore un mystère.

— Alors, tu vas épier Jack, oui ou non ? reprend-il.

— Qu'est-ce que ça change ?

— Une fois de plus, tu te mets en danger sans raison. Exactement comme quand tu t'es jetée dans la bagarre contre les Érudits avec un... un *canif* pour te protéger.

— Il y a une raison, et une bonne, même. C'est le seul moyen d'apprendre ce qui se passe. Et on a besoin de le savoir.

Il croise les bras. Il n'est pas baraqué comme le sont souvent les garçons Audacieux. Et certaines filles pourraient émettre des réserves sur ses oreilles décollées ou son nez busqué. Mais pour moi...

Je ravale la suite de ma pensée. Il est là pour me brailler dessus. Il me cache des choses. Quel que soit l'état de notre relation, je ne peux pas m'égarer dans des rêveries sentimentales. Ce n'est pas ça qui m'aidera à accomplir ce que j'ai à faire. Et dans l'immédiat, ça consiste à écouter ce que Jack Kang a à dire aux Érudits.

— Tu as laissé tomber ta coiffure d'Altruiste, remarqué-je. C'est pour ressembler davantage à un Audacieux ?

— Ne change pas de sujet. Il y a quatre autres personnes qui vont épier Jack Kang. Tu n'as pas besoin d'y aller.

— Pourquoi tiens-tu tellement à ce que je joue les planquées ? demandé-je en haussant la voix. Je ne suis pas le genre à rester assise dans un coin pendant que les autres prennent des risques !

— Tant que tu ne sembleras pas accorder de valeur à ta propre vie... que tu ne pourras même pas tenir un pistolet et appuyer sur la détente... dit-il en se penchant, tu ferais pourtant mieux de rester assise dans un coin en laissant les autres prendre des risques.

Ses paroles, prononcées à voix basse avec un calme calculé, vibrent en moi comme un deuxième pouls. Elles résonnent en boucle dans ma tête.

— Qu'est-ce que tu vas faire ? demandé-je. M'enfermer dans la salle de bains ? Parce que c'est le seul moyen pour m'empêcher d'y aller.

Il porte une main à son front et la laisse glisser le long de sa joue. Je n'avais jamais vu les traits de son visage s'affaisser de cette façon.

— Je ne veux pas t'en empêcher, me dit-il. Ce que je veux, c'est que toi, tu t'en empêches. Mais si tu t'obstines à prendre des risques inconsidérés, tu ne pourras pas m'interdire de venir.

+++

Il fait encore sombre lorsqu'on atteint le pont à deux niveaux soutenu par des piliers de pierre à chaque coin. On descend les marches qui longent l'un des piliers et on rampe à pas de loup au niveau du lit du fleuve. De grosses flaques d'eau croupie luisent aux premiers rayons du soleil. Le jour va bientôt se lever ; il est temps de se mettre en position.

Uriah et Zeke se trouvent chacun dans un bâtiment de part et d'autre du pont, pour bénéficier d'une meilleure vue et nous couvrir à distance. Ils visent mieux que Lynn ou Shauna, qui s'est décidée à venir à la demande de sa sœur, malgré la crise qu'elle a piquée au Point de rencontre.

Lynn passe devant, le dos collé à la pierre, avançant centimètre après centimètre le long du bord inférieur des piles. Je la suis, avec Shauna et Tobias derrière moi. Le pont est soutenu par quatre structures métalliques incurvées qui le fixent aux piliers en pierre, et par un réseau de poutrelles étroites sous son niveau inférieur. Lynn se faufile sous l'une des structures métalliques et l'escalade rapidement, puis avance peu à peu vers le milieu du pont en restant au-dessus des poutrelles.

Je me laisse précéder par Shauna, qui est meilleure grimpeuse que moi. Mon bras gauche tremble tandis que j'essaie de trouver l'équilibre sur une poutrelle. Tobias pose une main fraîche sur ma taille pour me stabiliser.

Je m'avance au-dessus des poutrelles en passant de l'une à l'autre, pliée en deux pour me faufiler dans le petit espace ménagé sous le pont. Je ne peux pas aller bien loin, et je m'arrête, penchée au-dessus du vide, les pieds sur une poutrelle et le bras gauche sur la suivante. Je vais devoir tenir dans cette position un bon moment.

Tobias se glisse le long d'une poutrelle, s'arrête en face de moi et place une jambe sous moi. Les siennes sont assez longues pour qu'il puisse prendre appui du pied sur la poutrelle suivante, un peu plus bas derrière moi. Je vide l'air de mes poumons et lui adresse un sourire reconnaissant. C'est notre premier signe de connivence depuis qu'on a quitté le Marché des Médisants.

Il me sourit en retour, sombrement.

On patiente en silence. Je respire par la bouche, en essayant de contrôler mes bras et mes jambes qui tremblent. Shauna et Lynn communiquent par des mimiques que je n'arrive pas à déchiffrer, souriant et hochant la tête une fois qu'elles sont d'accord. Je n'avais jamais réfléchi à l'effet que ça doit faire d'avoir une sœur. Est-ce que je serais plus proche de Caleb si c'était une fille ?

La ville est si calme que les pas résonnent à l'approche du pont. Le bruit vient de derrière moi ; ça doit être Jack et son escorte d'Audacieux qui arrivent, et non les Érudits. Les Audacieux savent qu'on est là, bien que Jack l'ignore. Il lui suffirait de baisser les yeux quelques secondes pour nous voir à travers le réseau métallique qui s'entrecroise sous ses pieds. J'essaie de respirer silencieusement.

Tobias consulte sa montre et tend le poignet vers moi pour me montrer l'heure. Sept heures pile.

Je jette un coup d'œil à travers la toile d'acier qui s'enchevêtre au-dessus de moi. Des pas résonnent au-dessus de ma tête. Puis .

— Bonjour, Jack.

C'est Max, le leader qui a nommé Eric à la tête des Audacieux pour répondre aux exigences de Jeanine, et imposé des méthodes cruelles et brutales dans l'initiation des Audacieux. Bien que je ne lui aie jamais parlé directement, le son de sa voix suffit à me faire frissonner.

— Bonjour, Max, dit Jack. Où est Jeanine ? Je m'attendais à ce qu'elle ait au moins la courtoisie de se présenter.

— Jeanine et moi nous répartissons les responsabilités en fonction de nos compétences, répond Max. Concrètement, cela implique que je prends toutes les décisions militaires. Je pense que cela inclut la question du jour.

Je fronce les sourcils. Je n'ai pas l'habitude d'entendre parler Max, mais quelque chose dans le choix de ses mots, dans son rythme d'élocution, me paraît... décalé.

— Très bien, dit Jack. Je suis venu pour...

— Je préfère te prévenir que ceci n'a rien d'une négociation, l'interrompt Max. Pour négocier, il faut être sur un pied d'égalité. Ce qui n'est pas le cas.

— Comment cela ?

— C'est simple : vous êtes la seule faction dont on puisse se passer. Les Sincères ne nous fournissent ni protection, ni vivres, ni innovations technologiques. En conséquence, nous n'avons pas besoin de vous. Et vous n'avez pas fait grand-chose pour vous attirer la faveur de vos invités Audacieux. Ce qui vous rend vulnérables et totalement inutiles. Je te recommande donc de suivre très précisément mes consignes.

— Comment oses-tu ? gronde Jack entre ses dents. Espèce de...

— Inutile de nous emporter, l'arrête Max.

Je me mords la lèvre. Je peux généralement me fier à mon instinct, et il me dit que quelque chose cloche. Un Audacieux qui se respecte n'emploierait jamais le mot « s'emporter » et ne réagirait pas aussi calmement à une insulte. Il parle comme s'il était quelqu'un d'autre. Il parle comme Jeanine.

Mes cheveux se hérissent sur ma nuque. C'est parfaitement

logique. Jeanine ne déléguerait à personne le soin de parler en son nom, encore moins à un Audacieux. La meilleure solution pour résoudre le problème est d'équiper Max d'une oreillette. Or le signal d'une oreillette n'émet pas à plus de quatre cents mètres.

J'attire le regard de Tobias et je porte lentement la main à mon oreille. Puis je lève l'index au-dessus de moi, vers l'endroit où je suppose que se tient Max.

Tobias fronce les sourcils, puis hoche la tête, mais je ne suis pas sûre qu'il ait compris.

— J'ai trois exigences, reprend Max. Premièrement, que vous libériez le leader Audacieux que vous détenez actuellement en captivité. Deuxièmement, que vous laissiez nos soldats fouiller votre enceinte ; et troisièmement, que vous nous fournissiez les noms de ceux qui ne se sont pas fait inoculer la simulation.

— Pourquoi ? lui demande Jack d'un ton amer. Quel serait le but de cette fouille ? Et pourquoi vous faut-il ces noms ? Que comptez-vous en faire ?

— Nous voulons localiser et extraire tous les Divergents présents dans vos locaux. Quant à la liste de noms, cela ne te regarde pas.

— Pardon ?

Un bruit de pas au-dessus de ma tête me fait lever les yeux. D'après ce que je distingue à travers le grillage métallique, Jack a agrippé Max par le col.

— Lâche-moi, dit Max. Ou j'ordonne à mes gardes de tirer.

Bizarre. Si c'est bien Jeanine qui parle par la voix de Max, il faut qu'elle les voie pour savoir que Jack l'a empoigné. Je me penche pour observer les immeubles qui se trouvent de part et d'autre du pont. À ma gauche, la rivière forme un coude et un bâtiment en verre trapu se dresse dans l'angle. C'est là que Jeanine doit se tenir.

J'essaie de reculer vers la structure métallique qui soutient le pont, jusqu'à l'escalier descendant à Wacker Drive. Tobias me suit aussitôt et Shauna donne une tape sur l'épaule de Lynn. Mais Lynn est occupée.

Absorbée par mes réflexions sur Jeanine, je ne me suis pas rendu compte que Lynn a sorti son pistolet et qu'elle a entrepris d'escalader le pont. Bouche bée, les yeux écarquillés, Shauna regarde sa sœur se projeter vers le haut, agripper le tablier du pont et passer son bras par-dessus. Son doigt appuie sur la détente.

La bouche ouverte, une main sur la poitrine, Max recule en titubant. Lorsqu'il retire sa main, elle est rouge de sang.

Je renonce aux acrobaties pour me laisser tomber par terre, suivie de près par Tobias, Lynn et Shauna. Mes chevilles s'enfoncent dans la boue et mes pieds font des bruits de succion quand je les soulève. Je perds mes chaussures et je continue pieds nus jusqu'au macadam. Des coups de feu éclatent, des balles se fichent dans la boue autour de moi. Je me jette contre la pile du pont pour m'abriter des tirs.

Tobias se colle derrière moi, si près que son menton frôle mon crâne et que je sens sa poitrine contre mon épaule. Qui fait écran.

Je peux retourner en vitesse au siège des Sincères, où je bénéficierais d'une sécurité temporaire. Ou je peux essayer de débusquer Jeanine, qui n'est pas près de se retrouver dans une situation aussi vulnérable.

Il n'y a pas à hésiter.

— Suivez-moi ! chuchoté-je.

Je m'élance en courant dans l'escalier, les autres sur les talons. Sur le niveau inférieur du pont, nos compagnons Audacieux tirent sur les traîtres. Jack est indemne, plié en deux pour se faire tout petit, le bras d'un Audacieux jeté en travers de son dos. J'accélère. Je traverse le pont sans me retourner. J'entends les pas de Tobias derrière moi. Il est le seul à pouvoir se caler sur mon rythme.

L'immeuble en verre est dans mon champ de vision. Soudain, j'entends d'autres pas, de nouveaux tirs. Je zigzague pour éviter les balles des traîtres Audacieux.

J'ai presque atteint l'immeuble de verre. Plus que quelques mètres. Je redouble d'efforts en serrant les dents. Mes jambes sont engourdies ; je sens à peine le contact du sol sous mes pieds. Soudain, juste avant d'arriver devant les portes, je perçois un mouvement dans la ruelle sur ma droite. Je vire brusquement pour m'y engager. Trois silhouettes s'enfuient dans la ruelle. L'une blonde. Une autre de haute taille. Et celle de Peter.

Je trébuche et me rattrape au dernier moment.

— Peter ! crié-je.

Il me vise avec son arme. Derrière moi, Tobias lève la sienne. On se regarde en chiens de faïence, séparés par quelques mètres à peine. Au fond de la ruelle, la blonde – Jeanine, sans doute – et l'autre traître tournent au coin de la rue. Même sans arme et sans plan défini, mon réflexe est de les poursuivre, et je le ferais peut-être si Tobias ne me maintenait pas sur place, une main en étau sur mon épaule.

— Sale traître, dis-je à Peter. Je le *savais*.

Un cri déchire l'air. Un cri de femme, chargé d'angoisse.

— J'ai l'impression que votre copine a besoin de vous, fait Peter.

Il a un bref sourire, à moins qu'il ne montre les dents, je ne sais pas. Il maintient fermement son pistolet.

— Vous nous laissez partir et vous allez l'aider, ou vous finissez morts sur le pavé en essayant de nous poursuivre. Au choix.

J'ai envie de hurler. Il sait aussi bien que moi ce qu'on va faire.

Je percute Tobias en faisant un pas en arrière et on recule tous les deux d'un même mouvement, jusqu'à l'entrée de la ruelle. Là, on se retourne et on repart en courant.

CHAPITRE VINGT-DEUX

SHAUNA EST COUCHÉE par terre sur le ventre. Une tache de sang s'étale sur sa chemise. Lynn est accroupie à côté d'elle. Les yeux hagards. Sans rien faire.

— C'est ma faute, balbutie Lynn. Je n'aurais pas dû tirer sur lui. Je n'aurais pas dû...

Je fixe la tache de sang. Shauna a reçu une balle dans le dos. Je n'arrive pas à voir si elle respire. Tobias pose deux doigts sur sa jugulaire et nous fait signe que oui.

— On doit filer d'ici, dit-il. Lynn. Lynn, regarde-moi. Je vais la porter, ça va lui faire très mal. Mais on n'a pas le choix.

Lynn acquiesce d'un hochement de tête. Tobias se baisse et glisse les mains sous les aisselles de Shauna, qui gémit quand il la soulève. Je me précipite pour aider Tobias à hisser son corps inerte sur son épaule. Ma gorge se noue et je tousse pour alléger la pression.

Tobias se relève avec un grognement d'effort et on reprend la direction du Marché des Médisants – Lynn devant, avec son pistolet, et moi derrière. Je marche à reculons pour surveiller nos arrières, mais je ne vois personne. Je suppose que les traîtres se sont repliés. Mais je ne peux pas prendre de risques.

— Hé !

C'est Uriah qui arrive au pas de course.

— Zeke a dû aider les autres à ramener Ja... Oh non !

Il s'immobilise.

— Shauna ?

— Ce n'est pas le moment, dit sèchement Tobias. Fonce au Marché des Médisants chercher un médecin.

Mais Uriah reste figé sur place.

— Uriah ! Cours ! Maintenant !

Le cri a retenti dans la rue, sans rien autour pour l'amortir. Enfin, Uriah se retourne et part à toute allure vers le Marché des Médisants.

Il n'y a que huit cents mètres à parcourir, mais entre les ahanements de Tobias, le souffle saccadé de Lynn et le fait de savoir que Shauna se vide de son sang, le trajet me paraît sans fin. Je me concentre sur les mouvements des muscles du dos de Tobias, qui s'étirent et se contractent à chaque respiration laborieuse, et je n'entends plus le son de nos pas ; seulement celui de mon cœur qui bat. Quand on arrive enfin aux portes du siège de Sincères, j'ai envie de vomir, ou de m'évanouir, ou de hurler de toutes mes forces.

Uriah, Cara et un Érudit aux cheveux rabattus sur sa calvitie nous attendent dans l'entrée. Ils déplient un drap, Tobias y allonge Shauna et le médecin entreprend aussitôt de découper sa chemise dans son dos. Je me détourne pour ne pas voir la blessure.

Tobias se tient en face de moi, en nage. Je voudrais qu'il me prenne dans ses bras, comme après la dernière attaque, mais il ne bouge pas, et je me garderai bien de faire le premier pas.

— Je renonce à comprendre ce qui se passe dans ta tête, me dit-il. Mais si tu continues à risquer ta vie en dépit du bon sens...

— Ce n'est pas le cas, protesté-je. J'essaie d'être dans le don de soi, comme mes parents l'ont été, comme...

— Tu n'es *pas* tes parents. Tu es une gamine de seize ans...

— Qu'est-ce qui t'autorise à... grondé-je entre mes dents.

— ... qui ne comprend pas que la valeur d'un sacrifice réside dans sa nécessité, et qu'il ne se réduit pas à jeter sa vie par la fenêtre ! Si tu recommences, toi et moi, c'est fini.

Je ne m'attendais pas à ça.

— C'est un ultimatum ?

J'essaie de ne pas hausser le ton pour éviter que les autres m'entendent.

Il secoue la tête. Ses lèvres ne forment plus qu'une mince ligne.

— Non. C'est un fait. Si tu continues à te précipiter gratuitement au-devant du danger, tu ne seras plus qu'une Audacieuse shootée à l'adrénaline qui cherche sa drogue, et je ne vais pas t'aider à faire ça.

Il crache les mots avec amertume.

— J'aime Tris la Divergente, celle qui prend ses décisions sans se soucier de loyauté envers une faction, l'Audacieuse qui n'est pas une caricature. Mais la Tris qui s'obstine à se détruire... je ne peux pas l'aimer.

J'ai envie de crier. Pas de colère mais parce que j'ai peur qu'il ait raison. J'agrippe l'ourlet de mon tee-shirt pour empêcher mes mains de trembler.

Il pose son front contre le mien en fermant les yeux.

— Je crois que tu es toujours là, dit-il, sa bouche tout près de la mienne. Reviens.

Ses lèvres effleurent les miennes, et je suis trop surprise pour l'arrêter.

Puis il retourne auprès de Shauna tandis que je reste là, les pieds sur la balance des Sincères, complètement perdue.

+++

— Ça fait un bail.

Je m'affale sur le lit en face de celui de Tori. Elle est assise, la jambe posée sur une pile d'oreillers.

— Oui, dis-je. Comment tu te sens ?

— Comme quelqu'un qui s'est fait tirer dessus. (Un sourire flotte sur ses lèvres.) Il paraît que tu connais ça.

— Ouais. Génial, non ?

Je n'arrive pas à penser à autre chose qu'à la balle dans le dos de Shauna. Tori et moi, au moins, on s'en sortira.

— Vous avez découvert des choses intéressantes pendant l'entrevue de Jack ?

— Quelques-unes. Tu sais comment on pourrait organiser une réunion des Audacieux ?

— Je peux m'en charger. C'est l'avantage de bosser dans un studio de tatouages chez les Audacieux : on connaît à peu près tout le monde.

— Exact, acquiescé-je. En plus, tu bénéficies du prestige d'être une ex-espionne.

— J'avais presque oublié, fait-elle avec une grimace.

— Et toi alors, tu as appris des trucs intéressants ? En tant qu'espionne, je veux dire.

Tori fixe ses mains avec un regard noir.

— Ma mission était principalement centrée sur Jeanine Matthews. Comment elle passe ses journées. Et surtout, où elle les passe.

— Elle ne les passe pas dans son bureau ?

Tori ne répond pas tout de suite.

— J'imagine que je peux te faire confiance, Divergente, dit-elle enfin en me regardant du coin de l'œil. Elle a un laboratoire privé au dernier étage. Protégé par des mesures de sécurité démentielles. J'essayais d'y monter quand ils ont compris ce que je faisais.

— Tu essayais d'y monter... pas pour espionner, je suppose.

Ses yeux fuient les miens.

— Je me disais qu'il serait... *opportun* que Jeanine Matthews ne vive plus trop longtemps.

Je perçois comme une soif dans son expression, la même que quand elle me parlait de son frère dans l'arrière-salle du studio de tatouage. Avant l'attaque sous simulation, j'aurais pu appeler cela une soif de justice, ou de vengeance, mais maintenant, je suis capable de l'identifier comme une soif de sang. Et aussi effrayant que ce soit, je la comprends.

Ce qui devrait probablement m'effrayer encore plus.

— Je vais m'occuper d'organiser cette réunion d'Audacieux, me promet Tori.

+++

Les Audacieux sont rassemblés dans l'espace qui sépare les couchettes des portes. Ils ont bloqué les poignées par des draps noués serré, le meilleur verrou qu'ils aient pu improviser. Je ne doute pas une seconde que Jack Kang accède aux exigences de Jeanine Matthews. On n'est plus en sécurité ici.

— Quelles sont les demandes des Érudits ? s'enquiert Tori.

Elle est assise sur une chaise, sa jambe blessée étendue devant elle. Elle s'est adressée à Tobias, mais celui-ci n'a pas l'air de l'écouter. Il est adossé à une couchette, les bras croisés, les yeux au sol.

Je m'éclaircis la gorge :

— Il y en avait trois : relâcher Eric, fournir les noms de tous ceux qui n'ont pas reçu l'injection de sérum lors de leur raid, et livrer les Divergents au siège des Érudits.

Je regarde Marlene, qui me renvoie un sourire un peu triste. Elle est certainement inquiète pour Shauna, qui est toujours entre les mains du médecin Érudit. Lynn, Hector, leurs parents et Zeke sont auprès d'elle.

— Si Jack Kang passe un marché avec les Érudits, on va devoir partir, déclare Tori. Où pouvons-nous aller ?

Je pense au sang sur la chemise de Shauna et je rêve de me retrouver dans les vergers des Fraternels, d'entendre le bruit du vent dans les feuilles, de sentir l'écorce sous mes doigts. Je n'aurais jamais cru pouvoir éprouver de la nostalgie pour cet endroit. J'ignorais que j'avais ce besoin en moi.

Je ferme les yeux brièvement et quand je les rouvre, je suis dans la réalité et le rêve du siège des Fraternels a disparu.

— Chez nous, répond Tobias à Tori en relevant la tête.

Tout le monde se tourne vers lui.

— On devrait récupérer ce qui nous appartient, poursuit-il. On peut casser les caméras qui se trouvent au siège des Audacieux pour éviter d'être espionnés par les Érudits. On devrait rentrer chez nous.

Quelqu'un lance un cri d'approbation, vite imité par un autre. Voilà comment les choses se décident chez les Audacieux : par des hochements de tête et des cris. Dans ces moments-là, on ne fonctionne plus comme des individus. On fait tous partie d'un seul et même esprit.

— Mais avant, intervient Bud, on doit décider de ce qu'on fait d'Eric. On le laisse aux mains des Sincères ou on l'exécute ?

Bud, qui travaillait avec Tori au studio de tatouage, se tient maintenant derrière elle, une main sur le dossier de sa chaise.

— Eric est un Audacieux, répond Lauren en faisant tourner du bout des doigts l'anneau qui lui perce la lèvre. C'est à *nous* de décider de son sort, pas aux Sincères.

Cette fois, sans que je l'aie décidé, une exclamation d'approbation s'échappe de ma gorge pour se joindre à celle des autres.

— Selon la loi des Audacieux, seuls les leaders peuvent procéder à une exécution, rappelle Tori. Tous nos anciens leaders sont des traîtres. Il me semble que le moment est venu d'en choisir de nouveaux. La loi dit qu'il nous en faut plusieurs, en nombre impair. Si vous avez des suggestions, donnez-les maintenant, et on votera si nécessaire.

— Toi ! lance quelqu'un.

— OK, dit Tori. Quelqu'un d'autre ?

Marlene met les mains en porte-voix et lance :

— Tris !

Soudain, mon cœur me martèle la poitrine. Mais à ma grande surprise, aucune objection ne s'élève, aucun rire ne fuse. Il y en a même quelques-uns qui acquiescent d'un signe de tête, comme pour Tori. Je scrute la foule à la recherche de Christina. Elle a les bras croisés et ne manifeste aucune réaction à ma nomination.

Je me demande comment ils me perçoivent. Ils doivent voir une autre personne que celle que je vois, moi. Quelqu'un de fort et de compétent. Celle que je ne suis pas ; celle que je peux être.

Tori accepte la proposition de Marlene d'un hochement de tête et promène les yeux sur le groupe dans l'attente d'une autre suggestion.

— Harrison, suggère une voix.

Je ne sais pas qui est Harrison, jusqu'à ce que quelqu'un donne une tape sur l'épaule d'un homme d'âge moyen, blond, avec une queue-de-cheval qui lui tombe sur l'épaule. Il sourit ; je le reconnais, c'est lui qui m'a appelée « la petite » quand Zeke et Tori sont arrivés de chez les Érudits.

Les Audacieux se taisent un moment.

— Je nomine Quatre, dit Tori.

Hormis quelques grognements au fond de la salle, personne ne s'y oppose. Plus personne ne le traite de dégonflé depuis qu'il a frappé Marcus dans la cafétéria. Je me demande comment ils réagiraient s'ils savaient à quel point ce geste était calculé.

Maintenant, il a des chances d'obtenir précisément ce qu'il voulait. Sauf si je me dresse sur son chemin.

— Il ne nous faut que trois leaders, reprend Tori. On va devoir voter.

Ils n'auraient jamais pensé à moi si je n'avais pas mis fin à l'attaque sous simulation. Ou si je n'avais pas donné ce coup de couteau à Eric près des ascenseurs, ou si je n'avais pas couru sous ce pont. Plus je deviens téméraire, plus ma popularité augmente auprès des Audacieux.

Tobias me regarde. Je ne peux pas être populaire auprès des Audacieux, parce qu'il a raison : je ne suis pas une Audacieuse, je suis une Divergente. Je suis ce que je choisis d'être. Et je ne peux pas choisir d'être *ça*.

Je dois garder mon indépendance.

— Non, dis-je.

Je m'éclaircis la gorge avant de répéter :

— Non, vous n'avez pas besoin de voter. Je refuse d'être nominée.

Tori hausse un sourcil.

— Tu es sûre, Tris ?

— Oui, certaine. Je ne veux pas être leader.

Voilà comment, sans discussion ni cérémonie, Tobias est élu leader. Et moi pas.

CHAPITRE VINGT-TROIS

MOINS DE DIX SECONDES APRÈS qu'on a choisi nos nouveaux leaders, une sonnerie retentit – un signal long suivi de deux brefs. Je me dirige vers le son en longeant le mur et je tombe sur un haut-parleur suspendu au plafond. Il y en a un autre à l'autre bout de la salle.

Puis la voix de Jack Kang s'élève partout autour de nous.

— Message à tous les occupants du siège des Sincères. J'ai rencontré il y a quelques heures un représentant de Jeanine Matthews. Il m'a rappelé que notre faction était en position de faiblesse, dépendante des Érudits pour sa survie, et il m'a informé que si je tenais à préserver la liberté des Sincères, je devrais satisfaire à quelques demandes.

Je regarde le haut-parleur, stupéfaite.

Je ne devrais pas m'étonner que le leader des Sincères soit aussi direct, mais je ne m'attendais quand même pas à une annonce publique.

— Afin de satisfaire à ces requêtes, je vous demande à tous de vous rendre au Point de rencontre pour signaler si vous avez ou non un implant. Les Érudits ont également exigé que tous les Divergents leur soient remis. J'ignore dans quel but.

Il a parlé d'une voix éteinte. Vaincue. « Ce qu'il est, songé-je. Parce qu'il est trop faible pour leur tenir tête. »

Une chose que les Audacieux savent faire, contrairement aux Sincères, c'est se battre, même lorsque cela paraît inutile.

J'ai parfois l'impression d'engranger les leçons de chaque faction et de les enregistrer une à une dans ma tête comme une sorte de guide pour avancer dans le monde. Il y a toujours quelque chose de nouveau à apprendre, quelque chose d'important à comprendre.

L'annonce de Jack Kang s'achève sur les trois mêmes notes que son début. Les Audacieux s'agitent dans la salle, jettent leurs affaires dans des sacs. Quelques-uns arrachent les draps qui bloquaient les portes tout en pestant contre Eric. Un coude me pousse contre le mur. Je reste debout au milieu du tumulte à regarder monter la tension.

Une chose que les Sincères savent faire, contrairement aux Audacieux, c'est garder leur sang-froid.

+++

Les Audacieux forment un demi-cercle autour du fauteuil d'interrogatoire, sur lequel est assis Eric. Il a l'air plus mort que vif, affalé sur son siège, blême, en sueur. La tête baissée, il fixe Tobias entre ses cils. J'essaie de ne pas le quitter des yeux, mais son sourire – la façon dont ses piercings s'élargissent quand il étire les lèvres – m'est presque insupportable.

— Veux-tu que je t'énumère tes crimes ? lui demande Tori. Ou préfères-tu le faire toi-même ?

La pluie qui tombe en fines gouttelettes dégouline le long des murs du bâtiment. L'orage est plus bruyant ici, dans la salle d'interrogatoire, tout en haut du Marché des Médisants. Chaque coup de tonnerre, chaque éclair hérisse mes cheveux sur ma nuque, comme si de l'électricité grésillait sur ma peau.

J'aime bien l'odeur de l'asphalte mouillé. Du haut de l'immeuble, elle est ténue, mais quand on en aura fini, tous les Audacieux dévaleront les escaliers pour sortir du bâtiment et je ne sentirai plus que cette odeur-là.

On a pris nos sacs avec nous. Le mien est une espèce de sac marin improvisé avec un drap de lit et de la corde. Il contient mes vêtements et une paire de chaussures de rechange. Je porte la veste que j'ai volée à la traîtresse Audacieuse au début de l'attaque – je veux qu'Eric la voie quand il me regarde.

Il scrute la foule quelques minutes et ses yeux s'arrêtent sur moi. Il croise les doigts et les pose – délicatement – sur son ventre.

— Je voudrais que ce soit *elle* qui les énumère. Puisque c'est elle qui m'a poignardé, je pense qu'elle les connaît.

J'ignore à quel jeu il joue et à quoi ça l'avance de s'en prendre à moi, en particulier maintenant, juste avant son exécution. Son attitude est arrogante, mais je remarque que ses mains tremblent. Même Eric doit avoir peur de mourir.

— Laisse-la en dehors de ça, intervient Tobias.

— Pourquoi ? Parce que tu te la tapes ? ricane Eric. Ah, c'est vrai, j'oubliais. Les Pète-sec ne font pas ça. Les amoureux se contentent de se nouer les lacets et de se couper les cheveux mutuellement.

L'expression de Tobias reste neutre. Je crois que j'ai compris : ce n'est pas moi que vise Eric. Mais il sait où frapper Tobias et avec quelle force. Et en m'attaquant, moi, il atteint l'un de ses points les plus sensibles.

C'est précisément ce que je voulais éviter : que mes défaites comme mes victoires ne rejaillissent sur Tobias. C'est pour ça que je ne peux pas le laisser intervenir pour me défendre.

— Je veux qu'elle les énumère, répète Eric.

Je déclare, le plus posément possible :

— Tu as conspiré avec les Érudits. Tu es responsable de la mort de centaines d'Altruistes.

À mesure que je continue, j'ai de plus en plus de mal à contrôler ma voix ; je me mets à cracher les mots comme du venin.

— Tu as trahi les Audacieux, abattu un enfant d'une balle dans la tête. Tu es le pitoyable pantin de Jeanine Matthews.

Son sourire s'efface.

— Est-ce que je mérite de mourir ?

Tobias ouvre la bouche, mais je réponds avant lui.

— Oui.

— Ça se défend, admet-il.

Ses yeux noirs sont vides comme des puits, comme des nuits sans étoiles.

— Mais as-tu le droit d'en décider, Beatrice Prior ? me demande-t-il. Comme tu as décidé du sort de ce garçon... comment s'appelait-il... Will ?

Je ne réagis pas. J'entends mon père me demander : « Qu'est-ce qui te fait croire que tu as le droit de tuer quelqu'un ? » pendant qu'on luttait pour atteindre la salle de contrôle informatique au siège des Audacieux. Il m'a dit qu'il y avait une manière de faire les choses bien, et que c'était à moi de la découvrir. J'ai une boule dans la gorge, si grosse que j'ai du mal à avaler ma salive et même à respirer.

— Tu as commis tous les crimes qui justifient l'exécution chez les Audacieux, intervient Tobias. Nos lois nous autorisent à t'exécuter.

Il s'accroupit près de trois pistolets posés par terre aux pieds d'Eric. Il en ôte les balles une à une. Elles tombent en tintant sur le carrelage et roulent jusqu'à la pointe de ses chaussures. Il ramasse le pistolet du milieu et insère une balle dans la chambre.

Puis il fait tourner les trois armes par terre, jusqu'à ce qu'on ne sache plus laquelle est chargée. Il les ramasse toutes les trois, en tend une à Tori et l'autre à Harrison.

Je m'efforce de penser à l'attaque sous simulation et à ce qu'elle a fait subir aux Altruistes. Tous ces innocents vêtus de gris gisant morts dans les rues.

Il ne restait même pas assez d'Altruistes pour transporter les corps, dont la plupart sont sans doute restés là où ils sont tombés. Et rien de tout cela n'aurait pu arriver sans Eric.

Je pense au petit Sincère qu'il a abattu sans une seconde d'hésitation, à la façon dont il est tombé, raide, à côté de moi.

Ce n'est peut-être pas à nous de décider si Eric doit vivre ou mourir. C'est peut-être lui qui l'a décidé, en choisissant de commettre toutes ces infamies.

Mais cette idée ne m'aide pas à respirer.

Je le regarde sans malveillance, ni crainte, ni haine. Les anneaux de ses piercings luisent sur son visage et une mèche de cheveux sales lui tombe devant les yeux.

— Attendez, dit-il. J'ai une requête.

— On n'accorde pas de dernière volonté aux criminels, rétorque Tori d'une voix fatiguée.

Elle se tient debout sur une jambe depuis plusieurs minutes ;

elle doit avoir envie d'en finir au plus vite pour se rasseoir. À ses yeux, cette exécution n'est qu'une corvée.

— Je suis un leader Audacieux, réplique Eric. Tout ce que je demande, c'est que ce soit Tobias qui tire la balle.

— Pourquoi ? demande Tobias.

— Pour que tu vives avec la culpabilité. Celle de savoir que tu m'as mis une balle dans la tête après avoir usurpé ma place.

Je crois que j'ai compris. Il aime voir les gens se briser. C'était déjà ce qui le motivait quand il a installé une caméra dans la pièce où je devais être exécutée et où j'ai failli me noyer, et sans doute bien avant cela. Et il s'imagine que si Tobias doit le tuer, il le verra s'effondrer avant de mourir.

Quel tordu...

— Il n'y aura pas de culpabilité, lui assure Tobias.

— Dans ce cas, ça ne te pose pas de problème de le faire, dit Eric en souriant.

Tobias ramasse une balle.

— Une question que je me suis toujours posée, poursuit Eric : le type qui se pointe systématiquement dans tous les paysages des peurs que tu as traversés, c'est ton petit papa ?

Tobias glisse la balle dans une chambre vide sans relever les yeux.

— Quoi, elle ne te plaît pas, ma question ? demande Eric. Tu as peur que les Audacieux changent d'avis sur toi ?

Il se raidit dans son fauteuil et pose les mains sur les accoudoirs.

Tobias tend son bras armé.

— Eric, dit-il, sois courageux.

Il presse la détente.

Je ferme les yeux.

CHAPITRE VINGT-QUATRE

LE SANG EST D'UNE DRÔLE DE COULEUR, plus sombre qu'on ne l'imagine.

Je baisse les yeux sur la main de Marlene, repliée autour de mon bras. Ses ongles sont courts et irréguliers ; elle se les ronge. Elle me guide en avant et je dois être en train de marcher, puisque j'avance ; mais dans ma tête, je suis toujours en face d'Eric, et il est toujours vivant.

Il est mort exactement comme Will. Il s'est affalé exactement comme lui.

Je pensais que la boule dans ma gorge s'en irait une fois qu'il serait mort, mais elle est toujours là. Je dois inspirer longuement, en forçant, pour amener assez d'air dans mes poumons. Une chance que les gens autour de moi fassent trop de bruit pour m'entendre. On avance vers la sortie. Harrison marche devant en portant Tori sur son dos comme une gamine. Elle rit, les bras autour de son cou.

Tobias pose une main sur mes reins. Je le sais parce que j'ai vu son geste, pas parce que je le sens. Je ne sens rien.

Les portes s'ouvrent vers l'intérieur. On pile juste à temps pour ne pas foncer dans Jack Kang et le groupe de Sincères qui le suivent.

— Qu'est-ce que vous avez fait ? nous demande-t-il. Je viens d'apprendre qu'Eric n'était plus dans sa cellule de détention.

— Il était sous notre juridiction, répond Tori. Il a été jugé et exécuté. Vous devriez nous remercier.

— Pourquoi...

Jack devient écarlate. Le sang qui nous fait rougir est le même que celui, tellement plus sombre, qui coule dans nos veines.

— Pourquoi devrais-je vous remercier ?

— Parce que c'est ce que vous vouliez, non ? Il a assassiné l'un de vos enfants !

Tori penche la tête sur le côté en ouvrant de grands yeux innocents.

— Eh bien, on s'en est chargés pour vous. Et maintenant, si vous voulez bien nous excuser, on part.

— Que... Vous *partez* ? bafouille Jack.

Si nous quittons le siège, il ne pourra plus remplir qu'une seule des trois conditions exigées par Max. Cette pensée le terrifie, et on ne voit que ça sur son visage.

— Je ne peux pas vous laisser faire, reprend-il.

— On n'a aucune autorisation à vous demander, réplique Tobias. Soit vous vous écartez, soit on devra passer sur vous et non à côté.

— Vous n'étiez pas venus ici en quête d'alliés ? lâche Jack d'un ton hargneux. Si vous partez, nous prendrons le parti des Érudits, je vous le garantis, et vous ne pourrez plus jamais compter sur notre soutien, vous...

— On n'a pas besoin de votre soutien, l'interrompt Tori. On est des Audacieux.

Les autres braillent leur approbation et leurs cris déchirent enfin l'espèce de brouillard que j'ai dans la tête. D'un bloc, tout le groupe exerce une pression en avant. Les Sincères qui se trouvent dans le couloir se jettent sur le côté avec des glapissements tandis qu'on se déverse comme d'un tuyau percé pour remplir tout l'espace.

Marlene a dû me lâcher. Je dévale les escaliers sur les talons des Audacieux, sans m'occuper des coups de coude ni des cris qui résonnent autour de moi. Je me retrouve dans la peau d'une novice, tout à coup, dévalant les marches de la Ruche après la cérémonie du Choix. Les muscles de mes jambes me brûlent, mais ça m'est égal.

Dans l'entrée, on tombe sur un groupe de Sincères et d'Érudits. Parmi eux, la Divergente blonde qui s'est fait traîner par les cheveux jusqu'aux ascenseurs, la fille que j'ai aidée à s'enfuir et Cara. Ils regardent les Audacieux déferler devant eux d'un air impuissant.

Cara m'a repérée et me saisit par le bras pour me tirer en arrière.

— Où est-ce que vous allez ?

— Au siège des Audacieux.

J'essaie de libérer mon bras, mais elle maintient sa prise. Je ne la regarde pas. Je ne peux pas, pas maintenant.

— Allez chez les Fraternels, ajouté-je. Ils ont garanti l'asile à tous ceux qui le leur demanderaient. Vous êtes en danger ici.

Elle me lâche, en me poussant presque en arrière.

Dehors, le sol paraît lisse sous la semelle de mes baskets. Je réduis l'allure. Mon sac ballotte contre mes omoplates.

Les gouttes de pluie me picotent la tête et le dos. J'éclabousse le bas de mon pantalon en courant de flaque en flaque.

Je sens l'odeur de l'asphalte mouillé, et je me force à oublier tout le reste.

+++

Je suis accoudée à la rambarde qui surplombe le gouffre. L'eau se fracasse plus bas sur le mur, mais n'arrive pas assez haut pour mouiller mes chaussures.

À quelques centaines de mètres, Bud distribue des fusils de paintball et quelqu'un d'autre, les billes de peinture. Tous les recoins du siège des Audacieux seront bientôt recouverts de peinture multicolore aveuglant les lentilles des caméras de surveillance.

— Salut, Tris, me lance Zeke en me rejoignant.

Il a les yeux rouges et gonflés, mais sa bouche parvient à dessiner un petit sourire.

— Salut. Vous avez réussi !

— Ouais. On a attendu que l'état de Shauna s'améliore pour la transporter.

Il se frotte les paupières avec ses pouces.

— Je n'étais pas chaud pour qu'on la déplace, mais... on n'était vraiment plus en sécurité chez les Sincères.

— Comment va-t-elle ?

— Chais pas. Elle s'en sortira, mais d'après l'infirmière, elle risque de rester paralysée en dessous de la taille. Pour moi, c'est OK, mais... tu imagines une Audacieuse qui ne peut plus marcher ? dit-il en haussant une épaule.

Mes yeux se posent de l'autre côté de la Fosse, où des enfants

Audacieux se poursuivent en courant sur le chemin et en jetant des billes de peinture sur les murs. L'une d'elles éclate sur la pierre dans une explosion de jaune.

Je repense à ce que m'a dit Tobias au cours de la nuit qu'on a passée avec les sans-faction, au sujet des Audacieux qui doivent quitter la faction quand ils sont trop vieux pour avoir la condition physique nécessaire. Je repense à la comptine des Sincères sur la cruauté des Audacieux.

— Ça va aller, dis-je.

— Tris, elle ne pourra même plus se déplacer.

Je me tourne vers Zeke pour le regarder.

— Mais si, elle le pourra. On lui trouvera un fauteuil et on la poussera sur les chemins de la Fosse. Et il y a un ascenseur dans l'immeuble là-haut. Elle n'a pas besoin de marcher pour se laisser glisser le long d'une tyrolienne ou se servir d'une arme.

— Elle refusera que je la pousse, objecte Zeke d'une voix qui se brise. Elle refusera que je la soulève ou que je la porte.

— Eh bien, il faudra qu'elle s'y fasse. Tu vas la laisser quitter les Audacieux pour une raison aussi stupide que le fait de ne plus marcher ?

Pendant quelques secondes, il reste silencieux, ses yeux papillonnant sur mon visage. Il fronce les sourcils, comme s'il m'évaluait, me soupesait.

Soudain, il me fait face, se penche vers moi et m'enveloppe entre ses bras. Ça fait si longtemps que ça ne m'était pas arrivé que je me raidis. Puis, je me détends et je laisse sa chaleur gagner mon corps refroidi par mes vêtements mouillés.

— Bon, moi, je vais aller tirer sur des trucs, déclare-t-il en s'écartant. Ça te branche ?

Après un haussement d'épaule, je le suis au pas de course

à travers la Fosse. Bud nous donne des fusils de paintball et je charge le mien. Son poids, sa forme et sa matière sont tellement différents de ceux d'un pistolet que je n'éprouve pas de réticence à le porter.

— En gros, on a couvert la Fosse et le sous-sol, nous informe Bud. Il faudrait vous attaquer à la Flèche.

— La Flèche ?

Il nous désigne la tour qui se dresse au-dessus de nos têtes. Sa vue me transperce comme une aiguille. La dernière fois que je me suis tenue ici et que j'ai levé les yeux, j'étais en mission pour détruire la simulation. J'étais avec mon père.

Zeke s'est déjà engagé sur le chemin qui monte vers la tour. Je m'oblige à le suivre, un pied après l'autre. J'ai du mal à marcher, parce que j'ai du mal à respirer, mais je me force. Le temps d'atteindre l'escalier, la pression dans ma poitrine a presque disparu.

Une fois dans la Flèche, Zeke brandit son fusil et vise l'une des caméras fixées au plafond. Il tire et de la peinture verte asperge l'une des fenêtres. Il a manqué la lentille.

— Aïe aïe aïe, fais-je en grimaçant.

— Quoi ? rétorque Zeke. J'aimerais bien te voir réussir du premier coup.

— Suffit de demander.

Je soulève mon fusil que je cale sur mon épaule gauche. La sensation dans ma main gauche est un peu déroutante, mais mon épaule droite n'est pas encore en état de supporter le poids de l'arme. Je centre la caméra dans mon viseur et ferme l'œil droit. Une voix murmure à mon oreille : « Inspire. Vise. Expire. Tire. » Je mets quelques secondes à me rendre compte que c'est la voix de Tobias que j'entends dans ma tête, parce que c'est lui qui m'a appris à tirer. J'appuie sur la détente et la bille éclabousse de peinture bleue la lentille de la caméra.

— Et voilà. Tu m'as vue. Et de la main gauche, encore.

Zeke grommelle quelque chose qui n'a pas l'air très gentil.

— Salut ! nous lance une voix enjouée.

La tête de Marlene surgit au niveau du sol en verre. Elle a le front barbouillé de peinture, un sourcil violet et un sourire malicieux. Elle vise Zeke, qu'elle touche à la jambe, puis moi. La bille de peinture me frappe le bras comme un dard.

Hilare, Marlene disparaît sous la plaque en verre. J'échange un rapide coup d'œil avec Zeke et on se lance à sa poursuite. Elle détale sur le chemin en riant, se faufilant à travers des groupes de gamins. Je tire, mais ma bille explose sur le mur. Marlene touche un garçon qui se tient près de la rambarde – Hector, le petit frère de Lynn. Vite remis de sa surprise, Hector riposte et atteint le voisin de Marlene.

Enfants, adultes, tout le monde dans la Fosse commence à se tirer dessus en oubliant les caméras, et l'air résonne de pétarades.

Je descends le chemin au pas de charge, cernée par les cris et les rires. On se regroupe pour former des équipes avant de se tourner contre les bandes adverses.

Le temps que la bagarre se calme, il y a plus de couleurs que de noir sur mes vêtements. Je décide de ne pas laver mon tee-shirt, en souvenir de la raison qui m'a fait choisir les Audacieux : ils sont loin d'être parfaits, mais ils sont vivants. Ils sont libres.

CHAPITRE VINGT-CINQ

QUELQU'UN A TROUVÉ des conserves en dévalisant les cuisines des Audacieux, ce qui nous fournit un repas chaud pour ce soir. Je suis à la table où je m'installais toujours avec Christina, Al et Will. J'ai une boule dans la gorge depuis la seconde où je me suis assise. Comment se peut-il que seule la moitié des membres de notre petite bande soit encore en vie ?

Je me sens responsable de ce ravage. Mon pardon aurait sauvé Al, mais je le lui ai refusé. Ma présence d'esprit aurait pu épargner Will, mais elle m'a fait défaut.

Avant que j'aie le temps de me laisser submerger par mon sentiment de culpabilité, Uriah vient s'installer à côté de moi. Son plateau croule sous le ragoût de bœuf et une pile de parts de gâteau au chocolat. Je fixe son assiette.

— Il y avait du gâteau ? demandé-je en regardant mon propre repas, nettement plus diététique que le sien.

— Ouais, quelqu'un vient d'en apporter. Ils ont découvert des préparations en sachet dans les stocks. Tu peux m'en piquer une tranche.

— Une tranche ? Parce que tu comptes manger cette montagne de gâteau à toi tout seul ?

— Oui. Pourquoi ? me fait-il d'un ton perplexe.

— Laisse tomber.

Christina est assise au bout de la table, le plus loin possible de moi. Zeke pose son plateau à côté du sien et on est bientôt rejoints par Lynn, Hector et Marlene. Je distingue un mouvement sous la table et je vois la main de Marlene prendre celle d'Uriah sur son genou. Leurs doigts s'entremêlent. De toute évidence, ils essaient de prendre l'air innocent, mais ils ne peuvent pas s'empêcher de se glisser des petits regards.

À gauche de Marlene, Lynn a la tête de quelqu'un qui vient de mordre dans un citron. Elle enfourne sa nourriture par plâtrées.

— Y'a pas le feu au lac, lui signale Uriah. Tu vas vomir si tu continues de manger à cette vitesse.

Lynn le fusille du regard.

— Je vais vomir de toute façon, à vous voir vous faire les yeux doux toutes les trente secondes.

Uriah rougit jusqu'aux oreilles.

— Qu'est-ce que tu racontes ? lui demande-t-il.

— On n'est pas débiles, ni moi ni les autres, rétorque-t-elle. Alors, avouez que vous sortez ensemble et qu'on n'en parle plus.

Uriah reste ébahi. Après avoir jeté un regard noir à Lynn, Marlene se penche et l'embrasse fermement sur la bouche en glissant la main sous le col de sa chemise. Je m'aperçois que tous mes petits pois sont tombés de ma fourchette.

Lynn saisit son plateau et quitte la table comme une furie.

— On peut savoir ce qui se passe ? s'informe Zeke.

— Ne me demande pas, lui répond Hector. Elle est toujours en pétard contre un truc ou un autre. Moi, je ne cherche plus.

Uriah et Marlene ont toujours le visage à quelques centimètres l'un de l'autre. Et continuent de sourire.

Je me force à baisser les yeux sur mon assiette. Même si ce n'est pas la première fois, ça fait bizarre de voir soudain ensemble deux personnes qu'on a toujours connues séparément. L'air absent, Christina fait grincer sa fourchette sur son assiette.

— Quatre ! lance Zeke en agitant la main d'un air soulagé. Viens t'asseoir, il y a de la place !

En arrivant, Tobias pose une main sur mon épaule gauche. Je remarque des éraflures sur ses jointures, qui paraissent toutes fraîches.

— Désolé, je ne peux pas rester, répond-il.

Il se penche en avant pour me demander :

— T'as une minute ?

Je me lève en faisant un signe d'au revoir à ceux du groupe qui suivent la scène (à savoir Zeke, vu que Christina et Hector fixent leurs assiettes et qu'Uriah et Marlene chuchotent entre eux). Et je sors de la cafétéria avec Tobias.

— On va où ?

— À la voie ferrée. J'ai un rendez-vous, et j'aurais besoin de toi pour m'aider à décoder la situation.

On prend l'un des chemins qui grimpent le long des parois de la Fosse, vers les escaliers qui mènent à la Flèche.

— Pourquoi moi ?

— Parce que tu es plus douée que moi pour ça.

Je ne trouve rien à objecter. On monte les marches jusqu'au plancher de verre de la tour. Sur le chemin de la sortie, on passe par la salle sombre dans laquelle j'affrontais mon paysage des peurs. À en juger par la seringue qui traîne par terre, quelqu'un y est venu récemment.

— Tu as traversé ton paysage des peurs aujourd'hui ? demandé-je à Tobias.

— Pourquoi cette question ?

Son regard bleu foncé croise brièvement le mien.

Il ouvre la porte de la tour et l'air estival m'enveloppe. Il n'y a pas un souffle de vent.

— Tu as des coupures sur les doigts et quelqu'un s'est servi de la salle.

— Qu'est-ce que je disais ? Tu es bien plus perspicace que la moyenne des gens.

Il consulte sa montre.

— Je suis censé prendre le train de 20 h 05. On ne doit pas traîner.

Je ressens une bouffée d'espoir. Peut-être que cette fois, on ne va pas se disputer. Peut-être que les choses vont finir par s'arranger entre nous.

On gagne la voie ferrée. La dernière fois qu'il m'a amenée ici, c'était pour me montrer que les lumières restaient allumées toute la nuit au siège des Érudits, et m'expliquer qu'ils préparaient une attaque sur les Altruistes. Aujourd'hui, j'ai l'impression que c'est pour rencontrer les sans-faction.

— En tout cas, je suis assez perspicace pour voir que tu éludes ma question.

Il soupire.

— Oui, j'ai traversé mon paysage des peurs. Je voulais savoir s'il avait changé.

— Je parie que oui.

Il écarte une mèche de son visage en fuyant mon regard. Je ne m'étais pas rendu compte qu'il avait les cheveux aussi épais – ça ne se voyait pas quand il les coupait presque à ras, à la mode Altruiste. Depuis, ils ont poussé et ne vont pas tarder à lui retomber sur le front. Ça lui donne un air moins menaçant, qui correspond plus à la personne que j'ai appris à connaître.

— Gagné, me répond-il. En revanche, le nombre n'a pas changé.

La sirène du train retentit sur notre gauche, mais la lumière de la locomotive n'est pas allumée. Le convoi glisse sur les rails comme un gros animal tapi qui chercherait à éviter l'attention.

— Cinquième wagon ! me crie Tobias.

On se met à courir. Au niveau du cinquième wagon, je saisis la poignée de la portière et je tire de toutes mes forces. J'essaie de projeter mes jambes à l'intérieur, mais je rate mon coup ; elles passent bien trop près des roues. Je pousse un cri et me hisse à l'intérieur dans une secousse, en m'éraflant le genou sur le plancher.

Tobias me suit une seconde après et s'agenouille à côté de moi. Je serre les dents, les mains pressées sur mon genou.

— Laisse-moi voir, me dit-il.

Il remonte mon jean sur ma jambe. Ses doigts laissent un sillage de fraîcheur sur ma peau, invisible à l'œil, qui me donne envie d'empoigner sa chemise et de l'attirer à moi pour l'embrasser ; envie de me coller contre lui. Mais je ne peux pas, pas avec tous ces secrets qu'il y a entre nous et qui nous séparent.

Mon genou saigne.

— C'est superficiel, diagnostique Tobias. Ce sera vite guéri.

J'acquiesce d'un hochement de tête. J'ai déjà moins mal. Il roule mon jean pour qu'il ne retombe pas et je m'allonge, les yeux au plafond.

— Il est toujours dans ton paysage des peurs ? demandé-je en me tournant vers lui.

C'est comme si quelqu'un avait enflammé une allumette dans ses yeux.

— Oui. Mais plus dans le même rôle.

Il m'a dit un jour que son paysage des peurs n'avait pas évolué depuis la toute première fois qu'il l'avait traversé, pendant son initiation. S'il y a un changement, aussi ténu soit-il, c'est déjà ça.

— Toi aussi, tu y es, reprend-il. (Il fixe ses mains en fronçant les sourcils.) Au lieu de devoir tirer sur une femme, comme avant, je dois te regarder mourir. Sans pouvoir rien y faire.

Ses mains tremblent. Je cherche les mots qui pourraient l'apaiser, mais je ne peux pas lui promettre que je ne vais pas mourir. On vit dans un monde dangereux, et je ne tiens pas à la vie au point d'être prête à tout pour survivre. Je ne peux pas le rassurer.

Il consulte sa montre.

— Ils seront là d'une minute à l'autre.

Je me lève et je vois Evelyn et Edward au bord des rails devant le train. Ils commencent à courir un peu avant qu'il arrive à leur niveau, et sautent dedans avec la même aisance que Tobias. Ils ont dû s'entraîner.

Edward me décoche un petit sourire satisfait. Il porte un bandeau sur son œil, brodé d'un gros « X » bleu.

— Salut, dit Evelyn.

Elle ne s'adresse qu'à son fils, comme si je n'existais pas.

— Sympa, comme lieu de rendez-vous, observe Tobias.

La nuit est presque tombée et on ne distingue plus que les contours des immeubles se détachant sur un ciel bleu foncé et des lumières près du lac, probablement celles du siège des Érudits.

Le train prend un virage qui l'écarte de son trajet habituel ; il file dans la direction opposée des lumières des Érudits, vers la gauche et la partie abandonnée de la ville. Au silence qui se fait peu à peu dans le wagon, je devine qu'on ralentit.

— Ça nous a paru l'endroit le plus sûr, répond Evelyn. Donc, tu voulais nous voir ?

— Oui. J'aimerais discuter d'une alliance.

— Une alliance, répète Edward. Et qui t'a donné l'autorité pour ça ?

— Il n'a pas besoin qu'on la lui donne. Il fait partie des leaders Audacieux, répliqué-je.

Edward hausse les sourcils, l'air impressionné.

Evelyn se décide enfin à me regarder, juste une seconde, avant de se tourner de nouveau vers Tobias.

— Intéressant, lui dit-elle en souriant. Et *elle* aussi ?

— Non, répond Tobias. Elle est venue m'aider à décider si on pouvait vous faire confiance.

Evelyn pince les lèvres. J'ai bien envie de la toiser, histoire d'enfoncer le clou. Mais je me contente d'un petit sourire.

— Bien sûr, nous sommes prêts à accepter une alliance, dit-elle. À certaines conditions. La garantie d'un partage équilibré du pouvoir dans le gouvernement qui serait formé après la destruction des Érudits. Et le contrôle total sur les données des Érudits. Clairement...

— Que comptez-vous faire de ces données ? la coupé-je.

— Les détruire, évidemment. Le seul moyen de mettre les Érudits hors d'état de nuire est de les priver de leurs connaissances.

Je m'apprête à la traiter d'imbécile, mais une pensée me retient. Sans le procédé de la simulation, sans les informations dont disposaient les Érudits sur les autres factions, sans leur obsession du progrès technologique, il n'y aurait pas eu d'attaque sur les Altruistes. Mes parents seraient toujours en vie.

Et même si on réussit à tuer Jeanine, peut-on être sûrs que les Érudits ne chercheront plus à nous attaquer pour nous contrôler ?

— Et que nous proposez-vous en échange ? demande Tobias.

— Notre nombre, indispensable pour vous emparer du siège des Érudits, et le partage du gouvernement avec nous.

— Je pense que Tori exigerait le droit de débarrasser le monde de Jeanine Matthews, précise Tobias d'une voix sourde.

Je hausse les sourcils. Je ne savais pas que la haine de Tori à l'égard de Jeanine était de notoriété publique ; mais ce n'est peut-être pas le cas. Il connaît sans doute sur elle des choses que les autres ignorent, maintenant qu'ils sont leaders tous les deux.

— Ça doit pouvoir s'arranger, répond Evelyn. Du moment que Jeanine meurt, je me fiche de qui la tue.

Tobias me jette un coup d'œil. J'aimerais pouvoir lui dire pourquoi je me sens aussi tiraillée... pourquoi, malgré tout ce qu'ils m'ont fait, je ne peux pas me résoudre à réduire les Érudits à néant. Mais je ne saurais pas comment l'expliquer, même si j'en avais le temps. Tobias se tourne vers Evelyn.

— Alors, c'est entendu, dit-il.

Il lui tend la main et elle la serre.

— On devrait se réunir d'ici une semaine, conclut-elle, en terrain neutre. Les Altruistes ont eu la gentillesse de nous accepter dans leur secteur le temps de mettre notre plan sur pied, pendant qu'ils nettoient les séquelles de l'attaque.

— La plupart, corrige Tobias.

Le visage d'Evelyn se fige comme un masque.

— Malheureusement, certains d'entre eux sont restés loyaux à ton père, et il leur a conseillé de nous éviter lorsqu'il est passé il y a quelques jours.

Elle a un sourire amer.

— Et ils ont cédé, comme ils ont cédé quand il les a persuadés de m'exiler.

— Ils t'ont exilée ? répète Tobias. Je croyais que tu étais partie de ton propre chef !

— Non. Les Altruistes étaient en faveur du pardon et de la réconciliation, comme tu peux le supposer, mais ton père a toujours eu beaucoup d'influence sur eux. J'ai préféré partir plutôt que de subir la honte d'un exil public.

Tobias a l'air assommé.

Edward, qui, depuis quelques instants, se tient penché à l'extérieur du wagon, annonce :

— C'est le moment !

— À dans huit jours, dit Evelyn.

Au moment où le train plonge au niveau de la chaussée, Edward saute et Evelyn le suit quelques secondes plus tard. Tobias et moi restons dans le train, à écouter en silence le sifflement des roues sur les rails.

Je finis par demander d'un ton neutre :

— À quoi ça servait de me faire venir, si c'était pour passer une alliance de toute façon ?

— Tu n'as pas émis d'objection.

— J'aurais dû faire quoi, des signaux avec les bras ? Ce plan ne me plaît pas, ajouté-je d'un air sombre.

— On n'a pas le choix.

— Je crois que si, répliqué-je. Il y a forcément un autre moyen...

— Lequel ? me demande-t-il en croisant les bras. Tu n'aimes pas ma mère, c'est tout. Elle t'a déplu à la minute où tu l'as rencontrée.

— Ça t'étonne ? Elle t'a abandonné !

— Ils l'ont *exilée*. Et si je décide de lui pardonner, tu pourrais essayer d'en faire autant ! C'est moi qu'elle a laissé seul, pas toi.

— Il n'y a pas que ça. Elle ne m'inspire pas confiance. Je crois qu'elle essaie de te manipuler.

— Eh bien, ce n'est pas à toi d'en juger.

— Dans ce cas, je te repose la question, insisté-je en adoptant sa pose, les bras croisés. Pourquoi m'avoir amenée avec toi ? Ah oui, c'est vrai : pour décoder la situation. Voilà qui est fait, et même si ma conclusion ne te plaît pas, ça ne veut pas dire...

— Je n'avais pas pris en compte le fait que tes a priori influenceraient ta position. Si j'y avais pensé, je ne t'aurais peut-être pas demandé de venir.

— *Mes* a priori ? Qu'est-ce que tu fais des *tiens* ? Qu'est-ce qui te permet de croire que tous ceux qui détestent ton père autant que toi sont des alliés ?

— Il ne s'agit pas de lui !

— Bien sûr que si ! Il sait des choses, Tobias. Et on devrait essayer de découvrir quoi.

— Tu remets ça ? Je croyais que la question était réglée. C'est un *menteur*, Tris.

Je hausse les sourcils.

— Ah ouais ? Eh bien, ta mère aussi. Tu crois vraiment que les Altruistes sont capables d'exiler quelqu'un ? Moi, non.

— Ne parle pas de ma mère comme ça.

Je distingue une lumière devant le train. Celle de la Flèche.

— Très bien, dis-je en m'approchant de la portière. Je me tais.

Je saute et je cours sur quelques mètres pour amortir la vitesse. Tobias s'élance après moi, mais je ne lui laisse pas le temps de me rattraper : sans me retourner, j'entre dans la tour, je dévale les escaliers et je redescends dans la Fosse, à la recherche d'un coin pour dormir.

CHAPITRE VINGT-SIX

JE SUIS RÉVEILLÉE en sursaut.

— Tris ! Debout !

Un cri. Je ne pose pas de questions. Je balance les jambes hors de mon lit et je laisse une main me guider vers la porte. Je suis pieds nus et le sol irrégulier me râpe les orteils et les talons. Je plisse les yeux pour identifier la personne qui m'entraîne : Christina. J'ai l'impression qu'elle va me déboîter l'épaule, tellement elle tire fort.

— Qu'est-ce qui se passe ? demandé-je. Qu'est-ce qu'il y a ?

— Tais-toi et cours !

On fonce jusqu'à la Fosse, où le rugissement de la rivière m'accompagne le long du chemin. La dernière fois que Christina m'a sortie du lit, c'était pour découvrir le corps d'Al qu'on hissait du gouffre.

Je repousse cette pensée en serrant les dents. Je ne peux pas croire que ça ait recommencé. Pas possible.

Le souffle me manque – elle va plus vite que moi – tandis qu'on monte les marches jusqu'à l'entrée de la Flèche et qu'on court sur le sol de verre de l'entrée. Du plat de la main, elle enfonce le bouton de l'ascenseur et s'y engouffre en m'entraînant derrière elle. Elle appuie sèchement sur la commande de fermeture de la porte, puis sur le bouton du dernier étage.

— Il y a une simulation, me dit-elle enfin. Elle ne touche pas tout le monde. Seulement... quelques-uns.

Elle se plie en deux, les mains sur les genoux, pour reprendre haleine.

— Il y a Marlene là-haut. Elle a dit un truc à propos des Divergents.

— Sous l'effet de la simulation ? demandé-je.

— Je crois, oui. Elle n'avait pas son ton normal. Trop... monocorde.

L'ascenseur s'arrête. Je suis Christina dans un couloir, jusqu'à une porte qui porte l'indication « ACCÈS AU TOIT ».

— Christina, qu'est-ce qu'on va faire sur le toit ?

Elle ne me répond pas. L'escalier sent la peinture et la poussière. Les murs en ciment sont couverts de graffitis d'Audacieux tracés à la peinture noire – les symboles de la faction, des initiales reliées par le signe + : RG+NT, BR+FH... Des couples qui sont peut-être âgés aujourd'hui, ou séparés. Je pose une main sur ma poitrine pour sentir les battements de mon cœur. Ils sont si rapides que je me demande comment j'arrive encore à respirer.

La fraîcheur de la nuit me donne la chair de poule. Mes yeux ont eu le temps de s'habituer à l'obscurité et je distingue à l'autre bout du toit trois silhouettes qui nous font face, perchées sur le rebord. L'une est Marlene. La deuxième, Hector. Je ne reconnais pas la troisième, une petite Audacieuse d'environ huit ans avec une mèche de cheveux verte.

Ils se tiennent immobiles, malgré les rafales de vent

qui rabattent leurs cheveux sur leurs visages. Les bourrasques font claquer leurs vêtements, mais eux ne bougent pas d'un millimètre.

— Descendez du rebord, maintenant, leur lance Christina. Ne faites pas de bêtise. Allez, revenez...

— Ils ne t'entendent pas, murmuré-je en m'approchant d'eux. Ils ne peuvent pas non plus te voir.

— Si on leur sautait dessus toutes les deux en même temps ? suggère-t-elle. Je prends Hec, tu t'occupes de...

— En faisant ça, on risque de les faire basculer du toit. Reste près de la petite, au cas où.

« Elle est trop jeune pour mourir », étais-je sur le point d'ajouter. Mais je ne peux pas dire ça. Ça impliquerait que Marlene, par opposition, a l'âge pour ça.

Je fixe Marlene, dont les yeux sont vides comme des cailloux peints, comme des billes de verre. J'ai l'impression que ces billes glissent le long de ma gorge jusqu'à mon estomac, m'entraînant vers le sol. Je n'ai aucun moyen de la faire descendre de ce rebord.

Enfin, elle articule :

— J'ai un message pour les Divergents.

Elle a parlé d'une voix atone. La simulation se sert de sa bouche et de ses cordes vocales, mais dépossède sa voix de toutes les modulations qui proviennent normalement des émotions humaines.

Mon regard passe de Marlene à Hector. Hector qui avait si peur de ce que je suis, parce que sa mère l'avait mis en garde. Lynn doit toujours être au chevet de Shauna, avec l'espoir qu'elle pourra bouger les jambes à son réveil. Lynn ne peut pas perdre Hector.

J'avance d'un pas pour entendre la suite du message.

— Il ne s'agit pas d'une négociation, mais d'un avertissement, déclare la simulation par la voix de Marlene. Ceci se reproduira tous les deux jours, jusqu'à ce que l'un de vous se livre au siège des Érudits.

Ceci ?

Elle recule d'un pas et je me jette en avant, mais pas sur elle. Non, pas sur Marlene qui, un jour, a défié Uriah de tirer sur une brioche qu'elle avait posée sur sa tête. Qui a collecté des vêtements pour que je puisse me changer. Qui m'a toujours, en toutes circonstances, accueillie avec un sourire. Non, pas sur Marlene.

Alors qu'elle saute du toit en même temps que la petite fille, je plonge sur Hector.

Je referme les mains sur ce qui se présente. Un bras. Un bout de tissu de sa chemise. Je m'écorche les genoux sur la surface rugueuse du toit tandis que le poids d'Hector m'entraîne vers le bas. Je n'ai pas assez de force pour le hisser. Le souffle coupé, j'appelle à l'aide dans un murmure.

Ça y est, Christina me retient par l'épaule. Elle m'aide à remonter le corps inerte d'Hector. Son bras pend mollement sur le côté. À quelques pas de nous, la petite fille est couchée sur le dos : sur le toit.

Puis la simulation s'arrête. Hector ouvre les yeux, qui ont retrouvé leur étincelle de vie.

— Hou... Qu'est-ce qui se passe ?

La petite fille geint et Christina la rejoint en bredouillant des paroles de réconfort.

Je me redresse en tremblant de la tête aux pieds. Je m'approche doucement du bord du toit et je fixe le trottoir. La rue est mal éclairée, mais je distingue confusément les contours du corps de Marlene sur le bitume.

Respire – mais qui se soucie de respirer ?

Je me détourne, le bruit des battements de mon cœur martelant mes oreilles. Je vois Christina remuer les lèvres. Sans lui prêter attention, je franchis la porte, je descends l'escalier, je parcours le couloir et je reprends l'ascenseur.

La porte se referme. Et tout en plongeant vers le sol, comme l'a fait Marlene après que j'ai décidé de ne pas la sauver, je hurle en griffant mes vêtements. Au bout de quelques secondes, j'ai déjà la gorge en feu et des égratignures sur les bras, mais je continue.

L'ascenseur s'arrête avec un *ding*.

Je défroisse ma chemise, je lisse mes cheveux et je sors.

+++

J'ai un message pour les Divergents.

Je suis une Divergente.

Il ne s'agit pas d'une négociation.

Non, en effet.

C'est un avertissement.

J'ai compris.

Ceci se reproduira...

Ça n'arrivera plus jamais.

... tous les deux jours, jusqu'à ce que l'un de vous se livre au siège des Érudits.

J'irai.

CHAPITRE VINGT-SEPT

JE ME FRAYE UN CHEMIN dans la foule jusqu'au gouffre. La Fosse est bruyante, et pas seulement à cause du rugissement de la rivière. Comme j'ai besoin de silence, je me réfugie dans le couloir qui mène aux dortoirs. Je ne veux pas entendre le discours que Tori va prononcer en hommage à Marlene, ni assister aux acclamations et aux cris des Audacieux célébrant sa vie et son courage.

Ce matin, Lauren a signalé que nous avions oublié de mettre hors service plusieurs caméras dans les dortoirs des novices, qu'elle occupait avec Christina, Zeke, Marlene, Hector et Keen, la fille aux cheveux verts. C'est ce qui a permis à Jeanine de découvrir qui était sous le contrôle de la simulation. Je ne doute pas une seconde qu'elle ait sciemment choisi des jeunes en sachant que leur mort nous affecterait davantage.

Je m'arrête dans un couloir inconnu et j'appuie mon front sur le mur, frais et rugueux contre ma peau. J'entends les cris des Audacieux derrière moi, étouffés par les épaisseurs de la pierre.

Un bruit de pas me fait tourner la tête. Christina, toujours vêtue des mêmes habits que cette nuit, se tient à deux mètres de moi.

— Salut, me dit-elle.

— Je crois que j'ai eu ma dose de culpabilité pour aujourd'hui. Laisse-moi tranquille, s'il te plaît.

— J'ai juste une chose à dire. Ensuite, je m'en vais.

Elle a les yeux gonflés et sa voix paraît un peu endormie, conséquence de l'épuisement, ou de l'alcool, ou d'un mélange des deux. Mais son regard clair me laisse supposer qu'elle maîtrise ce qu'elle dit. Je m'écarte du mur.

— Je n'avais jamais vu ce genre de simulation, déclare-t-elle. Enfin, de l'extérieur. Mais hier… Tu avais raison. Ils ne pouvaient ni t'entendre ni te voir. Exactement comme Will…

Sa voix s'étrangle. Elle déglutit avec peine et reprend son souffle. Cligne des paupières deux ou trois fois. Et me regarde de nouveau.

— Tu m'as dit que tu n'avais pas eu le choix, que c'était lui ou toi, et je ne t'ai pas crue. Maintenant je te crois et… je vais essayer de te pardonner. C'est… tout ce que j'avais à te dire.

Quelque part, je me sens soulagée. Elle me croit, elle va essayer de me pardonner, même si ça ne va pas être facile.

Mais j'éprouve avant tout de la colère. Qu'est-ce qu'elle s'imaginait ? Que j'avais *délibérément* tiré sur Will, l'un de mes meilleurs amis ? Elle aurait dû me faire confiance dès le début, elle aurait dû *savoir* que je n'aurais jamais commis un tel acte si j'avais pu envisager une autre option sur le moment.

— Une chance pour moi que tu aies enfin la *preuve* que je ne suis pas une meurtrière froide et sans cœur. C'est vrai, quelle autre raison aurais-tu eue de me croire ?

Je me force à rire en tentant de garder un ton détaché. Elle ouvre la bouche pour répondre, mais je continue, incapable de m'arrêter :

— Tu ferais bien d'accélérer ton processus de pardon, parce qu'on n'aura pas beaucoup de temps pour...

Ma voix se brise et je n'arrive plus à me retenir. Je m'adosse au mur en me mettant à pleurer ; mes jambes me trahissent et je me laisse glisser doucement jusqu'au sol.

Mes larmes m'empêchent de voir Christina, mais ses bras se replient autour de moi, me serrant comme un étau. Elle sent l'huile de noix de coco et son corps dégage une impression de puissance, comme pendant l'initiation, quand elle se tenait suspendue par les doigts au-dessus du gouffre. À ce moment-là – il n'y a pas si longtemps –, je me voyais comme quelqu'un de faible, comparée à elle ; maintenant, sa force me fait espérer que, moi aussi, je pourrais devenir plus forte.

On est à genoux toutes les deux sur la pierre du couloir, agrippées l'une à l'autre avec la même énergie.

— C'est déjà fait, murmure-t-elle. C'est ça que je voulais te dire. Que je t'ai déjà pardonné.

+++

À mon entrée dans la cafétéria, ce soir-là, tous les Audacieux se taisent. Je ne peux pas leur en vouloir. En tant que Divergente, j'ai le pouvoir d'empêcher Jeanine de tuer l'un d'eux. La plupart espèrent sans doute que je vais me sacrifier. Ou sont terrifiés à l'idée que je ne le fasse pas.

Si on était chez les Altruistes, tous les Divergents seraient déjà partis se rendre.

Pendant quelques instants, je ne sais pas où aller m'asseoir, ni même comment y aller. Puis Zeke me fait signe d'un air sombre de venir à sa table et je commande à mes pieds de me diriger vers lui. Juste avant que je le rejoigne, Lynn arrive sur moi.

Ce n'est plus la Lynn que j'ai toujours connue. Ses yeux ont perdu leur lueur de férocité habituelle. Elle est livide et se mord la lèvre pour l'empêcher de trembler.

— Heu... commence-t-elle.

Son regard volette à gauche, à droite, n'importe où, pour ne pas avoir à se poser sur mon visage.

— ... Marlene... Marlene me manque vraiment. Je la connaissais depuis longtemps et...

Elle s'interrompt, secoue la tête et reprend d'un ton de remontrance :

— Bon, ne va pas croire que je suis venue te parler de Marlene, mais... merci d'avoir sauvé Hec.

Elle se dandine d'un pied sur l'autre et son regard continue de papillonner dans la pièce. Puis, d'un bras, elle me serre contre elle, la main agrippée à ma chemise. Je ne bronche pas, malgré la douleur fulgurante qui me traverse l'épaule.

Elle me libère en reniflant et retourne à sa table comme si de rien n'était. Je la suis des yeux quelques secondes avant de m'asseoir.

Zeke et Uriah sont assis seuls tous les deux, côte à côte. Uriah a les traits brouillés, comme s'il était mal réveillé. Une bouteille brun sombre est posée devant lui, à laquelle il boit au goulot à intervalles rapprochés.

Je ne sais pas comment me comporter avec lui. J'ai sauvé Hec, ce qui veut dire que je n'ai pas sauvé Marlene. Mais Uriah ne me regarde pas. Je tire la chaise qui se trouve à côté de lui et je m'assieds tout au bord.

— Où est Shauna ? m'informé-je. Toujours à l'hôpital ?

— Non, elle est là-bas, me répond Zeke en désignant la table vers laquelle s'est dirigée Lynn.

Je la vois, si pâle qu'elle paraît translucide, dans un fauteuil roulant.

— Elle est censée rester au lit, reprend Zeke, mais comme Lynn est carrément à côté de la plaque, elle est venue lui tenir compagnie.

— Et si tu te demandes pourquoi ils sont tous en troupeau à l'autre bout de la salle... Shauna a appris que j'étais un Divergent, ajoute Uriah d'une voix pâteuse. Elle a peur que ce soit contagieux.

— Ah.

— Ouais, elle est très bizarre avec moi aussi, précise Zeke avec un soupir. « Qu'est-ce qui te garantit que ton frère n'est pas un espion ? » « Est-ce que tu le surveilles ? » Je donnerais cher pour savoir qui lui a empoisonné le cerveau, histoire de lui coller mon poing dans la figure.

— Bonne nouvelle, l'info est gratuite, ironise Uriah. Sa mère est assise avec eux. T'as plus qu'à te lever pour aller la frapper.

Suivant son regard, je découvre une femme d'une quarantaine d'années aux cheveux zébrés de mèches bleues avec des piercings sur tout le pourtour de l'oreille. Elle est jolie, dans le même genre de beauté que Lynn.

Tobias entre quelques minutes plus tard, suivi par Tori et Harrison. Je l'évite. Je ne lui ai pas parlé depuis notre dispute, avant l'épisode de Marlene...

— Salut, Tris, me dit-il une fois arrivé à ma hauteur.

L'espace d'un instant, sa voix grave, pleine d'aspérités, me transporte dans un endroit baigné de calme.

— Salut, fais-je d'une petite voix crispée qui ne ressemble pas à la mienne.

Il s'assied et se penche vers moi, le bras sur le dossier de ma chaise. Je ne le regarderai pas – je *refuse* de le regarder.

Je le regarde.

Des yeux sombres – d'un ton singulier de bleu – dotés du pouvoir mystérieux de faire disparaître le reste de la cafétéria et de me réconforter, tout en me rappelant qu'il y a plus de distance entre nous que je ne le voudrais.

— Tu ne me demandes pas comment ça va ? attaqué-je.

— Non, je suis à peu près sûr que ça ne va pas.

Il secoue la tête et reprend :

— Ce que je te demande, c'est de ne rien décider avant qu'on n'en ait discuté.

« Trop tard, pensé-je. Ma décision est prise. »

— Tu veux dire, intervient Uriah, avant qu'on en ait discuté tous ensemble, puisque ça nous concerne tous. Je pense qu'on aurait tort de se rendre.

— Aucun de nous ? questionné-je.

— Non ! s'exclame-t-il. Je pense qu'on devrait riposter.

— Ouais, fais-je d'une voix creuse. Ça me paraît génial, comme idée. Allons provoquer la femme qui a le pouvoir de pousser au suicide la moitié de la population de cette enceinte.

J'ai été trop dure. Uriah engloutit une partie du contenu de sa bouteille, avant de la reposer si violemment que je m'attends à la voir exploser.

— Ne parle pas de ça sur ce ton-là, gronde-t-il.

— Je te demande pardon. Mais tu sais que j'ai raison.

Le meilleur moyen d'éviter la mort de la moitié des membres de la faction, c'est d'en sacrifier un.

Je ne sais pas ce que j'espérais ; peut-être qu'Uriah se porterait volontaire ? Après tout, il est bien placé pour savoir ce qui se passera si aucun d'entre nous n'y va. Mais il baisse les yeux. Réticent.

— Tori, Harrison et moi avons décidé de renforcer la sécurité, nous informe Tobias. Avec un peu de chance, si tout le monde reste sur ses gardes, on parviendra à neutraliser les attaques. Si ça ne marche pas, alors, on réfléchira à une autre solution. Fin de la discussion. Pour l'instant, personne ne bouge. OK ?

Il s'est tourné vers moi en haussant les sourcils.

— OK, marmonné-je sans croiser franchement son regard.

+++

Après le dîner, j'envisage de retourner à mon dortoir, mais je n'arrive pas à me décider à franchir la porte. Alors j'arpente les couloirs en frôlant les murs avec mes doigts et en écoutant résonner l'écho de mes pas.

Je passe par hasard devant la fontaine à eau où Peter, Drew et Al m'ont attaquée. Ce jour-là, j'ai identifié Al à son odeur et encore aujourd'hui, je peux faire remonter à mes narines le parfum de la citronnelle. Je l'associe désormais non plus à mon ami, mais au sentiment d'impuissance qui m'a submergée tandis qu'ils me traînaient jusqu'au gouffre.

Je presse le pas, les yeux grands ouverts pour ne pas me laisser envahir par l'image de l'agression. Il faut que je m'éloigne d'ici, des lieux où je me suis fait attaquer par l'un de mes meilleurs amis, où Peter a poignardé Ed, où l'armée aveugle de mes camarades a entamé sa marche vers le secteur des Altruistes et où toute cette folie a commencé.

Je vais droit au dernier endroit où je me suis sentie en sécurité : le studio de Tobias. À la minute où j'arrive devant sa porte, je me sens plus apaisée.

Elle est mal fermée et je la pousse du bout du pied. Tobias n'est pas là. Je m'assieds sur son lit, je ramasse sa couette entre mes bras et j'y enfouis le visage. Son odeur a presque disparu, depuis le temps qu'il n'a pas dormi dessous.

Il ouvre la porte. Je laisse mollement retomber la couette sur mes genoux. Comment vais-je expliquer ma présence ici ? Je suis censée être en colère contre lui.

Son regard reste neutre mais à sa bouche crispée, il est évident que *lui* est en colère contre moi.

— Ne fais pas l'imbécile, lâche-t-il.

— Pardon ?

— Tu mentais. Tu mentais en disant que tu n'irais pas chez les Érudits. Et aller chez les Érudits ferait de toi une imbécile. Ne fais pas ça.

Je me lève en lâchant la couette.

— N'essaie pas de présenter ça comme une question simple. Elle ne l'est pas. Tu sais aussi bien que moi que c'est ce qu'il faut faire.

— C'est le moment que tu choisis pour jouer à l'Altruiste ?

Sa voix emplit la chambre, faisant monter des frissons de peur dans ma poitrine. Sa colère est brutale. Inquiétante.

— Après avoir répété en boucle que tu étais trop égoïste pour eux, voilà que tu te sens obligée de jouer les héroïnes, pile quand ça met ta *vie* en jeu ? Qu'est-ce qui cloche chez toi ?

— Je te retourne la question ! Quelqu'un est mort ! Marlene

s'est jetée du haut d'une tour ! Et moi, j'ai le moyen d'empêcher que ça se reproduise !

— Tu as trop d'importance pour… mourir comme ça.

Il secoue la tête en esquivant mon regard. Ses yeux papillonnent sur mon visage, sur le mur derrière moi, le plafond, se posent partout sauf sur les miens. La surprise m'a fait oublier ma colère.

— Je n'ai aucune importance, dis-je. Les autres se passeront très bien de moi.

— On s'en fout des autres ! Et moi, alors ?

Il baisse la tête en posant une main sur ses yeux. Ses doigts tremblent.

Puis il me rejoint en deux enjambées et pose sa bouche sur la mienne. En une seconde, ce contact a effacé les dernières semaines et je suis de nouveau la fille qui l'a embrassé pour la première fois, assise sur un rocher au-dessus du gouffre, les chevilles éclaboussées d'écume. Celle qui lui a pris la main dans le couloir simplement parce qu'elle en avait envie.

Je m'écarte, une main sur sa poitrine pour le maintenir à distance. L'ennui, c'est que je suis aussi la fille qui a tiré sur Will et qui l'a caché, celle qui a choisi entre Hector et Marlene, et qui a fait mille autres choses encore. Des choses que je ne peux pas effacer.

— Tu t'en sortirais très bien.

Je ne le regarde pas. Je regarde le pan de coton de son tee-shirt entre mes doigts, la ligne à l'encre noire qui sinue dans son cou, mais pas son visage.

— Peut-être pas au début, nuancé-je. Mais tu irais de l'avant, en faisant ce qu'il y a à faire.

Il entoure ma taille et m'attire contre lui.

— C'est faux, proteste-t-il avant de m'embrasser de nouveau.

Il ne faut pas. Je n'ai pas le droit de le laisser m'embrasser en faisant l'impasse sur ce que je suis devenue et sur ce que je m'apprête à faire.

Mais je suis incapable de résister.

Je le prends dans mes bras en me haussant sur la pointe des pieds, j'appuie une main entre ses omoplates et j'enroule l'autre autour de sa nuque. Je sens son souffle contre mon oreille, sa poitrine qui se contracte et se dilate, et je sais qu'il est fort, solide, assez pour que rien ne l'arrête. Tout ce que j'aurais besoin d'être.

Il recule en m'entraînant avec lui et je perds mes chaussures en le suivant d'un pas trébuchant. Il s'assied sur le bord du lit tandis que je reste debout face à lui et, enfin, on se regarde les yeux dans les yeux.

Il prend mon visage entre ses mains. Ses doigts glissent le long de mon cou, coulent jusqu'à ma taille, épousent la courbure légère de mes hanches.

Je ne peux plus m'arrêter.

Ma bouche se colle à la sienne. Il a le goût de l'eau et l'odeur de l'air frais. Mes mains descendent au creux de ses reins et se faufilent sous sa chemise. Son baiser redouble d'ardeur.

Je mesure de nouveau toute sa force en sentant les muscles de son dos se contracter sous mes doigts.

« Arrête », me dis-je.

Soudain, ses mains frôlent ma taille sous ma chemise tandis que les miennes s'agrippent à lui, comme si le temps nous manquait, dans un besoin irrationnel de nous rapprocher encore, même s'il n'y a déjà plus d'espace entre nous. Je n'ai jamais eu envie de lui comme ça, ni autant.

Il s'écarte juste assez pour me fixer entre ses paupières mi-closes.

— Promets-moi que tu n'iras pas, murmure-t-il. Pour moi. C'est tout ce que je te demande.

En suis-je capable ? Est-ce que je pourrais rester ici, arranger les choses entre nous en faisant ce qu'il attend de moi, en laissant quelqu'un d'autre mourir à ma place ? Je lève les yeux vers lui et il me semble un instant que oui. Puis je revois Will. Sa petite ride entre les sourcils. Son regard vide sous l'emprise de la simulation. Son corps inerte affalé sur le trottoir.

« C'est tout ce que je te demande. » Les yeux sombres de Tobias m'implorent. Mais si je ne vais pas chez les Érudits, qui le fera ? Tobias ? C'est le genre de chose dont il serait capable.

— OK, dis-je, la poitrine traversée d'un coup de poignard à l'idée que je lui mens.

— Jure-le-moi, insiste-t-il, les sourcils froncés.

La douleur se répand dans tout mon corps, mélange de culpabilité, de terreur et de désir.

— Je te le jure.

CHAPITRE VINGT-HUIT

IL S'ENDORT LES BRAS REFERMÉS sur moi dans une sorte de prison protectrice. J'attends, maintenue éveillée par des images de corps heurtant le trottoir, jusqu'à ce que l'étreinte de Tobias se relâche et que sa respiration s'apaise.

Je ne le laisserai pas aller chez les Érudits quand ça recommencera, quand quelqu'un d'autre mourra. Il n'ira pas.

Je me faufile hors de ses bras. J'enfile à la hâte l'un de ses sweat-shirts pour garder son odeur sur moi. Je glisse mes pieds dans mes chaussures. Je n'emporte ni arme ni objet souvenir.

À la porte, je me retourne pour le regarder, à moitié enfoui sous la couette, fort et paisible.

— Je t'aime, murmuré-je en essayant les mots pour la première fois.

La porte se referme derrière moi.

Il est temps de mettre les choses en ordre.

Je me rends à l'ancien dortoir des novices natifs. Il est semblable à celui dans lequel je dormais pendant ma propre initiation : tout en longueur, meublé de deux rangées de lits superposés, avec un tableau en ardoise fixé sur un mur. À la lueur de la veilleuse bleue qui luit dans un coin, je m'aperçois que personne n'a pris la peine d'effacer les résultats qu'on y a inscrits. Le nom d'Uriah figure toujours en haut de la liste.

Christina dort sur une couchette du bas, en dessous de Lynn. Je ne veux pas l'effrayer, mais je n'ai pas d'autre moyen de la réveiller : je pose une main sur sa bouche. Elle sursaute, écarquillant les yeux jusqu'à ce qu'elle me voie. Un doigt sur les lèvres, je lui fais signe de me suivre.

Je ressors dans le couloir et je tourne à l'angle, à la lumière d'une lampe de sécurité signalant une porte d'accès. Christina marche pieds nus, en repliant les orteils sur le ciment froid.

— Tu vas où ? me demande-t-elle.

— Je...

Je suis obligée de lui mentir, ou elle tentera de me dissuader.

— ... je vais voir mon frère. Il est chez les Altruistes, tu te souviens ?

Elle plisse les yeux.

— Désolée de t'avoir réveillée, mais j'ai besoin que tu fasses un truc. C'est super important.

— D'accord. Tu as vraiment l'air bizarre, là, Tris. Tu es sûre que tu n'es pas...

— Oui, je suis sûre. Écoute-moi. Le moment de l'attaque sous simulation n'a pas été décidé au hasard, mais parce que les Altruistes étaient sur le point de faire quelque chose. J'ignore quoi, mais c'était lié à une information importante, qui est maintenant détenue par Jeanine...

— Attends, m'interrompt Christina, les sourcils froncés. Tu ne sais pas ce qu'ils allaient faire ? Mais cette info, tu sais ce que c'était ?

Elle doit me prendre pour une dingue.

— Non. Je n'ai pas réussi à apprendre grand-chose, parce que Marcus Eaton est le seul qui soit au courant de tout et qu'il refuse de m'en parler. En tout cas, c'est cette info, la vraie raison de l'attaque. Il faut qu'on la découvre.

Je ne sais pas quoi ajouter, mais Christina est déjà en train d'acquiescer.

— La raison pour laquelle Jeanine nous a forcés à attaquer des innocents, précise-t-elle amèrement. Oui, il faut qu'on tire ça au clair.

Je l'avais presque oublié : elle a elle-même été sous l'influence de la simulation. Combien d'Altruistes a-t-elle tués, guidée par le programme des Érudits ? Qu'a-t-elle ressenti en s'éveillant de ce cauchemar pour découvrir qu'elle était une meurtrière ? Je ne lui ai jamais posé la question, et je ne le ferai pas davantage maintenant.

— J'ai besoin de ton aide, et vite. Il faut que quelqu'un persuade Marcus de coopérer et je pense que tu peux y arriver.

Elle penche la tête sur le côté et me regarde un moment.

— Tris, ne fais pas de bêtise.

Je me force à sourire.

— Pourquoi est-ce que tout le monde me dit ça ?

— Je suis sérieuse, insiste-t-elle en me prenant le bras.

— Je te le répète, je vais voir Caleb. Je reviens dans quelques jours. À ce moment-là, on pourra mettre au point une stratégie. J'ai juste pensé qu'il valait mieux que quelqu'un soit au courant. Au cas où. OK ?

Elle met quelques secondes à lâcher mon bras.

— OK.

Je me dirige vers la sortie, parvenant à garder la tête haute jusqu'à la porte. À ce moment-là, je sens les larmes monter. C'était la dernière conversation que j'aurai jamais avec elle, et je lui ai menti de bout en bout.

+++

Une fois dehors, je rabats la capuche du sweat-shirt de Tobias. Au carrefour, je regarde à gauche et à droite, aux aguets. Personne.

L'air vif me picote les narines quand j'inspire, et dessine un nuage de vapeur quand j'expire. L'hiver sera bientôt là. Je me demande si les Érudits et les Audacieux seront toujours dans une impasse, alors, attendant qu'un groupe anéantisse l'autre. Je me réjouis à l'idée que je ne serai plus là pour voir ça.

Avant de choisir les Audacieux, je n'avais jamais ce genre de pensées. À défaut d'autre chose, j'avais au moins la certitude de vivre longtemps. Maintenant, il n'y a plus de garanties, plus de réconfort, hormis celui de savoir que je vais là où je vais parce que je l'ai choisi.

J'avance à l'ombre des immeubles en priant pour que le bruit de mes pas n'attire pas l'attention. Tous les lampadaires du secteur sont éteints, mais au clair de lune, j'y vois à peu près.

Je passe sous le chemin de fer aérien, qui frémit à l'approche d'un train. Je dois me dépêcher si je veux arriver à destination avant que les Audacieux ne s'aperçoivent de ma disparition. J'enjambe une large fissure dans le bitume et saute par-dessus un lampadaire couché en travers du trottoir.

Je n'avais pas songé à la longueur du trajet. Entre la marche rapide, la nécessité de regarder constamment par-dessus mon épaule et celle d'esquiver les obstacles, je ne tarde pas à me réchauffer. Je cours presque, maintenant.

J'arrive bientôt dans une partie de la ville qui m'est familière. Les rues sont mieux entretenues ici, plus propres, la chaussée moins abîmée. Je repère au loin la lueur du siège des Érudits, leurs lumières allumées au mépris des mesures d'économie d'énergie. Je ne sais pas ce que je ferai une fois sur place ; exiger de voir Jeanine ? Ou attendre qu'on remarque ma présence ?

Je longe un immeuble en faisant courir mes doigts sur la vitre de la fenêtre. J'y suis presque. Plus j'approche, plus mon corps est secoué de tremblements qui freinent ma marche. Et j'ai du mal à respirer ; je m'arrête pour tenter de me calmer et laisser l'air entrer et sortir de mes poumons. Que vont-ils faire de moi à mon arrivée ? Quels projets ont-ils pour moi, avant que je ne leur sois plus d'aucune utilité et qu'ils me tuent ? Je ne doute pas qu'ils finiront par le faire. Je me concentre sur ma progression, en forçant mes jambes à me porter.

Je suis devant le siège des Érudits.

À l'intérieur, des dizaines de personnes en bleu assises à des tables tapent sur des ordinateurs, se penchent sur des livres ou font circuler entre elles des feuilles de papier. Beaucoup sont sûrement de braves gens qui ne comprennent pas ce qu'a fait leur faction ; mais si leur siège s'écroulait sur eux sous mes yeux, je ne sais pas si je trouverais en moi la grandeur d'âme de m'en affliger.

Dans un instant, je ne pourrai plus faire demi-tour. Le froid me pique les joues et les mains tandis que j'hésite. Je peux encore partir. Retourner me réfugier chez les Audacieux. Espérer, prier pour que plus personne ne meure à cause de mon égoïsme.

Mais si je partais, la culpabilité, le poids de la vie de Will, de celle de mes parents, et maintenant, de celle de Marlene, me briseraient les os, m'empêcheraient de respirer.

J'avance lentement vers le bâtiment et je pousse la porte.

Je n'ai pas d'autre moyen pour éviter d'étouffer.

+++

Mes pieds franchissent le seuil et, pendant une seconde, je me tiens devant le portrait géant de Jeanine Matthews sans que personne ne me remarque, pas même les deux gardes Audacieux qui font les cent pas près de la porte. Je me dirige vers le bureau de l'accueil, où un homme d'une quarantaine d'années au crâne dégarni trie une pile de feuilles. Je pose mes mains sur le comptoir.

— Excusez-moi.

— Donnez-moi une minute, répond-il sans lever les yeux.

— Non.

Cette fois, il lève le nez, les lunettes de travers, avec l'air de quelqu'un qui va me remettre à ma place. Quelle que soit la phrase qu'il préparait, elle reste coincée dans sa gorge. Il me fixe bouche bée, ses yeux allant de mon visage à mon sweat-shirt noir.

Malgré ma terreur, son expression m'amuse. Je lui adresse un petit sourire en cachant mes mains qui tremblent.

— J'ai cru comprendre que Jeanine Matthews souhaitait me voir, dis-je. Je vous serais reconnaissante de bien vouloir la prévenir.

Il fait un signe aux gardes Audacieux, mais c'est inutile. Ils ont pigé. D'autres soldats s'approchent des quatre coins de la salle et me cernent, sans me toucher ni me parler. Je scrute leurs visages en tâchant de paraître la plus calme possible.

— Divergente ? me demande enfin l'un d'eux, tandis que le type de l'accueil décroche le récepteur du système de communication du siège.

En serrant les poings, je parviens à empêcher mes mains de trembler. Je réponds au soldat d'un hochement de tête affirmatif.

Mes yeux se déplacent vers un groupe d'Audacieux qui sort de l'ascenseur situé à gauche de l'entrée, et les muscles de mon visage s'affaissent : Peter arrive vers moi.

Un millier de réactions possibles assaillent mon esprit ; je pourrais me jeter à la gorge de Peter, ou fondre en larmes, ou tenter une blague. Faute de me décider, je reste immobile à l'observer. À tous les coups, Jeanine avait prévu que je viendrais et elle a choisi Peter exprès pour m'accueillir.

— On a reçu l'ordre de te conduire en haut, m'annonce-t-il.

Je voudrais riposter par une remarque cinglante, ou nonchalante, mais le seul son qui sort de ma gorge est un « OK » étranglé. Je suis Peter et ses acolytes dans l'ascenseur.

Une fois en haut, on prend une série de couloirs étincelants. Bien qu'on monte des volées de marches ici et là, j'ai la sensation de m'enfoncer sous terre.

Je m'attends à être conduite devant Jeanine, mais il ne se passe rien de tel. Mon escorte s'arrête dans un petit couloir ponctué de portes métalliques. Peter tape un code d'accès et les traîtres Audacieux forment une haie étroite pour me faire entrer dans une pièce.

C'est une sorte de cellule cubique, d'environ six mètres carrés. Le sol, les murs et le plafond sont constitués des mêmes panneaux lumineux qui luisaient dans la salle du test d'aptitudes, et qui diffusent pour l'instant un éclairage atténué. À chacun des angles, est fixée une petite caméra noire.

Je cède finalement à la panique.

Regardant les caméras une à une, je lutte pour réprimer le hurlement qui monte dans mon ventre, ma poitrine, ma gorge, et m'emplit tout entière. La culpabilité et le chagrin se livrent toujours un combat acharné en moi, mais c'est la terreur qui l'emporte. J'inspire et je bloque l'air dans mes poumons. Le jour où mon père m'a dit que c'était un remède contre le hoquet, je lui ai demandé si on pouvait mourir en retenant sa respiration.

« Non, m'avait-il répondu. L'instinct de survie prend le dessus et nous force à respirer. »

C'est bien dommage. Ça m'aurait arrangée d'avoir une sortie de secours. Cette idée me donne envie de rire. Puis de crier.

Je m'assieds par terre et je me recroqueville en collant mon visage sur mes genoux. Il me faut un plan. Si j'arrive à en élaborer un, j'aurai moins peur.

Mais il n'y a pas de plan qui vaille. Aucun moyen de s'évader du siège des Érudits, aucun moyen d'échapper à Jeanine, ni à ce que j'ai fait.

CHAPITRE VINGT-NEUF

J'AI OUBLIÉ MA MONTRE.

Quelques minutes ou quelques heures plus tard, quand la panique s'apaise, c'est ce que je regrette le plus. Pas d'être venue – ce choix m'a paru s'imposer –, mais l'impossibilité de savoir depuis combien de temps je suis assise là. J'ai mal au dos, ce qui me donne une indication, mais elle reste trop vague.

Au bout d'un moment, je me lève pour faire les cent pas, les bras étirés vers le plafond. J'hésite à faire quoi que ce soit sous l'œil des caméras, mais ils n'apprendront rien en me regardant me plier pour toucher mes orteils.

Mes mains se remettent à trembler à l'idée qu'on m'observe, mais je décide d'affronter la réalité en me disant que je suis une Audacieuse et que je connais la peur. Je vais mourir ici. Bientôt, peut-être. Ce sont les faits.

Et puis il y a d'autres manières d'envisager la situation. Bientôt, je rendrai hommage à mes parents en mourant comme ils sont morts. Et si tout ce à quoi ils croyaient sur la mort est vrai, je les rejoindrai dans ce qui vient après.

Je secoue les mains en continuant à arpenter la pièce. Elles tremblent toujours. Il faut que je sache l'heure qu'il est. Je suis arrivée un peu après minuit. On doit être à l'aube, entre quatre et cinq heures du matin. Ou peut-être plus tôt, parce que je ne fais rien et que le temps doit passer au ralenti.

La porte s'ouvre et je me trouve enfin face à mon ennemie, encadrée de ses gardes Audacieux.

— Bonjour, Beatrice, me dit-elle.

Jeanine arbore le bleu des Érudits, les lunettes des Érudits et l'air de supériorité des Érudits que mon père m'a appris à détester.

— Je m'attendais un peu à ce que ce soit toi qui viennes, poursuit-elle.

Je n'éprouve pas de haine. Je n'éprouve rien, bien qu'elle soit responsable de morts innombrables, dont celle de Marlene. Ces morts sont présentes dans ma tête comme un chapelet d'équations dénuées de sens et je reste pétrifiée, incapable de les résoudre.

— Bonjour, Jeanine, dis-je, parce que c'est tout ce qui me vient à l'esprit.

Mon regard glisse de ses yeux gris aqueux aux Audacieux qui l'escortent. Elle est entourée à droite par Peter, à gauche par une femme au visage marqué de deux rides profondes, qui tracent des parenthèses autour de sa bouche. Derrière elle, se tient un homme chauve au crâne pointu.

Quelque chose me chiffonne. Comment Peter est-il parvenu à une position aussi prestigieuse que celle de garde du corps de Jeanine ? Où est la logique là-dedans ?

— J'aimerais savoir l'heure qu'il est, demandé-je.

— Vraiment ? C'est intéressant.

J'aurais dû prévoir qu'elle ne me répondrait pas. Chaque bribe d'information qu'elle glane entre en compte dans sa stratégie, et elle ne me donnera l'heure que si elle a quelque chose à y gagner.

— Mes compagnons Audacieux ici présents doivent être très déçus que tu n'aies pas encore essayé de m'arracher les yeux, ajoute-t-elle.

— Ce serait stupide.

— Certes. Mais tout à fait dans la logique de ton schéma comportemental, qui consiste à agir d'abord et à penser ensuite.

Je pince les lèvres.

— J'ai seize ans. C'est un âge où l'on change.

— Tellement rafraîchissant, commente-t-elle.

Elle a l'art d'aplatir jusqu'à ces petites phrases dont la structure même repose sur l'intonation.

— Je te propose une visite, reprend-elle.

Elle recule en me montrant la porte. La dernière chose dont j'ai envie est de quitter cette pièce pour une destination inconnue, mais je ne trahis aucune hésitation. Je sors derrière l'Audacieuse à l'expression austère, Peter sur les talons.

On tourne au bout du couloir aux portes métalliques pour en prendre un autre, strictement identique, puis encore deux autres. Je suis tellement désorientée qu'il me serait impossible de retrouver mon chemin.

Soudain, le cadre change : le tunnel blanc débouche sur une grande salle où des Érudits vêtus de longues blouses bleues se tiennent derrière des paillasses, les uns maniant des instruments, les autres occupés à mélanger des liquides multicolores, d'autres encore les yeux rivés sur des écrans d'ordinateurs. Je suppose qu'ils préparent des sérums de simulation, mais rien ne m'assure que les recherches des Érudits se résument aux seules simulations.

La plupart d'entre eux s'interrompent pour nous regarder parcourir l'allée centrale. Ou plutôt, pour *me* regarder. À l'exception de quelques chuchotements, presque tous se taisent. Le silence ici est impressionnant.

Je franchis une porte à la suite de la garde Audacieuse et je m'arrête si brutalement que Peter me heurte.

Cette pièce-ci est aussi vaste que la précédente, mais ne contient qu'un élément : une grande table métallique flanquée d'une machine qui me semble être un moniteur cardiaque. Et, suspendue au-dessus, une caméra. Je frémis malgré moi ; j'ai compris quel était le programme.

— Je me réjouis particulièrement de ta présence, me dit Jeanine.

Elle passe devant moi pour aller s'asseoir sur la table, les jambes ballantes, les doigts repliés sur le rebord.

— Je me réjouis, bien sûr, en raison de tes résultats aux tests d'aptitudes.

Mon regard s'accroche aux reflets de ses cheveux blonds, noués si serré qu'ils dessinent la forme de son crâne.

— Même au sein des Divergents, poursuit-elle, tes aptitudes pour trois factions font de toi un cas à part. Altruistes, Audacieux et Érudits.

— Comment...

Le mot a résonné comme un croassement. Je me force à articuler ma question d'un bloc :

— Comment le savez-vous ?

— Chaque chose en son temps. J'ai déterminé d'après tes résultats que tu étais l'une des Divergentes les plus puissantes.

Je ne suis pas en train de te faire un compliment, mais de t'expliquer mon objectif. Pour mettre au point un sérum qui agisse aussi sur les Divergents, il me faut étudier les spécimens les plus résistants afin de prévenir toute faille dans ma technologie. Tu comprends ?

Je garde le silence, les yeux sur le moniteur cardiaque.

— En conséquence, mes collègues scientifiques et moi-même allons t'étudier aussi longtemps que nous le pourrons. Puis, à la fin de cette étude, ajoute-t-elle avec un petit sourire, tu seras exécutée.

Ce n'est pas une nouvelle. Mais alors, pourquoi ai-je les genoux en coton et le ventre qui se tord ?

— Cette exécution aura lieu ici.

Elle fait courir ses doigts sur le métal.

— Sur cette table. Il m'a paru intéressant de te la montrer.

Elle guette ma réaction. Je respire avec difficulté. Avant, je pensais qu'il fallait être malveillant pour être cruel, mais je me trompais. Aucune malveillance ne motive les actes de Jeanine. Elle est cruelle parce que les conséquences de ses actes ne l'intéressent pas, tant que ses expériences la fascinent. Pour elle, je pourrais être un puzzle à assembler ou une machine à réparer. Elle va m'ouvrir le crâne simplement pour découvrir le fonctionnement interne de mon cerveau ; je mourrai ici, et dans les circonstances, ce sera un soulagement.

— Je le savais en venant, dis-je. Ce n'est qu'une table. J'aimerais retourner dans ma cellule, maintenant.

+++

Sans montre ni horloge, je perds la notion du temps. Lorsque la porte se rouvre et que Peter entre dans ma cellule, je ne pourrais pas dire combien de temps s'est écoulé ; je sais juste que je suis épuisée.

— On y va, Pète-sec, m'ordonne-t-il.

— Je ne suis pas une Altruiste, rétorqué-je.

J'étire les bras au-dessus de ma tête jusqu'à ce qu'ils frôlent presque le plafond.

— On ne peut plus me qualifier de « Pète-sec ». Le terme est inapproprié. En tant que laquais des Érudits, tu devrais le savoir.

— On y va, j'ai dit.

Je le regarde avec une surprise feinte.

— Quoi, pas de sarcasmes ? Rien dans le style « Tu dois être vraiment débile pour être venue ; ton cerveau doit être déficient en plus d'être Divergent » ?

— Je ne vais pas perdre mon énergie à formuler une telle évidence, réplique-t-il. Bon, tu sors ou il faut que je te traîne dans le couloir ? À toi de choisir.

Cet échange m'apaise. Peter a toujours été odieux avec moi ; je suis en terrain connu.

Je me lève et je quitte la pièce. Tout en marchant, je m'aperçois qu'il ne porte plus son bras en écharpe.

— Ils ont guéri ta blessure ?

— Ouais. Il faudrait que tu trouves une autre faiblesse à exploiter. Mais, pas de bol pour toi, je n'en ai plus.

Il me saisit par mon bras valide et accélère en m'entraînant derrière lui.

— On est en retard, commente-t-il.

Malgré la longueur et le vide du couloir, le bruit de nos pas est étouffé, comme si quelqu'un venait de plaquer ses mains sur mes oreilles. J'essaie de tenir le compte des bifurcations qu'on emprunte, mais je finis par m'embrouiller. À gauche au bout d'un de ces couloirs, on entre dans une pièce faiblement éclairée qui me fait penser à un aquarium. L'un des murs est constitué d'une vitre sans tain ; réfléchissante de mon côté, et très certainement transparente de l'autre.

Au fond, il y a une grosse machine dont dépasse un plateau de la taille d'un homme. J'en ai déjà vu une semblable dans mon livre d'histoire des factions, dans le chapitre sur la médecine des Érudits. C'est un appareil IRM, qui va prendre des photos de mon cerveau.

Une étincelle jaillit dans mon esprit. Ça ne m'est pas arrivé depuis si longtemps que je ne l'identifie pas immédiatement. De la curiosité.

Une voix – celle de Jeanine – sort d'un interphone.

— Allonge-toi, Beatrice.

Je regarde le plateau qui va me faire glisser à l'intérieur de la machine.

— Non.

Jeanine soupire.

— Si tu ne le fais pas de toi-même, nous avons les moyens de t'y contraindre.

Peter se tient derrière moi. Il a bien plus de force que moi. J'imagine ses mains sur moi, me traînant vers le plateau, me poussant contre le métal, me sanglant sans ménagement avec les courroies qui pendent du plateau.

— Je vous propose un marché, déclaré-je. Si je coopère, vous me montrez les scans.

— Tu coopéreras, que tu le veuilles ou non.

Je lève un doigt.

— Faux.

Je me tourne vers le miroir. Je n'ai pas de mal à imaginer que je parle à Jeanine quand je m'adresse à mon reflet. Je suis blonde comme elle ; on a toutes les deux le teint pâle et une allure austère. Cette pensée est si dérangeante que je perds le fil de mes idées et je reste là, le doigt en l'air.

J'ai la peau et les cheveux clairs, un physique froid ; je suis curieuse de voir les images de mon cerveau : je suis comme Jeanine. Voilà un élément que je peux mépriser, refuser, effacer... ou exploiter.

Je m'éclaircis la voix.

— Faux, répété-je. Quelles que soient les contraintes que vous utiliserez, vous ne pourrez pas m'immobiliser suffisamment pour obtenir des images nettes. Je veux voir les images. De toute façon, vous allez me tuer. Alors, qu'est-ce que ça peut vous faire si j'apprends des choses sur mon cerveau ?

Silence.

— Pourquoi tiens-tu tant à les voir ? me demande-t-elle enfin.

— Vous êtes mieux placée que n'importe qui pour comprendre. Je vous rappelle que j'ai autant d'aptitudes pour les Érudits que pour les Audacieux et les Altruistes.

— Très bien. Tu pourras les voir. Allonge-toi.

Je m'approche du plateau et je m'exécute. Le métal est glacial. Le plateau commence à glisser et je me retrouve à l'intérieur de la machine. Je ne vois que du blanc. Quand j'étais petite, c'est comme ça que j'imaginais le paradis, rien que de la lumière blanche partout. Maintenant, je sais que c'est impossible, parce que la lumière blanche a quelque chose de menaçant.

J'entends des coups sourds et je ferme les yeux en me rappelant soudain l'un des obstacles de mon paysage des peurs, les poings qui cognaient sur mes fenêtres et les aveugles qui voulaient m'enlever. Je me raconte que les coups sourds sont des battements de cœur, des battements de tambour. La rivière qui s'écrase sur les parois du gouffre dans l'enceinte des Audacieux. Les pieds qui frappent le sol lors de la cérémonie de clôture de l'initiation, ou ceux qui martèlent les marches de l'escalier après la cérémonie du Choix.

J'ignore combien de temps s'est écoulé quand les coups cessent et que le plateau ressort de la machine. Je m'assieds en me massant la nuque.

La porte s'ouvre et je vois Peter dans le couloir, qui me fait signe.

— Viens. Tu peux voir tes images, maintenant.

Je descends du plateau et je le rejoins. Il me regarde en secouant la tête.

— Quoi ? demandé-je.

— Je ne comprends pas comment tu fais pour toujours obtenir ce que tu veux.

— Bien sûr, parce que c'est moi qui ai voulu être enfermée dans une cellule au siège des Érudits, et me faire exécuter.

Je parle d'un ton détaché, comme si les exécutions faisaient partie de mon programme hebdomadaire. Mais je frémis en articulant le mot. Je croise les bras sur ma poitrine pour faire croire que c'était un frisson de froid.

— Il faut croire, me fait-il. Tu es venue de ton propre chef, non ? Ce n'est pas ce que j'appelle faire preuve d'un bon instinct de survie.

Il tape une série de chiffres sur un pavé numérique devant la porte suivante, qui s'ouvre. J'entre dans la pièce qui se trouve de l'autre côté du miroir. Elle est remplie d'écrans et de lumière, qui se reflète sur les lunettes des Érudits. Au fond de la salle, une porte se referme avec un déclic. Devant un écran, il y a un siège vide qui tourne encore sur son pivot. Quelqu'un vient de sortir.

Peter reste sur mes talons, prêt à me sauter dessus si j'essayais de m'enfuir. Ce que je ne ferai pas. Je n'irais pas loin. Au bout d'un couloir, de deux tout au plus, je serais perdue. Même sans gardes pour m'en empêcher, je serais incapable de sortir d'ici.

— Affichez-les ici, ordonne Jeanine en désignant le grand écran fixé sur le mur de gauche.

Un Érudit pianote sur son clavier et une image apparaît sur le mur. Une image de mon cerveau.

Je ne comprends pas bien ce que je vois. Je sais à quoi ressemble un cerveau, et globalement quelle partie remplit quelle fonction, mais je ne suis pas en mesure de comparer le mien à ceux des autres. Jeanine se tapote le menton en fixant l'image pendant ce qui me paraît être une éternité.

Enfin, elle déclare :

— Que quelqu'un expose à Mlle Prior le rôle du cortex préfrontal.

— C'est la zone du cerveau qui se situe juste derrière le front, explique l'une des scientifiques. Elle organise les pensées et les actions qui permettent à l'individu d'atteindre ses objectifs.

Ses grosses lunettes rondes lui agrandissent les yeux et elle ne semble pas beaucoup plus âgée que moi.

— Exactement, dit Jeanine. Maintenant, que quelqu'un me dise ce qu'il observe dans le cortex préfrontal latéral de Mlle Prior.

— Il est gros, commente un autre Érudit, dont le crâne commence à se dégarnir.

— Pouvez-vous préciser ? exige Jeanine d'un ton cassant.

Je me rends compte que je suis dans une sorte de salle de classe, parce que chaque pièce contenant plus d'un Érudit en est une. Et Jeanine est visiblement la plus précieuse de leurs professeurs. Tous boivent ses paroles la bouche ouverte, les yeux avides, guettant l'occasion de l'impressionner.

— Il est beaucoup plus gros que la moyenne, rectifie l'homme qui perd ses cheveux.

— C'est mieux, approuve Jeanine en inclinant la tête. C'est même l'un des plus gros cortex préfrontaux latéraux qu'il m'ait été donné de voir. En revanche, le cortex orbitofrontal est remarquablement petit. Qu'indiquent ces deux données ?

— Le cortex orbitofrontal est le centre de récompense du cerveau, dit quelqu'un. Ceux qui ont un cortex orbitofrontal développé adoptent des comportements de recherche de la récompense. Cela signifie que le type de comportement de Mlle Prior est éloigné de cette recherche.

— Pas seulement, nuance Jeanine.

Elle a un petit sourire. L'éclairage bleuté illumine ses pommettes et son front en enfonçant dans l'ombre l'orbite de ses yeux.

— Cela nous renseigne non seulement sur son comportement, mais aussi sur ses désirs. Ce n'est pas la récompense qui la motive. Pourtant, elle est particulièrement apte à diriger ses pensées et ses actes de manière à parvenir à ses fins. Ceci explique son penchant vers des comportements nuisibles mais désintéressés, et peut-être également sa capacité à échapper aux simulations. Comment cela modifie-t-il notre approche du nouveau sérum de simulation ?

— Il faudrait qu'il supprime en partie, mais non en totalité, l'activité du cortex préfrontal, répond la scientifique aux lunettes rondes.

— Tout à fait, confirme Jeanine.

Elle me regarde enfin, les yeux brillants d'excitation.

— C'est donc ainsi que nous procéderons, conclut-elle. Ceci remplit-il ma part du marché, Mlle Prior ?

J'ai la bouche sèche et du mal à avaler ma salive.

Que se passera-t-il s'ils suppriment l'activité de mon cortex préfrontal ? S'ils altèrent ma capacité à prendre des décisions ? Que se passera-t-il si je deviens esclave des simulations, comme tous les autres ? Si je perds entièrement de vue la réalité ?

Je n'avais jamais songé que toute ma personnalité, tout mon être, pouvaient être résumés à un sous-produit mécanique de mes spécificités anatomiques. Et si je n'étais qu'un individu doté d'un gros cortex préfrontal... et rien de plus ?

— Oui, c'est bon, dis-je.

+++

Peter me ramène en silence vers ma cellule. Après un tournant, je vois un groupe de gens au bout du couloir. C'est le plus long du trajet, mais la distance se réduit soudain quand je *le* vois.

Maintenu de chaque côté par un garde Audacieux, un pistolet braqué sur son crâne.

Tobias, un filet de sang dégoulinant sur la tempe, la chemise tachée de rouge ; Tobias, traqué, comme moi pour sa Divergence, et qui vient de se jeter à son tour dans la gueule du loup.

Les mains de Peter se referment comme des serres sur mes épaules et me clouent sur place.

— Tobias, lancé-je dans un souffle.

Le traître Audacieux qui tient le pistolet pousse Tobias vers moi. Peter, à son tour, essaie de me faire avancer, mais mes pieds restent plantés dans le sol. Si je suis là, c'était pour que personne d'autre n'ait à mourir. Pour protéger le plus de gens possible. Et à mes yeux, la vie de Tobias compte plus que celle de n'importe qui. Mais pourquoi suis-je ici, s'il y est aussi ? Quel sens cela a-t-il ?

— Qu'est-ce que tu as fait ? bredouillé-je.

Il n'est plus qu'à quelques pas de moi, mais encore trop loin pour m'entendre. Au moment où il me croise, il tend la main, la referme sur la mienne et la serre. Puis la relâche. Son visage est blême, ses yeux injectés de sang.

— Qu'est-ce que tu as fait ?

Cette fois, la question est sortie de ma gorge comme un grondement.

Je me jette vers lui en me débattant contre la poigne brutale de Peter.

— Qu'est-ce que tu as fait ? crié-je.

— Si tu meurs, je meurs aussi, me lance-t-il par-dessus son épaule. Je t'avais demandé de ne pas le faire. Tu as pris ta décision. Voilà les conséquences.

Il disparaît derrière le tournant. Les dernières choses que je vois de lui et des traîtres Audacieux qui l'encadrent sont le reflet du canon du pistolet et le sang sur le lobe de son oreille.

Dès qu'il est sorti de mon champ de vision, toute énergie m'abandonne. Je cesse de me débattre et je laisse les mains de Peter me pousser vers ma cellule. Je m'affale par terre aussitôt entrée, attendant que le déclic de la porte me signale le départ de Peter. Elle ne se referme pas.

— Pourquoi Tobias est-il venu ici ? me demande-t-il.

Je lui jette un coup d'œil.

— Parce que c'est un imbécile.

— Ça, c'est sûr.

J'appuie ma tête contre le mur.

— Il s'imaginait qu'il pouvait te sortir de là ? fait Peter avec un petit ricanement. C'est bien un truc de Pète-sec.

— Je ne crois pas que c'était pour ça.

Si Tobias était ici en mission de sauvetage, il l'aurait planifiée ; il serait venu avec d'autres. Il n'aurait pas débarqué seul chez les Érudits.

Les larmes me montent aux yeux et je ne fais rien pour les retenir. Je reste comme ça, à fixer mon environnement à travers un brouillard. Il y a quelques jours, je ne me serais jamais laissée aller à pleurer devant Peter, mais ça n'a plus d'importance, maintenant. C'est le moins redoutable de mes ennemis.

— Je crois qu'il est venu pour mourir avec moi, dis-je.

Je porte une main à ma bouche pour étouffer un sanglot. Si je suis capable de continuer à respirer, je dois être capable d'arrêter de pleurer. Je n'avais pas besoin qu'il meure avec moi, au contraire. Je voulais le mettre à l'abri. « Quel imbécile », me dis-je. Mais le cœur n'y est pas.

— C'est absurde, commente Peter. Il n'a que dix-huit ans ; il aurait trouvé une autre nana après ta mort. S'il ne sait pas ça, c'est vraiment un crétin.

Les larmes coulent sur mes joues, brûlantes d'abord, puis froides. Je ferme les yeux.

— Si tu crois que le problème est là, rétorqué-je en ravalant un nouveau sanglot, c'est toi, le crétin.

— Si tu le dis.

Il se retourne dans un crissement de chaussures.

— Attends ! lui crié-je.

Je lève les yeux vers sa silhouette aux contours brouillés, incapable de distinguer les traits de son visage.

— Qu'est-ce qu'ils vont lui faire ? La même chose qu'à moi ?

— Je n'en sais rien.

Je m'essuie les joues avec la paume des mains, frustrée.

— Tu ne pourrais pas essayer de te renseigner ? Ou au moins me dire s'il va bien ?

— Pourquoi le ferais-je ? me demande-t-il. Pourquoi ferais-je quoi que ce soit pour toi ?

Une seconde plus tard, la porte se referme.

CHAPITRE TRENTE

J'AI LU QUELQUE PART que le fait de pleurer défie toute explication scientifique. A priori, les larmes ne servent qu'à lubrifier les yeux. Il n'y a pas de raison biologique pour que les émotions commandent une surproduction des larmes.

Moi, je crois que nous pleurons pour exprimer la part animale qui est en nous sans renoncer à notre humanité. Parce que, en moi, il y a une bête qui gronde et qui grogne et qui se bat pour retrouver la liberté, retrouver Tobias et, par-dessus tout, rester en vie. Et quoi que je fasse, je ne peux pas la tuer.

Alors je pleure, le visage entre les mains.

+++

À gauche, à droite, à droite. À gauche, à droite, à gauche. À droite, à droite.

Je note nos virages dans l'ordre, depuis notre point de départ – ma cellule – jusqu'à notre destination.

Il s'agit d'une nouvelle salle. Elle comprend un siège incliné, semblable à un fauteuil de dentiste. Il y a un écran et un bureau dans un coin. Et, derrière le bureau, il y a Jeanine.

— Où est-il ? demandé-je.

J'attends depuis des heures de pouvoir poser cette question. Je me suis endormie et j'ai rêvé que je pourchassais Tobias à travers l'enceinte des Audacieux. Peu importe la vitesse à laquelle je courais, il gardait toujours juste assez d'avance pour que je voie disparaître sa manche ou le bout de sa chaussure.

Jeanine me lance un regard perplexe. Mais elle ne l'est pas. Ce n'est qu'un jeu.

— Tobias, expliqué-je malgré tout.

Je tremble, mais de colère, cette fois, et non de peur.

— Où est-il ? Qu'êtes-vous en train de lui faire ?

— Je ne vois pas de raison de te fournir cette information, répond-elle. Et comme il ne te reste aucun moyen de pression, tu ne me parais pas en mesure de m'en fournir une, à moins de revenir sur les termes de notre accord.

J'ai envie de lui hurler que *bien sûr*, il est plus important pour moi d'avoir des nouvelles de Tobias que d'en apprendre davantage sur ma Divergence. Mais je me retiens. Je ne dois pas agir inconsidérément. Elle fera ce qu'elle a décidé de faire à Tobias, que je le sache ou non. La priorité est que je comprenne précisément ce qui m'arrive.

Je respire par le nez. Je secoue les mains. Je m'assieds dans le fauteuil.

— Intéressant, dit-elle.

— Vous n'êtes pas censée diriger une faction et mener une guerre ? lui demandé-je. Qu'est-ce que vous faites ici, à faire des expériences sur une gamine de seize ans ?

— Tu te présentes sous des images différentes selon ce qui

t'arrange, observe-t-elle en s'adossant sur sa chaise. Tantôt tu insistes sur le fait que tu n'es pas une petite fille, tantôt tu te revendiques comme telle. Il y a une chose que je serais curieuse de savoir : comment te vois-tu réellement ? Comme une adulte ou comme une enfant ? Ou les deux ? Ou ni l'une ni l'autre ?

Je prends une voix aussi neutre qu'elle pour répondre :

— Je ne vois pas de raison de vous fournir cette information.

J'entends un petit bruit ; c'est Peter qui se couvre la bouche pour étouffer un rire. Jeanine lui jette un regard noir et son rire se transforme aussitôt en crise de toux.

— La moquerie est une réaction puérile, Beatrice. Cela ne te sied guère.

— La moquerie est une réaction puérile, Beatrice, répété-je comme un perroquet. Cela ne te sied guère.

— Le sérum, réclame Jeanine.

Peter s'avance, fourrage dans une boîte noire posée sur le bureau, en sort une seringue déjà munie d'une aiguille.

Il s'approche de moi et je tends une main.

— Vous permettez ?

D'un regard, il quête l'accord de Jeanine, qui le lui donne.

Je saisis la seringue et j'enfonce l'aiguille dans mon cou en appuyant sur le piston. Jeanine tape sur un bouton, et tout bascule dans l'obscurité.

+++

Ma mère est debout dans l'allée centrale du bus, le bras tendu au-dessus de sa tête pour se tenir à la barre. Son visage est tourné non vers les gens assis autour de moi, mais vers la ville qu'on traverse en cahotant. Des rides creusent son front et les contours de sa bouche quand elle fronce les sourcils.

— Qu'est-ce qu'il y a ? lui demandé-je.

— Il y a tant à faire, me dit-elle en désignant la ville par la fenêtre. Et nous sommes si peu nombreux.

Elle n'a pas besoin de me préciser de quoi elle parle. Dehors, les monceaux d'ordures s'étendent à perte de vue. On passe devant un bâtiment en ruine. Les ruelles sont jonchées de tessons de verre. Je me demande ce qui a causé toute cette destruction.

— Où est-ce qu'on va ?

Ma mère me sourit et je découvre de nouvelles rides autour de ses yeux.

— On va au siège des Érudits.

Je ne comprends pas. Depuis que je suis petite, on a toujours évité cet endroit. Mon père disait que même l'air qu'on y respirait était nocif.

— Pourquoi ?

— Ils vont nous aider.

D'où vient ce pincement au ventre quand je pense à mon père ? Je me représente son visage, marqué par une vie entière de frustrations causées par le monde qui l'entoure, et ses cheveux coupés court à la mode des Altruistes. Et j'éprouve le même creux à l'estomac que quand je suis restée trop longtemps sans manger.

— Il est arrivé quelque chose à papa ?

— Non, répond ma mère en secouant la tête. Pourquoi cette question ?

— Je ne sais pas.

Je n'ai pas cette angoisse au ventre quand je regarde ma

mère. En revanche, j'ai le sentiment que je dois graver dans ma mémoire chaque seconde passée ainsi à quelques centimètres d'elle. Comme si ma mère n'était pas permanente.

Le bus s'arrête et les portes s'ouvrent en grinçant. Je suis ma mère vers la sortie. Comme elle est plus grande, j'ai les yeux au niveau de ses épaules, à la base de son cou. Elle paraît fragile, mais c'est une apparence trompeuse.

Je pose les pieds sur le trottoir et des débris de verre crissent sous mes semelles. Ils sont bleus et, à en juger par les trous dans l'immeuble qui se dresse sur ma droite, proviennent des vitres.

— Qu'est-ce qui s'est passé ? demandé-je à ma mère.

— C'est la guerre. Précisément ce qu'on avait pris tant de peine à éviter.

— Et les Érudits vont nous aider... comment ?

— J'ai bien peur que les vitupérations de ton père contre les Érudits ne t'aient donné une fausse opinion d'eux, me dit-elle doucement. D'accord, ils ont commis des erreurs, mais ils ne sont ni tout noirs ni tout blancs. Ils sont un mélange des deux, comme tout le monde. Que deviendrait-on sans leurs médecins, leurs chercheurs, leurs enseignants ?

Elle passe une main dans mes cheveux pour les lisser.

— Essaie de t'en souvenir, Beatrice.

— Promis.

On continue à marcher, mais quelque chose dans son discours m'a déstabilisée. Est-ce ce qu'elle a dit sur mon père ? Non – il est toujours en train de se plaindre des Érudits. Est-ce ce qu'elle a dit sur eux ? Je saute par-dessus un gros tesson de verre. Non, ça ne peut pas être ça. Elle a raison là-dessus aussi. Tous mes professeurs étaient des Érudits, de même que le médecin qui lui a remis le bras en place quand elle se l'est cassé il y a quelques années.

C'est sa dernière phrase. « Essaie de t'en souvenir. » Comme si elle pensait qu'elle n'aurait plus l'occasion de me le rappeler ensuite.

Je sens un déclic dans ma tête. Il me semble que quelque chose qui était jusque-là resté fermé vient soudain de s'ouvrir.

— Maman ?

Elle tourne la tête vers moi. Une mèche de cheveux blonds s'échappe de son chignon et lui barre la joue.

— Je t'aime.

Je pointe le doigt vers ma gauche, et elle explose. Des particules de verre pleuvent sur nous.

Je ne veux pas me réveiller dans une salle au siège des Érudits. J'essaie de préserver le plus longtemps possible l'image de ma mère, avec ses cheveux sur sa pommette. Alors je garde les yeux fermés, même après la fin de la simulation. Et je les rouvre seulement quand je ne vois plus rien d'autre que le rouge de mes paupières.

— Vous allez devoir faire mieux que ça, dis-je à Jeanine.

— Ce n'était que le début.

CHAPITRE TRENTE ET UN

CETTE NUIT-LÀ, JE RÊVE, pas de Tobias ni de Will, mais de ma mère. On est dans les vergers des Fraternels, où les pommes mûres pendent à quelques centimètres au-dessus de nos têtes. Les feuilles projettent leurs ombres sur son visage et elle est vêtue de noir, bien que je ne l'aie jamais vue habillée ainsi de son vivant. Elle m'apprend à faire des tresses sur ses cheveux et rit de mes maladresses.

Je me réveille en me demandant comment j'ai fait pour ne pas remarquer, tout au long de ces années où j'ai pris mon petit-déjeuner en face d'elle, qu'elle était si débordante d'énergie Audacieuse. Était-ce parce qu'elle le cachait bien ? Ou parce que je ne faisais pas attention ?

J'enfouis mon visage dans le mince matelas sur lequel j'ai dormi. Je ne la connaîtrai jamais vraiment. Mais au moins, elle ne saura jamais ce que j'ai fait à Will. Je ne crois pas que j'aurais pu le supporter.

Un peu plus tard, je suis Peter dans le couloir en clignant des paupières pour chasser de mes yeux la brume du sommeil.

— Peter...

J'ai mal à la gorge. J'ai dû crier dans mon rêve.

— ... quelle heure est-il ?

Il porte une montre, mais le cadran est masqué. Il ne prend même pas la peine de la consulter.

— C'est bizarre que tu passes ton temps à m'escorter, non ? demandé-je. Tu n'es pas censé t'occuper à je ne sais quelle activité de dépravé ? Du genre frapper des chiots à coups de pied ou espionner les filles pendant qu'elles se déshabillent ?

— Je sais ce que tu as fait à Will, figure-toi. Alors ne te crois pas meilleure que moi. Toi et moi, on ne vaut pas mieux l'un que l'autre.

Le seul point qui distingue un couloir d'un autre, ici, c'est leur longueur. Je décide de les identifier par le nombre de pas que je mets à les parcourir. Dix. Quarante-sept. Vingt-neuf.

— Tu te trompes, objecté-je. On est peut-être mauvais tous les deux, mais il y a une énorme différence entre nous : je ne me satisfais pas de ce que je suis.

Peter ricane doucement, tandis qu'on avance entre les paillasses des Érudits. C'est là que je me rends compte de l'endroit où je suis, et de celui où on va : on est sur le chemin de la salle que Jeanine m'a montrée le premier jour. Celle où je serai exécutée. Je suis prise d'un tremblement si violent que je claque des dents et que j'ai du mal à continuer de marcher ou de penser. « Ce n'est qu'une salle, me dis-je. Rien qu'une salle, une salle comme les autres. »

Quelle menteuse je suis.

Cette fois, les lieux ne sont pas déserts. Quatre traîtres Audacieux tournent en rond dans un coin et deux Érudits, une femme à la peau mate et un homme d'âge mûr, tous deux vêtus de blouses de laboratoire, entourent Jeanine près de la table métallique installée au centre de la pièce. Plusieurs machines sont disposées autour, reliées à des tas de fils.

L'usage de la plupart de ces machines m'échappe, mais l'une d'elles est un moniteur cardiaque. Que compte faire Jeanine qui exige ce moniteur cardiaque ?

— Allongez-la sur la table, ordonne-t-elle d'un ton las.

Je fixe un instant la plaque de métal qui m'attend. Et si elle avait avancé la date de mon exécution ? Et si c'était aujourd'hui que je devais mourir ? Les mains de Peter se resserrent en étau autour de mes bras et je me débats de toutes mes forces pour me libérer.

Mais il me soulève sans peine en évitant mes coups de pied et me plaque sur la table métallique, si violemment que j'en ai le souffle coupé. À demi suffocante, je balance mon poing au hasard. Il rencontre le poignet de Peter, qui grimace de douleur. Entre-temps, les autres traîtres Audacieux se sont approchés pour l'aider.

L'un d'eux me maintient les chevilles et un autre bloque mes épaules, pendant que Peter resserre les courroies autour de moi pour m'immobiliser. La douleur dans mon épaule droite me fait tressaillir et j'arrête de me débattre.

— Qu'est-ce que vous fichez, bon sang ? demandé-je d'un ton rageur en tordant le cou pour regarder Jeanine. On était *d'accord* : ma coopération en échange des résultats !

— Ceci est totalement indépendant de notre accord, réplique-t-elle en jetant un coup d'œil sur sa montre. Il ne s'agit pas de toi, Beatrice.

La porte se rouvre.

Tobias entre – en boitant –, flanqué de traîtres Audacieux.

Il a le visage tuméfié et l'arcade sourcilière fendue. Lui d'habitude si souple, il se déplace avec raideur. Je m'efforce de ne pas penser à ce qu'ils ont pu lui faire.

— Qu'est-ce qui se passe ? demande-t-il d'une voix rauque.

Sans doute d'avoir trop crié.

Ma gorge se noue.

— Tris.

Il s'approche en titubant, mais ses gardes sont plus rapides que lui et l'arrêtent au bout de quelques pas.

— Tris, ça va ?

— Ouais. Et toi ?

Il acquiesce d'un hochement de tête, mais je ne le crois pas.

— J'ai opté pour la procédure la plus logique, M. Eaton, déclare Jeanine. L'idéal serait le sérum de vérité, bien sûr, mais son secret est jalousement gardé par les Sincères et il nous faudrait des jours pour décider Jack Kang à nous en fournir. Or je ne tiens pas à gaspiller un temps précieux.

Elle s'avance, une seringue à la main. Ce sérum-ci est teinté de gris. Peut-être une nouvelle version du sérum de simulation, mais je n'y crois pas. Je me demande quels effets il a. Sûrement rien de bon, vu l'air satisfait qu'arbore Jeanine.

— Dans quelques secondes, je vais injecter ce sérum à Beatrice. À cet instant, je fais confiance à vos instincts pour prendre le dessus et vous faire dire ce que j'ai besoin de savoir.

— Qu'est-ce qu'elle a besoin de savoir ? demandé-je à Tobias en interrompant Jeanine.

— Des précisions sur les refuges des sans-faction, répond-il sans me regarder.

Mes yeux s'agrandissent. Les sans-faction sont notre seul espoir à tous, maintenant que la moitié des Audacieux loyaux et l'ensemble des Sincères sont vulnérables à la simulation et que les Altruistes ont été décimés.

— Ne parle pas. Je mourrai de toute façon. Ne lui dis rien.

— Rafraîchissez-moi la mémoire, M. Eaton. Que font les simulations des Audacieux ?

— On n'est pas dans une salle de classe, rétorque Tobias entre ses dents. Dites-moi plutôt ce que vous comptez faire.

— Je le ferai si vous répondez à ma question, qui n'a rien de compliqué.

— Très bien.

Le regard de Tobias dérive vers moi.

— Les simulations stimulent le complexe amydgalien, qui intervient sur les réactions à la peur. Elles provoquent une hallucination basée sur cette peur et transmettent les données à un ordinateur qui permet de les observer et de les traiter.

À l'entendre, on croirait qu'il sait tout ça par cœur depuis longtemps. Ce qui est sans doute le cas ; il a suivi de nombreuses simulations.

— Parfait, dit Jeanine. Quand je travaillais sur les simulations des Audacieux, il y a de cela des années, nous avons découvert qu'à une dose élevée, le sérum submergeait le cerveau et que la terreur le rendait incapable d'inventer de nouveaux environnements. Ce pourquoi nous avons dilué le produit ; nous voulions obtenir des simulations plus instructives. Mais je suis encore capable de fabriquer la première version.

Elle tapote sa seringue du bout de l'ongle.

— La peur, conclut-elle, est plus puissante que la douleur. Souhaitez-vous ajouter quelque chose avant que je commence, M. Eaton ?

Tobias serre les lèvres.

Et Jeanine enfonce l'aiguille.

+++

Ça commence doucement, par un cœur qui bat. Au début, je ne sais pas à qui est ce cœur. Il fait bien trop de bruit pour être le mien. Puis je comprends que c'est le mien quand même, et il bat de plus en plus vite.

De la sueur s'accumule sur mes paumes et au creux de mes genoux.

Puis, je dois ouvrir la bouche et faire un effort pour respirer.

C'est là que le hurlement s'élève

Et je

Ne peux plus

Penser.

+++

Tobias se bat contre les gardes Audacieux près de la porte.

J'entends ce qui ressemble au cri d'un enfant à côté de moi et je tourne violemment la tête pour regarder d'où il provient, mais je ne vois que le moniteur cardiaque. Au-dessus de moi, les lignes qui séparent les carreaux du plafond se déforment et se tordent pour se muer en monstres. L'air se charge d'une odeur de charogne qui me donne la nausée. Les monstres prennent une apparence plus définie ; ce sont des oiseaux, des corbeaux aux becs longs comme mon avant-bras, aux ailes si noires qu'elles semblent absorber toute la lumière.

— Tris, dit Tobias.

Je détache les yeux des corbeaux pour le regarder.

Il est près de la porte, au même endroit qu'avant mon injection, mais il tient un couteau. Il lève son bras devant lui, la lame vers son ventre. Puis il la ramène jusqu'à ce que la pointe touche son estomac.

— Qu'est-ce que tu fais ? Arrête !

Il me répond avec un léger sourire :

— Je le fais pour toi.

Il enfonce la lame, lentement, et sa chemise se tache de sang. Je m'étouffe en luttant contre les courroies qui me maintiennent prisonnière.

— Non ! Arrête !

Je me débats. Dans une simulation, j'aurais déjà réussi à me libérer, ce qui veut dire que ça doit être réel, c'est réel. Je hurle tandis qu'il enfonce le couteau jusqu'au manche. Il s'effondre et son sang se répand à toute vitesse autour de lui. Les oiseaux-ombres tournent vers lui leurs petits yeux perçants et s'abattent sur son corps dans une tornade d'ailes et de serres pour lui picorer la peau. Je distingue ses yeux à lui entre les plumes virevoltantes ; il est toujours conscient.

Un oiseau se pose sur ses doigts repliés sur le manche du couteau. Il retire la lame de son ventre et l'arme tombe par terre avec un tintement. Je devrais espérer qu'il soit mort, mais je suis trop égoïste, j'en suis incapable. Je m'arc-boute sur la table et tous mes muscles se raidissent, ma gorge me brûle à force de pousser ce cri qui ne peut plus s'arrêter.

+++

— Le sédatif, ordonne une voix sèche.

Encore une aiguille dans mon cou et mes battements

de cœur commencent à ralentir. Je pleure de soulagement. Pendant plusieurs secondes, je ne peux rien faire d'autre.

Ce n'était pas de la peur. C'était autre chose ; une émotion qui ne devrait pas exister.

— Lâchez-moi, exige la voix de Tobias, plus râpeuse que jamais.

Je cligne rapidement des paupières pour le voir à travers mes larmes. Il a des marques rouges sur les bras, laissées par la poigne des traîtres Audacieux, mais il n'est pas en train de mourir ; il va bien.

— Si vous ne me lâchez pas, je ne vous dirai rien, reprend-il.

Jeanine accepte d'un signe de tête et il se précipite vers moi. Il prend ma main et me caresse les cheveux. Mes larmes mouillent le bout de ses doigts, qu'il ne prend pas la peine d'essuyer. Il se penche vers moi et pose son front contre le mien.

— Les refuges des sans-faction, révèle-t-il finalement d'une voix sourde, tout contre ma joue. Apportez-moi une carte de la ville et je vous les indiquerai.

Son front est frais et sec contre le mien. Mes muscles sont douloureux, sans doute d'être restés contractés si longtemps sous l'effet du sérum de Jeanine.

Il s'écarte, mais ne lâche ma main que lorsque les traîtres Audacieux l'éloignent de moi pour l'emmener. Ma main retombe lourdement sur la table. Je n'ai plus envie de lutter contre les courroies. Je veux juste dormir.

— Tant qu'elle est là, dit Jeanine à l'un des scientifiques après le départ de Tobias, allez me le chercher. C'est le moment.

Elle ramène ses yeux d'eau sur moi.

— Pendant que tu dormiras, nous allons procéder à une petite observation de ton cerveau. Ce n'est pas une intervention invasive. Mais d'abord... je t'ai promis la transparence totale sur ces procédures. Il me paraît donc normal que tu saches précisément qui m'a assistée dans mes recherches. (Elle ébauche un sourire.) Qui m'a informée de tes aptitudes pour trois factions, m'a renseignée sur nos meilleures chances de te faire venir ici et m'a conseillé de faire apparaître ta mère dans la dernière simulation pour la rendre plus efficace.

Jeanine se tourne vers la porte. Le produit commence à faire effet, brouillant tous les contours. Je regarde par-dessus mon épaule et je le vois, à travers la brume du sédatif.

Caleb.

CHAPITRE TRENTE-DEUX

À MON RÉVEIL, j'ai l'impression d'avoir la tête dans un étau. J'essaie de me rendormir – au moins, quand je dors, je suis calme –, mais l'image de Caleb dans l'encadrement de la porte de la salle passe et repasse dans ma tête, sur fond de croassements de corbeaux.

Pourquoi ne me suis-je jamais demandé comment Eric et Jeanine connaissaient mes aptitudes pour les trois factions ?

Pourquoi ne me suis-je jamais fait la remarque que seules trois personnes étaient au courant : Tori, Caleb et Tobias ?

Mon cœur bat trop fort. Je n'arrive pas à comprendre. Je ne vois pas pourquoi Caleb m'aurait trahie. Je me demande quand ça s'est passé. Après l'attaque sous simulation ? Après notre fuite du secteur des Fraternels ? Ou était-ce encore avant – quand mon père était encore en vie ? Caleb nous a dit qu'il avait quitté les Érudits après avoir découvert ce qu'ils complotaient ; a-t-il menti ?

Sans doute. Je me masse le front. Mon frère a fait passer sa faction avant les liens du sang. Il doit y avoir une raison.

Jeanine a dû le menacer. Ou le contraindre d'une manière ou d'une autre.

La porte s'ouvre. Je ne prends pas la peine de lever la tête ni d'ouvrir les yeux.

— Pète-sec !

C'est Peter. Bien sûr.

— Oui.

J'ôte la main de mon visage et une mèche de cheveux me tombe devant les yeux. Mes cheveux n'ont jamais été aussi gras.

Peter pose une bouteille d'eau et un sandwich à côté de mon lit. La seule idée de manger me donne la nausée.

— T'as le cerveau au point mort ? me lance-t-il.

— Je ne crois pas, non.

— Je n'en jurerais pas, à ta place.

— Ha, ha, ha, dis-je. J'ai dormi combien de temps ?

— Près d'une journée. Je suis censé te conduire à la douche.

— Fais un commentaire du genre « c'est pas trop tôt » et tu te retrouves avec un œil au beurre noir, précisé-je mollement.

La pièce tourne quand je lève la tête, mais je réussis à basculer les jambes sur le côté et à me lever. Je suis Peter en direction de la salle de bains. Après un tournant, je découvre un groupe de personnes au bout du couloir.

L'une d'elles est Tobias. Je repère le niveau où nos chemins vont se croiser. Et je regarde fixement cet endroit-là, celui où il tendra la main pour prendre la mienne comme il l'a fait la dernière fois. L'impatience me donne des fourmis dans les doigts Pendant quelques secondes, je vais pouvoir le toucher.

Six pas avant qu'on se croise. Cinq.

À quatre pas, Tobias s'arrête. Brusquement, il s'affaisse.

Surpris, ses gardes relâchent leur prise rien qu'une seconde, et il s'écroule.

Puis, dans une torsion, il se jette en avant. S'empare du pistolet rangé dans l'étui du garde le plus petit.

Le coup part. Peter plonge sur la droite en m'entraînant avec lui. Ma tête frôle le mur. Le garde a la bouche grande ouverte ; il doit hurler. Je ne l'entends pas.

Tobias lui décoche un violent coup de pied à l'estomac. L'Audacieuse que je suis a le temps d'admirer sa technique – parfaite – et sa vitesse – stupéfiante. Quand il se tourne pour viser Peter, celui-ci m'a déjà relâchée.

Tobias m'aide à me relever et m'entraîne. Je trébuche en courant derrière lui. Chaque fois que mon pied frappe le sol, une douleur lancinante me vrille la tête. Mais je ne peux pas m'arrêter. Je cligne des paupières pour chasser les larmes qui me montent aux yeux. La main de Tobias est rude et puissante, et je la laisse me guider dans les couloirs.

— Tobias, soufflé-je, au bord du malaise.

Il s'arrête, me regarde.

— Désolé, fait-il en effleurant ma joue. Viens. Grimpe sur mon dos.

Il se penche et je glisse les bras autour de son cou, enfouissant le visage entre ses omoplates. Il me soulève sans peine et me soutient par la jambe gauche, son pistolet toujours dans la main droite.

Il repart en courant. Même en me portant, il reste rapide et je me demande machinalement : « Comment a-t-il pu un jour être un Altruiste ? » Il semble fait pour la vitesse et la précision. S'il est assez fort pour me porter, son atout réside plus dans sa tête que dans ses muscles.

Les couloirs déserts ne le resteront pas longtemps. Bientôt, tous les traîtres Audacieux du bâtiment vont affluer et on se retrouvera pris au piège dans ce labyrinthe luisant. Je ne vois pas comment Tobias espère franchir leur barrage.

Je lève la tête juste à temps pour m'apercevoir qu'il vient de passer devant une issue.

— Tobias, tu l'as ratée.

— Raté quoi ? me répond-il, haletant.

— La sortie.

— Je ne cherche pas à m'enfuir. On se ferait descendre. J'ai seulement... un truc à trouver.

Je me dirais que je suis en train de rêver si je n'avais pas aussi mal à la tête. Normalement, seuls mes rêves sont aussi absurdes. S'il ne veut pas s'enfuir, pourquoi m'avoir emmenée avec lui ? Et qu'est-il en train de faire ?

À l'entrée d'un nouveau couloir, il pile et manque presque me lâcher. De chaque côté, derrière les panneaux de verre, se trouvent des bureaux où des Érudits nous dévisagent, pétrifiés sur leurs chaises. Tobias ne se préoccupe pas d'eux ; pour autant que je puisse en juger, ses yeux sont fixés sur une porte au bout du couloir, sur laquelle une plaque précise : « CONTRÔLE A ».

Tobias repère deux caméras, une à chaque angle du plafond. Il tire sur celle de droite, qui s'écrase par terre. Il tire sur celle de gauche, dont la lentille explose.

— Tout le monde descend, me dit-il. On ne court plus ; promis.

Je me laisse glisser par terre et je lui prends la main. Il se dirige vers une porte fermée devant laquelle on est déjà passés et nous fait entrer dans un réduit. Il referme la porte qu'il bloque en calant une chaise cassée sous la poignée.

Une lumière bleue clignote au-dessus de nous. Tobias me regarde intensément, presque avidement.

— Comme je n'ai pas beaucoup de temps, je ne vais pas tourner autour du pot, me prévient-il.

Je hoche la tête.

— Je ne suis pas venu ici en mission suicide. Je suis là pour deux raisons. La première était de localiser les deux salles de contrôle central des Érudits. Comme ça, au moment de l'invasion, on saura quoi détruire en premier pour se débarrasser des données de simulation, et Jeanine ne pourra plus activer les transmetteurs des Audacieux.

Ça explique qu'il n'ait pas tenté de s'échapper. Et on a trouvé l'une des deux salles de contrôle au fond du couloir.

Je le regarde fixement, sonnée par les rebondissements des dernières minutes.

Il se racle la gorge.

— La deuxième raison, c'était de m'assurer que tu allais tenir le coup, parce qu'on a un plan.

— Quel plan ?

— D'après l'un de nos espions, pour l'instant, ton exécution est prévue dans deux semaines. En tout cas, c'est la date que s'est fixée Jeanine pour la nouvelle simulation qui doit fonctionner sur les Divergents. Donc, dans quatorze jours, les sans-faction, les Audacieux loyaux et les Altruistes qui sont prêts à se battre vont prendre d'assaut le siège des Érudits et neutraliser leur meilleure arme : leur système informatique. On sera numériquement supérieurs aux traîtres Audacieux et aux Érudits.

— Mais tu as dit à Jeanine où se trouvaient les refuges des sans-faction.

— Oui, admet-il avec un petit froncement de sourcils. C'est

un problème. Mais comme on le sait tous les deux, beaucoup de sans-faction sont des Divergents, et bon nombre d'entre eux étaient déjà en train de se déplacer vers le secteur des Altruistes quand je les ai quittés. Une grande partie de ces refuges auront déjà été évacués. Et les sans-faction nous donneront toujours un avantage numérique considérable.

Deux semaines. Est-ce que je peux encore tenir deux semaines dans ces conditions ? Je suis déjà tellement épuisée que j'ai du mal à tenir debout. Je n'arrive même pas à m'enthousiasmer pour le sauvetage que me fait miroiter Tobias. Ce n'est pas la liberté que je veux. Je veux dormir. Je veux que ça s'arrête.

— Je ne... (Je bute sur les mots, et je me mets à pleurer.) Je ne peux pas... tenir... aussi longtemps.

— Tris, me dit-il gravement. Il le faut. Il faut que tu survives à ça.

Jamais il ne se montre câlin. J'aimerais bien qu'il le soit, ne serait-ce qu'une fois.

— Pourquoi ?

La question née dans mon ventre a jailli de ma gorge comme une plainte. Je voudrais frapper sa poitrine avec mes poings, comme une gamine qui pique une colère. J'ai les joues baignées de larmes et je sais que je me conduis comme une idiote, mais c'est plus fort que moi.

— Pourquoi ? Pourquoi faut-il que je le fasse ? Pourquoi ça ne peut pas être quelqu'un d'autre, pour une fois ? Et si je ne veux plus le faire ?

Et je me rends compte tout à coup que c'est de la vie que je parle. Je n'en veux plus. Je veux retrouver mes parents, et cela, depuis des semaines. Je me démène avec toute mon énergie pour les rejoindre et alors que j'y suis presque, il me demande de ne pas le faire.

— Je sais.

Je ne l'ai jamais entendu parler aussi doucement.

— Je sais que c'est dur. La chose la plus dure que tu aies jamais eue à faire.

Je secoue la tête.

— Je ne peux pas te forcer, reprend-il. Je ne peux pas t'obliger à vouloir survivre.

Il m'attire à lui, passe une main dans mes cheveux, glisse une mèche derrière mon oreille. Ses doigts descendent le long de mon cou, se posent sur mon épaule et il ajoute :

— Mais tu le feras. Peu importe que tu t'en croies capable ou pas. Tu le feras parce que c'est dans ta nature.

Je m'écarte et je pose ma bouche sur la sienne, sans douceur ni hésitation. Je l'embrasse comme avant, quand j'étais sûre de nous, en promenant les mains dans son dos et le long de ses bras, comme avant.

Je ne veux pas lui dire la vérité : qu'il se trompe, que je ne veux pas survivre à ça.

La porte s'ouvre. Des traîtres Audacieux envahissent le réduit. Tobias recule, retourne le pistolet dans sa main et le tend, crosse en avant, au soldat le plus proche.

CHAPITRE TRENTE-TROIS

— BEATRICE.

Je me réveille en sursaut. Je suis dans une grande salle meublée de rangées de banquettes, éclairée par des lumières bleues disposées juste au-dessus du sol. Tout un mur est tapissé d'écrans. Allez savoir quel genre d'expérience ils comptent m'y faire subir.

Je suis assise sur la banquette du fond, la tête appuyée contre le mur, avec Peter à ma gauche. Je n'ai toujours pas mon compte de sommeil.

Je regrette de m'être éveillée. Caleb se tient dans une pose bancale à quelques pas de moi, l'air hésitant.

— En fait, tu n'as *jamais* quitté les Érudits ? lui lancé-je.

— Ce n'est pas si simple, commence-t-il. Je...

J'ai envie de crier, mais ma réponse sort sur un ton plat :

— C'est très simple, au contraire. À quel moment as-tu trahi ta famille ? Avant la mort de nos parents, ou après ?

— J'ai fait ce que je devais faire. Tu crois comprendre ce qui se passe, Beatrice, mais tu te trompes. Le problème auquel on est confrontés... ce problème est bien plus vaste que tu ne le penses.

Ses yeux implorent ma compréhension, mais je connais ce ton : c'est celui qu'il employait pour me gronder quand on était plus jeunes. C'est de la condescendance.

L'arrogance est l'un des défauts des Érudits. Je le sais ; j'y cède souvent.

Mais l'avidité en est un autre chez eux. Et c'est un défaut que je n'ai pas. J'ai un pied dedans, un pied dehors, comme toujours.

Je me lève avec effort.

— Tu n'as pas répondu à ma question.

Caleb recule.

— Ça ne concerne pas seulement les Érudits, se défend-il. Ça concerne tout le monde. Toutes les factions. L'ensemble de la ville *et aussi* ce qui se passe à l'extérieur, de l'autre côté de la Clôture.

— Je m'en fous, dis-je.

Ce qui est faux. Sa dernière phrase m'interpelle. Comment tout ça peut-il avoir un rapport avec ce qui se trouve à l'extérieur ?

Quelque chose s'agite dans un coin de ma tête. Selon Marcus, l'attaque de Jeanine a été motivée par des informations détenues par les Altruistes. Ces informations auraient-elles aussi un rapport avec ce qu'il y a dehors ?

J'élude cette question pour l'instant.

— Je pensais que tu défendais les faits. La liberté d'information. Alors, réponds-moi sur *celui-là*, Caleb : quand...

Ma voix se brise.

— ... quand as-tu trahi nos parents ?

— J'ai toujours été un Érudit, me répond-il doucement. Même à l'époque où j'étais censé être un Altruiste.

— Si tu soutiens Jeanine, alors je te hais. Tout comme notre père t'aurait haï.

— Notre père, répète Caleb avec un petit rire de dérision, notre père était un *Érudit*, Beatrice. C'est Jeanine qui me l'a dit. Il allait même au lycée avec elle.

— Ce n'était pas un Érudit, répliqué-je au bout de quelques secondes. Il a choisi de les quitter. Il s'est choisi une autre identité, comme toi, pour devenir quelqu'un d'autre. Sauf que toi, tu as choisi... le *mal*.

— Voilà bien une réaction d'Audacieuse, rétorque-t-il sèchement. Avec vous, tout est tout l'un ou tout l'autre. Pas de nuances. Le monde ne marche pas comme ça, Beatrice. Le mal dépend du point de vue d'où on se place.

— Où que je me place, je penserai toujours que c'est mal de prendre le contrôle mental de toute une ville. (Ma lèvre se met à trembler.) Je penserai toujours que c'est mal de livrer sa sœur aux expérimentations et à la mort !

Il a beau être mon frère, je voudrais le mettre en pièces.

Mais au lieu de me jeter sur lui, je me rassieds. Quoi que je lui fasse, ça n'atténuerait jamais la souffrance de savoir qu'il m'a trahie, une souffrance que j'éprouve jusque dans mon corps. J'appuie ma main sur ma poitrine pour tenter d'alléger la pression qui m'étouffe.

Alors que je m'essuie les yeux, Jeanine entre, escortée de son armée de chercheurs Érudits et de traîtres Audacieux. Je cligne rapidement des paupières pour qu'elle ne s'en aperçoive pas. Mais elle ne me jette pas même un coup d'œil.

— Alors, si nous regardions ces résultats ? propose-t-elle.

Caleb appuie sur un bouton. Les écrans s'allument et se remplissent de formules et de chiffres que je ne comprends pas.

— Nous avons fait une découverte extrêmement intéressante, Beatrice, reprend Jeanine, que je n'ai jamais vue aussi enjouée, presque au point de sourire. Tu présentes une profusion de neurones d'un genre spécifique, qu'on appelle tout simplement des neurones miroirs. Quelqu'un veut-il expliquer à Mlle Prior le rôle des neurones miroirs ?

Les Érudits lèvent la main en chœur. Jeanine désigne une femme d'âge mûr au premier rang.

— L'activité des neurones miroirs, répond-elle, se déclenche quand l'individu exécute une action, mais également lorsqu'il voit un autre individu exécuter cette même action. Ils nous permettent de reproduire le comportement d'un tiers.

— Que commandent-ils d'autre ? demande Jeanine.

Elle scrute sa « classe » comme le faisaient mes professeurs au lycée. Un autre Érudit lève la main.

— L'acquisition du langage, l'apprentissage, la déduction des intentions des autres à partir de leur comportement, heu... et l'empathie.

Jeanine se tourne vers moi et, cette fois, c'est à moi qu'elle sourit, largement, d'un sourire qui creuse des fossettes dans ses joues.

— En d'autres termes, plus le réseau de neurones miroirs d'un individu est développé, plus sa personnalité est souple et plus il peut imiter les autres en fonction de la situation, par opposition à un comportement figé.

Je comprends pourquoi elle sourit. J'ai la sensation que mon esprit est mis à nu et que tous ses secrets se répandent sous mes yeux pour m'être révélés.

— Une personnalité flexible, poursuit-elle, est plus susceptible de présenter des aptitudes pour plusieurs factions, sommes-nous bien d'accord, Mlle Prior ?

— Sans doute, concédé-je. Maintenant, si vous pouviez mettre au point une simulation qui neutralise cette capacité et qu'on n'en parle plus...

— Une chose à la fois.

Puis, après une pause :

— J'avoue être déroutée par cette hâte de voir arriver ta propre exécution.

— C'est faux, dis-je en fermant les yeux. Ça ne vous déroute pas du tout. Bon, je peux retourner dans ma cellule ?

Mon air indifférent n'est qu'une apparence. Si je demande à regagner ma cellule, c'est pour y pleurer en paix. Mais je ne veux pas qu'elle le sache.

— Ne crois pas que tu vas pouvoir te relâcher, gazouille-t-elle. On aura bientôt un nouveau sérum à tester.

— Tout ce que vous voudrez, fais-je

+++

Quelqu'un me secoue l'épaule et je me réveille en sursaut. Je tourne la tête dans tous les sens, les yeux écarquillés, et je découvre Tobias accroupi à côté de moi. Il porte une veste de traître Audacieux et le côté gauche de son visage est couvert de sang. Le haut de son oreille a été arraché. Je tressaille.

— Qu'est-ce qui se passe ? demandé-je.

— Lève-toi. On doit courir

— C'est trop tôt, objecté-je. Ça ne fait pas deux semaines.

— Je n'ai pas le temps de t'expliquer. Viens.

— Oh, Tobias. Enfin tu es là.

Je me redresse et me serre contre lui en fourrant mon visage au creux de son cou. Ses bras se referment sur moi. Je suis traversée par une vague de chaleur et de soulagement. S'il est là, c'est que je suis sauvée. Sa peau est glissante, mouillée par mes larmes.

Il se lève en m'entraînant avec lui, réveillant la douleur dans mon épaule.

— Les renforts ne vont pas tarder à arriver. On ne doit pas traîner.

Je me laisse guider. On parcourt le premier couloir sans encombre. Dans le suivant, on tombe sur deux gardes Audacieux, un jeune et une femme autour de la quarantaine. Tobias tire deux coups successifs et ses deux balles font mouche : le jeune est touché à la tête et la femme, blessée à la poitrine, s'affale contre le mur.

On poursuit notre course. Un couloir, puis un autre – ils sont tous pareils. Tobias n'a pas desserré sa prise sur ma main. Lors de l'initiation, il a effleuré mon oreille exprès avec un couteau – d'un geste parfaitement maîtrisé. Je le sais capable de viser avec précision les soldats Audacieux qui tenteront de nous arrêter. On enjambe des corps – sans doute des gens qu'il a tués en arrivant – jusqu'à ce qu'on atteigne une issue.

Tobias me lâche la main pour ouvrir la porte, déclenchant l'alarme incendie. On court toujours. Je manque d'air, mais peu importe. Tout ce qui compte, c'est que je suis en train de m'évader et que ce cauchemar est enfin terminé. Ma vision commence à s'obscurcir et je m'agrippe au bras de Tobias, me laissant guider vers le bas de l'escalier.

Il n'y a plus de marches sous mes pieds. Ouvrant les yeux,

je vois Tobias qui s'apprête à ouvrir la porte de sortie et je le retiens d'un geste.

— Je dois... reprendre mon souffle.

Il s'arrête et je me plie en deux, les mains sur les genoux. J'ai toujours mal à l'épaule. Je lève les yeux sur lui, les sourcils froncés.

— Viens, il faut qu'on sorte d'ici, dit-il d'un ton pressant.

Mon ventre se noue. Je fixe ses yeux, bleu sombre avec une tache plus claire dans l'iris gauche. Je prends son menton entre mes doigts, j'attire ses lèvres sur les miennes, je l'embrasse lentement et je m'écarte avec un soupir.

— On ne peut pas sortir d'ici, dis-je. On est dans une simulation.

Il me relève en me tirant par la main droite. Le vrai Tobias se serait rappelé ma blessure à l'épaule.

— Quoi ? fait-il avec mauvaise humeur. Tu ne crois pas que je le saurais si j'étais dans une simulation ?

— Tu n'es pas dans une simulation. Tu *es* la simulation.

Et je lance en haussant la voix :

— Il vous reste des progrès à faire, Jeanine.

Il me suffit de me réveiller, et j'en suis capable – je l'ai déjà fait dans mon paysage des peurs, en brisant la paroi de verre par une simple pression de la main, ou quand j'ai fait apparaître un pistolet dans l'herbe pour tuer les oiseaux qui m'attaquaient. Je sors un couteau de ma poche – un couteau qui n'y était pas il y a quelques secondes – et je me concentre pour rendre ma jambe dure comme du diamant.

J'abats le couteau sur ma cuisse et la lame plie.

+++

Un cri exaspéré de Jeanine salue mon réveil.

— Comment fais-tu ? demande-t-elle, furieuse.

Elle arrache le pistolet de la main de Peter et traverse la pièce à grands pas pour venir appuyer le canon sur mon front. Tout mon corps se raidit, pris d'un frisson glacé. Elle ne tirera pas. Je constitue une énigme sur laquelle elle bute. Elle ne tirera pas.

— Qu'est-ce qui te met la puce à l'oreille ? Explique-moi. Explique-moi ou je te tue.

Je me redresse lentement dans le fauteuil et je me lève en appuyant mon front contre le canon froid.

— Vous espérez vraiment que je vais vous le dire ? Vous voulez me faire croire que vous allez me tuer *avant* d'avoir trouvé la réponse à cette question ?

— Petite idiote ! crache-t-elle. Tu t'imagines que tout ceci ne concerne que moi et ton cerveau de monstre ? Il ne s'agit pas de toi. Il ne s'agit pas de moi. Il s'agit de protéger tous les gens de cette ville de ceux qui veulent les faire plonger dans l'enfer !

Je rassemble le peu d'énergie qu'il me reste pour me jeter sur elle et griffer tout ce que je rencontre sous mes doigts. Elle hurle à pleins poumons, dans un cri qui m'enflamme les veines. Je la frappe violemment au visage.

Deux bras se referment sur moi, m'éloignent d'elle, et un poing s'enfonce dans mes côtes. Je gémis, tente de me jeter de nouveau sur elle – mais la main de fer de Peter me retient.

— La douleur ne me fera pas parler. Le sérum de vérité ne me fera pas parler. La simulation ne me fera pas parler. Je suis immunisée contre tout ça.

Jeanine a les cheveux en bataille et le nez qui saigne. Ses joues et son cou sont zébrés de griffures qui rougissent à vue d'œil sous l'afflux du sang. Elle se pince le nez en me jetant un regard noir. Son autre main tremble.

Je hurle :

— Vous avez *échoué* ! Vous ne pouvez pas me contrôler !

J'arrête de me débattre et je m'affaisse sur la poitrine de Peter.

— Vous ne pourrez jamais me contrôler.

Je ris d'un rire sans joie, d'un rire de folle. Je savoure la lueur sombre dans son regard, la haine affichée sur son visage. C'était une machine, froide et sans émotions, mue uniquement par la logique. Et je l'ai brisée.

Je l'ai brisée.

CHAPITRE TRENTE-QUATRE

JE ME LAISSE ENTRAÎNER dans le couloir sans opposer de résistance. Mes côtes me lancent à cause du coup de poing de Peter, mais ce n'est rien comparé aux pulsations de triomphe qui battent dans mes joues.

Peter me ramène dans ma cellule sans un mot. Je reste longtemps immobile, à fixer la caméra installée dans le coin gauche. Qui m'épie pendant tout ce temps ? Les traîtres Audacieux pour me garder à l'œil ? Ou les Érudits pour m'étudier ?

Quand le feu de mes joues et la douleur dans mes côtes se sont apaisés, je m'allonge.

À l'instant où je ferme les yeux, une image de mes parents apparaît en flottant dans ma tête. Un jour, alors que j'avais une douzaine d'années, je m'étais arrêtée à la porte de leur chambre tandis qu'ils faisaient leur lit. Mon père souriait à ma mère tandis qu'ils tiraient les draps et les ajustaient dans des gestes parfaitement synchrones. J'ai su, à sa manière de la regarder, qu'il avait encore plus d'estime pour elle qu'il n'en avait pour lui-même.

Il appréciait toute l'étendue de la bonté de ma mère, libéré de l'égoïsme ou de l'insécurité qui limitent si souvent notre vision. Peut-être un tel amour n'est-il possible que chez les Altruistes. Je l'ignore.

Mon père : un natif des Érudits formé chez les Altruistes. Il avait souvent du mal à vivre en accord avec les exigences de sa faction d'élection, tout comme moi. Mais il s'y efforçait, et savait reconnaître l'abnégation lorsqu'il la voyait.

Je serre mon oreiller contre ma poitrine et j'y enfouis le visage. Je ne pleure pas. J'ai mal, c'est tout.

La peine n'est pas aussi lourde à porter que la culpabilité, mais elle nous prend plus de choses.

+++

— Pète-sec.

Je m'éveille en sursaut, les mains toujours agrippées à mon oreiller. Il y a une tache humide sur mon matelas à l'emplacement de ma tête. Je m'assieds en m'essuyant les yeux.

Les sourcils de Peter, qui dessinent habituellement un accent circonflexe, sont en forme de V.

— Qu'est-ce qui se passe ?

Quoi que ce soit, ça ne peut pas être une bonne nouvelle.

— Ton exécution a été fixée à demain huit heures.

— Mon exécution ? Mais... elle n'a pas encore mis au point la bonne simulation ; elle ne *peut pas*...

— Elle a dit qu'elle te remplacerait par Tobias pour la suite des expériences, me coupe Peter.

— Oh.

Je ne trouve rien à ajouter.

Cramponnée à mon oreiller, je commence à me balancer d'avant en arrière dans un mouvement continu. Demain, ma vie sera finie. Tobias survivra peut-être assez longtemps pour être sauvé par l'invasion des sans-faction. Toutes les choses que je laisserai inachevées seront facilement réglées par d'autres.

Je hoche la tête. Plus de famille, pas de dossiers en suspens : pas une grosse perte.

— J'aurais pu te pardonner, tu sais, dis-je à Peter. Pour avoir essayé de me tuer pendant l'initiation. Je crois que j'aurais pu.

On garde le silence un moment. Je ne sais même pas pourquoi je lui ai dit ça. Peut-être simplement parce que c'est la vérité et que, ce soir plus que tout autre, c'est le moment d'être honnête. Ce soir, je serai honnête, généreuse et courageuse. Divergente.

— Je ne t'en demandais pas tant, réplique-t-il avant de se retourner pour sortir.

Il s'arrête à la porte et ajoute :

— Il est vingt et une heures vingt-quatre.

Me donner l'heure est un petit acte de trahison ; donc, un acte de courage ordinaire. Ça doit être la première fois que je vois Peter se comporter en véritable Audacieux.

+++

Je vais mourir demain. Je n'avais pas eu une telle certitude depuis longtemps et ça ressemble à un cadeau. Cette nuit, il ne se passera rien. Demain, j'arriverai dans cet inconnu qui vient après la vie. Et Jeanine n'a toujours pas trouvé comment contrôler les Divergents.

Quand les larmes viennent, je presse mon oreiller sur ma

poitrine et je les laisse se déverser. Je pleure à gros sanglots, comme un enfant, jusqu'à ce que mon visage me brûle et que je commence à avoir la nausée. Je peux faire semblant d'être courageuse ; je ne le suis pas.

J'imagine que ce serait le moment de demander pardon pour tout ce que j'ai fait de mal, mais je suis sûre que je ne pourrais pas en dresser l'inventaire. Et puis, je ne crois pas qu'on change quoi que ce soit à ce qui nous arrive après la mort en récitant la liste exhaustive de nos transgressions. Ça m'évoque trop une vision Érudite de la vie après la mort, précise mais dénuée de sentiments. Je ne crois pas que mes actes, quels qu'ils soient, aient une quelconque influence sur ce qui vient après.

Je préfère faire ce que m'ont appris les Altruistes : m'oublier, me projeter vers l'extérieur et espérer que je serai quelqu'un de meilleur dans ce qui va suivre.

J'ébauche un sourire. J'aimerais pouvoir dire à mes parents que je vais mourir en Altruiste. Je pense qu'ils seraient fiers de moi.

CHAPITRE TRENTE-CINQ

CE MATIN, J'ENFILE les vêtements propres qu'on m'a donnés ; un pantalon noir – trop large, mais quelle importance ? – et une chemise noire à manches longues. Pas de chaussures.

Ce n'est pas encore l'heure. La tête baissée, je croise, décroise et recroise les doigts. Mon père le faisait parfois le matin, avant de s'asseoir à la table du petit-déjeuner, mais je ne lui ai jamais demandé pourquoi. Quoi qu'il en soit, j'aimerais bien pouvoir me dire que je suis redevenue la fille de mon père avant… avant la fin.

Au bout d'un moment, Peter ouvre la bouche pour m'annoncer que c'est l'heure d'y aller. Il me regarde à peine, se contente de fixer le mur d'un air sombre. Ç'aurait sans doute été trop demander, de voir un visage amical ce matin. Je me lève et on sort dans le couloir.

J'ai froid aux orteils. La plante de mes pieds adhère au carrelage. Après un tournant, j'entends des cris étouffés. Je ne distingue pas tout de suite ce que dit la voix, mais les mots prennent forme à mesure qu'on se rapproche.

— Je veux... voir !

C'est Tobias.

— Je... la *voir* !

Je glisse un coup d'œil vers Peter.

— J'imagine que je ne peux pas lui parler une dernière fois ?

Peter fait non de la tête.

— Cela dit, il y a une fenêtre, précise-t-il. Il se décidera peut-être à la boucler s'il te voit.

Il me conduit au bout d'un petit couloir sans issue qui ne mesure pas plus de deux mètres de long et se termine par une porte. Comme l'a dit Peter, une petite fenêtre est percée dans le haut du battant, à une trentaine de centimètres au-dessus de ma tête.

— Tris ! crie Tobias, d'une voix plus nette maintenant. Je veux la voir !

Je lève le bras pour poser une main sur la fenêtre. Les cris cessent et son visage apparaît derrière la vitre. Il a les yeux rouges. Le teint marbré. Il est beau. Il me fixe quelques secondes avant de plaquer sa main sur la mienne. Je me persuade que je sens sa chaleur à travers le verre.

Il appuie son front contre la vitre et ferme les yeux en serrant les paupières.

Je retire ma main et je m'éloigne avant qu'il n'ait rouvert les yeux. J'ai mal à la poitrine, bien plus mal que quand j'ai reçu ma balle dans l'épaule. Les doigts crispés sur l'ourlet de ma chemise, je cligne des yeux pour refouler mes larmes et je rejoins Peter.

— Merci, soufflé-je.

J'avais prévu de le dire plus fort.

— Ouais, ouais, grogne Peter, toujours aussi renfrogné. Bon, on y va.

J'entends comme un grondement devant nous – le brouhaha d'une foule. Le couloir suivant est bondé de traîtres Audacieux, grands et petits, jeunes et vieux, armés ou non. Mais tous arborent le brassard bleu de la trahison.

— Hé ! lance Peter. Dégagez le chemin !

Les plus proches l'ont entendu et, progressivement, tout le monde s'agglutine contre le mur pour nous libérer le passage. Les discussions ont cessé. Peter s'écarte à son tour pour me laisser passer devant lui. À partir d'ici, je connais le chemin. Je ne sais pas quand ça commence, mais quelqu'un se met à cogner du poing contre le mur, puis un autre, et je parcours les derniers mètres au milieu d'une haie de traîtres Audacieux qui martèlent la paroi dans un tapage solennel. Le rythme de leurs coups est si soutenu que mon cœur accélère pour le suivre.

Quelques traîtres Audacieux inclinent la tête devant moi. Je ne comprends pas bien pourquoi. Peu importe.

Parvenue au bout du couloir, j'ouvre la porte de ma chambre d'exécution.

Je l'ouvre *moi-même.*

Si le couloir était rempli de traîtres Audacieux, la pièce est peuplée d'Érudits. Mais eux sont déjà alignés le long du mur. Ils me regardent en silence me diriger vers la table métallique qui occupe le milieu de la pièce. Jeanine se tient à quelques pas de moi. Les griffures sont visibles sous son maquillage appliqué à la hâte. Elle ne me regarde pas.

Quatre caméras sont suspendues au plafond, une au-dessus de chaque coin de la table. Je m'assieds, je m'essuie les paumes des mains sur les cuisses, puis je m'allonge.

La table est froide. D'un froid glacial qui s'insinue dans ma peau, jusque dans mes os. C'est approprié, j'imagine, puisque c'est ce qui arrivera à mon corps quand la vie l'aura quitté ; il deviendra froid et pesant, plus pesant qu'il ne l'a jamais été. Quant au reste, allez savoir. Certains croient qu'on ne va nulle part ; ils ont peut-être raison, peut-être pas. De toute façon, ce genre de spéculation ne m'est plus d'aucune utilité.

Peter glisse une électrode sous le col de ma chemise et la place sur ma poitrine, juste au-dessus de mon cœur. Il y fixe un fil et allume le moniteur cardiaque. J'entends mon cœur qui bat, vite et fort. Bientôt, à la place de ce rythme régulier, il n'y aura plus rien.

Alors, je sens monter en moi une seule, une unique pensée : « Je ne veux pas mourir. »

Toutes les fois où Tobias s'est mis en colère parce que je mettais ma vie en danger, je ne l'ai pas pris au sérieux. Je pensais que je voulais retrouver mes parents et en finir avec tout ça. J'étais persuadée de vouloir imiter leur sacrifice. Mais non. Non, non.

Je sens le désir de vivre qui brûle, qui bouillonne en moi.

Je ne veux pas mourir. Je ne veux pas mourir. Je ne veux pas !

Jeanine s'avance avec une seringue remplie d'un sérum violet. Ses lunettes reflètent la lumière fluorescente du plafond, de sorte que j'ai du mal à voir ses yeux.

Chaque fibre de mon être vibre à l'unisson : « Vivre, vivre, vivre ». Je pensais que je devais mourir ; donner ma vie en échange de celle de Will, de celle de mes parents. Mais je me trompais. Je dois vivre ma vie à la lumière de leur mort. Je dois vivre.

Jeanine me maintient la tête d'une main en enfonçant l'aiguille dans mon cou.

« Je n'ai pas fini ! », crié-je dans ma tête ; et ce n'est pas à Jeanine que je m'adresse. « Je n'en ai pas fini ici ! »

Elle appuie sur le piston. Peter se penche en avant et me regarde dans les yeux.

— Le sérum agit au bout d'une minute, me dit-il. Sois courageuse, Tris.

Ses mots me font tressaillir : ce sont exactement ceux qu'a prononcés Tobias juste avant de déclencher ma première simulation.

Mon cœur s'emballe.

Pourquoi me dit-il cela ? Pourquoi prend-il même la peine de m'offrir ces quelques paroles de réconfort ?

Tous mes muscles se relâchent en même temps. Une sensation de lourdeur liquide envahit mes membres. Si c'est ça, la mort, ce n'est pas si terrible. Je garde les yeux ouverts, mais ma tête tombe sur le côté. Je veux fermer les paupières, mais je ne peux pas – je ne peux plus bouger.

Le moniteur cardiaque se met à sonner.

CHAPITRE TRENTE-SIX

JE RESPIRE ENCORE. Superficiellement, sans y trouver mon compte, mais je *respire*. Peter referme mes paupières. Sait-il que je ne suis pas morte ? Et Jeanine ? Peut-elle voir que je respire ?

— Emportez le corps au labo, commande-t-elle. L'autopsie est programmée pour cet après-midi.

— Très bien, lui répond Peter.

Il commence à pousser la table sur ses roulettes. J'entends des murmures autour de moi tandis qu'on traverse le groupe de spectateurs Érudits. Dans un tournant, ma main glisse de la table et cogne contre le mur. Je ressens la douleur, mais j'ai beau essayer, je n'arrive pas à bouger les doigts.

Cette fois, le silence règne dans le couloir des Audacieux. Après un tournant, Peter prend soudain de la vitesse. Il court presque le long du couloir suivant et s'arrête brusquement. Où suis-je ? Je ne peux pas déjà être au labo. Pourquoi s'est-il arrêté ?

Il glisse les bras sous mes genoux et mes aisselles pour me soulever. Ma tête retombe sur son épaule.

— Pour quelqu'un d'aussi petit, tu pèses ton poids, Pète-sec, grommelle-t-il.

Il *sait* que je suis consciente.

J'entends une série de bips et le bruit de quelque chose qui glisse – une porte coulissante.

— Qu'est-ce que...

La voix de Tobias. *Tobias!*

— Oh non. Oh...

— Trêve de jérémiades, tu veux. Elle n'est pas morte ; juste paralysée. L'effet va se dissiper d'ici une minute. Tiens-toi prêt à courir.

Je ne comprends pas.

Comment Peter sait-il ça ?

— Laisse-moi la porter, dit Tobias.

— Non. Tu tires mieux que moi. Prends mon pistolet. Je la porterai.

J'entends le pistolet glisser dans son étui. Tobias passe une main sur mon front Et ils se mettent tous les deux à courir.

Au début, je ne perçois que le martèlement de leurs pieds et ma tête douloureusement secouée par les cahots. J'ai des fourmis dans les mains et les pieds.

— À gauche ! lance Peter à Tobias.

Soudain, un cri au bout du couloir :

— Hé ! Mais qu'est-ce que...

Une détonation. Puis plus rien.

La fuite reprend.

— À droite !

Une autre détonation, et une troisième.

— Pouh ! souffle Peter. Attends-moi !

Les fourmis gagnent ma colonne vertébrale. J'ouvre les

paupières à l'instant où Peter pousse une porte et s'élance. J'ai juste le temps de tendre un bras pour nous arrêter avant que ma tête ne heurte le cadre de la porte.

— Doucement, dis-je d'une voix étranglée.

J'ai la gorge aussi serrée que juste après l'injection, quand j'avais du mal à respirer. Peter se tourne sur le côté pour me faire passer, referme la porte d'un coup de talon et me pose par terre.

La pièce est presque nue, hormis une rangée de poubelles vides alignées le long d'un mur et une trappe en métal carrée percée dans le mur opposé, un peu plus large que les conteneurs.

— Tris, me dit Tobias en s'agenouillant.

Il est livide, presque jaune.

J'ai trop de choses à dire. La première qui sort est :

— Beatrice.

Il rit faiblement.

— Beatrice, rectifie-t-il.

Sa bouche effleure la mienne et je referme les doigts sur sa chemise.

— Les gars, merci de garder ça pour plus tard, ou vous allez me faire vomir, intervient Peter.

— On est où ?

— Derrière, c'est l'incinérateur de déchets, m'informe-t-il en donnant un petit coup sur la trappe. Je l'ai éteint. Il débouche dans la ruelle latérale. Ensuite, Quatre, tu as intérêt à viser juste si tu veux sortir vivant du secteur des Érudits.

— Ne t'inquiète pas pour ça, rétorque Tobias.

Il est pieds nus, comme moi.

Peter ouvre la trappe de l'incinérateur.

— Tris, à toi l'honneur.

L'ouverture mesure environ quatre-vingt-dix centimètres

de large sur un mètre vingt de haut. J'engage une jambe, puis l'autre avec l'aide de Tobias. Mon estomac fait un bond tandis que je dévale le petit toboggan métallique. Je passe sur une série de rouleaux qui me labourent le dos.

Ça sent le feu et les cendres, mais ça ne brûle pas. Soudain, je chute. Je me cogne le bras contre une paroi en métal avant d'atterrir brutalement sur le sol en ciment. La violence de l'impact remonte le long de mes tibias.

— Aïe...

Je m'éloigne en boitillant et je crie :

— C'est bon, tu peux y aller !

Quand Peter me rejoint, la douleur est passée. Il tombe sur le côté avec un geignement et se traîne à l'écart du conduit, le temps de récupérer.

J'inspecte les lieux. On est à l'intérieur de l'incinérateur, dans une quasi-obscurité. Seuls quelques rais de lumière filtrent par l'encadrement d'une petite porte sur le mur d'en face. Le sol est en métal plein à certains endroits, en grillage métallique à d'autres. Ça sent le feu et les déchets pourris.

— Tu n'iras pas te plaindre que je ne te fais pas visiter des coins sympas, observe Peter.

— Je ne me le permettrais pas.

Tobias atterrit en bas du toboggan, d'abord sur les pieds, puis sur les genoux, avec une grimace de douleur. Je l'aide à se relever et je reste tout contre lui. Les odeurs, les objets, les sensations, tout me semble soudain amplifié. J'étais presque morte, et me voilà vivante. Grâce à Peter.

— Tu as ton arme ? demande Peter à Tobias.

— Je l'ai laissée en haut, je pensais plutôt tirer par les narines.

— La ferme.

Peter sort de l'incinérateur, son pistolet au poing. On se retrouve dans un couloir froid et humide, au plafond parcouru de tuyaux apparents. Au fond, à peine à trois mètres de nous, un panneau lumineux indique « SORTIE DE SECOURS » au-dessus d'une porte. Je suis vivante, et je m'en vais.

+++

La zone qui sépare le siège des Érudits de celui des Audacieux paraît différente quand on la parcourt dans l'autre sens. J'imagine que c'est d'autant plus vrai lorsqu'on vient de tourner le dos à sa propre mort.

Au bout de la ruelle, Tobias se colle contre le bâtiment et se penche en avant, juste assez pour voir ce qui se passe derrière. Sans ciller, il avance un bras qu'il cale contre le mur et tire deux fois. Je me bouche les oreilles en essayant de ne pas songer à la salve de coups de feu et à ce qu'ils me rappellent.

— Vite, nous intime Tobias.

On dévale Wabash Avenue à toutes jambes, Peter d'abord, moi ensuite et Tobias en dernier. D'un coup d'œil par-dessus mon épaule, je cherche ce sur quoi Tobias vient de tirer et je repère deux hommes touchés, derrière le siège des Érudits. L'un, à terre, ne bouge plus. L'autre fonce vers la porte en se tenant le bras. Il va chercher du renfort.

J'ai l'esprit embrouillé, peut-être à cause de l'épuisement, mais l'adrénaline me donne l'énergie pour courir.

— Prends le chemin le moins logique ! lance Tobias à Peter. Ils auront plus de mal à nous retrouver !

Peter vire à gauche pour s'enfoncer dans une autre ruelle, encombrée de cartons remplis de couvertures et d'oreillers sales – d'anciens abris de sans-faction, probablement. Il saute par-dessus une caisse sur laquelle je trébuche avant de la projeter en arrière d'un coup de pied.

Peter prend de nouveau à gauche au bout de la ruelle, vers les marais. On est de retour sur Michigan Avenue. En plein dans la ligne de mire du siège des Érudits, pour peu que quelqu'un ait l'idée de regarder par la fenêtre.

— Mauvaise idée ! crié-je.

Peter prend la prochaine à droite. Au moins, ici, les rues sont dégagées – pas de nids-de-poule ni de panneaux couchés en travers de la chaussée. Mes poumons me brûlent comme si j'avais aspiré un gaz toxique. Je ne sens presque plus mes jambes, qui jusqu'ici me faisaient mal ; c'est toujours ça de gagné. Quelque part au loin, j'entends des cris.

Une idée me traverse soudain l'esprit : le choix le moins logique serait d'arrêter de courir.

J'attrape Peter par la manche pour l'attirer vers le bâtiment le plus proche. C'est un immeuble à cinq étages, à la façade quadrillée de larges fenêtres que divisent des piliers en briques. La première porte que j'essaie est fermée à clé. Tobias tire une balle dans la fenêtre la plus proche, passe la main à travers la vitre brisée et ouvre la porte de l'intérieur.

L'endroit est vide. Pas une chaise ni une table. Et il y a bien trop de fenêtres. On gagne l'escalier de secours et je me cache en m'accroupissant sous les premières marches. Tobias s'assied à côté de moi tandis que Peter nous fait face, les genoux repliés sur la poitrine.

Je tente de reprendre mon souffle et de me calmer, ce qui n'est pas facile. J'étais *morte*. Et ensuite je ne l'étais plus. Et cela grâce à *Peter ?*

Je le dévisage. Il a toujours l'air aussi innocent, malgré tout ce qu'il a fait pour prouver le contraire. Ses cheveux sombres et brillants sont bien lissés sur son crâne ; on ne dirait pas qu'il vient de faire un sprint d'un kilomètre et demi. Ses yeux ronds scrutent la cage d'escalier avant de se poser sur moi.

— Quoi ? me demande-t-il. Pourquoi tu me regardes comme ça ?

— Comment tu as fait ?

— Ça n'a pas été si compliqué que ça. J'ai teinté un sérum paralysant en violet et je l'ai substitué au sérum létal. J'ai remplacé le fil censé lire ton rythme cardiaque par un fil débranché. Le moniteur cardiaque m'a donné plus de mal. J'ai dû me faire aider par un Érudit pour les histoires de télécommande – je te passe les détails, ce serait trop technique pour toi.

— Pourquoi tu l'as fait ? Tu *rêves* de me voir morte. Tu étais prêt à me tuer de tes propres mains. Qu'est-ce qui a changé ?

Il serre les lèvres et me regarde un long moment en silence. Enfin, il ouvre la bouche, hésite et dit :

— Je ne veux pas être redevable à qui que ce soit. OK ? L'idée que je te devais un truc, ça me rendait malade. Ça me réveillait en pleine nuit avec l'envie de vomir. Avoir une dette envers une Pète-sec ? Pitié. Tout mais pas ça.

— Qu'est-ce que tu racontes ? De quelle dette parles-tu ?

Il fait rouler ses yeux.

— Dans l'enceinte des Fraternels, quand quelqu'un m'a tiré dessus et que la balle est passée au niveau de ma tête. Elle m'aurait touché pile entre les deux yeux. Et tu m'as poussé pour m'écarter de la trajectoire. Avant ça, on était à égalité – j'ai failli te tuer pendant l'initiation, tu as failli me tuer pendant l'attaque sous simulation. Zéro partout, OK ? Mais après...

— T'es complètement malade, lui dit Tobias. Le monde ne marche comme ça, en comptant les points entre les gens.

Peter lève les sourcils.

— Ah non ? Je ne sais pas dans quel monde tu vis, toi, mais dans le mien, les gens n'ont que deux raisons de faire un truc pour toi. Soit ils attendent quelque chose en retour, soit ils ont le sentiment qu'ils te le doivent.

— Il y a d'autres raisons d'aider les autres, objecté-je. On peut agir par amour. Bon, peut-être pas pour *toi*, mais...

Peter ricane doucement.

— C'est pile le genre de délire qu'on peut attendre d'une Pète-sec.

— Dans ce cas, reprend Tobias, on a intérêt à faire en sorte que tu nous doives toujours quelque chose, ou tu fileras vers le premier qui te proposera un meilleur marché.

— Ouais, confirme Peter. C'est assez bien résumé.

Je secoue la tête. Je ne peux pas m'imaginer vivre comme ça, en faisant le compte permanent de ce qui m'a été donné et de ce que je devrais en retour, incapable d'amour, de loyauté ou de pardon, comme un borgne qui chercherait quelqu'un d'autre à éborgner à son tour. C'est une version décolorée de la vie. Je me demande où on lui a inculqué une telle conception des rapports humains.

— Quand est-ce qu'on va pouvoir sortir de là, à votre avis ? demande Peter.

— Dans environ deux heures, répond Tobias. On devrait aller chez les Altruistes. C'est là qu'ont dû se regrouper les sans-faction et les Audacieux qui n'ont pas reçu d'implant de simulation.

— Génial, grogne Peter.

Tobias met un bras autour de moi. J'appuie la joue sur son épaule et je ferme les yeux pour ne plus avoir à regarder Peter. Je sais qu'on a des tas de choses à se dire, même si je ne sais pas précisément quoi. Mais ce n'est ni le lieu ni le moment.

+++

En parcourant les rues de mon ancien quartier, je sens les conversations s'éteindre sur mon passage et les regards coller à mon visage et à mon corps. Pour autant qu'ils le sachent – et je suis sûre que Jeanine a trouvé le moyen de le leur faire savoir –, je devais mourir il y a moins de six heures. Parmi les sans-faction que je croise, certains ont le bras marqué par des taches bleuâtres. Ils sont prêts pour la simulation.

Maintenant qu'on est là, sains et saufs, je me rends compte que je me suis tailladé les pieds en courant sur les trottoirs et les éclats de verre. Ça me lance à chaque pas. Je préfère me concentrer là-dessus plutôt que sur tous ces regards insistants.

— Tris ? lance quelqu'un devant nous.

En relevant la tête, je vois Uriah et Christina sur le trottoir, en train de comparer des pistolets. Uriah jette son arme dans l'herbe et s'approche en courant. Christina le suit, plus lentement.

Uriah tend les bras vers moi, mais Tobias l'arrête d'une main sur l'épaule. J'éprouve un élan de gratitude. Dans l'immédiat, je ne crois pas que je pourrais supporter l'étreinte d'Uriah, ni ses questions, ni sa surprise.

— Elle en a bavé, explique Tobias. Elle a besoin de sommeil. Elle sera au numéro trente-sept, plus bas dans la rue. Venez la voir demain.

Uriah me regarde en fronçant les sourcils. En règle générale, les Audacieux n'ont pas le sens de la retenue et il n'a jamais rien connu d'autre que sa faction. Mais apparemment, il respecte le diagnostic de Tobias, parce qu'il dit en hochant la tête :

— OK. À demain, alors.

Christina tend une main sur mon passage et me presse doucement l'épaule. Je tâche de me redresser, mais mes muscles me font l'effet d'une cage qui me bloque en position voûtée. Les regards continuent à me suivre tout le long de la rue, me donnant des picotements dans la nuque. Je suis soulagée quand Tobias s'arrête devant le portillon de la maison grise qui était celle de Marcus Eaton.

Je ne sais pas comment il trouve la force de franchir cette porte. Pour lui, cette maison doit renfermer les échos de ses parents qui crient, de ceintures qui claquent et d'heures passées dans des réduits obscurs ; pourtant, il n'a pas l'air troublé en nous conduisant, Peter et moi, à la cuisine. Il me paraît même plus grand et plus droit que d'habitude. Mais c'est peut-être justement une de ses caractéristiques : c'est quand il devrait être faible qu'il est le plus fort.

La cuisine est occupée par Tori, Harrison et Evelyn. Cette image me submerge. Je m'appuie contre le mur et je ferme les yeux en serrant très fort les paupières. Les contours de la table d'exécution sont imprimés sur ma rétine. Je rouvre les yeux. J'essaie de respirer. Ils parlent mais je ne les entends pas. Que fait Evelyn ici, chez Marcus ? Où est Marcus ?

Evelyn passe un bras autour des épaules de Tobias et lui caresse le visage en pressant sa joue contre la sienne. Elle lui dit quelque chose et il s'écarte avec un sourire. Mère et fils, réconciliés. Je ne suis pas sûre que ce soit une bonne idée.

Tobias me fait pivoter et me pousse vers l'escalier, une main sur mon bras et l'autre sur ma taille, pour ne pas toucher ma blessure. On monte les marches ensemble.

En haut, il y a l'ancienne chambre de ses parents et la sienne, séparées par une salle de bains, et c'est tout. Il me fait entrer dans sa chambre et je reste immobile un moment, à regarder la pièce où il a passé son enfance.

Sa main est toujours sur mon bras. Depuis qu'on a quitté la cage d'escalier du bâtiment où on s'est réfugiés, il a maintenu avec moi un contact physique permanent, comme s'il craignait que je ne me brise s'il me lâchait.

— Je suis à peu près sûr que Marcus n'est pas entré dans cette chambre depuis mon départ, dit-il. Quand je suis revenu, rien n'avait été déplacé.

Les Altruistes décorent très peu leurs maisons, parce que c'est considéré comme futile. Mais le peu d'objets auxquels on a droit, Tobias les a. Une pile de devoirs scolaires. Une petite bibliothèque. Et, curieusement, une sculpture en verre bleu sur sa commode.

— Ma mère me l'avait rapportée en douce quand j'étais petit. En me disant de la cacher. Le jour de la cérémonie, je l'ai mise sur ma commode avant de partir. Pour qu'il la voie. Une petite provocation.

Je hoche la tête pour montrer que je comprends. Ça fait un drôle d'effet d'être dans une pièce qui contient en soi la totalité d'un souvenir. Cette pièce, c'est Tobias, seize ans, qui s'apprête à choisir les Audacieux pour échapper à son père.

— On va s'occuper de tes pieds, me dit-il.

Mais il ne bouge pas, se contentant de déplacer les doigts vers mon coude.

— OK.

On entre dans la salle de bains, qui est contiguë, et je m'assieds sur le bord de la baignoire. Il prend place à côté de moi, met la bonde et tourne le robinet, une main sur mon genou. L'eau monte dans la baignoire et se teinte de rose en recouvrant mes orteils.

Tobias se penche, pose mon pied sur ses genoux et tamponne les plus grosses entailles avec un gant de toilette. Je ne sens rien, même quand il fait mousser du savon sur les plaies. L'eau devient grise.

Je prends le savon que je tourne entre mes mains jusqu'à ce qu'elles soient couvertes de mousse blanche. Puis je me penche vers lui et je fais courir mes doigts sur ses mains en suivant soigneusement les lignes de ses paumes et les espaces entre ses doigts. Ça fait du bien de faire des gestes simples, de laver quelque chose, et aussi de le toucher de nouveau.

On inonde le plancher de la salle de bains en s'aspergeant pour se rincer. L'eau froide me fait frissonner, mais ça ne me gêne pas. Il prend une serviette et commence à me sécher les mains.

— Je ne... commencé-je.

Ma voix s'étrangle.

— ... Dans ma famille, il n'y a que des *morts* ou des traîtres. Comment est-ce que je vais pouvoir...

Je n'arrive pas à formuler une pensée cohérente. Les sanglots envahissent ma tête et mon corps. Il me prend dans ses bras et l'eau du bain me mouille les jambes. Il me serre fort. J'écoute son cœur qui bat et, au bout d'un moment, ce rythme régulier parvient à me calmer.

— Je serai ta famille, me murmure-t-il.

— Je t'aime.

Je l'ai dit une fois, avant de me rendre au siège des Érudits, mais il dormait, alors. Je ne sais pas pourquoi je ne le lui ai jamais dit à un moment où il pouvait l'entendre. J'avais peut-être peur de lui confier une chose aussi personnelle que mon attachement. Ou de ne pas savoir ce que c'était que d'aimer quelqu'un. Maintenant, je crois que le plus effrayant est d'avoir failli ne pas le dire avant qu'il ne soit trop tard. Avant qu'il ne soit trop tard pour moi.

Je lui appartiens et il m'appartient, et c'est comme ça depuis le début.

Il me dévisage. J'attends sa réponse en m'agrippant à ses mains pour me soutenir.

Il fronce les sourcils.

— Répète-moi ça.

— Tobias, je t'aime.

Sa peau mouillée glisse et il sent la sueur ; le tissu de ma chemise adhère à ses bras quand il les replie autour de moi. Il enfouit le visage dans mon cou et m'embrasse juste au-dessus de la clavicule, puis sur la joue, puis sur la bouche.

— Moi aussi, je t'aime.

CHAPITRE TRENTE-SEPT

JE M'ENDORS À CÔTÉ DE LUI. J'ai peur de faire des cauchemars, mais je dois être trop épuisée même pour cela, parce que mon esprit reste vide. Quand je rouvre les yeux, il n'est plus là, mais il y a une pile de vêtements sur le lit.

Je me lève pour aller me laver. Je me sens à vif, comme si on m'avait étrillé la peau au gant de crin, et chaque bouffée d'air pique un peu, mais ma respiration est régulière. Dans la salle de bains, je laisse les lumières éteintes parce que je sais qu'elles seraient blanches et aveuglantes comme celles du siège des Érudits. Je me douche dans le noir, tout juste capable de distinguer le gel douche du shampooing, en me disant que je ressortirai propre et forte, que l'eau va me réparer.

Avant de quitter la salle de bains, je me pince les joues pour me donner meilleure mine. C'est idiot, mais je n'ai pas envie de paraître faible et à bout de forces devant tout le monde.

Quand je regagne la chambre de Tobias, je trouve Uriah affalé à plat ventre sur le lit; Christina en train d'examiner la statuette en verre bleu, qu'elle tient à la main; et Lynn brandissant un oreiller derrière la tête d'Uriah avec un sourire espiègle.

Christina m'accueille d'un « Salut, Tris ! », tandis que Lynn assène à Uriah un grand coup d'oreiller sur le crâne.

— Aïe ! crie-t-il. Comment t'arrives à faire mal à quelqu'un avec un *oreiller*, Lynn ?

— Grâce à ma force surhumaine. Quelqu'un t'a giflée, Tris ? Tu as une joue toute rouge.

Je n'ai pas dû pincer l'autre assez fort.

— Oh, c'est juste... l'effet bonne mine d'une longue nuit de sommeil.

J'ai lâché ma blague du bout des lèvres, précautionneusement, comme si je parlais une langue étrangère. Christina rit, peut-être un peu plus fort que ça ne le mérite, mais je suis sensible à son effort. Uriah rebondit plusieurs fois sur le lit avant de s'asseoir au bord.

— Alors, pour en venir au truc dont personne ne parle, lance-t-il en faisant un geste dans ma direction. Tu as failli mourir, tu as été sauvée par une meringue perverse, et on se prépare tous à livrer combat aux côtés des sans-faction.

— Une meringue ? répète Christina.

— C'est de l'argot d'Audacieux, rigole Lynn. C'est censé être la pire des insultes, sauf que plus personne ne l'utilise.

— Tellement elle est injurieuse, justement, confirme Uriah avec un hochement de tête.

— Tellement elle est débile, oui. Aucun Audacieux doté d'un minimum d'intelligence n'aurait l'idée de l'employer. « Meringue ». T'as quoi, douze ans ?

— Et demi.

J'ai l'impression que le but premier de leur petit numéro

est de m'épargner d'avoir à parler ; il me suffit de rire. Ce que je fais, assez pour réchauffer la pierre qui s'est formée dans mon estomac.

— Il y a à bouffer en bas, m'informe Christina. Tobias a préparé des œufs brouillés. On a testé, c'est un petit-déjeuner assez répugnant.

— Moi, j'aime bien les œufs brouillés, protesté-je.

— Ça doit être un petit-déjeuner de Pète-sec, alors.

Elle me prend par le bras.

— En route !

On descend l'escalier dans une cavalcade que n'auraient jamais tolérée mes parents. Mon père me grondait quand je courais dans l'escalier. « Tu n'es pas censée attirer l'attention sur toi, m'expliquait-il. Ce n'est pas poli vis-à-vis de ceux qui t'entourent. »

J'entends des voix dans le salon – un brouhaha entrecoupé d'éclats de rire, sur fond de mélodie légère jouée par une guitare ou un banjo. Ce n'est pas ce à quoi on s'attendrait chez des Altruistes, où tout est toujours silencieux, peu importe le nombre de personnes rassemblées. Les voix, les rires et la musique insufflent de la vie entre les murs tristes. La pierre dans mon ventre se réchauffe encore un peu.

Je me tiens dans l'encadrement de la porte du salon. Entassées sur le canapé trop petit pour elles, cinq personnes jouent à un jeu de cartes que j'ai déjà observé chez les Sincères. Un homme est installé dans un fauteuil avec une femme sur les genoux, et une autre est perchée sur l'accoudoir, une boîte de soupe à la main. Tobias est assis par terre, adossé à la table basse. Tout dans sa posture dénote la décontraction : une jambe allongée et l'autre repliée, un bras négligemment posé sur son genou, la tête penchée sur le côté pour écouter. Je crois que je ne l'ai jamais vu aussi détendu. Je n'aurais pas cru que c'était possible.

J'éprouve le même pincement au cœur que lorsque je découvre qu'on m'a menti, si ce n'est que là, je ne sais pas qui m'a menti, ni sur quoi précisément. En tout cas, ce que j'observe ne colle pas avec ce qu'on nous raconte sur la vie des sans-faction. On m'a toujours dit que c'était pire que la mort.

Les gens mettent un petit moment à s'apercevoir de ma présence. Les conversations s'éteignent. J'essuie mes mains moites sur ma chemise. Trop de regards, et trop de silence.

Evelyn s'éclaircit la gorge.

— Je vous présente Beatrice Prior, annonce-t-elle à tout le groupe. Je pense que vous avez beaucoup entendu parler d'elle, hier.

— Et voici Christina, Uriah et Lynn, complète Tobias.

Je lui suis reconnaissante d'essayer de détourner l'attention de ma personne, même si ça ne marche pas.

Je reste collée au chambranle pendant quelques secondes, jusqu'à ce qu'un sans-faction assez âgé, au visage ridé et quadrillé de tatouages, prenne enfin la parole.

— Tu n'étais pas censée être morte ?

Il y a quelques rires et je tente un sourire, qui sort faible et de travers.

— Censée, appuyé-je.

— Mais on est là pour empêcher Jeanine Matthews de parvenir à ses fins, intervient Tobias.

Il se lève pour me tendre une boîte de petits pois, remplie non de petits pois, mais d'œufs brouillés. L'aluminium me réchauffe les mains.

Quand il se rassied, je m'installe à côté de lui et je commence à manger avec les doigts. Je n'ai pas faim, mais comme je sais que je dois me nourrir, je mâche et j'avale. À la manière des sans-faction, je passe les œufs à Christina avant de prendre une boîte de conserve de pêches au sirop des mains de Tobias.

— Pourquoi est-ce que tout le monde campe chez Marcus ? lui demandé-je.

— Evelyn l'a fichu dehors. Elle a dit que c'était chez elle aussi, qu'il en avait eu l'usage pendant des années et que c'était son tour.

Un sourire fend le visage de Tobias jusqu'aux oreilles.

— Ça a déclenché une engueulade monstre sur la pelouse, conclut-il, mais elle a fini par gagner.

Je glisse un coup d'œil en coin vers Evelyn à l'autre bout de la pièce. Elle est en train de parler avec Peter en mangeant des œufs. Mon estomac se retourne. Tobias parle d'elle sur un ton presque déférent. Mais je n'oublie pas ce qu'elle m'a dit à propos de mon passage éphémère dans la vie de son fils.

— Il y a du pain quelque part, m'informe-t-il.

Il prend un panier sur la table basse et me le tend.

— Prends-en deux morceaux. Tu en as besoin.

Tout en mâchant, je regarde de nouveau Evelyn et Peter.

— Je crois qu'elle essaie de le recruter, reprend Tobias. Elle a l'art de présenter le mode de vie des sans-faction comme idyllique.

— Tout pourvu que Peter ne reste pas chez les Audacieux, commenté-je. Qu'il m'ait sauvé la vie ou non, je ne l'aime pas.

— Avec un peu de chance, quand tout ça sera fini, on ne se préoccupera plus des distinctions entre factions. Ce serait bien, non ?

Je ne réponds pas. Je n'ai pas envie de me disputer avec lui ici. Ni de lui rappeler qu'il ne va pas être facile de persuader les Audacieux et les Sincères de se rallier aux sans-faction et à leur croisade contre le système en place. Ça pourrait bien exiger une nouvelle guerre.

La porte d'entrée s'ouvre sur Edward. Aujourd'hui, il porte un bandeau sur lequel est dessiné un gros œil bleu, à la paupière à demi fermée. L'effet de cet œil géant sur ses traits réguliers est à la fois drôle et grotesque.

— Eddie ! s'écrie quelqu'un pour le saluer.

Mais déjà, l'œil valide d'Edward s'est posé sur Peter. Il traverse la pièce en manquant faire tomber une boîte de conserve d'une main. Peter s'enfonce dans l'ombre de la porte comme s'il voulait y disparaître. S'arrêtant à quelques centimètres de lui, Edward projette brusquement le torse en avant, comme pour le frapper. Peter tressaille si violemment qu'il se cogne la tête contre le mur. Edward arbore un grand sourire et, tout autour de nous, les sans-faction rient.

— On est moins courageux en plein jour, commente Edward. Évite de lui confier des ustensiles de cuisine, ajoute-t-il à l'adresse d'Evelyn. On ne sait jamais ce qu'il peut faire avec.

Tout en parlant, il arrache la fourchette des mains de son ennemi.

— Rends-moi ça, dit Peter.

Edward lui bloque la gorge d'une main et appuie les dents de la fourchette juste au-dessus de sa pomme d'Adam. Peter se fige, écarlate.

— Évite de l'ouvrir en ma présence, gronde Edward d'une voix sourde. Ou je pourrais recommencer, sauf que la prochaine fois, je te plante la fourchette dans l'œsophage.

— Ça suffit, s'interpose Evelyn.

Edward lâche la fourchette, libère Peter et retraverse la pièce pour aller s'asseoir à côté de celui qui l'a interpellé à son arrivée.

— Je ne sais pas si tu es au courant, me chuchote Tobias, mais Edward est un peu instable.

— C'est ce que je vois.

— Ce mec, là, Drew, qui a aidé Peter lors de l'attaque au couteau à beurre... Apparemment, quand il a été viré de chez les Audacieux, il a essayé d'entrer dans le groupe de sans-faction dont Edward faisait partie. Or je ne vois Drew nulle part.

— Edward l'a tué ?

— Pas loin, me confirme Tobias. Et c'est clairement pour ça que l'autre transfert – je crois qu'elle s'appelait Myra – a quitté Edward. Ç'a été trop pour elle.

Je sens comme un creux dans mon ventre à l'idée de Drew massacré par Edward. Moi aussi, il m'a attaquée.

— Je n'ai pas très envie de parler de ça, dis-je.

— OK, répond Tobias en me touchant l'épaule. Ce n'est pas trop dur pour toi de te retrouver dans la maison d'un Altruiste ? Je voulais te poser la question avant. On peut aller ailleurs, si tu préfères.

Je finis mon deuxième bout de pain. Les maisons des Altruistes étant toutes identiques, ce salon est la réplique exacte de celui de mes parents, et le fait est que ça fait resurgir des souvenirs, si j'observe bien la pièce. La lumière qui filtre à travers les volets le matin, suffisante pour permettre à mon père de lire. Le cliquetis des aiguilles à tricoter de ma mère le soir. Mais je respire normalement. C'est un début.

— C'est un peu dur, avoué-je. Mais pas autant qu'on pourrait le croire.

Il me regarde d'un air dubitatif.

— Je t'assure. Les simulations au siège des Érudits... elles m'ont aidée, dans un sens. À m'accrocher, je dirais.

Je fronce les sourcils.

— Ou peut-être l'inverse. Elles m'ont peut-être aidée à lâcher prise.

Oui, ça se tient.

— Un jour, je t'en parlerai, conclus-je, d'une voix qui paraît lointaine à mes propres oreilles.

Il m'effleure la joue et, sans se soucier qu'on soit au milieu d'une pièce pleine de monde, peuplée de rires et de conversations, il m'embrasse lentement.

— Hé là, Tobias, l'apostrophe mon voisin de gauche. Tu n'as pas grandi chez les Pète-sec ? Je croyais que le geste le plus osé, chez vous, c'était... de vous tenir la main, ce genre-là.

— Dans ce cas, tu peux m'expliquer l'existence des enfants Altruistes ? lui demande Tobias en levant les sourcils.

— Ils sont créés par la pure force de la volonté, lance la femme assise sur l'accoudoir du fauteuil. Tu ne savais pas ça, Tobias ?

— Toutes mes excuses, je l'ignorais, réplique Tobias avec un grand sourire.

Ils rient tous. *On* rit tous. Et l'idée me traverse l'esprit que je suis peut-être en présence de la vraie faction de Tobias. Ils ne sont pas caractérisés par une qualité particulière. Ils adoptent toutes les couleurs, toutes les activités, toutes les qualités et tous les défauts.

Je ne sais pas ce qui les lie entre eux. Leur seul point commun, pour autant que je sache, c'est l'échec. Et cela semble suffire.

J'ai le sentiment de découvrir Tobias enfin tel qu'il est réellement, et non plus juste par rapport à moi. Mais alors, qu'est-ce que je sais vraiment de lui, si je ne connaissais pas cette facette-là ?

+++

Le soleil commence à se coucher. Le secteur Altruiste est loin d'être calme. Les Audacieux et les sans-faction traînent dans les rues, certains avec une bouteille à la main, d'autres avec des pistolets.

Je vois Zeke passer devant la maison d'Alice Brewster, ex-leader des Altruistes, en poussant le fauteuil de Shauna. Eux ne m'ont pas vue

— Recommence ! demande-t-elle.

— T'es sûre ?

— Oui !

— OK...

Zeke se met à courir. Puis, alors qu'il est presque hors de vue, il se hisse à la force des bras sur les poignées du fauteuil de sorte que ses pieds ne touchent plus le sol, et ils glissent tous les deux au milieu de la rue, Shauna en criant, Zeke en riant.

Je tourne à gauche au carrefour suivant et je prends le trottoir défoncé qui mène au siège des Altruistes. Ils y tenaient leurs réunions mensuelles, qui rassemblaient toute la communauté. Même si j'ai l'impression de ne pas être venue depuis une éternité, je me souviens du chemin. Un pâté de maisons vers le sud, deux vers l'ouest.

Le soleil est en train de disparaître à l'horizon. Dans la

lumière du soir, les bâtiments autour de moi perdent leurs nuances de couleurs pour se fondre dans un gris uniforme.

La façade du siège des Altruistes est un simple rectangle en béton, comme celle de tous les immeubles du secteur. Mais en poussant la porte d'entrée, je retrouve les planchers et les rangées de bancs en bois familiers, disposés en forme de carré. Au centre du plafond, un puits de lumière laisse entrer un carré de lueur orangée. C'est le seul ornement de la salle.

Je m'assieds sur le vieux banc de ma famille. J'avais l'habitude de m'installer à côté de mon père, et Caleb à côté de ma mère. Aujourd'hui, j'ai le sentiment qu'il ne reste plus que moi. La dernière des Prior.

— C'est un bel endroit, non ?

Marcus vient d'entrer et va s'asseoir en face de moi, en croisant les mains sur ses genoux. Le carré de soleil nous sépare.

Le coup de poing de Tobias lui a laissé un gros bleu sur la mâchoire, et ses cheveux sont fraîchement coupés ras.

— C'est très bien, dis-je en me redressant. Qu'est-ce que vous faites là ?

— Je t'ai vue entrer.

Il inspecte méticuleusement ses ongles.

— Et je voudrais te parler de l'information que Jeanine nous a volée.

— Vous arrivez peut-être un peu tard. Et si je la connaissais déjà ?

Marcus relève la tête en plissant les yeux. Bien qu'ayant les mêmes yeux, Tobias n'arriverait jamais à instiller autant de venin dans son regard.

— Ce n'est pas possible.

— Qu'est-ce qui vous permet d'en être aussi sûr ?

— J'ai vu ce qui arrive à ceux qui découvrent la vérité. Ils ont la tête de gens qui ont oublié ce qu'ils cherchaient et qui errent en essayant de s'en souvenir.

Un frisson me parcourt le dos, gagne mes bras qui se couvrent de chair de poule.

— Je sais que Jeanine a massacré la moitié d'une faction pour l'avoir et que ça doit être terriblement important, dis-je.

Je m'interromps. Je sais aussi autre chose, mais je viens seulement de comprendre.

Juste avant que j'attaque Jeanine, elle m'a lancé : « Il ne s'agit pas de toi ! Il ne s'agit pas de moi ! »

Elle parlait de ce qu'elle était en train de faire : trouver une simulation qui soit efficace sur moi. Sur les Divergents.

— Je sais que cette information a un rapport avec les Divergents, lâché-je. Et qu'elle concerne ce qui se trouve à l'extérieur de la Clôture.

— Mais ce n'est pas la même chose que de savoir ce qui se trouve *effectivement* à l'extérieur de la Clôture.

— Alors, vous allez me le dire, ou continuer à me le faire miroiter comme un sucre à un chien ?

— Je ne suis pas venu pour qu'on se lance dans un bras de fer verbal. Non, je ne vais pas te le dire, pas parce que je ne le veux pas, mais parce que je ne pourrais même pas te le décrire. Il faut le voir par soi-même.

Tandis qu'il parle, la lumière du soleil devient de plus en plus orangée et projette des ombres plus denses sur son visage.

— Tobias a peut-être raison. Ça vous arrange d'être le seul à savoir. Ça vous donne de l'importance. Voilà pourquoi vous ne me dites rien, et pas parce que c'est indescriptible.

— C'est faux.

— Pourquoi est-ce que je vous croirais ?

Il me fixe, et je soutiens son regard.

— Une semaine avant l'attaque sous simulation, les leaders Altruistes ont décidé qu'il était temps de rendre cette information publique. De la révéler à *toute* la ville. L'attaque s'est produite environ huit jours avant la date que nous nous étions fixée. Et évidemment, cela a tout remis en cause.

— Jeanine voulait vous empêcher de révéler ce qui se trouve à l'extérieur de la Clôture ? Mais pourquoi ? Et d'abord, comment l'a-t-elle su ? Vous ne m'avez pas dit que seuls les leaders Altruistes étaient au courant ?

— On ne *vient* pas d'ici, Beatrice. On nous y a mis, dans un but précis. Il y a quelque temps, les Altruistes ont été contraints d'accepter l'aide des Érudits afin d'atteindre ce but, mais Jeanine a tout fait déraper. Parce qu'elle refuse de faire ce qu'on est censés faire. Elle préfère encore recourir au meurtre.

On a été *mis* ici. J'ai l'impression que mon cerveau grésille sous l'afflux d'informations. Je serre les doigts sur le bord du banc.

— Quel est ce but qu'on est censés atteindre ? demandé-je.

— Je t'en ai raconté assez pour te persuader que je ne suis pas un menteur. Quant à t'expliquer le reste, sincèrement, je ne me sens pas à la hauteur de la tâche. Si je t'en ai dit autant, c'est parce que nous sommes dans une situation critique.

Soudain, je comprends le problème. Les sans-faction ont décidé d'éliminer non seulement les leaders des Érudits, mais aussi toutes les données qu'ils détiennent. Ils vont tout niveler.

Ce plan ne m'a jamais paru être une bonne idée, mais je n'imaginais pas que cette destruction pouvait être irréversible. Dans mon esprit, les Érudits détiendraient toujours la connaissance de ces informations, à défaut des données matérielles. Or, visiblement, il y a quelque chose que même les Érudits les plus intelligents ne savent pas ; quelque chose qui, une fois détruit, ne pourrait pas être reproduit.

— Si je vous aide, je trahis Tobias. Et je le perds, dis-je avec un nœud dans la gorge. Vous avez intérêt à me donner une bonne raison.

Marcus plisse le nez dans une grimace de mépris.

— À part l'intérêt de tous les individus de notre société ? Ça ne te suffit pas ?

— Notre société est en miettes. Donc, non, ça ne me suffit pas.

Il soupire.

— Tes parents sont morts pour toi, c'est vrai. Mais si ta mère se trouvait au siège des Érudits la nuit où tu as failli être exécutée, ce n'était pas pour te sauver. Elle essayait de reprendre le dossier à Jeanine. Et quand elle a appris que tu devais mourir, elle y a renoncé pour se précipiter à ton secours.

— Ce n'est pas du tout ce qu'elle m'a dit, objecté-je avec véhémence.

— Elle t'a menti. Parce qu'elle y était obligée. Mais, Beatrice, ce qui compte... ce qui compte, c'est que ta mère savait qu'elle ne sortirait sans doute pas vivante du siège des Érudits, mais qu'elle devait essayer. Elle était prête à donner sa vie pour récupérer ce dossier, tu comprends ?

Les Altruistes sont prêts à mourir pour n'importe qui, ami ou ennemi, si les circonstances l'exigent. C'est peut-être pour cette raison qu'ils ont du mal à survivre dans les situations qui mettent en péril la vie des gens. En revanche, il y a peu de *choses* pour lesquelles ils soient prêts au même sacrifice.

Il y a peu de choses auxquelles ils attachent une valeur dans le monde matériel.

Si Marcus dit vrai, si ma mère était réellement prête à mourir pour permettre que cette information devienne publique... moi, je suis prête à presque tout pour accomplir à sa place ce qu'elle n'a pas pu faire.

— Vous essayez de me manipuler. Avouez-le.

Les ombres se glissent dans ses orbites comme une eau noire.

— Il n'y a que toi qui puisses en décider, répond-il.

CHAPITRE TRENTE-HUIT

JE PRENDS MON TEMPS pour rentrer chez les Eaton, en cherchant à me rappeler ce que ma mère m'a dit après m'avoir sortie du réservoir. Un truc sur le fait qu'elle surveillait les trains depuis le début de l'attaque. « Je ne savais pas comment j'allais m'y prendre, mais j'étais décidée à te sauver. »

Et en repassant sa phrase dans ma tête, je n'entends plus la même chose. « Je ne savais pas comment j'allais m'y prendre. » Autrement dit : « Je ne savais pas comment vous sauver tous les deux, le dossier et toi. » « Mais j'étais décidée à te sauver. »

Je secoue la tête, découragée. Est-ce ainsi qu'elle l'a dit ou suis-je en train de déformer mon souvenir à cause de ce que m'a raconté Marcus ? Impossible à savoir. Je n'ai plus qu'à décider si, oui ou non, je fais confiance à Marcus.

Et même s'il a commis des actes cruels, notre société n'est pas divisée entre le bien d'un côté et le mal de l'autre. Quelqu'un de cruel n'est pas pour autant malhonnête, de même que quelqu'un de courageux n'est pas pour autant bienveillant. Marcus n'est ni bon ni mauvais, il est les deux.

D'accord, sans doute plus mauvais que bon.

Mais ça ne signifie pas qu'il mente.

Plus loin dans la rue, je distingue la lueur orangée d'un feu. Prise d'inquiétude, j'accélère, pour découvrir que les flammes s'élèvent des grands bacs métalliques de la taille d'un homme qui émaillent le trottoir. Audacieux et sans-faction sont rassemblés autour, en deux groupes légèrement séparés. En face d'eux se tiennent Evelyn, Harrison, Tori et Tobias.

Je repère Christina, Uriah, Lynn, Zeke et Shauna à droite du groupe des Audacieux et je les rejoins.

— Où étais-tu passée ? me demande Christina. On t'a cherchée partout.

— Je suis allée me promener. Qu'est-ce qui se passe ?

— Ils vont enfin nous expliquer le plan d'attaque, répond Uriah d'un ton excité.

— Ah, fais-je.

Evelyn lève une main, paume vers l'extérieur, et les sans-faction se taisent. Ils sont plus disciplinés que les Audacieux, dont les conversations mettent encore trente secondes à s'éteindre.

— Ces dernières semaines, nous avons élaboré un plan pour combattre les Érudits, annonce Evelyn d'une voix qui porte sans difficulté. Maintenant qu'il est prêt, nous aimerions le partager avec vous.

Elle fait un signe à Tori qui prend le relais :

— Nous avons préféré une approche large à une stratégie ciblée. Il nous est impossible de faire le tri entre les Érudits qui soutiennent Jeanine et les autres. Par prudence, nous partirons donc du principe que tous ceux qui ne l'approuvent pas ont déjà quitté le siège des Érudits.

— Nous savons tous que le pouvoir des Érudits réside non

dans leurs effectifs, mais dans les informations qu'ils détiennent, reprend Evelyn. Tant qu'ils les posséderont, ils représenteront une menace, d'autant plus qu'une partie d'entre nous est appareillée pour les simulations. Il y a bien trop longtemps qu'ils se servent de leurs informations pour nous contrôler et nous maintenir sous leur botte.

Partant du groupe des sans-faction pour s'étendre à celui des Audacieux, un cri monte de la foule, comme si nous n'étions qu'un seul et même organe, répondant aux commandes d'un même cerveau. Je ne sais pas trop ce que je pense ni ce que je ressens. Une partie de moi crie aussi – réclamant l'anéantissement des Érudits et la destruction de tout ce qu'ils défendent.

Je regarde Tobias. Il se tient en retrait derrière les flammes, masqué par la pénombre, le visage neutre. Je me demande ce qu'il pense de tout cela.

— Je suis au regret d'informer ceux à qui on a posé des transmetteurs de simulation qu'ils devront rester ici, précise Tori. Ou vous risqueriez à tout moment d'être activés par les Érudits comme des armes contre nous.

Malgré quelques cris de protestation, personne ne paraît vraiment surpris. Nous sommes bien placés pour savoir de quoi Jeanine est capable dans le cadre d'une simulation.

— On doit rester, alors ? grogne Lynn à l'adresse d'Uriah.

— *Tu* dois rester, rectifie-t-il.

— Toi aussi, tu as reçu une fléchette à injection, réplique-t-elle. Je l'ai vu.

— Je suis Divergent, je te rappelle.

Lynn lève les yeux au ciel et il se hâte de poursuivre, probablement pour l'empêcher de se lancer dans sa théorie du complot sur les Divergents :

— De toute façon, je te parie que personne ne va vérifier. Et il y a peu de risques que Jeanine t'active, toi, en particulier, si elle croit que tous ceux qui ont des transmetteurs sont restés ici.

Lynn réfléchit, les sourcils froncés. Puis son visage s'illumine – autant que le visage de Lynn peut s'illuminer – tandis que Tori reprend la parole :

— Les autres se diviseront en groupes mixtes de sans-faction et d'Audacieux, dit-elle. Un groupe important va pénétrer le siège des Érudits et avancer progressivement dans le bâtiment en le nettoyant de l'influence des Érudits. Plusieurs autres groupes plus petits se rendront directement aux étages supérieurs pour éliminer la garde rapprochée de Jeanine. Vous recevrez votre assignation de groupe plus tard dans la soirée.

— L'attaque se déroulera sur trois jours, enchaîne Evelyn. Tenez-vous prêts. Ça va être difficile et dangereux. Mais les sans-faction ont l'habitude des difficultés...

Acclamations des sans-faction. Dire qu'il y a à peine quelques semaines, nous, les Audacieux, reprochions aux Altruistes d'approvisionner les sans-faction en vivres et autres produits de première nécessité. Comment peut-on avoir la mémoire aussi courte ?

— ... et les Audacieux ont l'habitude du danger.

Tous autour de moi lèvent le poing en braillant. Leurs voix résonnent dans ma tête et un sentiment de triomphe embrase ma poitrine, me donnant envie de me joindre à eux.

L'expression d'Evelyn est curieusement neutre pour quelqu'un qui tient un discours passionné. On dirait qu'elle porte un masque sur le visage.

— À bas les Érudits ! crie Tori.

Et tous répètent après elle d'une seule voix, les deux factions confondues. Elles partagent un ennemi commun, mais cela les rend-il amies ?

Je remarque que Tobias ne se joint pas aux cris de guerre, et Christina non plus.

— Je ne trouve pas ça normal, déclare-t-elle.

— Pardon ? rétorque Lynn au milieu du tumulte. Tu as déjà oublié ce qu'ils nous ont fait ? Mis nos cerveaux sous simulation pour nous forcer à tuer des gens sans même le savoir ? Abattu les leaders Altruistes jusqu'au dernier ?

— Ouais. Seulement... envahir le siège d'une faction et tuer tout le monde, ce n'est pas précisément ce qu'on reproche aux Érudits d'avoir fait aux Altruistes ?

Elle me regarde et je ne réponds pas. Elle n'a pas tort – ça ne paraît pas normal.

Je retourne à la maison des Eaton, en quête de silence.

Je vais m'asseoir dans la chambre d'enfant de Tobias, sur son lit, d'où je regarde par la fenêtre les Audacieux et les sans-faction rassemblés près des feux, en train de parler et de rire. Mais ils ne se mélangent pas vraiment ; ils maintiennent une distance teintée de malaise, Audacieux d'un côté et sans-faction de l'autre.

J'observe Lynn, Uriah et Christina qui se tiennent autour d'un feu. Uriah s'amuse à passer une main dans les flammes assez vite pour ne pas se brûler. Avec son sourire un peu tordu, on dirait plutôt qu'il grimace de chagrin.

Au bout de quelques minutes, j'entends des pas dans l'escalier et Tobias entre dans la chambre, en enlevant ses chaussures à la porte.

— Qu'est-ce qui ne va pas ? me demande-t-il.

— Globalement, ça va bien. Je réfléchissais, c'est tout. Ça m'étonne que les sans-faction aient accepté aussi facilement de s'associer avec les Audacieux. Ça n'est pas comme si on avait été sympas avec eux avant.

Il s'approche de la fenêtre et s'appuie contre l'encadrement.

— C'est vrai, admet-il, ce n'est pas une alliance très naturelle. Mais on a le même objectif.

— Pour l'instant. Que se passera-t-il si les objectifs changent ? Les sans-faction veulent la disparition des factions, ce qui n'est pas le cas des Audacieux.

Tobias serre les lèvres. Je revois soudain Marcus et Johanna dans le verger des Fraternels. Marcus avait cette même expression en refusant de lui dire quelque chose.

Tobias la tient-il de son père ? Ou a-t-elle une autre signification chez lui ?

— Tu fais partie de mon groupe d'attaque, m'annonce-t-il. J'espère que ça ne t'ennuie pas. On est censés ouvrir la voie jusqu'à la salle de contrôle.

L'attaque. Si j'y participe, je ne pourrai pas essayer de récupérer le dossier que Jeanine a volé aux Altruistes. Je dois faire un choix.

Pour Tobias, il est plus important de neutraliser les Érudits que de chercher à découvrir la vérité. Et s'il n'avait pas promis aux sans-faction le contrôle sur les données des Érudits, il aurait peut-être raison. Mais il ne m'a pas laissé d'alternative. Je dois aider Marcus, même s'il existe un risque qu'il m'ait menti. Je dois œuvrer contre ceux que j'aime le plus.

Et pour commencer, je dois mentir.

Je me triture les doigts.

— Qu'est-ce qu'il y a ? me demande-t-il.

— Je ne peux pas me servir d'un pistolet. Et après ce qui s'est passé au siège des Érudits... je n'ai plus très envie de risquer ma vie.

— Tris, me dit-il en m'effleurant la joue. Rien ne te force à venir.

— Je ne veux pas passer pour une lâche.

Il prend mon menton entre ses mains fraîches et me regarde gravement.

— Hé, tu as fait davantage pour cette faction que n'importe qui. Tu...

Il soupire et pose son front contre le mien.

— Tu es la personne la plus courageuse que j'aie jamais rencontrée. Reste ici. Prends le temps de te remettre.

Il m'embrasse et j'ai de nouveau la sensation que tout s'écroule en moi, jusqu'aux tréfonds de mon être. Il me croira ici pendant que j'œuvrerai contre lui, avec ce père qu'il méprise tant. Ce mensonge-ci est le pire que j'aie eu à dire. Je ne pourrai jamais l'effacer.

Quand on s'écarte l'un de l'autre, je me tourne vers la fenêtre pour qu'il ne remarque pas ma respiration saccadée.

CHAPITRE TRENTE-NEUF

— PARFAIT. T'AS PILE LE LOOK de la nana fleur bleue qui gratte le banjo, me dit Christina.

— C'est vrai ?

— Non. Pas du tout. Attends... je vais t'arranger ça, OK ?

Elle farfouille dans son sac, dont elle finit par extraire une trousse remplie de tubes et de boîtiers. Je sais que c'est du maquillage, mais je serais bien en peine de m'en servir.

On est venues se préparer dans la maison de mes parents. C'est le seul endroit qui me soit venu à l'esprit. Christina fouine à droite et à gauche sans aucun complexe – elle a déjà découvert deux livres de cours cachés derrière la commode, indices des penchants de Caleb pour la faction des Érudits.

— Corrige-moi si je me trompe : tu as quitté l'enceinte des Audacieux pour partir en guerre... en emportant ton maquillage ?

— Ouaip. Me suis dit que les autres auraient plus de mal à me tirer dessus si je les envoûtais par ma beauté ravageuse, lâche-t-elle en haussant un sourcil. Ne bouge plus.

Elle retire le bouchon d'un tube noir gros comme mon doigt, qui révèle un bâton rouge. Elle le passe sur ma bouche et tapote mes lèvres jusqu'à ce qu'elles soient entièrement colorées. Je le sens quand je me les mords.

— Personne ne t'a jamais parlé du miracle de l'épilation des sourcils ? me demande-t-elle en brandissant une pince à épiler.

— Ôte ça de ma vue.

— Très bien, soupire-t-elle. Je te mettrais bien un peu de mon blush sur les joues, mais je suis quasi sûre qu'il ne t'ira pas.

— C'est dingue, ça ! Alors qu'on a pratiquement le même teint !

— Ha, ha.

Un quart d'heure plus tard, je sors de la maison avec une robe rouge vif de Fraternelle, la bouche assortie et les cils recourbés au mascara. Ainsi qu'un couteau attaché contre la face interne du genou. Tout ça se tient parfaitement.

De son côté, Christina a préféré du jaune, qui prend une intensité lumineuse sur sa peau mate.

— Où est-ce qu'on doit retrouver Marcus le Destructeur de Vies ? me demande-t-elle.

Je ris.

— Derrière le siège des Altruistes.

On descend la rue à la nuit tombante Tout le monde doit être en train de dîner – j'ai bien calculé –, mais au cas où on croiserait quelqu'un, on porte des vestes noires pour cacher nos tenues de Fraternelles Par habitude, j'évite d'un bond un nid-de-poule dans la chaussée.

— Où vous allez, toutes les deux ?

C'est Peter, campé sur le trottoir derrière nous. Je me demande depuis combien de temps il est là.

— Tu n'es pas en train de dîner avec ton groupe d'attaque ? demandé-je.

— Je ne participe pas, répond-il en désignant son bras, celui sur lequel j'ai tiré. Je suis blessé.

— Mais bien sûr ! rétorque Christina.

Les yeux verts de Peter luisent dans le noir.

— D'accord. Je n'ai pas envie d'aller me battre au milieu d'un gang de sans-faction, admet-il. Je préfère rester ici.

— Comme un lâche, complète Christina d'un air de dégoût. En laissant les autres se salir les mains.

— Exactement ! lance-t-il dans une exclamation joyeuse. Éclatez-vous bien à vous faire descendre !

Il traverse la rue en sifflotant et s'éloigne.

— Ouf, diversion réussie, dit Christina. Il n'a même pas redemandé où on allait.

— Ouais, cool.

Je m'éclaircis la gorge.

— Dis donc, ce plan. Il est un peu débile, non ?

— Il n'est pas *débile*.

— Franchement, Christina. C'est débile de faire confiance à Marcus. C'est débile de vouloir franchir le barrage des traîtres Audacieux à la Clôture. C'est débile de s'opposer aux Audacieux et aux sans-faction. Combiner les trois... ça atteint un degré de débilité rarement observé dans l'histoire de l'humanité.

— Malheureusement, c'est le meilleur plan qu'on ait, observe-t-elle. Si on veut que tout le monde sache la vérité.

Je lui ai fait confiance pour se charger de cette mission avant d'aller me livrer à Jeanine ; ça me paraîtrait absurde de ne plus lui accorder cette confiance maintenant. J'avais peur qu'elle refuse de me suivre, mais c'était oublier ses origines : elle a grandi chez les Sincères. Et les Sincères font passer la quête de la vérité en premier. Certes, elle est devenue une Audacieuse, mais si j'ai appris une chose dans tout ça, c'est qu'on ne peut jamais totalement renier notre faction d'origine.

— Alors c'est ici que tu as grandi, me dit-elle. Tu t'y plaisais ?

Elle fait une pause, fronce les sourcils et reprend :

— J'imagine que non, ou tu ne serais pas partie.

Le soleil plonge vers l'horizon. Autrefois, je n'aimais pas la lumière du soir, parce qu'elle rendait le secteur Altruiste encore plus monochrome. Alors qu'aujourd'hui, je trouve ce gris uniforme plutôt rassurant.

— Il y avait des aspects que j'aimais bien et d'autres que je détestais, dis-je. Il y a aussi des choses dont je n'ai compris la valeur qu'après les avoir perdues.

On arrive devant le cube en béton du siège des Altruistes, identique à tous les autres bâtiments du secteur. J'adorerais aller respirer l'odeur du vieux bois dans la salle de réunion, mais on est pressées.

On se glisse dans une ruelle latérale pour rejoindre l'arrière, où Marcus est censé nous attendre.

Un pick-up bleu ciel est à l'arrêt, moteur allumé. Marcus est au volant. Je laisse Christina passer devant moi pour qu'elle prenne la place du milieu. Je préfère éviter autant que possible de m'asseoir à côté de lui. J'ai le sentiment un peu bizarre que si je continue à le haïr pendant que je coopère avec lui, ça atténuera ma trahison envers Tobias.

« Tu n'as pas le choix, me répété-je. C'est le seul moyen. »

Avec cette pensée en tête, je claque la portière et je cherche la ceinture de sécurité. Je ne trouve qu'une extrémité élimée et une boucle cassée.

— Où avez-vous déniché ce tas de ferraille ? demande Christina.

— Je l'ai piqué aux sans-faction, répond Marcus. Ils les réparent. J'ai eu un mal de chien à le faire démarrer. Vous feriez mieux de vous débarrasser de vos vestes, les filles.

Je les roule en boule et les balance par la vitre à moitié baissée. Marcus enclenche la première en faisant grincer la boîte de vitesse. Je m'attends presque à ce qu'on reste sur place quand il appuie sur l'accélérateur, mais la voiture se met en branle.

D'après mes souvenirs, il faut environ une heure pour se rendre du secteur Altruiste au siège des Fraternels, et la route exige des qualités de conducteur chevronné. Marcus s'engage sur l'un des axes principaux et donne un coup d'accélérateur. Une secousse nous projette en avant, tandis que le pick-up évite de peu un trou béant dans la chaussée. Je me retiens au tableau de bord.

— Détends-toi, Beatrice, me dit Marcus. J'ai déjà conduit une voiture.

— J'ai déjà fait des tas de trucs, moi aussi, mais ce n'est pas pour autant que je les fais bien !

Marcus sourit et nous déporte vivement sur la gauche pour contourner un feu de signalisation tombé sur la chaussée. Christina lance un cri joyeux alors qu'on tressaute sur de nouveaux débris. Elle a l'air de s'amuser comme une folle.

— Débile, tu disais ? lance-t-elle assez fort pour couvrir le bruit du vent qui s'engouffre dans la cabine.

Je m'agrippe à mon siège en essayant de ne pas penser à ce que j'ai mangé ce soir.

+++

Lorsqu'on arrive à la Clôture, les Audacieux se dressent dans la lumière de nos phares, nous barrant le passage. Leurs brassards bleus tranchent sur le noir de leurs vêtements. J'essaie de prendre un air souriant. Je ne les convaincrai pas que je suis une Fraternelle si je fais une tête d'enterrement.

Un homme à la peau sombre s'approche de la vitre de Marcus, pistolet à la main. Il braque une lampe torche sur son visage, puis sur Christina et enfin sur moi. Je plisse les yeux en me forçant à sourire, comme si ça ne me gênait pas le moins du monde qu'on m'aveugle avec une lampe en pointant une arme sur ma tête.

Les Fraternels doivent avoir le cerveau dérangé s'ils arrivent vraiment à penser de cette manière. À moins que ça ne soit à cause de ce qu'ils mettent dans leur pain.

— Vous pouvez m'expliquer ce que fait un Altruiste dans un pick-up avec deux Fraternelles ? demande le garde.

— Ces deux filles se sont portées volontaires pour livrer des vivres en ville, répond Marcus. Et je me suis porté volontaire pour les escorter, par sécurité.

— En plus, on ne sait pas conduire, ajoute Christina avec un grand sourire. Mon père a essayé de m'apprendre, il y a des années, mais je confondais toujours la pédale de frein avec l'accélérateur, vous voyez d'ici la cata ! En tout cas, Joshua est super sympa d'avoir proposé de nous emmener, parce qu'autrement, on aurait mis une éternité, et les caisses sont super lourdes...

L'Audacieux l'arrête d'une main.

— Ça va, j'ai compris.

— Bien sûr, désolée, glousse-t-elle. Je voulais juste vous expliquer parce que vous aviez l'air un peu perdu, ce qui se comprend, vu que ça ne doit pas être si souvent que vous tombez sur…

— Oui, oui, fait le garde. Et vous comptez retourner bientôt en ville ?

— Pas dans l'immédiat, répond Marcus.

— Très bien. Vous pouvez y aller.

Le garde fait signe à ses collègues Audacieux. L'un d'eux tape un code et le portail s'ouvre en coulissant.

Marcus passe en saluant le garde d'un signe de tête et continue sur le chemin plein d'ornières qui mène chez les Fraternels. Nos phares éclairent des traces de pneus, des herbes folles et des insectes qui tourbillonnent. Des lucioles clignotent dans le noir derrière ma vitre, au même rythme qu'un cœur qui bat.

Marcus se tourne vers Christina.

— Qu'est-ce que c'était que ce cinéma ? s'exclame-t-il.

— S'il y a un truc que les Audacieux ne supportent pas, c'est les jacasseries sans fin des Fraternels, réplique-t-elle en haussant les épaules. Je me suis dit que si je lui tapais sur les nerfs, il se dépêcherait de se débarrasser de nous.

Je souris de toutes mes dents et lui glisse :

— Tu es un génie.

— Je sais, je sais.

Elle secoue la tête comme pour rejeter une mèche de cheveux par-dessus son épaule, sauf qu'il lui manque la longueur requise.

— Juste un détail, reprend Marcus. Joshua n'est pas un prénom d'Altruiste.

— On s'en fiche. Personne ne fait la différence…

Je distingue devant nous la lueur du siège des Fraternels, l'amas familier des constructions en bois nichées autour de la serre. On traverse le verger. L'air sent la terre tiède.

Je revois ma mère qui lève le bras pour cueillir une pomme ici même, il y a des années, un été où nous étions venus aider les Fraternels pour la cueillette. J'ai un pincement au cœur, mais ce souvenir ne me submerge plus comme il y a quelques semaines. Peut-être parce que j'accomplis cette mission pour l'honorer. Ou parce que je redoute trop les moments à venir pour qu'il y ait vraiment de la place pour le chagrin. En tout cas, quelque chose a changé.

Marcus gare le pick-up derrière l'un des dortoirs. Je m'aperçois seulement maintenant qu'il n'y a pas de clé sur le contact.

— Comment avez-vous fait pour démarrer ? lui demandé-je.

— Mon père m'a montré pas mal de choses en mécanique et en informatique. Et j'ai transmis ces connaissances à mon fils. Tu t'imaginais qu'il avait appris tout seul à se servir d'un ordinateur ?

— À vrai dire, oui.

Je descends du pick-up. L'herbe me chatouille les orteils et l'arrière des mollets. Christina hume l'air à pleins poumons.

— C'est dingue ce que c'est différent ici. On pourrait presque oublier ce qui se passe *là-bas*, dit-elle en désignant du pouce la direction de la ville.

— Ils l'oublient souvent, commenté-je.

— Mais eux, ils savent ce qu'il y a au-delà de la ville ? reprend-elle.

— Ils en savent à peu près autant que les gardes Audacieux, répond Marcus : que le monde extérieur est inconnu et potentiellement dangereux.

— Comment êtes-vous au courant de ce qu'ils savent ? demandé-je.

— Parce que c'est ce que nous leur avons dit, réplique-t-il avant de se diriger vers la serre.

Après avoir échangé un coup d'œil, on le rattrape au petit trot.

— Vous pouvez être plus clair ? insisté-je.

— Lorsqu'on détient la totalité des informations, on doit déterminer quelle part il est utile de communiquer aux autres. Les leaders Altruistes ont dit aux Fraternels ce qu'ils avaient à leur dire... Bon, j'espère que Johanna n'a pas changé ses habitudes. Normalement, à cette heure-ci, elle se trouve dans la serre.

Il ouvre la porte. À l'intérieur, l'air est aussi dense que la dernière fois, mais brumeux, aussi. L'humidité me rafraîchit les joues.

— Wouah, souffle Christina.

L'endroit n'est éclairé que par le clair de lune, et la végétation se confond avec les structures fabriquées par les hommes. Des feuilles me frôlent le visage tandis que je fais le tour de la serre. Puis je vois Johanna, accroupie devant un arbuste, un bol à la main, en train de cueillir ce qui doit être des framboises. Ses cheveux attachés laissent voir sa cicatrice.

— Je ne pensais pas te revoir ici, Beatrice, me dit-elle.

— Parce que je suis censée être morte, peut-être ?

— Je m'attends souvent à ce que ceux qui vivent avec des armes meurent par les armes, me répond-elle. De cette manière, je ne peux avoir que de bonnes surprises.

Elle pose le bol en équilibre sur son genou et lève les yeux vers moi.

— Mais je n'ai pas la naïveté de croire que tu es revenue pour le plaisir.

— Non, en effet.

— Bien, dit-elle en se levant. Dans ce cas, allons discuter.

Elle nous emmène au centre de la serre, là où les Fraternels tiennent leurs réunions. On s'assied sur de grosses racines et elle me tend le bol de framboises, que je passe à Christina après m'être servie.

— Johanna, je te présente Christina, intervient Marcus. Une Audacieuse native des Sincères.

— Bienvenue chez les Fraternels, Christina, dit Johanna avec un sourire de connivence.

Ça paraît étrange que deux personnes nées chez les Sincères se retrouvent dans des univers aussi différents que ceux des Audacieux et des Fraternels.

— Alors, Marcus, reprend Johanna, qu'est-ce qui vous amène ?

— Je crois que c'est à Beatrice qu'il revient de te l'expliquer. Je ne suis que le chauffeur dans cette affaire.

Elle reporte docilement son attention sur moi, mais je vois à son air réservé qu'elle aurait préféré parler avec Marcus. Elle s'en défendrait si je lui posais la question, mais je suis presque sûre que Johanna Reyes me déteste.

— Bon... commencé-je. Les choses se gâtent.

Pas l'introduction la plus accrocheuse. J'essuie mes mains moites sur ma jupe.

Puis les mots se déversent, sans finesse ni sophistication. J'explique que les Audacieux se sont alliés aux sans-faction et qu'ils s'apprêtent à éliminer les Érudits, nous privant de l'une des deux factions essentielles. Je lui apprends qu'il y a dans l'enceinte des Érudits, outre toutes les connaissances qu'ils détiennent, des informations de première importance qu'il est vital de récupérer. Quand j'ai fini, je m'aperçois que je ne lui ai pas expliqué en quoi tout cela les concernait, elle et sa faction, mais je ne sais pas comment lui présenter les choses.

— Je suis un peu perdue, Beatrice, déclare-t-elle. Qu'attendez-vous de nous au juste ?

— Je ne suis pas venue vous demander votre aide. Mais je devais vous avertir que beaucoup de gens vont bientôt mourir. Et je sais que vous n'êtes pas le genre de femme à rester les bras croisés devant une telle situation, même si une partie de vos membres choisit de ne pas s'en mêler.

Elle baisse la tête et le rictus qui lui tord la bouche me montre que je ne me suis pas trompée.

— Je voulais aussi vous demander la permission de parler aux Érudits qui se sont réfugiés chez vous, continué-je. Je sais qu'ils se cachent, mais j'aurais besoin de les voir.

— Et que comptes-tu faire ? demande-t-elle.

— Les tuer, répliqué-je en levant les yeux au ciel.

— Ce n'est pas drôle.

Je soupire.

— Désolée. J'ai besoin d'informations. Rien de plus.

— Dans ce cas, il te faudra attendre demain, répond Johanna. Vous pouvez passer la nuit ici.

+++

Je m'endors dès que ma tête se pose sur l'oreiller, mais je me réveille plus tôt que prévu. À la lueur qui pointe à l'horizon, le soleil va bientôt se lever.

Christina dort le visage enfoui dans le matelas, son oreiller sur la tête. Une lampe est posée sur une commode entre nos deux lits. Un miroir est suspendu un peu de travers sur le mur de gauche ; un accessoire banal, sauf chez les Altruistes. Je tressaille chaque fois que j'en vois un à découvert.

Je me lève en faisant craquer les lattes du plancher et m'habille sans me soucier du bruit que je fais ; cinq cents Audacieux tapant du pied ne réveilleraient pas Christina lorsqu'elle dort profondément, alors qu'un Érudit peut la tirer du sommeil d'un simple murmure. Elle a des côtés bizarres.

Je sors au moment où le soleil apparaît entre les branches des arbres, et je vois un petit groupe de Fraternels assemblé près du verger. Je m'approche, intriguée.

Ils forment un cercle en se tenant par la main. La moitié d'entre eux sont des adultes, l'autre, des adolescents de treize ou quatorze ans. La plus âgée, une femme aux cheveux gris tressés, prend la parole.

— Nous croyons en Dieu qui donne la paix et la chérit, dit-elle. De même, nous nous donnons la paix et la chérissons.

Je ne prendrais pas cela pour une incitation, mais visiblement, les Fraternels, si. Chacun va se poster devant un autre membre du cercle et lui prend les mains. Une fois toutes les paires constituées, ils restent ainsi plusieurs secondes, les yeux dans les yeux. Certains marmonnent quelques mots, d'autres sourient, d'autres encore, immobiles, gardent le silence. Puis ils se séparent et recommencent avec quelqu'un d'autre.

C'est la première fois que j'assiste à une cérémonie religieuse Fraternelle. Je ne connais que la religion de la faction de mes parents, à laquelle une partie de moi continue à s'accrocher, tandis que l'autre la rejette comme une croyance ridicule

– les prières avant le dîner, les poèmes sur un Dieu altruiste. Ici, c'est différent, empreint de mystère.

— Joins-toi à nous, me propose la femme aux cheveux gris.

Je mets quelques secondes à comprendre qu'elle s'adresse à moi. Elle me fait signe en souriant.

— Oh, non, dis-je. J'étais juste...

— Viens.

Je ne vois pas d'autre choix que de m'approcher pour entrer dans leur cercle.

Elle me prend la main. La peau de ses doigts est sèche et rugueuse et ses yeux cherchent les miens avec insistance, tandis que j'ai du mal à croiser son regard.

Quand je le fais enfin, l'effet est immédiat et étrange. Je reste immobile et tout en moi est immobile, comme soudain alourdi, mais ce poids n'est pas désagréable. Les yeux de la femme sont d'un brun uniforme, et son regard fixe.

— Que la paix de Dieu soit avec toi, même au milieu de la tempête, dit-elle d'une voix grave.

— Pourquoi serait-elle avec moi ? murmuré-je, pour ne pas être entendue des autres. Après tout ce que j'ai fait...

— Cela ne dépend pas de toi. C'est un cadeau. Il ne se mérite pas, ou ce ne serait plus un cadeau.

Elle me lâche pour se diriger vers quelqu'un d'autre et je reste seule, la main tendue. Un Fraternel s'approche pour prendre sa place, mais je m'extrais du groupe, d'abord en marchant, puis au pas de course.

Je traverse le verger à toute vitesse et ne m'arrête que quand mes poumons sont en feu.

J'appuie mon front sur l'écorce de l'arbre le plus proche, qui m'érafle la peau, et je ravale mes larmes.

+++

Plus tard dans la matinée, je me rends à la serre sous une pluie légère. Johanna a convoqué une réunion d'urgence. Je tâche de me faire la plus discrète possible en me tenant dans un coin de la salle, entre deux grosses plantes suspendues dans des solutions minérales. Je mets un moment à repérer Christina sur ma droite, vêtue de jaune Fraternel. Marcus est plus facile à localiser, debout à côté de Johanna sur les racines de l'arbre géant.

Johanna, les cheveux attachés, croise les mains devant elle. La blessure qui lui a laissé sa cicatrice a aussi abîmé son œil droit : sa pupille dilatée déborde de l'iris, et seul son œil gauche bouge lorsqu'elle scrute la foule.

Mêlés aux Fraternels, il y a aussi des hommes aux cheveux coupés ras et des femmes coiffées de chignons serrés qui doivent être des Altruistes, et quelques rangées de personnes arborant des lunettes qui doivent faire partie des Érudits. Je repère Cara parmi eux.

— J'ai reçu un message de la ville, annonce Johanna quand tout le monde s'est tu. Et je souhaite vous le communiquer.

Elle tire sur l'ourlet de sa jupe, puis serre ses mains croisées. Elle paraît tendue.

— Les Audacieux se sont alliés aux sans-faction, poursuit-elle. Ils ont prévu d'attaquer les Érudits après-demain. Ces combats seront menés, non contre l'armée mixte des Érudits et des Audacieux, mais contre des Érudits innocents, et pour détruire le savoir qui leur a coûté tant de travail.

Elle baisse la tête, inspire profondément et reprend :

— Je sais que nous ne reconnaissons pas de leader et que

rien ne m'autorise à m'adresser à vous en tant que telle. J'espère que vous me pardonnerez si je vous demande cette fois-ci de reconsidérer notre décision de neutralité.

Des murmures s'élèvent ; des murmures doux comme des oiseaux qui s'envolent d'une branche, sans rien de commun avec des murmures d'Audacieux.

— Quelles que soient nos relations avec les Érudits, nous sommes mieux placés que toute autre faction pour savoir à quel point leur rôle est essentiel dans notre société, reprend Johanna. Ils doivent être protégés contre un massacre gratuit, non seulement parce que ce sont des êtres humains, mais aussi parce que notre survie dépend de la leur. Je propose une marche pacifique et neutre sur la ville, afin de tenter d'infléchir l'extrême violence qui ne manquera pas de se déchaîner. Merci d'en discuter entre vous.

La pluie opacifie les panneaux de verre du toit. Johanna s'assied sur une racine pour attendre le résultat des débats. Mais contrairement à la dernière fois, tout se déroule dans un calme un peu glaçant.

Des chuchotements, presque aussi indistincts que le bruit de la pluie, se muent peu à peu en bribes de phrases audibles Quelques voix s'élèvent bientôt au-dessus des autres, sans pour autant crier.

Chacun de ces éclats me fait l'effet d'une décharge électrique. J'ai assisté à bon nombre d'échanges houleux dans ma vie, surtout ces deux derniers mois, mais aucun ne m'a jamais autant effrayée que celui-ci. Les Fraternels ne sont pas censés se disputer.

Décidant de ne pas attendre plus longtemps, je contourne la zone de réunion, me faufilant entre les gens restés assis et ceux qui se sont levés. Certains me dévisagent ; j'ai beau porter une robe rouge, mes tatouages sur la clavicule se voient plus que jamais, même de loin.

Je m'arrête près de la rangée d'Érudits. À mon approche, Cara se lève en croisant les bras.

— Qu'est-ce que tu fais ici ? me demande-t-elle.

— Je suis venue prévenir Johanna de ce qui se passait. Et demander de l'aide.

— À moi ? Mais pourquoi...

— Pas à toi en particulier, dis-je, en évitant de penser à la remarque qu'elle a faite sur mon nez. À vous tous. J'ai un plan pour sauvegarder une partie des données de votre faction, mais j'ai besoin de vous pour ça.

— En fait, déclare Christina en surgissant derrière mon épaule gauche, *on* a un plan.

Cara nous regarde l'une après l'autre avant de reposer les yeux sur moi.

— Tu veux aider les Érudits ? s'exclame-t-elle. *Toi* ? J'ai du mal à comprendre.

— Tu étais bien prête à aider les Audacieux, répliqué-je. Tu crois être la seule à ne pas suivre aveuglément les consignes de ta faction ?

— Remarque, ça colle avec ton schéma de comportement, reprend-elle. Ce n'est pas ton genre de te laisser arrêter par ce qui barre ton chemin.

Ma gorge se noue, tout à coup. Elle ressemble tellement à son frère, jusqu'au petit pli entre les sourcils et aux mèches plus sombres dans ses cheveux blonds.

— Cara, intervient Christina. Tu vas nous aider, oui ou non ?

— Évidemment, soupira Cara. Mais je ne suis pas sûre que

les autres me suivent. Rendez-vous au dortoir des Érudits après la réunion. Vous m'expliquerez votre plan.

+++

La réunion se poursuit encore une heure. Entre-temps, la pluie a cessé, bien que les gouttes continuent à couler sur les vitres et du toit. Assises contre un mur, Christina et moi jouons à pierre-feuille-ciseaux. Elle gagne à tous les coups.

Enfin, Johanna et ceux qui ont pris le rôle de leaders dans la discussion s'alignent sur les racines. Elle a la tête baissée et cette fois, ses cheveux masquent son visage. Elle est censée nous informer de l'issue des débats, mais elle reste là, bras croisés, à pianoter des doigts sur ses coudes.

— Qu'est-ce qui se passe ? demande Christina.

Johanna relève enfin la tête.

— Nous avons clairement eu des difficultés à aboutir à un accord. Mais vous vous êtes prononcés en majorité pour le maintien de notre politique de non-intervention.

Que les Fraternels décident ou non de marcher sur la ville ne change pas grand-chose pour moi. Mais j'avais commencé à espérer qu'ils n'étaient pas tous des lâches et, à mes yeux, leur décision ressemble à de la lâcheté. Je me laisse aller en arrière, le dos contre la paroi de verre.

— Je ne souhaite pas encourager la division au sein de notre communauté, qui m'a tant apporté, poursuit Johanna. Toutefois, ma conscience m'oblige à aller à l'encontre de cette décision. Quiconque se sent poussé par sa conscience sera le bienvenu à mes côtés pour marcher sur la ville.

D'abord, comme tous les autres, je ne suis pas sûre de

comprendre ce qu'elle vient de dire. Elle penche la tête de telle sorte que sa cicatrice soit bien visible avant d'ajouter :

— Je sais que cela implique mon départ des Fraternels. Mais sachez que si je vous quitte, je le fais avec amour, et sans rancœur.

Johanna s'incline devant la foule, glisse ses cheveux derrière ses oreilles et se dirige vers la sortie. Quelques Fraternels se lèvent gauchement, puis d'autres, puis c'est toute l'assistance qui est debout, et quelques-uns – une minorité – sortent derrière elle.

— Ça, commente Christina, ce n'est pas du tout ce que j'avais prévu.

CHAPITRE QUARANTE

LES ÉRUDITS ONT RÉCUPÉRÉ l'un des plus grands dortoirs du siège des Fraternels. Il comprend douze lits : une rangée de huit contre le mur du fond et quatre autres groupés par deux aux extrémités de la salle. Le reste n'est qu'un vaste espace vide au milieu duquel trône une grande table couverte d'outils, de bouts de métal, de rouages divers, de fils électriques et de pièces détachées de vieux ordinateurs.

Christina et moi venons d'exposer notre plan. Sous le regard de la douzaine d'Érudits qui nous écoutent, il a l'air plus stupide que jamais.

Cara est la première à réagir.

— Il y a un os dans votre plan.

— C'est pour ça qu'on vient vous voir, dis-je. Pour que vous nous aidiez à trouver une solution.

— Pour commencer, explique-t-elle, cette information essentielle que vous voulez récupérer, ce serait idiot de la copier sur un disque dur. Les disques durs finissent toujours par se briser ou par tomber aux mains de la mauvaise personne, comme n'importe quel autre objet. Je vous conseille plutôt de vous servir du réseau de données.

— Le... quoi ?

Elle échange un coup d'œil avec les autres Érudits. L'un d'eux – un jeune homme à la peau mate qui porte des lunettes – lui marmonne :

— C'est bon, tu peux leur en parler. On n'a plus de raisons de garder ça secret.

Cara se retourne vers moi.

— Beaucoup d'ordinateurs au siège des Érudits sont conçus pour accéder aux données de ceux des autres factions. C'est pour ça que Jeanine a eu autant de facilité à mener la simulation d'attaque à partir d'un ordinateur des Audacieux plutôt que d'un des nôtres.

— Quoi ? s'exclame Christina. Alors vous pouvez vous balader dans les données de toutes les factions n'importe quand ?

— On ne peut pas « se balader » dans des données, rectifie le jeune homme. Ça ne veut rien di...

— C'est une métaphore, le coupe-t-elle en fronçant les sourcils. Tu comprends ?

— Une métaphore ou juste une figure de style ?

— Fernando, intervient Cara. On reste concentrés.

Il acquiesce d'un hochement de tête.

— Toujours est-il, reprend Cara, que ce réseau de données existe. Et s'il est contestable sur le plan éthique, dans ce cas précis, il peut nous avantager. De la même façon que nos ordinateurs peuvent accéder aux données des autres factions, ils peuvent aussi leur en *transmettre*. Si on envoie les données à préserver à toutes les autres factions, elles deviendront impossibles à détruire.

— Quand tu dis « nous », demandé-je, doit-on comprendre que...

— Qu'on vient avec vous ? Pas tous, bien sûr, mais il faudra bien que quelques-uns d'entre nous vous accompagnent. Vous comptiez vous repérer dans le siège des Érudits toutes seules ?

— Vous êtes bien conscients que vous risquez de vous faire tirer dessus ? précise Christina. Et pas question de vous planquer derrière nous pour protéger vos sacro-saintes lunettes ou je ne sais quoi.

Cara ôte les siennes et les casse en deux.

— Nous avons déjà risqué nos vies en rompant avec notre faction, répond-elle. Et nous sommes prêts à recommencer pour l'empêcher de se détruire elle-même.

— Et puis, on a des gadgets utiles, s'élève une voix fluette.

Derrière le coude de Cara surgit la tête d'une petite fille de dix ou onze ans. Elle a des cheveux noirs, courts comme les miens mais tout frisés, qui dessinent un halo autour de sa tête.

J'échange un coup d'œil avec Christina.

— Quel genre de gadgets ? demandé-je.

— Juste des prototypes, répond Fernando. Pas de quoi passer des heures à les analyser.

— L'analyse, c'est pas trop notre truc, observe Christina.

— Alors, comment vous arrivez à faire progresser les choses ? demande la petite fille.

— Eh bien, on ne le fait pas, admet Christina avec un soupir. Elles ont plutôt tendance à se détériorer.

La fillette hoche la tête d'un air entendu.

— L'entropie, résume-t-elle.

— Quoi ?

— L'entropie, répète-t-elle de sa voix flûtée. C'est la théorie selon laquelle toute matière dans l'univers approche peu à peu de la même température. Également connue sous le nom de « mort de la chaleur ».

— Elia, la rabroue Cara, c'est une vision totalement réductrice.

L'intéressée lui tire la langue et je ne peux pas me retenir de rire. Je n'avais jamais vu un Érudit faire une grimace. Mais je n'en ai pas fréquenté beaucoup de jeunes. Rien que Jeanine et ses collaborateurs. Dont mon frère.

Fernando plonge sous un lit et en sort une boîte. Il fouille dedans quelques instants avant d'en extraire un petit disque rond, fait d'un métal clair que j'ai souvent vu au siège des Érudits, mais nulle part ailleurs. Il me l'apporte, posé à plat sur la paume de sa main. Et l'écarte dès que je tends la mienne.

— Doucement ! proteste-t-il. Ça vient du siège. Ce n'est pas quelque chose qu'on a inventé ici. Tu étais là quand ils ont attaqué les Sincères ?

— Oui. J'étais *dedans*.

— Tu te souviens du moment où le verre a explosé ?

— Tu y étais, toi ? demandé-je en plissant les yeux.

— Non. Mais ils ont tout enregistré et montré les images au siège. Donc, on dirait que le verre a explosé parce qu'ils ont tiré dessus, mais c'est faux. Un soldat Audacieux a lancé un de ces trucs-là près des fenêtres. Ça émet un signal inaudible qui brise le verre.

— D'accord. Et en quoi ça va nous servir ?

— Faire exploser toutes les vitres d'un bâtiment, c'est assez efficace pour détourner l'attention, précise-t-il avec un léger sourire. Surtout au siège des Érudits, où ce ne sont pas les fenêtres qui manquent.

— Je vois.

— Qu'est-ce que vous avez d'autre ? demande Christina.

— Un truc qui va plaire aux Fraternels, dit Cara. Où est-il ? Ah, le voilà.

Elle prend une boîte en plastique noire, assez petite pour tenir dans son poing. Le couvercle est orné de deux pièces métalliques semblables à des dents. Cara actionne un bouton sous la boîte et un filet de lumière bleue relie les deux petites dents.

— Fernando, dit-elle, tu nous fais une démonstration ?

— Tu rigoles ? répond-il d'un air effaré. Plus jamais. Tu es trop dangereuse avec ce bidule.

Cara lui jette un regard moqueur et nous explique :

— Si je vous touchais maintenant avec ça, ce serait extrêmement douloureux et ça vous mettrait hors d'état de nuire pendant un certain temps. Fernando l'a découvert hier à ses dépens. J'ai trouvé ce moyen pour que les Fraternels puissent se défendre sans avoir à se servir d'une arme.

— C'est... (Je fronce les sourcils à la recherche du terme qui convient.) très délicat de ta part.

— Disons que la technologie est censée améliorer la vie des gens. Quelles que soient leurs valeurs, il y a toujours une invention qui leur convient.

Que me disait ma mère dans la simulation ? « J'ai bien peur que les vitupérations de ton père contre les Érudits ne t'aient donné une fausse opinion d'eux. »

Et si c'était vrai, même si ce n'était pas elle qui me parlait mais une simulation ? Mon père m'a appris à porter un certain regard sur les Érudits. Il ne m'a jamais expliqué qu'ils ne jugeaient pas les valeurs des autres et s'en tenaient à concevoir des outils que chaque faction pouvait utiliser dans le respect de ses valeurs. Il ne m'a jamais dit qu'ils pouvaient être drôles ou critiques à l'égard de leur propre faction.

Cara se jette sur Fernando avec le dispositif paralysant et rit en le voyant reculer d'un bond.

Mon père ne m'a jamais dit qu'une Érudite pourrait me proposer son aide après que j'ai tué son propre frère.

+++

L'attaque sera lancée cet après-midi, avant qu'il ne fasse trop sombre pour distinguer les brassards bleus des traîtres Audacieux. Dès que notre plan est au point, on traverse le verger jusqu'à la clairière où sont garées les camionnettes. En quittant le couvert des arbres, je découvre Johanna Reyes perchée sur le capot d'un des véhicules, en train de jouer avec les clés.

Derrière elle se déploie un petit convoi de Fraternels, au milieu desquels je reconnais aussi des Altruistes, avec leur coupe de cheveux austère et leurs bouches figées. Robert, le frère aîné de Susan, est parmi eux.

Johanna saute du capot. Sur la plateforme arrière de la camionnette, sont empilées des caisses portant les inscriptions « Pommes », « Farine » ou « Maïs ». Une chance qu'on n'ait que deux personnes à y caser.

— Salut, Johanna ! lui lance Marcus.

— Salut, Marcus. J'espère que tu n'as pas d'objection à ce qu'on vous accompagne en ville.

— Pas la moindre. Je t'en prie, passe en tête.

Johanna lui tend les clés et monte sur la plateforme arrière d'un autre véhicule. Christina s'approche de la cabine avec Marcus et je me dirige vers l'arrière, suivie de Fernando.

— Tu ne veux pas t'asseoir à l'avant ? me demande-t-elle. Et tu te prétends une Audacieuse...

— J'ai choisi l'endroit où j'avais le moins de risques d'avoir mal au cœur, me justifié-je.

— Gerber, ça fait partie des réalités de la vie.

Je m'apprête à lui demander combien de fois elle a prévu d'être malade à l'avenir, quand la camionnette démarre dans une secousse. Je m'accroche à deux mains au rebord pour ne pas tomber, puis le lâche dès que je me suis habituée aux cahots. Les autres véhicules tressautent devant nous, menés par celui de Johanna.

Jusqu'à la Clôture, je me sens calme. Je m'attends à retomber sur les gardes qui nous ont arrêtés à l'aller, mais la porte est grande ouverte, abandonnée. Au milieu de tous ces plans et de ces nouvelles rencontres, j'ai oublié que mon plan à moi consistait à foncer tête baissée dans un combat où je risquais de laisser ma vie. Juste après m'être rendu compte qu'elle valait la peine d'être vécue.

Le convoi ralentit tandis qu'on franchit la Clôture, comme si les chauffeurs s'attendaient à ce que quelqu'un bondisse pour nous arrêter. Tout est silencieux à part les moteurs des camionnettes et le chant des cigales au loin dans les arbres.

— Tu crois que ça a déjà commencé ? demandé-je à Fer nando.

— Peut-être. Ou peut-être pas. Jeanine a beaucoup d'informateurs. Elle est sans doute déjà au courant qu'un truc se prépare. Et elle a rappelé toutes les troupes des traîtres Audacieux au siège des Érudits.

J'acquiesce d'un hochement de tête, mais c'est surtout à Caleb que je pense. Il fait partie de ces informateurs. Comment a-t-il pu en arriver à croire que la nécessité de nous cacher la vérité sur le monde extérieur justifiait de trahir tous ceux qu'il était censé aimer pour suivre Jeanine, qui n'aime personne ?

— Tu as déjà rencontré un certain Caleb ? demandé-je.

— Caleb... répète Fernando avec un petit sourire ironique. Oui, il y en avait un dans ma classe d'initiation. Très intelligent, mais il était... c'est quoi, l'argot pour ça ? Ah oui. Un lèche-cul. Il y avait deux clans parmi les novices. Ceux qui gobaient tout ce que disait Jeanine, et les autres. Pas la peine de te dire que j'étais dans le deuxième groupe. Caleb faisait partie du premier. Pourquoi tu me demandes ça ?

— Par curiosité. Je l'ai rencontré quand j'étais en prison chez les Érudits, dis-je d'une voix qui me paraît lointaine, même à moi.

— Je ne le jugerais pas trop durement, reprend Fernando. Jeanine peut se montrer extraordinairement persuasive avec ceux qui ne sont pas méfiants de nature. Moi je suis méfiant.

Je fixe derrière son épaule gauche la ligne des toits qui se dessine à l'horizon, de plus en plus proche. Je cherche des yeux les deux piques qui coiffent la Ruche. Une fois que je les ai trouvées, je me sens à la fois mieux, parce que le bâtiment m'est familier, et moins bien, parce que si je vois les piques, c'est qu'on n'est plus très loin.

— Ouais, moi aussi, dis-je à Fernando.

CHAPITRE QUARANTE ET UN

LE TEMPS QU'ON ARRIVE EN VILLE, toute conversation a cessé dans la camionnette ; les visages sont pâles et les lèvres serrées. Marcus esquive des nids-de-poule de plus d'un mètre et les restes d'une carcasse de bus. La route devient plus praticable quand on quitte le territoire des sans-faction pour les parties entretenues de la ville.

Soudain, j'entends des tirs. À cette distance, on dirait des ballons qui éclatent.

Pendant quelques secondes, je suis en état de choc : je ne vois que des leaders Altruistes à genoux sur le trottoir et des Audacieux au visage sans expression, armes à la main ; je ne vois que ma mère se retournant pour recevoir les balles, et Will qui s'écroule. Je me mords le poing pour retenir un cri, et la douleur de la morsure me ramène à la réalité.

Ma mère m'a dit que je devais avoir du courage. Mais se serait-elle sacrifiée aussi facilement si elle avait su que sa mort me rendrait tellement vulnérable à la peur ?

Marcus quitte le convoi pour tourner dans Madison Avenue.

Parvenu à deux pâtés de maisons de Michigan Avenue, où se déroulent les combats, il s'engage dans une ruelle et éteint le moteur.

Fernando saute à bas de la plateforme et m'offre sa main.

— On y va, l'Insurgée, me lance-t-il avec un clin d'œil.

— Quoi ?

Je me laisse glisser par terre en prenant appui sur lui.

Il ouvre le sac qu'il a emporté, fourrage dans un tas de vêtements bleus et en choisit quelques-uns qu'il nous jette, à Christina et moi. Je récupère un jean et un tee-shirt bleu vif.

— Insurgé, reprend-il. Nom commun. Quelqu'un qui agit en opposition à l'autorité en place, sans qu'on puisse nécessairement l'assimiler à un belligérant.

— Tu as vraiment besoin de mettre un nom sur tout ? lui demande Cara en rassemblant ses mèches blondes. On entreprend une action et le hasard fait qu'elle est collective. Ça n'exige pas une nouvelle dénomination.

— Et le hasard fait que j'aime bien catégoriser les choses, réplique Fernando en haussant un sourcil brun.

Je le regarde. La dernière fois que je suis entrée par effraction dans le siège d'une faction, c'était avec une arme au poing et j'ai laissé des morts derrière moi. Je veux que ça se passe autrement, cette fois-ci. J'ai *besoin* que ça se passe autrement.

— « Insurgé ». Ça me plaît, dis-je. C'est le mot parfait.

— Ah, tu vois ? fait-il à Cara. Je ne suis pas le seul.

— Félicitations, répond-elle d'un ton las.

Je fixe mes vêtements Érudits d'un air perplexe tandis que les autres entreprennent de se changer.

— Pas le moment d'être prude, la Pète-sec ! me lance Christina avec un regard en coin.

Je sais qu'elle a raison ; j'enlève mon tee-shirt rouge pour enfiler le bleu. Je glisse un coup d'œil vers Marcus et Fernando pour m'assurer qu'ils sont occupés ailleurs avant de passer au pantalon. Je dois rouler l'ourlet quatre fois et quand je boucle la ceinture, la taille se plisse comme le haut d'un sachet en papier froissé.

— Elle ne vient pas de t'appeler Pète-sec ? me demande Fernando.

— Si. Je suis une Audacieuse native des Altruistes.

— Wouah, dit-il, l'air épaté. Ce n'est pas rien comme changement. Les différences de personnalités aussi marquées entre parents et enfants, c'est devenu une quasi-impossibilité génétique, de nos jours.

— Le choix d'une faction ne dépend pas toujours seulement de notre personnalité, objecté-je. Il y a beaucoup de facteurs qui entrent en jeu

Je pense à ma mère. Elle a quitté les Audacieux non parce qu'elle n'y avait pas sa place, mais parce qu'il était moins dangereux d'être Divergente chez les Altruistes.

Et puis il y a Tobias, passé chez les Audacieux pour échapper à son père. Pour échapper à l'homme avec lequel je me suis alliée. J'éprouve un pincement de culpabilité.

— Continue à parler comme ça et tu n'auras aucun mal à te faire passer pour une Érudite, me dit Fernando.

Je me passe un coup de peigne et je coince mes cheveux derrière mes oreilles.

— Attends, m'arrête Cara.

Elle plaque une de mes mèches de devant sur le côté avec une barrette en argent, comme le font les filles Érudites.

Christina sort les pistolets qu'on a apportés et me regarde.

— Tu en veux un ? Ou tu préfères prendre le dispositif paralysant ?

Je garde les yeux rivés sur le pistolet qu'elle tient à la main. Si je ne prends pas le dispositif paralysant, je me mets à la merci de gens qui n'hésiteront pas une seconde à me tirer dessus. Si je le prends, j'avoue ma faiblesse devant Fernando, Cara et Marcus.

— Tu sais ce que dirait Will ? me glisse Christina.

— Quoi ? demandé-je d'une voix étranglée.

— Il te dirait d'aller de l'avant. D'arrêter de te comporter d'une manière aussi irrationnelle et de prendre ce fichu pistolet.

Will n'avait pas beaucoup de patience pour les comportements irrationnels. Christina doit avoir raison ; elle le connaissait mieux que moi.

Et elle qui, comme moi, a perdu quelqu'un de cher ce jour-là, a été capable de me pardonner, un geste que j'aurais cru impossible. À sa place, j'en aurais été incapable. Alors, pourquoi ai-je autant de mal à me pardonner moi-même ?

Je referme la main sur le pistolet qu'elle me propose, et dont le métal a gardé la chaleur de sa paume. Le souvenir d'avoir tué Will tire sur un coin de ma mémoire. Je tente de l'étouffer, sans y parvenir. Je lâche le pistolet.

— Le dispositif paralysant est un choix tout à fait pertinent, intervient Cara. Si vous voulez mon avis, les Audacieux ont la gâchette un peu trop facile.

Fernando me tend la boîte en plastique noire. Je voudrais exprimer ma reconnaissance à Cara, mais elle ne me regarde pas.

— Et comment je cache ce truc ? demandé-je.

— Pas besoin, m'assure Fernando.

— OK.

— Il est temps d'y aller, signale Marcus en consultant sa montre.

À part mon cœur qui bat si fort qu'il semble marquer chaque seconde, le reste de mon corps est comme engourdi. Je n'ai jamais eu aussi peur, et si l'on considère tout ce que j'ai eu l'occasion de voir en simulation, et tout ce que j'ai réellement vu durant l'attaque sous simulation, c'est absurde.

Ou peut-être pas tant que ça. Quelle que soit cette chose que les Altruistes s'apprêtaient à révéler à tous avant l'attaque, cela a poussé Jeanine à prendre des mesures extrêmes pour les en empêcher. Et je suis sur le point d'achever leur travail, ce travail pour lequel ceux de mon ancienne faction sont morts. Cette fois-ci, l'enjeu est bien plus vaste que ma vie.

Je prends la tête avec Christina. On fonce sur le trottoir propre et lisse de Madison Avenue vers Michigan Avenue, en traversant State Street.

À cent mètres du siège des Érudits, je stoppe net.

Disposé sur quatre rangées en face de nous, espacés de soixante centimètres, des gens vêtus principalement de noir et de blanc nous attendent, l'arme au poing. Un battement de paupières et je revois devant moi les Audacieux contrôlés par la simulation, sur les trottoirs du secteur Altruiste. *Reprends-toi! Reprends-toi reprends-toi reprends-toi*... Nouveau battement de paupières et ils redeviennent des Sincères, bien que certains, tout en noir, ressemblent à des Audacieux. Si je ne me contrôle pas, je vais mélanger les souvenirs avec la réalité.

— Oh non, souffle Christina. Ma sœur, mes *parents*... Et s'ils...

Elle me regarde et je crois comprendre ce qui se passe dans sa tête, pour l'avoir déjà vécu. « Où sont mes parents ? Il faut que je les retrouve. » Mais si ses parents sont dans la même situation que ces Sincères-ci, armés et manipulés par la simulation, elle ne peut rien faire pour eux.

Je me demande si Lynn se trouve ailleurs, dans une rangée semblable à celles-ci.

— Qu'est-ce qu'on fait ? marmonne Fernando.

J'avance d'un pas vers les Sincères. Ils ne sont peut-être pas programmés pour tirer. Je fixe les yeux vitreux d'une femme en pantalon à pinces noir et chemise blanche. Elle a l'allure de quelqu'un qui revient du travail. Je fais un pas de plus.

Bang.

Par réflexe, je me jette au sol en couvrant ma tête avec mes bras et je recule à quatre pattes, vers les chaussures de Fernando. Il m'aide à me relever.

— On devrait peut-être chercher une autre idée, déclare-t-il.

Je me penche en avant – pas trop – pour jeter un coup d'œil sur ma gauche dans la ruelle qui sépare le bâtiment le plus proche du siège des Érudits. Je ne serais pas étonnée qu'un épais cordon de Sincères entoure l'ensemble des immeubles des Érudits.

— Il y a un autre chemin pour arriver au siège ? demandé-je.

— Pas à ma connaissance, répond Cara. À moins de sauter d'un toit à l'autre.

Elle dit cela avec un petit rire, comme une plaisanterie. Je la regarde en haussant les sourcils.

— Attends, reprend-elle. Tu n'as pas l'intention de...

— Sauter du toit ? Non. Passer par les fenêtres.

En veillant bien à ne pas m'approcher des Sincères, j'oblique vers un bâtiment dont la partie gauche donne sur l'arrière du siège des Érudits. Ils ont forcément des fenêtres en vis-à-vis.

Après avoir grommelé quelque chose à propos des acrobaties de ces tarés d'Audacieux, Cara s'élance derrière moi, suivie par Fernando, Marcus et Christina. J'essaie d'ouvrir la porte de derrière de l'immeuble, mais elle est verrouillée.

— Reculez, dit Christina en s'avançant.

Elle vise la serrure avec son pistolet. Je porte un bras en bouclier devant mon visage juste avant qu'elle tire. J'entends une détonation, puis un tintement aigu, la répercussion sonore classique d'un coup de feu dans un espace clos.

La serrure a sauté.

J'entre dans un couloir au sol carrelé, avec des portes de chaque côté, dont certaines sont ouvertes. En jetant un coup d'œil dans les pièces, je vois des rangées de vieux bureaux et des tableaux sur les murs, les mêmes que ceux qu'il y a chez les Audacieux. L'air sent le renfermé, comme les pages d'un livre de bibliothèque, mêlé à l'odeur des produits d'entretien.

— À l'origine, signale Fernando, c'était un immeuble commercial. Les Érudits l'ont transformé en école pour les cours qui suivent la cérémonie du Choix. Après les gros travaux effectués au siège il y a une dizaine d'années – vous savez, quand tous les bâtiments qui se trouvaient en face du Millenium Park ont été reliés entre eux –, ils ont cessé d'enseigner ici. Trop vieux, trop difficile à rénover.

— Merci pour la leçon d'histoire, commente Christina.

Arrivée au bout du couloir, j'entre dans une salle de classe pour me repérer. Derrière ma fenêtre, si près que je pourrais la toucher en passant la main dehors, est postée une petite fille Sincère armée d'un pistolet aussi long que son bras. Elle est d'une telle immobilité que je me demande si elle respire.

De l'autre côté de la rue se dresse l'arrière du siège des

Érudits. Le mur ne comporte pas d'ouvertures au rez-de-chaussée. Je me tords le cou pour repérer des fenêtres plus haut. Je n'en repère qu'une au deuxième étage. Au-dessus de nous, dans l'ancien bâtiment scolaire, je sais que ce n'est pas ça qui manque.

— Bonne nouvelle, annoncé-je. J'ai trouvé un passage.

CHAPITRE QUARANTE-DEUX

SUR MES INSTRUCTIONS, tout le monde se disperse dans l'immeuble à la recherche d'un local d'entretien, en quête d'une échelle. J'entends des baskets crisser sur le carrelage et des voix qui lancent : « J'ai trouvé ! Non, laissez tomber, il n'y a que des seaux là-dedans... » et « Elle doit être haute comment, l'échelle ? Un escabeau, ça ne marche pas ? »

Pendant que les autres s'affairent, je localise la salle du deuxième étage qui fait face à la fenêtre du siège. Il me faut trois essais avant de réussir à ouvrir notre fenêtre.

Je me penche à l'extérieur et je crie :

— Hé !

Je me recule aussitôt, mais aucun coup de feu ne me répond. Parfait. Ils ne réagissent pas au bruit.

Christina entre dans la salle d'un pas énergique, une échelle sous le bras, les autres derrière elle.

— Et voilà ! Elle devrait être assez longue.

Elle se retourne trop tôt et percute l'épaule de Fernando.

— Oh, désolée, Nando !

Le choc a fait glisser ses lunettes de travers. Il lui sourit en les retirant et les fourre dans sa poche.

— Nando ? m'étonné-je. Je croyais que les Érudits n'aimaient pas les surnoms.

— Quand c'est une jolie fille qui te le donne, l'effet n'est pas le même.

Christina détourne le regard. Je crois d'abord que c'est par timidité, avant de m'apercevoir qu'une grimace déforme son visage, comme s'il l'avait giflée au lieu de lui faire un compliment. La mort de Will est trop récente pour qu'elle se sente prête à se laisser draguer.

On fait passer le haut de l'échelle par la fenêtre jusqu'au mur d'en face. Marcus nous aide à la stabiliser. Fernando pousse un cri de triomphe quand l'échelle touche la fenêtre des Érudits.

— Maintenant, on brise le verre, annoncé-je.

Fernando sort son appareil de sa poche et me le tend.

— Tu vises sûrement mieux que nous.

— Pas sûr, objecté-je. Mon bras droit est hors service. Il faudrait que je lance du bras gauche.

— Je vais le faire, propose Christina.

Elle appuie sur le bouton situé sur le bord du disque et le jette en l'air vers le mur d'en face. Les poings serrés, je guette le résultat. L'engin atterrit sur le rebord de la fenêtre et rebondit sur le carreau. Un éclair orange, puis la vitre et toutes celles qui se trouvent autour se brisent en des centaines de petits grêlons qui pleuvent sur les Sincères en bas dans la rue.

À la même seconde, ils se retournent d'un bloc pour tirer vers le ciel. D'un côté, je m'émerveille de cette réaction parfaitement synchrone des Sincères ; de l'autre, je suis révulsée par la manière dont Jeanine Matthews peut changer des êtres humains en robots. Aucune balle n'a atteint les fenêtres de la salle de classe.

Dans notre groupe, tout le monde s'est jeté à terre sauf moi. Voyant que les Sincères s'en sont tenus à une seule salve, je me penche pour jeter un coup d'œil en contrebas. Ils ont repris leur position initiale, la moitié face à Madison Avenue, l'autre face à Washington Street.

— Ils ne réagissent qu'au mouvement, dis-je. Conclusion, évitez de tomber de l'échelle. Celui qui passera en premier la fixera de l'autre côté.

Je remarque que Marcus, pourtant censé se dévouer pour toute tâche avec abnégation, s'abstient de se porter volontaire.

— On ne se sent pas très Pète-sec, aujourd'hui, Marcus ? le nargue Christina.

— À ta place, je choisirais plus soigneusement ceux que j'insulte, rétorque-t-il. Je suis toujours le seul ici qui puisse trouver ce qu'on cherche.

— C'est une menace ?

— J'y vais, annoncé-je avant qu'il ait le temps de répondre. Moi aussi, je suis une Pète-sec, non ?

Je glisse le dispositif paralysant dans ma ceinture pour grimper sur un bureau et avoir un meilleur angle pour aborder la fenêtre. Christina maintient le bord de l'échelle tandis que je monte dessus et que je commence à avancer.

Une fois à l'extérieur, je place mes pieds sur les étroits montants en aluminium et les mains sur les barreaux. L'échelle grince et plie sous mon poids ; elle m'a l'air aussi solide qu'une boîte de conserve en fer-blanc. J'essaie de ne pas regarder les Sincères en bas, de ne pas imaginer leurs pistolets se braquer sur moi et faire feu.

Avec de petites respirations rapides, je garde les yeux rivés sur mon but : la fenêtre des Érudits. Plus que quelques barreaux.

Une bourrasque s'engouffre dans la ruelle et me pousse sur le côté. Je repense à mon escalade de la grande roue avec Tobias. Cette nuit-là, il était présent pour me stabiliser. Aujourd'hui, je suis toute seule.

Du coin de l'œil, je vois le sol, deux étages plus bas, les briques minuscules, les rangées de Sincères asservis par Jeanine. Les bras douloureux – le droit surtout –, j'avance au-dessus du vide, centimètre après centimètre.

L'échelle bouge, s'éloignant du rebord de la fenêtre d'en face. Christina la maintient, mais elle ne peut pas l'empêcher de glisser de l'autre côté. Je serre les dents en évitant les mouvements brusques, pour la déplacer le moins possible, mais je ne peux pas avancer les deux jambes en même temps. Tant pis si ça oscille un peu. Plus que quatre barreaux.

Alors que j'avance le pied droit, l'échelle dérape brusquement vers la gauche et je rate le barreau suivant.

Je crie en glissant sur le côté, les bras serrés autour des montants, une jambe dans le vide.

— Ça va ? lance Christina derrière moi.

Sans répondre, je remonte la jambe et la replie sous moi. Ma chute a écarté l'échelle encore davantage du rebord de la fenêtre ; elle ne tient plus que sur un centimètre de ciment.

Je décide d'accélérer. Je me jette vers la fenêtre, et l'échelle se décale entièrement. Mes mains se referment sur le rebord et le ciment m'écorche les doigts, tandis que je reste suspendue dans le vide. Des voix crient dans mon dos.

Les mâchoires serrées, je me hisse vers le haut, l'épaule droite en feu. Je donne des coups de pied sur le mur en briques en y cherchant désespérément un appui, mais ça ne sert à rien Je gronde entre mes dents en me soulevant à la force des bras . cette fois, je suis à moitié à l'intérieur, les jambes toujours dans le vide. Une chance que Christina ait réussi à maintenir l'échelle pas trop loin de la fenêtre, sans la laisser tomber. Chez les Sincères, personne ne tire.

Un dernier effort et je me laisse glisser dans le bâtiment des Érudits. J'atterris sur l'épaule gauche et prends une grande goulée d'air pour faire passer la douleur. Mon front dégouline de sueur. Je suis dans des toilettes.

Une Érudite sort d'un cabinet. Je me relève à la hâte, saisis le dispositif paralysant et la vise, le tout sans réfléchir.

Elle se fige sur place, les mains en l'air. Un bout de papier toilette est collé sous la semelle de sa chaussure.

— Ne tirez pas, souffle-t-elle, les yeux exorbités.

Me souvenant soudain que je porte des vêtements d'Érudite, je pose la boîte noire sur le bord du lavabo.

— Veuillez m'excuser, dis-je, en m'efforçant d'adopter le style un peu formel des Érudits. Tous ces événements me mettent légèrement à cran. On nous a ordonné de retourner chercher des résultats de tests au... labo 4A.

— Oh, dit la femme. Cela ne semble guère prudent.

— Ces dossiers sont de la plus haute importance, précisé-je, avec l'arrogance que j'ai pu observer chez certains Érudits. Je ne tiens pas à les laisser là. Il serait regrettable que les disques durs soient détruits par les tirs.

— Il ne m'appartient pas de vous empêcher de les récupérer, me répond-elle. Si vous voulez bien m'excuser, je vais retourner me mettre à l'abri.

— Bonne idée.

Je ne lui dis rien pour le papier toilette et elle sort avec un petit rectangle rose sous sa chaussure.

Je me retourne vers la fenêtre. Dans l'immeuble d'en face, Christina et Fernando essaient de remettre l'échelle en place sur le rebord de la fenêtre. Malgré mes bras et mes mains en feu, je me penche pour l'attraper et la soulever. Puis je la maintiens pendant que Christina avance dessus à quatre pattes.

Cette fois, l'échelle est plus stable et Christina traverse sans incidents. Elle me remplace tandis que je pousse la poubelle devant la porte pour la bloquer. Puis je me passe les mains sous l'eau fraîche pour calmer la sensation de brûlure.

— Super, ton plan, Tris ! me lance Christina avec enthousiasme.

— Pas la peine de prendre ce ton étonné, rétorqué-je.

— C'est juste que... Tu as aussi montré des aptitudes pour les Érudits, non ?

— Et alors ? répliqué-je trop vivement. De toute façon, les factions ont été détruites et ce n'était déjà pas une idée si géniale que ça au départ.

Je n'avais jamais dit une chose pareille. Je ne l'avais même jamais pensée. Mais je suis tout étonnée de découvrir que j'en suis réellement convaincue... que je partage l'opinion de Tobias.

— Je ne cherchais pas à t'agresser, me dit Christina avec un signe d'apaisement. Il n'y a rien de mal à avoir des aptitudes pour les Érudits. En particulier en ce moment.

— Excuse-moi. Je suis un peu... tendue, c'est tout.

Marcus entre par la fenêtre et se laisse tomber sur le carrelage. Cara est étonnamment agile ; elle progresse sur les barreaux comme si elle pinçait les cordes d'un banjo, se contentant de les effleurer.

Dans le couloir, derrière la porte des toilettes, se font entendre des bruits de pas précipités et des exclamations affolées. Visiblement, l'arrivée des sans-faction commence à semer la panique dans les rangs des Érudits.

Fernando, en dernière position, va être confronté au même problème que moi, l'échelle n'étant sécurisée que de notre côté. Je m'approche de la fenêtre pour pouvoir l'avertir si je vois qu'elle glisse trop.

C'est le moins à l'aise de nous cinq. Il a dû passer toute sa vie dans les livres ou les ordinateurs. Il avance avec des gestes hésitants, écarlate, en serrant les barreaux si fort que ses mains en sont marbrées.

Alors qu'il est à mi-chemin, je vois quelque chose tomber de sa poche. Ses lunettes.

Je hurle :

— Fernan...

Mais c'est déjà trop tard.

Les lunettes percutent le montant de l'échelle et vont s'écraser sur le trottoir.

D'un seul mouvement, les Sincères lèvent leurs armes et font feu. Fernando s'affale sur l'échelle avec un cri. Une balle l'a atteint à la jambe. Je n'ai pas vu où se sont logées les autres, mais le sang qui coule entre les barreaux ne me dit rien qui vaille.

Il regarde fixement Christina, le teint grisâtre. Elle se jette en avant et se penche à l'extérieur pour l'attraper.

— Ne fais pas de bêtise ! lui dit-il d'une voix faible. Laisse-moi.

Ce sont ses dernières paroles.

CHAPITRE QUARANTE-TROIS

CHRISTINA S'EST REPLIÉE à l'intérieur. Personne ne bouge.

— Je ne voudrais pas paraître sans cœur, dit enfin Marcus, mais on doit filer avant que les Audacieux et les sans-faction ne pénètrent dans l'immeuble. S'ils ne l'ont pas déjà fait.

J'entends des petits bruits contre la vitre et je me retourne d'un bloc, m'imaginant l'espace d'une seconde que c'est Fernando qui essaie d'entrer. Mais ce n'est que la pluie.

On sort des toilettes derrière Cara. À partir de maintenant, c'est elle qui nous guide. C'est celle qui connaît le mieux les lieux. Christina lui emboîte le pas, suivie de Marcus, et je ferme la marche. On se retrouve dans un couloir strictement identique à tous les autres ici : clair, luisant, stérile.

Mais il y a plus d'animation dans celui-ci que je n'en ai jamais vu chez les Érudits. Des gens en bleu courent dans les deux sens, seuls ou en groupes, en se criant des informations : « Ils sont devant les portes ! », « Prenez les escaliers, ils ont neutralisé les ascenseurs ! »...

C'est seulement là, au milieu du chaos, que je m'aperçois

que j'ai oublié le dispositif paralysant aux toilettes. Me voilà de nouveau sans arme.

Des traîtres Audacieux nous dépassent en courant, moins affolés toutefois que les Érudits. Je me demande ce que Johanna, les Fraternels et les Altruistes sont en train de faire dans cette tourmente. S'occupent-ils des blessés ? Ou se dressent-ils entre les pistolets des Audacieux loyaux et les Érudits innocents, pour recevoir les balles au nom de la paix ?

Je frémis. Cara nous conduit jusqu'à un escalier de secours dans lequel on monte une, deux, trois volées de marches, au milieu d'un groupe d'Érudits terrifiés. Puis, en serrant son arme contre sa poitrine, Cara pousse une porte d'un coup d'épaule et on débouche sur un palier.

Je reconnais cet étage.

C'est « mon » étage.

Mon cerveau s'engourdit. J'ai failli mourir ici. J'ai *souhaité* y mourir.

Je ralentis malgré moi, en me laissant distancer. Même au milieu de tous ces gens qui courent autour de moi, impossible de sortir de ma torpeur. Marcus me crie quelque chose, mais sa voix me parvient étouffée. Christina revient sur ses pas, me saisit par le bras et m'entraîne vers la salle de contrôle A.

La pièce est équipée de rangées d'ordinateurs, mais l'espèce de voile qui me recouvre les yeux m'empêche de les voir vraiment. Je cligne des paupières. Marcus et Cara s'asseyent chacun devant un moniteur, s'apprêtant à envoyer les données informatiques des Érudits à toutes les autres factions.

Derrière moi, la porte s'ouvre.

Et j'entends la voix de Caleb qui demande :

— Qu'est-ce que vous faites là ?

+++

Cette voix me sort de ma transe. Je me retourne et mes yeux tombent sur le pistolet de mon frère.

Il a les yeux de ma mère, d'un vert sourd, presque gris, bien que le bleu de sa chemise les rende plus lumineux.

— Caleb, dis-je, tu te rends compte de ce que tu fais ?

— Je viens vous arrêter, quoi que vous soyez venus faire !

Sa voix tremble et son arme oscille dans sa main.

— On est venus récupérer les données des Érudits que les sans-faction veulent détruire. Je ne pense pas que tu aies intérêt à nous en empêcher.

— Tu mens, réplique-t-il.

Il désigne Marcus d'un coup de menton.

— Vous ne l'auriez pas amené si vous ne cherchiez pas autre chose. Quelque chose qui compte plus pour lui que toutes les données des Érudits !

— Jeanine t'en a parlé ? lui demande Marcus. Elle en a parlé à un gamin ?

— Pas au début, admet Caleb. Mais elle voulait que je puisse choisir mon camp en connaissance de cause !

— Ce qu'elle a peut-être omis de te préciser, répond Marcus, c'est que la réalité la terrifiait, alors que les Altruistes, eux, l'assumaient. Ils l'assument toujours. Et ta sœur aussi, à son crédit.

Je serre les dents. Même ses compliments me donnent envie de le gifler.

Caleb reporte les yeux sur moi.

— Ma sœur, dit-il doucement, ne sait pas dans quoi elle a mis les pieds. Elle ne sait pas ce que vous voulez montrer à tout le monde ; ni que ça va tout *détruire* !

— On est tous là au service d'une cause ! crie presque Marcus. On a accompli notre mission et il est temps pour nous de faire ce qu'on nous a envoyés faire !

J'ignore quelle est cette cause ou cette mission qu'il évoque, mais Caleb a l'air de comprendre.

— Nous, on ne nous a pas envoyés ici, riposte Caleb. Nous n'avons de responsabilité qu'envers nous-mêmes et personne d'autre.

— C'est précisément le genre de philosophie égocentrique qu'on peut attendre de la part de ceux qui côtoient Jeanine Matthews depuis trop longtemps. Vous tenez tellement à votre petit confort que cet égocentrisme vous prive de toute humanité !

La suite ne m'intéresse pas. Pendant que Caleb toise Marcus, je me retourne pour lui décocher un coup de pied dans le poignet. Sous l'impact, Caleb lâche son arme, que j'écarte du bout du pied.

— Tu dois me faire confiance, Beatrice, me dit-il, le menton tremblant.

— Alors que tu as aidé Jeanine à me torturer ? Alors que tu allais la laisser me *tuer* ?

— Je ne l'ai pas aidée à...

— Tu n'as pas levé le petit doigt pour l'en empêcher ! Tu étais *là*, et tu t'es contenté de regarder...

— Qu'est-ce que tu voulais que je fasse ? Qu'est-ce que...

— Tu aurais pu essayer ! Quitte à échouer, parce que je suis ta sœur et que tu m'aimes ! Mais tu n'es qu'un lâche !

J'ai crié si fort que mes joues sont en feu et que des larmes me montent aux yeux.

Je m'interromps pour reprendre ma respiration. Le seul bruit dans la pièce est le cliquetis des touches du clavier de Cara.

Caleb reste sans réaction. Son air implorant disparaît peu à peu, remplacé par un regard fixe.

— Ce n'est pas ici que vous trouverez ce que vous cherchez, affirme-t-il. Elle ne garderait pas des dossiers aussi importants sur des ordinateurs collectifs. Ce serait irrationnel.

— Donc, elle ne les a pas détruits ? s'enquiert Marcus.

Caleb fait non de la tête.

— Elle est contre la destruction des informations. Elle préfère les maîtriser.

— Dieu merci, murmure Marcus. Où les garde-t-elle ?

— Je ne vous le dirai pas.

— Je crois que je le sais, déclaré-je.

Si ces informations n'ont pas été conservées sur un ordinateur collectif, c'est que Jeanine les stocke sur un ordinateur personnel, soit dans son bureau, soit dans le laboratoire dont Tori m'a parlé.

Caleb évite mon regard

Marcus ramasse le pistolet de mon frère en le prenant par le canon. Puis il balaye l'air de son bras et le frappe d'un coup de crosse sous la mâchoire. Caleb s'effondre, les yeux révulsés.

Je préfère ne pas savoir où Marcus a appris ce genre de geste.

— On ne pouvait pas le laisser filer prévenir tout le monde, explique-t-il. Allons-y. Cara, tu peux t'occuper du reste ?

Elle acquiesce d'un hochement de tête sans relever les yeux de son écran. Le cœur au bord des lèvres, je sors de la salle de contrôle derrière Marcus et Christina.

+++

Le couloir a été déserté. Les Érudits n'ont laissé derrière eux que des bouts de papier et des traces de pas sur le carrelage. On se dirige au pas de course vers la cage d'escalier. Je fixe l'arrière du crâne de Marcus, dont on devine la forme sous sa coupe à ras.

En le regardant, je ne peux pas m'empêcher de voir sa ceinture qui s'abat sur Tobias et la crosse du pistolet qui percute la mâchoire de Caleb. Je me fiche qu'il l'ait attaqué – j'aurais pu le faire aussi. Mais que cet homme, qui sait très bien où frapper pour faire mal, se pavane dans le rôle de leader Altruiste rempli d'abnégation, ça, ça me met dans une colère noire, au point que ma vue se brouille.

L'idée que j'ai choisi son camp – plutôt que celui de Tobias – n'arrange rien.

— Pas la peine de me regarder comme ça, lâche Marcus en tournant à l'angle d'un couloir. Ton frère est un traître. Il méritait pire que ce que je lui ai fait.

Je le pousse contre le mur et la surprise l'empêche de réagir.

— Fermez-la ! crié-je. Vous savez que je vous hais ! À cause de ce que vous lui avez fait. Et je ne parle pas de Caleb !

J'approche mon visage du sien pour murmurer :

— Je n'irai pas jusqu'à vous tirer dessus. Mais croyez-moi, je n'ai aucune intention d'intervenir si quelqu'un d'autre essaie de le faire, et vous n'avez franchement pas intérêt à ce qu'on se fourre dans ce genre de situation.

Il me fixe d'un air indifférent. Je repars vers l'escalier, Christina sur les talons, Marcus quelques pas derrière.

— On va où ? me demande-t-elle.

— Puisque ce qu'on cherche ne se trouve pas sur un ordinateur collectif, on cherche un ordinateur personnel. À ma connaissance, Jeanine n'en a que deux, un dans son bureau et l'autre dans son labo.

— Et on commence par où ?

— D'après Tori, le labo de Jeanine est protégé par des mesures complètement dingues. Alors que son bureau, où je suis déjà allée, n'a vraiment rien de spécial.

— Donc, direction le labo, déduit Christina.

— Dernier étage.

Je pousse la porte de la cage d'escalier pour tomber sur un groupe d'Érudits, comprenant des enfants, en train de dévaler les marches à toute allure. Agrippée à la rampe, je joue des coudes à contre-courant de la foule, sans regarder les visages, comme s'il s'agissait d'une masse à écarter et non d'êtres humains.

Je m'attends à ce que le flot cesse, mais d'autres déboulent de l'étage supérieur dans un torrent continu de silhouettes nimbées d'une lumière bleuâtre. Par contraste, le blanc de leurs yeux luit comme des lampes. Leurs sanglots terrifiés résonnent à l'infini sur les murs de béton, tels les cris de démons aux prunelles phosphorescentes.

À l'approche du sixième étage, la foule devient plus clairsemée et, finalement, disparaît. Je me frotte les bras pour effacer le contact fantôme des cheveux, des peaux et des vêtements qui m'ont frôlée durant la montée. En levant la tête, je distingue le haut des marches.

Je distingue aussi le corps d'un garde dont le bras ballant dépasse d'une marche et, penché sur lui, un sans-faction avec un bandeau sur l'œil.

+++

— Tiens, qui voilà ! lance Edward.

Il se tient sur le palier et moi en bas, sept marches en contrebas. Le garde Audacieux gît entre nous, les yeux vitreux, la poitrine marquée d'une tache sombre à l'endroit où la balle – tirée par Edward, probablement – l'a touché.

— Drôle de tenue pour quelqu'un qui prétend mépriser les Érudits. Je te croyais à la maison, à attendre que ton petit ami revienne en héros.

— Comme tu l'as peut-être compris, dis-je en montant une marche, ça ne faisait pas partie de mon programme.

L'éclairage bleuté projette des ombres au creux des pommettes d'Edward. Il glisse une main dans son dos.

S'il est là, c'est que Tobias est là-haut. Et que Jeanine est peut-être déjà morte.

Je sens la présence de Christina derrière moi ; j'entends son souffle.

— On va monter, annoncé-je à Edward en gravissant une deuxième marche.

— Ça, ça m'étonnerait, réplique-t-il en brandissant son arme.

Je me jette vers lui par-dessus le corps du garde. Edward fait feu, mais j'ai eu le temps de refermer les mains sur ses poignets et de faire dévier son tir.

Mes oreilles tintent. Je trébuche pour reprendre l'équilibre, le buste plié en avant.

Par-dessus ma tête, Christina balance son poing dans le nez d'Edward. Je perds l'équilibre et tombe à genoux en plantant mes ongles dans le poignet d'Edward. Il me repousse violemment sur le côté d'une torsion du bras et tire une deuxième fois, atteignant Christina à la jambe.

Elle pousse un cri étouffé, sort son arme et tire à son tour. La balle touche Edward au côté. Il crie, vacille en lâchant son pistolet et s'effondre sur moi. Je me cogne la tête contre les marches en ciment. Le bras du garde mort me rentre dans la colonne vertébrale.

Marcus ramasse le pistolet d'Edward et nous vise tous les deux.

— Debout, Tris. Et toi, dit-il à Edward, pas un geste.

Coincée entre Edward et le garde mort, je m'agrippe à tâtons à l'arête d'une marche pour me dégager. Edward s'assied de tout son poids sur le garde, les deux mains crispées sur son flanc.

— Ça va ? demandé-je à Christina.

— Heu... oui... répond-elle, le visage déformé par une grimace. La balle n'a pas touché l'os.

Je tends la main pour l'aider à se relever.

— Beatrice, m'arrête Marcus, on doit la laisser là.

— Comment ça, la laisser ? répété-je, choquée. On ne peut pas ! Il peut se passer n'importe quoi !

Marcus plante son index dans mon sternum.

— Écoute-moi, dit-il. Jeanine a dû se replier dans son labo dès les premiers signes de l'attaque. C'est l'endroit le plus sûr du bâtiment. D'une minute à l'autre, elle va décider que les Érudits sont perdus et qu'il vaut mieux effacer les données que de risquer de les abandonner entre les mauvaises mains. Et on aura fait tout ça pour rien.

Et j'aurai perdu tous ceux qui comptaient pour moi : mes parents, Caleb et Tobias, qui ne me pardonnera jamais d'avoir collaboré avec son père, encore moins si je ne peux pas prouver que c'était pour une bonne cause.

— On va laisser ton amie ici et continuer, sauf si tu préfères que j'y aille seul.

Il me souffle au visage une haleine acide.

— Il a raison, intervient Christina. On n'a pas le temps. Je vais rester ici et surveiller Edward.

J'accepte d'un hochement de tête. Marcus ôte son doigt de mon sternum, laissant un cercle douloureux sur ma peau. J'ouvre la porte en me massant pour dissiper la sensation. Avant de la franchir, je me retourne vers Christina qui se force à me sourire, une main appuyée sur sa cuisse.

CHAPITRE QUARANTE-QUATRE

LA PIÈCE SUIVANTE ressemble à une entrée : large et peu profonde, avec des murs, un plafond et du carrelage bleus.

Tout luit, mais je ne vois pas d'où provient la lumière.

Au début, je ne distingue pas de porte. Puis mes yeux s'accoutument à la luminosité et je découvre un rectangle dans le mur de gauche et un autre dans celui de droite. Deux portes.

– Il faut qu'on se sépare, dis-je. On n'a pas le temps de les essayer l'une après l'autre.

— Laquelle choisis-tu ?

— Celle de droite. Non, celle de gauche.

— Très bien. Je prends l'autre.

— Et si je trouve l'ordinateur, demandé-je, qu'est-ce que je dois chercher ?

— Si tu trouves l'ordinateur, tu trouveras Jeanine. Je suppose que tu connais différents moyens de la contraindre à faire ce que tu veux. Après tout, elle n'est pas immunisée contre la douleur.

Je hoche la tête et on se dirige au même rythme vers nos

portes respectives. Il y a quelques instants, l'idée de m'éloigner de Marcus aurait été un soulagement. Mais le fait de devoir continuer seule me pèse, tout à coup. Et si je n'arrivais pas à franchir les mesures de sécurité que Jeanine a forcément mises en place contre les intrus ? Et si, une fois franchies ces défenses, je ne trouvais pas le bon dossier ?

Je pose la main sur la poignée. Il ne semble pas y avoir de verrou. Quand Tori parlait de mesures de sécurité démentielles, j'ai imaginé des scans visuels, des mots de passe, des verrous, mais jusqu'ici, tout est ouvert.

Pourquoi est-ce que cela m'inquiète ?

On échange un coup d'œil tandis que j'ouvre ma porte et Marcus la sienne. J'entre.

+++

La pièce est du même bleu que le couloir, plus clair près des sources d'éclairage. La lumière irradie au centre de chaque panneau, au sol, aux murs et au plafond.

La porte se referme derrière moi et j'entends un bruit sourd, comme celui d'un verrou qui se met en place. J'appuie de nouveau sur la poignée en poussant de toutes mes forces, en vain. Je suis enfermée.

Depuis chaque angle de la pièce, de petites lumières perçantes comme des aiguilles se dirigent en faisceau vers moi. Même en fermant les paupières, je ne peux pas me protéger les yeux et je dois presser mes poings sur mes orbites.

« Beatrice Prior, deuxième génération, dit soudain une voix calme et féminine. Faction d'origine : Altruistes. Faction d'élection : Audacieux. Divergente confirmée. »

Comment la pièce sait-elle qui je suis ?

Et que signifie « deuxième génération » ?

« Statut : intruse. »

Entendant un déclic, j'écarte les poings pour voir si les lumières se sont éteintes. Non. Mais des jets de vapeur colorée sortent de trous dans le plafond. Par réflexe, je porte une main devant ma bouche. Au bout de quelques secondes, je suis environnée d'une brume bleuâtre. Puis je ne vois plus rien.

Je suis dans le noir, un noir si dense qu'en levant une main devant mon nez, je n'en distingue même pas les contours.

Je devrais avancer à la recherche d'une porte au fond de la pièce, mais j'ai peur de bouger – qui sait ce qui risquerait de m'arriver ?

Brusquement, les lumières se rallument et je suis dans la salle d'entraînement des Audacieux, dans le cercle de combat. J'ai tellement de souvenirs de ce cercle ; certains triomphants, comme celui de ma victoire sur Molly ; d'autres cuisants, comme celui du jour où Peter m'a frappée jusqu'à ce que je perde connaissance. Je hume l'air et je retrouve l'odeur familière de sueur et de poussière.

De l'autre côté du cercle, se découpe une porte qui ne devrait pas être là. Je fronce les sourcils.

« Intruse... », reprend la voix.

Elle ressemble maintenant à celle de Jeanine, mais c'est peut-être l'effet de mon imagination.

« ... tu as cinq minutes pour atteindre la porte bleue avant que le poison n'envahisse la pièce. »

— *Quoi ?*

J'ai parfaitement compris. Du poison. Cinq minutes. Je ne devrais pas être étonnée : c'est l'œuvre de Jeanine, qui reflète parfaitement son manque de conscience. Je frémis, en me demandant si c'est déjà l'effet du poison. S'il commence à s'insinuer dans mon cerveau.

Concentre-toi. Je ne peux pas sortir. Je dois avancer, sinon...

Sinon, rien. Je dois avancer.

Je fais un pas et quelqu'un apparaît sur mon chemin. Elle est petite, maigre et blonde, les yeux cernés. C'est moi.

Un reflet ? Je lui fais signe pour voir si elle va imiter mon geste. Non.

— Bonjour, dis-je.

Pas de réponse, ce qui n'est pas une surprise.

Qu'est-ce qui se passe ? Je déglutis pour me déboucher les oreilles, qui me font l'effet d'être bourrées de coton. Si cette simulation a été conçue par Jeanine, c'est sans doute un test d'intelligence ou de logique, ce qui veut dire que je dois garder l'esprit clair. Je serre les mains sur ma poitrine et j'appuie, espérant puiser dans cette pression un sentiment de protection, comme dans une étreinte. Ça ne marche pas.

Je fais un pas à droite pour améliorer mon angle de vue sur la porte et mon double se décale d'un bond pour me barrer le passage, en faisant crisser ses semelles sur le carrelage.

Je crois deviner ce qui va se produire si j'avance, mais il faut bien que j'essaie. Je m'élance en courant, prête à l'esquiver, mais elle est déjà en face de moi. Me saisissant par mon épaule blessée, elle me pousse sur le côté. Je hurle à me déchirer la gorge ; on dirait que des couteaux s'enfoncent dans mon côté droit, de plus en plus profondément. Alors que je tombe à genoux, elle m'envoie un coup de pied dans l'estomac et je m'affale à plat ventre, le nez dans la poussière.

Les mains serrées sur mon ventre, je m'aperçois qu'elle

vient de faire exactement ce que j'aurais fait à sa place. Donc, pour la vaincre, je dois trouver un moyen de me vaincre moi-même. Et comment pourrais-je être meilleure que moi-même, si elle connaît les mêmes stratégies que moi, si elle dispose des mêmes ressources et recourt aux mêmes ruses ?

Elle s'approche à nouveau et je me force à me relever malgré ma douleur à l'épaule. Mon cœur bat plus vite. Je décide de la frapper d'un coup de poing, mais elle est plus rapide que moi. J'esquive à la dernière seconde. Elle m'a atteinte à l'oreille.

Déséquilibrée, je recule de quelques pas en espérant qu'elle ne va pas me poursuivre. Mais si. Elle revient à la charge, m'attrape par les épaules et m'oblige à me plier en avant vers son genou relevé.

Je lève les mains entre mon ventre et son genou et je pousse de toutes mes forces. Surprise, elle recule en trébuchant, mais ne tombe pas.

Je me rue sur elle et, tandis que je songe à lui décocher un coup de pied, je me rends compte que c'est aussi son idée et me détourne juste à temps de sa trajectoire.

À peine ai-je décidé quelque chose qu'elle m'imite. Dans le meilleur des cas, on peut rester face à face, en chiens de faïence ; mais j'ai besoin de la battre pour franchir cette porte. Pour survivre.

J'essaie de réfléchir, mais la voilà qui revient, le front plissé par la concentration. Elle me saisit le bras et je saisis le sien, de sorte que nos avant-bras se retrouvent verrouillés.

Toutes les deux en même temps, on recule vivement le coude pour le projeter en avant. Je me penche d'un bloc et mon coude s'écrase contre ses dents.

On crie d'une même voix. Du sang coule de sa bouche et le

long de mon avant-bras. Elle serre les dents, hurle et plonge sur moi, avec une puissance qui me surprend. Je tombe sous son poids. Elle m'immobilise au sol avec ses genoux et tente de me frapper au visage. Je pare et elle frappe mes avant-bras croisés en bouclier. Chacun de ses coups s'abat comme une pierre.

Expulsant l'air de mes poumons, je la saisis par le poignet. Des points dansent devant mes yeux. Le poison.

Tandis qu'elle se débat pour se libérer, je replie une jambe contre ma poitrine et la repousse avec un grognement d'effort, jusqu'à ce que je puisse glisser un pied sous son ventre. Le visage en feu, je projette ma jambe comme un ressort.

Question de logique : comment peut-on l'emporter dans un combat entre deux adversaires de force égale ?

Réponse : on ne peut pas.

Elle se relève en essuyant le sang sur sa bouche.

Conclusion : on doit éviter d'être de force strictement égale. Qu'est-ce qui nous différencie ?

Elle approche de nouveau, mais j'ai besoin de gagner du temps pour réfléchir. À chaque pas qu'elle fait en avant, j'en fais un en arrière. Tout se met à tourner autour de moi, puis à se tordre, et je chancelle sur le côté, posant les mains par terre pour ne pas tomber.

Qu'est-ce qui nous différencie ? Nous avons la même masse corporelle, le même niveau de compétences, les mêmes modes de pensée...

Je vois la porte par-dessus son épaule et soudain, je sais : nous n'avons pas les mêmes objectifs. Le mien est de franchir impérativement cette porte. Le sien est de m'en barrer l'accès. Même dans le cadre d'une simulation, sa motivation n'est pas aussi puissante que la mienne.

Je fonce vers la bordure du cercle, où se trouve une table. La dernière fois que j'ai regardé, elle était vide, mais je connais les règles des simulations et les moyens de les contrôler. À peine l'image s'est-elle formée dans mon esprit qu'un pistolet apparaît sur la table.

Les points envahissent toute ma vision et je me cogne violemment contre la table, sans même sentir la douleur du choc. Mon rythme cardiaque bat dans ma tête, comme si mon cœur s'était détaché de ma poitrine pour migrer vers mon cerveau.

À l'autre bout de la pièce, un pistolet apparaît par terre à côté de mon double. On tend chacune la main vers notre arme.

Je sens le poids du pistolet, le contact du métal dans ma main ; et j'oublie l'autre, j'oublie le poison, j'oublie tout.

Ma gorge se serre violemment, comme si une main cherchait à m'étrangler. Sous l'effet du manque d'air, ma tête me lance et je sens les battements de mon cœur résonner dans tout mon corps.

En face de moi, ce n'est plus mon double qui se dresse devant la porte, mais Will. Non, non, ça ne peut pas être Will. Je me force à inspirer. C'est le poison qui empêche l'oxygène d'accéder à mon cerveau. Ce n'est qu'une hallucination au sein d'une simulation. J'expulse l'air dans un sanglot.

Soudain mon double est de retour, pistolet à la main ; elle frémit en tenant son arme le plus loin possible de son corps. Elle semble aussi faible que moi. Peut-être pas tout à fait, parce que sa vision reste claire et qu'elle peut respirer normalement, mais *presque*.

Puis Will revient, avec ses yeux vides de robot et le halo jaune de ses cheveux autour de sa tête. De chaque côté se dressent des immeubles en briques ; et, derrière lui, il y a la porte, celle qui me sépare de mon père et de mon frère.

Mais non ; c'est la porte qui me sépare de Jeanine et de mon objectif.

Je dois la franchir. Il le faut.

Je brandis le pistolet, même si ça me fait mal à l'épaule, et je referme ma main gauche autour de la droite pour raffermir ma prise.

— Je...

Je suffoque, des larmes coulent sur mes joues et dans ma bouche.

— ... Pardon.

Et je fais la seule chose que mon double n'est pas capable de faire parce qu'elle n'est pas assez désespérée pour cela.

Je tire.

CHAPITRE QUARANTE-CINQ

CETTE FOIS, JE NE VOIS PAS mourir Will.

Je ferme les yeux à l'instant où la détente revient en place. Quand je les rouvre, c'est l'autre Tris qui est allongée par terre entre les taches sombres de mon champ de vision ; c'est moi.

Je lâche le pistolet pour courir à la porte, manquant trébucher sur son corps en chemin. Je me jette contre le battant en appuyant sur la poignée et je tombe en avant. Une fois la porte refermée, je secoue mes mains engourdies pour retrouver mes sensations.

Cette salle-ci est deux fois plus grande que la première, baignée d'une lumière bleue plus pâle. Une grande table se dresse au milieu. Au mur sont affichés des diagrammes, des listes et des photos.

Je prends de profondes respirations et, peu à peu, ma vision s'éclaircit, mon rythme cardiaque s'apaise. Parmi les clichés, je reconnais mon visage, ceux de Tobias, de Marcus et d'Uriah. À côté, sur le mur, une longue liste de ce qui ressemble à des produits chimiques, dont chacun est rayé d'un trait au feutre rouge. C'est ici que Jeanine doit mettre au point ses sérums de simulation.

Un bruit de voix dans la pièce suivante me tire de mes réflexions et je me ressaisis : « Qu'est-ce que tu fabriques ? Dépêche-toi ! »

— Le nom de mon frère. Je veux te l'entendre dire.

C'est la voix de Tori.

Comment a-t-elle pu franchir le barrage de la simulation ? Serait-elle Divergente, elle aussi ?

— Je ne l'ai pas tué, répond la voix de Jeanine.

— Et tu penses que ça t'absout ? Que ça te donne le droit de vivre ?

Tori ne crie pas ; elle gémit, dans une plainte chargée de toute sa souffrance. Je m'avance vers la porte. Dans ma hâte, je me cogne la hanche contre le coin de la table et je m'arrête avec une grimace.

— Les motifs de mes actes dépassent ta compréhension, reprend Jeanine. Ce que j'étais prête à accomplir, c'était un sacrifice pour le bien du plus grand nombre, une chose que tu n'as jamais pu concevoir, même du temps où on allait en cours ensemble !

Je repars en boitillant vers la porte, un panneau coulissant en verre dépoli. En l'ouvrant, je vois Jeanine, le dos collé au mur, et Tori qui la menace de son arme à quelques pas d'elle.

Derrière elles, sur une table en verre, il y a un boîtier en métal argenté – un ordinateur – et un clavier. Un écran géant couvre tout le mur du fond.

Jeanine me dévisage, mais Tori ne bouge pas d'un pouce. Elle ne paraît même pas avoir perçu mes pas. Elle est rouge, les joues baignées de larmes, et sa main tremble.

Je ne suis pas du tout sûre de réussir à trouver seule le dossier vidéo. Tant que Jeanine est là, je peux la convaincre de me le donner. Mais si elle est morte...

— Non! crié-je. Tori, ne fais pas ça!

Son doigt est sur la détente; je me jette sur elle de tout mon poids et percute son flanc. Le coup part, suivi d'un cri.

Ma tête heurte le carrelage et des étoiles clignotent devant mes yeux. Je me jette de nouveau sur Tori en éloignant son pistolet du pied.

Je me maudis: «Tu ne pouvais pas le prendre, imbécile?»

Tori me frappe à la gorge. Elle profite que je suffoque pour me repousser et ramper vers son arme.

Jeanine est affalée contre le mur, du sang sur la jambe. *Jambe*! Le mot agit comme un déclic et j'abats mon poing sur la cuisse de Tori, au niveau de sa blessure. Elle pousse un cri de douleur et je parviens à me relever.

Je fais un pas vers le pistolet, mais déjà, Tori me bloque les chevilles de ses bras et me tire vers elle. Mes genoux heurtent le sol, mais je suis toujours au-dessus d'elle. Je la frappe à la cage thoracique.

Elle lâche un gémissement, mais maintient sa prise et plante ses dents dans ma main. C'est une douleur nouvelle pour moi, différente de tous les coups que j'ai reçus, même d'une blessure par balle. Je hurle, plus fort que je ne l'aurais cru possible, et des larmes me brouillent la vue.

Je n'ai pas fait tout ça pour laisser Tori tuer Jeanine avant d'avoir obtenu ce que je cherche.

Ma vision s'obscurcit et je vacille. Arrachant ma main aux mâchoires de Tori, je me penche brusquement et saisis le pistolet avant de le retourner contre elle.

Ma main... elle est couverte de sang, comme le menton de Tori. Je la cache pour tâcher d'ignorer la douleur et je me relève sans cesser de la viser.

— Je n'aurais jamais cru que tu nous trahirais, Tris, dit-elle dans un grondement qui ressemble à celui d'une bête féroce.

— Je n'ai trahi personne, dis-je en essuyant mes larmes pour mieux la voir. Je ne peux pas t'expliquer maintenant, mais... je te demande juste de me faire confiance. S'il te plaît. Ça concerne quelque chose d'important et il n'y a qu'elle qui sache où...

— C'est exact, m'interrompt Jeanine. Ça se trouve dans cet ordinateur et je suis la seule à pouvoir le localiser. Si tu ne m'aides pas à survivre, ça disparaîtra avec moi.

— Elle ment, dit Tori. Et si tu la crois, en plus de nous trahir, tu es une idiote, Tris.

— Oui, je la crois ! Parce que tout se tient parfaitement ! C'est l'info la plus sensible et elle est cachée dans *cet ordinateur*, Tori !

Je prends une grande inspiration et poursuis plus calmement :

— Écoute-moi. Je la hais autant que toi. Je n'ai aucune raison de la défendre. Ce que je te dis est vrai. Et c'est de la plus haute importance.

Tori se tait et, l'espace d'un instant, j'espère avoir gagné, l'avoir persuadée. Mais elle déclare :

— Rien n'est aussi important que sa mort

— Si tu persistes à le croire, dis-je, je ne peux pas t'aider. Et je ne peux pas non plus te laisser la tuer.

Tori se redresse sur les genoux et essuie mon sang de son menton. Elle me fixe dans les yeux

— Je fais partie des leaders Audacieux, réplique-t-elle. Ce n'est pas à toi de décider de ce que je dois faire.

Et avant que j'aie eu le temps de réagir...

Avant même que j'aie eu le temps de songer à me servir du pistolet dans ma main...

Elle tire un long couteau de sa botte, se jette en avant et frappe Jeanine au ventre.

Je hurle. Jeanine laisse échapper un son horrible – un cri d'agonie noyé dans un gargouillis. Je vois les dents de Tori, je l'entends murmurer le nom de son frère – « George Wu » – et la lame du couteau s'enfonce de nouveau.

Un voile vitreux recouvre le regard de Jeanine.

CHAPITRE QUARANTE-SIX

APRÈS UNE PAUSE, Tori se tourne vers moi avec des yeux fous.

Je reste pétrifiée.

Tous les risques que j'ai pris pour arriver ici – ma conspiration avec Marcus, l'implication des Érudits, la traversée de la rue sur une échelle, le fait de tirer sur mon double – et tous les sacrifices qu'ils ont coûté – ma relation avec Tobias, la vie de Fernando, ma position au sein des Audacieux –, tout cela n'a servi à rien.

Un instant plus tard, la porte en verre coulisse. Tobias et Uriah entrent en coup de vent, tous deux visiblement prêts à se battre. Mais le combat est terminé. Jeanine est morte, Tori triomphe, et j'ai trahi les Audacieux.

Tobias se fige en plein mouvement et manque de trébucher en me voyant. Il écarquille les yeux.

— Elle nous a trahis, dit Tori. Elle a failli me tirer dessus pour défendre Jeanine.

— Quoi ? souffle Uriah en toussant, sans doute à cause du poison. Tris, qu'est-ce qui se passe ? C'est vrai, ce qu'elle raconte ? Et d'abord, qu'est-ce que tu fais là ?

Mais je ne regarde que Tobias. Une lueur d'espoir me parcourt, se mêlant dans une drôle de sensation douloureuse à la culpabilité de l'avoir trompé. Il est buté et fier, mais il me connaît – peut-être acceptera-t-il de m'écouter, peut-être y a-t-il une chance pour que je n'aie pas fait tout ça en vain...

— Tu sais pourquoi je suis là, n'est-ce pas ? lui dis-je à voix basse.

Je lui tends le pistolet, le sang de ma morsure à la main dégoulinant le long de mon bras. Il s'approche d'un pas un peu hésitant pour me le prendre.

— On est tombés sur Marcus dans la pièce d'en face, pris dans une simulation, lâche-t-il. Tu es venue avec lui.

— Oui, confirmé-je.

— J'avais confiance en toi, dit-il, tremblant de rage. J'avais confiance en toi et tu m'as abandonné pour faire équipe avec *lui* ?

Je secoue la tête.

— Non. Ce qu'il m'a expliqué colle parfaitement avec tout ce que m'a rapporté mon frère, et tout ce que m'a répété Jeanine pendant que j'étais au siège des Érudits. Et je voulais... j'avais *besoin* de connaître la vérité.

— La vérité, ricane-t-il. Et tu espères l'apprendre en écoutant un menteur, un traître et un sociopathe ?

— La vérité ? intervient Tori. De quoi parles-tu ?

Tobias et moi continuons à nous dévisager. Ses yeux bleus, d'habitude si pensifs, sont durs et incisifs, comme s'ils m'épluchaient couche après couche en fouillant chacune d'elles.

— Je crois... commencé-je.

Je dois m'interrompre pour prendre une inspiration. Je ne l'ai pas convaincu. J'ai échoué, et ma prochaine phrase est sans doute la dernière qu'ils me laisseront dire avant de m'arrêter.

— Je crois que c'est toi qui mens, dis-je d'une voix tremblante. Tu prétends que tu m'aimes, que tu me fais confiance, tu soutiens que je suis plus perspicace que la moyenne des gens, et à la seconde où cette confiance, cet amour sont mis à l'épreuve, tout ça part en fumée.

Je pleure, maintenant, mais je n'ai pas honte de ma voix pâteuse ni des larmes qui luisent sur mes joues.

— Alors Tobias, c'est toi qui devais mentir en me disant tout ça... C'est toi, parce que je ne peux pas croire que ce prétendu amour puisse être aussi fragile.

Je fais un pas pour ne plus laisser entre nous que quelques centimètres et pour que les autres ne puissent plus m'entendre.

— Je suis toujours celle qui aurait préféré mourir plutôt que te tuer, ajouté-je en repensant à la simulation d'attaque, et à son cœur qui battait sous ma main. Je suis exactement celle que tu crois. Et je *sais* que cette information va tout changer. Elle va changer tout ce qu'on a fait et tout ce qu'on s'apprête à faire.

Je le fixe intensément comme si je pouvais faire passer ma conviction dans ce regard, mais c'est impossible. Il détourne les yeux et je ne suis même pas sûre qu'il ait entendu ce que je viens de dire.

— Ça suffit ! intervient Tori. Conduisez-la en bas. Elle sera jugée avec les autres criminels de guerre.

Tobias ne bouge pas. Me prenant par le bras, Uriah m'éloigne de lui et m'entraîne à travers le labo, puis dans la pièce pleine de lumière et le long du couloir bleu. Therese la sans-faction se joint à nous et me dévisage avec curiosité.

Une fois dans l'escalier, je sens quelque chose s'enfoncer

doucement dans mon flanc. En tournant la tête, je vois un paquet de gaze dans la main d'Uriah et je le prends, en essayant sans succès de lui sourire.

J'enroule la gaze en un bandage bien serré autour de ma main, tout en descendant les marches et en évitant les corps, sans regarder leurs visages. Uriah me retient par le coude pour m'empêcher de tomber. Le bandage n'apaise pas la douleur de la morsure, mais il me réconforte, tout comme le fait qu'Uriah, au moins, ne semble pas me haïr.

Pour la première fois, l'absence de considération des Audacieux pour l'âge et l'expérience m'apparaît comme un inconvénient. J'ai l'impression que c'est ce qui va me perdre. Ils ne diront jamais : « Elle est encore jeune, elle s'est laissé influencer », mais : « Elle est adulte et elle doit assumer son choix. »

Et je suis d'accord. J'assume mon choix. J'ai choisi mon père et ma mère, et ce pour quoi ils se sont battus.

+++

L'escalier est plus facile à descendre qu'à monter. On est déjà au quatrième étage quand je me rends compte qu'on se dirige vers le hall d'entrée.

— Donne-moi ton pistolet, Uriah, dit Therese. Il faut que l'un de nous soit en mesure de tirer sur des ennemis potentiels et tu ne peux pas le faire en l'empêchant de tomber dans l'escalier.

Uriah lui tend son arme sans discuter. Bizarre – Therese a *déjà* une arme. Quel besoin a-t-elle de celle d'Uriah ? Mais je garde ma question pour moi ; j'ai assez d'ennuis comme ça.

Au rez-de-chaussée, on passe devant une grande salle de réunion remplie de gens vêtus en noir et blanc. Je m'arrête un instant pour les observer. Certains, rassemblés en petits groupes, se soutiennent mutuellement, les joues mouillées de larmes. D'autres restent seuls, assis dans les coins ou adossés aux murs, le regard perdu dans le vague.

— On a dû tirer sur beaucoup de gens, marmonne Uriah en me serrant le bras. On a été obligés, rien que pour entrer dans le bâtiment.

— Je sais, dis-je.

Vers la droite, je vois la mère et la sœur de Christina agrippées l'une à l'autre. Et à gauche, un garçon aux cheveux noirs qui brillent sous le néon : Peter. Il a une main posée sur l'épaule d'une femme que je reconnais comme étant sa mère.

— Qu'est-ce qu'il fait là ? demandé-je.

— Ce lâche s'est pointé après qu'on a fait tout le boulot, me répond Uriah. J'ai appris que son père s'était fait tuer. Mais visiblement, sa mère n'a rien.

Peter tourne la tête et son regard croise le mien l'espace d'une seconde. J'essaie d'éprouver de la compassion pour celui qui m'a sauvé la vie. Mais si la haine qu'il m'inspirait auparavant a disparu, je ne ressens rien.

— Qu'est-ce qu'on attend ? s'impatiente Therese. On bouge.

On arrive dans le hall d'entrée, là où j'ai pris Caleb dans mes bras le jour de nos retrouvailles. Des débris du portrait géant de Jeanine jonchent le sol. La fumée qui flotte dans l'air se concentre autour des bibliothèques, réduites en cendres. Tous les ordinateurs ont été brisés en mille morceaux éparpillés sur le carrelage.

Les Érudits qui n'ont pas pu fuir et les traîtres Audacieux survivants sont assis en rangs au milieu de la salle. Je repère Caleb vers le fond, l'air ahuri, et je détourne les yeux.

— Tris !

C'est Christina, assise dans le fond elle aussi, à côté de Cara. Elle me fait signe et je vais m'asseoir à côté d'elle. Sa cuisse est enveloppée d'une bande de tissu serrée.

— Ça n'a pas marché ? me glisse-t-elle.

Je secoue la tête.

Elle soupire en passant un bras autour de mes épaules, et ce geste m'apporte un tel réconfort que les larmes me montent aux yeux. Mais Christina et moi ne sommes pas des compagnes de larmes. Quand on est ensemble, c'est pour se battre. Alors, je me retiens de pleurer.

— J'ai vu ta mère et ta sœur à côté, dis-je.

— Ouais. Moi aussi. Ma famille n'a rien.

— Tant mieux. Et ta jambe ?

— Ça va. Cara dit qu'il n'y aura pas de problème. Ça ne saigne pas trop. Et l'une des infirmières Érudites lui a bourré les poches de gaze, d'analgésiques et d'antiseptique avant de l'amener ici. Du coup, je n'ai pas trop mal.

Cara, à côté d'elle, est en train d'examiner le bras d'un autre Érudit.

— Où est Marcus ? me demande Christina.

— Je n'en sais rien. On a dû se séparer. Il devrait être ici, maintenant. À moins qu'il se soit passé un truc ou qu'ils l'aient tué.

— Franchement, ça ne m'étonnerait pas plus que ça, commente-t-elle.

La pagaille règne encore un moment. Des gens entrent et sortent en courant, nos gardes sans-faction se font remplacer, d'autres Érudits en bleu arrivent pour s'asseoir avec nous – mais peu à peu, les choses se calment. Tout à coup, je le vois. Tobias, qui entre par la porte de l'escalier.

Je me mords la lèvre en essayant de ne pas penser, de ne pas m'attarder sur le bourdonnement dans ma tête ni sur la sensation glacée qui me saisit la poitrine. Il me hait. Il ne me croit pas.

Christina resserre son étreinte quand il passe à côté de nous sans même me jeter un regard. Je me retourne pour le suivre des yeux. Il s'arrête au niveau de Caleb, le saisit par le bras et l'oblige à se lever. Caleb se débat pendant une seconde, mais il est loin d'avoir la force de Tobias.

— Quoi ? demande-t-il d'un ton paniqué. Qu'est-ce que tu veux ?

— Je veux que tu neutralises le système de sécurité du laboratoire de Jeanine, répond Tobias. Pour que les sans-faction puissent accéder à son ordinateur.

« Et détruire son contenu », me dis-je. Si c'est possible, mon cœur se fait encore plus lourd. Tobias et Caleb disparaissent dans l'escalier.

Christina se laisse aller contre moi. Je fais de même et nous nous soutenons mutuellement.

— Tu sais que Jeanine a activé tous les transmetteurs des Audacieux ? me dit-elle. Il y a une dizaine de minutes, un groupe de sans-faction est tombé sur des Audacieux sous simulation qui arrivaient en retard du secteur Altruiste. Je suppose que les sans-faction ont gagné, si on peut appeler comme ça le fait de descendre une bande de gens au cerveau débranché.

— Ouais.

Il n'y a pas grand-chose à dire et elle paraît le comprendre.

— Qu'est-ce qui s'est passé après que j'ai été blessée ?

Je lui décris rapidement le couloir bleu aux deux portes et la simulation qui a suivi, depuis le moment où j'ai reconnu la salle d'entraînement des Audacieux jusqu'à celui où j'ai tiré sur mon double. Je ne lui dis pas que j'ai vu Will dans une hallucination.

— Attends, me coupe-t-elle. C'était une simulation ? Sans transmetteur ?

Je plisse le front. Je n'avais pas pris la peine de me poser la question.

— Si la salle du labo peut identifier les gens, peut-être qu'elle dispose de données sur tout le monde et qu'elle est équipée pour présenter un environnement de simulation adapté à la faction de chacun.

Au point où j'en suis, je me moque de comprendre comment Jeanine a mis au point le système de sécurité de son labo. Mais réfléchir à un nouveau problème me change les idées maintenant que j'ai échoué à résoudre celui qui comptait le plus.

Christina se redresse, peut-être mue par le même sentiment que moi.

À moins que le transmetteur ne soit contenu dans le poison, remarque-t-elle.

Je n'y avais pas pensé.

— Mais comment Tori a-t-elle fait pour passer à travers ? Elle n'est pas Divergente.

— Je ne sais pas, avoué-je.

« Peut-être que si », me dis-je. Son frère l'était, et après ce qui lui est arrivé, on pourrait comprendre qu'elle ait préféré le taire, même si ça commence maintenant à être accepté.

J'ai découvert que les gens sont constitués de multiples couches de secrets. On croit les connaître, les comprendre, mais leurs motivations nous restent toujours cachées, enfouies au fond de leur cœur. On ne peut jamais savoir qui ils sont vraiment. Mais on peut parfois décider de leur faire confiance.

— À ton avis, qu'est-ce qu'ils vont nous faire quand ils nous auront déclarés coupables ? me demande Christina après quelques minutes de silence.

— Tu veux que je sois franche ?

— Ça ne te paraît pas être le bon moment pour ça ?

Je la regarde du coin de l'œil.

— Je crois qu'ils vont nous forcer à manger des tonnes de gâteau et ensuite, à faire une sieste épouvantablement longue.

Elle rit. Je me retiens de l'imiter ; si je me mettais à rire, je ne pourrais pas m'empêcher de pleurer.

+++

Un cri retentit et je scrute la foule pour voir d'où il provient.

— Lynn !

C'est Uriah qui a crié. Il se précipite vers la porte, qui vient de s'ouvrir sur deux Audacieux portant une civière de fortune, bricolée avec des planches de bibliothèque. Lynn est pâle – livide – et crispe les mains sur son ventre.

Je me lève d'un bond pour m'élancer vers elle, mais des pistolets de sans-faction me barrent le passage. Je m'immobilise en levant les mains sans quitter la scène des yeux.

Uriah contourne le groupe des criminels de guerre et pointe le doigt sur une femme Érudite aux cheveux gris et à l'allure stricte.

— Vous. Venez ici.

La femme se lève en frottant son pantalon. D'un pas souple, elle rejoint Uriah, qu'elle regarde d'un air interrogateur

— Vous êtes bien médecin ? lui demande-t-il.

— En effet.

— Alors soignez-la, gronde-t-il. Elle est blessée.

Le médecin s'approche de la civière et demande aux deux Audacieux de la poser. Ils obtempèrent.

— Petite, dit-elle à Lynn en se penchant au-dessus d'elle. Retire ta main.

— Je ne peux pas, geint Lynn. J'ai mal.

— Je sais. Mais je ne peux pas soigner ta blessure si tu ne me la montres pas.

De l'autre côté de la civière, Uriah s'agenouille pour aider le médecin à écarter la main de Lynn. La femme soulève le pan de sa chemise. La blessure elle-même se résume à un cercle rouge, mais toute la zone qui l'entoure ressemble à une contusion. Et je n'en ai jamais vu d'aussi sombre.

À la manière dont le médecin pince les lèvres, je comprends que Lynn est fichue.

— Soignez-la ! la presse Uriah. C'est votre travail, non ?

— Il ne fallait pas incendier les étages de notre hôpital, rétorque la femme. À cause de vous, je ne peux plus le faire.

— Il y a d'autres hôpitaux ! s'énerve Uriah. Vous pouvez y récupérer ce qu'il vous faut pour la soigner !

— Son état est bien trop critique, répond le médecin à mi-voix. Si vous ne vous étiez pas obstinés à brûler tout ce qui se trouvait sur votre chemin, j'aurais pu essayer, mais dans la situation actuelle, ce serait inutile.

— Fermez-la ! crie-t-il en la pointant du doigt. Ce n'est pas moi qui ai brûlé votre hôpital ! On parle de mon amie, et je... je...

— Uri, souffle Lynn. Arrête. C'est trop tard.

Uriah laisse retomber ses bras le long de son corps, puis lui prend la main, la lèvre tremblante.

— Moi aussi, je suis son amie, dis-je au sans-faction qui me vise de son arme. Pourriez-vous faire l'effort de me tenir en joue à distance pour que je puisse la rejoindre ?

Ils me laissent passer et je cours m'agenouiller à côté de Lynn. Je lui prends la main, toute poisseuse de sang. Oubliant les pistolets braqués sur moi, je me concentre sur son visage qui, de blême, est devenu jaunâtre.

Elle continue à regarder Uriah sans paraître remarquer ma présence.

— Je suis contente de ne pas être morte sous l'effet de la simulation, lui dit-elle faiblement.

— Tu ne vas pas mourir, proteste-t-il.

— Sois raisonnable. Uri, écoute. Moi aussi, je l'aimais. Vraiment.

— Qui ? demande-t-il d'une voix brisée.

— Marlene.

— Tout le monde aimait Marlene.

— Ce n'est pas ce que je veux dire, insiste-t-elle en secouant la tête.

Elle ferme les yeux.

Il s'écoule encore plusieurs minutes avant que sa main ne se relâche dans la mienne. Je la guide vers son ventre et je fais de même avec l'autre, après l'avoir retirée de la main d'Uriah. Il s'essuie les yeux avant que les larmes n'aient pu couler. Nos regards se croisent.

— Tu devrais prévenir Shauna, dis-je. Et Hector.

— Je vais le faire.

Il renifle et caresse la joue de Lynn. Je me demande si elle est encore chaude. Je n'ai pas envie de la toucher et de découvrir qu'elle ne l'est plus.

Je me relève pour rejoindre Christina.

CHAPITRE QUARANTE-SEPT

MES PENSÉES NE CESSENT de me ramener aux souvenirs que j'ai de Lynn, s'efforçant de me convaincre qu'elle est partie pour de bon. Je les chasse dès qu'ils se présentent. Un jour, si j'échappe à l'exécution ou au sort que nos nouveaux leaders réservent aux traîtres, je regarderai la réalité en face. Dans l'immédiat, je me débats pour garder l'esprit vide, pour me persuader que cette salle est tout ce qui existe et tout ce qui existera jamais. J'y arrive avec une facilité déconcertante. J'ai appris à repousser la peine.

Au bout d'un moment, Tori entre dans le hall d'entrée, suivie d'Harrison. Elle boite jusqu'à une chaise — encore une fois, j'avais presque oublié sa blessure, tant elle s'est montrée agile pour tuer Jeanine.

Sur leurs pas arrive un Audacieux portant le corps de Jeanine en travers d'une épaule. Il la jette comme une pierre sur une table, sous les yeux des rangées d'Érudits et de traîtres Audacieux.

J'entends autour de moi des murmures et des exclamations

étouffées, mais pas de sanglots. Jeanine n'était pas le genre de leader sur qui l'on pleure.

Je garde les yeux rivés sur son corps, qui me paraît bien plus petit dans la mort que dans la vie. Elle devait mesurer cinq à sept centimètres de plus que moi, pas davantage, et ses cheveux étaient d'un blond juste un peu plus soutenu que le mien. Elle a l'air calme, ainsi, presque paisible. J'ai du mal à relier ce corps à la femme sans cœur et sans conscience que je connaissais.

Même elle était plus compliquée que je ne le pensais. Elle gardait un secret qu'elle jugeait trop terrible pour être révélé, poussée par un instinct de protection atrocement tordu.

Johanna Reyes entre dans le hall, trempée jusqu'aux os par la pluie, ses vêtements rouges maculés de taches plus sombres. Des sans-faction l'encadrent aussitôt, mais elle ne se préoccupe pas d'eux, pas plus que des armes qu'ils brandissent.

— Bonjour, dit-elle à Harrison et à Tori. Quelles sont vos revendications ?

— J'ignorais que les leaders Fraternels pouvaient être aussi directs, observe Tori avec un sourire las. Ce n'est pas contre vos principes ?

— Si vous connaissiez les coutumes des Fraternels, vous sauriez qu'ils n'ont pas de leaders officiels, répond Johanna d'une voix à la fois douce et ferme. Mais je ne suis plus la représentante des Fraternels. J'ai quitté cette responsabilité pour pouvoir venir ici.

— Oui, réplique Tori, je vous ai vus, vous et votre petite bande de pacifistes, en train de vous fourrer dans les pattes de tout le monde.

— C'était délibéré. Si « se fourrer dans les pattes de tout le monde » signifie se dresser entre des fusils et des innocents, et sauver un maximum de vies.

Le rouge lui monte aux joues et une nouvelle fois, je me dis qu'on pourrait encore la trouver belle. À cette différence que je ne la trouve plus belle malgré sa cicatrice mais *avec*, comme Lynn avec son crâne rasé, Tobias avec les souvenirs de la cruauté de son père qu'il porte comme une armure, ma mère avec ses tenues grises sans recherche.

— Puisque vous êtes aussi généreuse, rétorque Tori, je me demandais si vous pourriez porter un message de notre part aux Fraternels.

— Je ne me sentirais pas très à l'aise de vous laisser, vous et votre armée, rendre la justice à votre convenance. Mais je peux parfaitement confier ce message à quelqu'un d'autre.

— Bien. Dites-leur qu'un nouveau système politique sera bientôt en place et que leurs représentants n'y ont pas participé. Cela nous a semblé être le juste châtiment pour avoir refusé de prendre parti dans ce conflit. Bien entendu, ils restent dans l'obligation de produire les denrées alimentaires et d'approvisionner la ville, mais ils le feront sous la supervision des factions dirigeantes.

Sur le coup, j'ai l'impression que Johanna va sauter à la gorge de Tori. Mais elle se redresse et demande :

— Rien d'autre ?

— Non.

— Bien. Maintenant, je vais aller là où je peux me rendre utile. J'imagine que vous n'êtes pas disposés à nous laisser entrer pour prendre soin de ces blessés ?

Tori lui répond par un regard de travers.

— C'est bien ce que je pensais, reprend Johanna. Rappelez-vous quand même que ceux qu'on opprime sont parfois plus forts qu'on ne le voudrait.

Sur quoi elle se retourne et sort du bâtiment.

Ses dernières paroles me laissent une drôle d'impression. Certes, je pense que Johanna les a brandies comme une simple menace, sans réel fondement. Mais elles résonnent dans ma tête avec un sens plus vaste ; comme si elles étaient applicables non seulement aux Fraternels mais aussi à un autre groupe opprimé : les sans-faction.

Et en observant un à un chaque soldat Audacieux et chaque soldat sans-faction dans la salle, je commence à discerner un schéma.

— Christina, chuchoté-je, toutes les armes sont aux mains des sans-faction.

Son regard fait le tour de la salle avant de revenir se poser sur moi. Elle fronce les sourcils.

Et je revois Therese prenant le pistolet d'Uriah alors qu'elle avait déjà le sien. Je revois la bouche pincée de Tobias et son expression contenue quand je l'ai interpellé sur la fragilité de l'alliance entre Audacieux et sans-faction.

C'est alors qu'Evelyn entre dans le hall d'une démarche altière, telle une souveraine de retour dans son royaume. Seule. Mais où est Tobias ?

Edward la rejoint en boitant. Elle s'arrête derrière la table sur laquelle gît le corps de Jeanine Matthews, sort un pistolet, vise ce qui reste du portrait de Jeanine et tire.

Tout le monde s'est tu. Evelyn laisse tomber le pistolet sur la table, à côté de la tête de Jeanine.

— Merci. Je sais que vous vous demandez tous ce qui va se passer maintenant, dit-elle. Je suis donc venue vous en informer.

Tori se redresse sur sa chaise et se penche vers elle comme pour lui parler. Mais Evelyn poursuit :

— Le système des factions, qui reposait depuis tant d'années sur la misère d'êtres humains exclus, est aboli séance tenante. Nous savons que la transition ne sera pas facile pour vous, mais...

— « Nous » ? la coupe Tori avec indignation. Qu'est-ce que ça veut dire, aboli ?

— Ça veut dire, répond Evelyn en daignant enfin la regarder, que votre faction qui, il y a encore quelques semaines, réclamait à grands cris avec celle des Érudits qu'on réduise l'approvisionnement des sans-faction, a cessé d'exister.

Puis, avec un petit sourire :

— Et si vous envisagez de prendre les armes contre nous, vous allez avoir quelques difficultés à vous en procurer.

A cet instant, les soldats sans-faction brandissent leurs armes. Ils sont répartis à intervalles réguliers tout autour de la salle, occupant jusqu'à la cage d'escalier. On est cernés.

La manœuvre est si subtile, si maligne que j'en rirais presque.

— J'ai donné pour consigne à ma moitié de l'armée de soulager l'autre moitié de ses armes dès que leur mission serait remplie. Je vois qu'elle a été appliquée. Je déplore d'avoir dû recourir à cette manœuvre, mais nous savons que vous avez été conditionnés dès l'enfance à obéir au système des factions comme à vos propres mères, et que vous aurez besoin de notre aide pour vous adapter à cette nouvelle ère.

— Nous « adapter » ? lance Tori en se levant.

Elle se dirige vers Evelyn, qui pointe calmement son arme sur elle.

— Après avoir manqué de nourriture pendant dix ans, je ne

vais pas me laisser intimider par une Audacieuse invalide, la prévient Evelyn. Si vous ne voulez pas que je vous tire dessus, allez vous asseoir avec les membres de votre ex-faction.

Tous les muscles de son bras sont contractés. Son regard n'a pas la froideur de celui de Jeanine ; il jauge, calcule, planifie. Je n'arrive pas à imaginer qu'elle ait pu un jour se plier à la volonté de Marcus. Elle ne devait pas encore être cette femme-ci, tout en acier trempé.

Tori lui fait face quelques secondes avant de reculer vers le fond de la salle.

— Ceux d'entre vous qui nous ont aidés à faire tomber les Érudits seront récompensés, reprend Evelyn. Ceux qui nous ont résisté seront jugés et punis selon leurs crimes.

Elle a prononcé cette dernière phrase d'une voix plus forte, dont je m'étonne qu'elle porte aussi bien dans l'espace.

Derrière elle, la porte de l'escalier s'ouvre sur Tobias qui fait une entrée discrète, suivi de Marcus et de Caleb. Je suis la seule à remarquer sa présence, parce que je me suis habituée à le faire. Je suis le trajet de ses chaussures qui se rapprochent ; des baskets noires aux œillets chromés. Elles s'arrêtent à mon niveau et il s'accroupit à côté de moi.

Je lève les yeux, m'attendant a rencontrer son regard froid et inflexible.

Mais non.

Evelyn parle toujours, mais sa voix se perd au loin.

— C'est toi qui avais raison, me murmure Tobias avec un léger sourire, en se balançant sur ses talons. Je sais qui tu es. J'avais juste besoin qu'on me rafraîchisse la mémoire.

J'ouvre la bouche, sans trouver quoi répondre.

Soudain, tous les écrans du hall – ceux qui n'ont pas été

détruits au cours de l'attaque – s'allument en clignotant, ainsi qu'un projecteur fixé en haut du mur qui affichait le portrait de Jeanine.

Evelyn interrompt son discours – que j'ai cessé d'écouter – au milieu d'une phrase. Tobias me prend la main et m'aide à me relever.

— Qu'est-ce que c'est que ça ? demande sèchement Evelyn.

— Ça, me dit Tobias, toujours en aparté, c'est l'information qui va tout changer.

J'ai les jambes qui tremblent de soulagement et d'appréhension.

— Tu as réussi ? demandé-je.

— *Tu* as réussi. Tout ce que j'ai fait, c'est forcer Caleb à coopérer.

Je jette un bras autour de son cou et pose ma bouche sur la sienne. Il prend mon visage entre ses mains et me retourne mon baiser. Je me colle contre lui, annulant la distance entre nous, réduisant en miettes – pour de bon, je l'espère – tous les secrets et les soupçons qui nous séparaient.

Une voix s'élève soudain dans la salle.

On s'écarte pour se tourner vers le mur, où s'affiche l'image d'une femme brune aux cheveux courts. Elle est assise derrière un bureau métallique, les mains croisées, dans un endroit que je ne reconnais pas. L'arrière-plan est trop flou.

— Bonjour, dit-elle. Je m'appelle Amanda Ritter. Je ne vais vous apprendre dans cette vidéo que ce que vous avez besoin de savoir. Je suis à la tête d'une organisation qui se bat pour la paix et la justice. Cette lutte est devenue presque impossible – et en conséquence, de plus en plus essentielle – au cours des dernières décennies. Et voici pourquoi.

Des images crépitent sur le mur, si vite qu'elles sont difficiles à saisir. Un homme à genoux, le canon d'un pistolet sur la tempe. Une femme au regard neutre qui tient l'arme.

Au loin, une petite silhouette pendue à un poteau téléphonique.

Un trou gros comme une maison dans la terre. rempli de corps.

Et d'autres images qui défilent à une telle rapidité que je ne capte que des impressions, de sang, d'os, de mort et de cruauté, de visages hagards, de regards sans âme, de gens terrifiés.

Juste au moment où je n'en peux plus, où j'ai le sentiment que je vais hurler si ça continue, la femme réapparaît sur l'écran, derrière son bureau.

— Vous ne vous rappelez rien de tout cela, reprend-elle. Mais si vous pensez que ce sont les actes d'un groupe de terroristes ou d'un régime totalitaire, vous n'avez qu'en partie raison. La moitié de ceux que vous avez vus sur ces photos, en train de commettre ces atrocités, étaient vos voisins. Des membres de votre famille. Des collègues. Ce n'est pas contre un groupe en particulier que nous nous battons, mais contre la nature humaine elle-même – en tout cas, contre ce qu'elle est devenue.

Voilà ce pour quoi Jeanine était prête à asservir nos esprits et à tuer : pour nous cacher cela. Pour nous maintenir dans l'ignorance et la sécurité à l'intérieur de la Clôture.

Dans un sens, je peux le comprendre.

— C'est pour cela que vous êtes aussi importants, poursuit Amanda. Notre combat contre la violence et la cruauté ne traite que les symptômes d'une maladie. *Vous*, vous en êtes le remède.

« Pour vous protéger, nous avons cherché un moyen de vous

isoler de nous. De nos modes de production. De nos technologies. Des structures de notre société. Nous avons organisé la vôtre d'une manière spécifique dans l'espoir que vous retrouviez le sens moral que la majorité d'entre nous ont perdu. Au fil du temps, nous espérons que vous parviendrez à changer, ce qu'une majorité d'entre nous ne peut plus faire.

« Si je vous laisse ces images, c'est pour que vous soyez informés, quand l'heure sera venue pour vous de nous aider. Vous reconnaîtrez ce moment lorsque bon nombre d'entre vous seront dotés d'un esprit plus flexible que la moyenne. Ces gens porteront le nom de Divergents. Lorsqu'ils seront devenus nombreux, vos leaders devront ordonner aux Fraternels d'ouvrir le portail une fois pour toutes et vous permettre de sortir de votre isolement.

Voilà ce que mes parents voulaient accomplir : mettre ce que nous avions appris au service des autres. Mettre l'Altruisme au service d'un objectif.

— L'information contenue dans cette vidéo, continue Amanda, doit être réservée aux membres de votre gouvernement. Afin que les autres puissent repartir de zéro, l'esprit libre. Mais ne nous oubliez pas.

Elle sourit.

— Je m'apprête à rejoindre vos rangs, conclut-elle. Comme vous, je vais délibérément oublier mon nom, ma famille et mon foyer. Je vais prendre une nouvelle identité, avec des souvenirs et un passé fabriqués. Mais pour preuve de la véracité des informations que je viens de vous fournir, je vais vous donner le nom qui va devenir le mien.

Son sourire s'épanouit et, l'espace d'un instant, elle me paraît familière.

— Je m'appelle désormais Edith Prior. Et il y a beaucoup de choses que je serai heureuse d'oublier.

Prior.

La vidéo s'arrête. Le projecteur dessine une lueur bleue sur le mur. Je presse la main de Tobias. Chacun se tait en retenant son souffle.

Puis tous se mettent à crier.

L'AUTEUR

VERONICA ROTH a 22 ans lorsqu'elle publie le tome 1 de *Divergente*. C'est son premier roman, qu'elle a écrit pendant ses études à la Northwestern University. Alors étudiante en Écriture créative, elle préférait se plonger dans les aventures de Tris plutôt que de faire ses devoirs...

Elle est aujourd'hui écrivain et vit à Chicago. Sa série *Divergente* fait partie de la liste des best-sellers du *New York Times*.

BIENTÔT

DIV3RGENTE 3

À PARAÎTRE
EN MAI 2014

MIXTE
Papier issu de sources responsables
FSC® C022030

N° éditeur : 10204036 – Dépôt légal : novembre 2012
Achevé d'imprimer en février 2014 par Bussière
(18200 Saint-Amand-Montrond, France)
N° d'impression : 2007318